ullstein

Das Buch

Im Donautal nahe der Burg Lichtenfels sind unruhige Zeiten angebrochen. Leona von Rauheneck, eine junge Adelige, befürchtet, dass ein Aufstand losbrechen könnte. Und tatsächlich: Nur kurze Zeit später wird Burg Lichtenfels überfallen. Lenis Vater, der Burgherr, kommt dabei ums Leben, und Leni wird brutal vergewaltigt. Sie flüchtet in den nahe gelegenen Wald und erkennt verzweifelt, dass sie schwanger ist. Leni findet Zuflucht bei einer Kräuterfrau, die ihr hilft, ihren Sohn zur Welt zu bringen. Versteckt vor ihrem Peiniger, lebt Leni fortan bei der Kräuterfrau und lernt von ihr alles über Kräuter und deren heilende Wirkung. Als Leni nahe der Hütte einen verletzten Mann findet, kümmert sie sich um ihn. Damian kommt aus Genua und handelt mit Gewürzen aus dem Orient. Gemeinsam entwickeln Leni und Damian einen Pfefferersatz, der großen Absatz findet. Dabei kommen sie sich näher. Doch dann wird Leni von ihrer Vergangenheit eingeholt.

Die Autorin

Beate Maly, geboren in Wien, ist Autorin zahlreicher Kinderbücher, Sachbücher und historischer Romane. Sie ist verheiratet und lebt mit ihrem Mann und drei Kindern in Wien.

BEATE
MALY

Die Kräuterhändlerin

Historischer Roman

Ullstein

Besuchen Sie uns im Internet:
www.ullstein.de

Originalausgabe im Ullstein Taschenbuch
1. Auflage März 2020
6. Auflage 2024

Umschlaggestaltung: zero-media.net, München
Titelabbildung: © FinePic®, München (Kräuterstrauch); © Mary Wethey / Arcangel Images (Frau)
Gesetzt aus der Quadraat Pro powered by pepyrus.com
Druck und Bindearbeiten: CPI books GmbH, Leck
ISBN 978-3-548-06002-6

Prolog

Burg Lichtenfels Frühling 1230

Der gleißend helle Sonnenstrahl, der durch das schmale Fenster der dicken Burgmauer drang, konnte über die eisige Kälte in der winzigen Schlafkammer nicht hinwegtäuschen. In der Nacht hatte es erneut zu schneien begonnen, dabei hatte Leni letzte Woche schon die ersten Schlüsselblumen auf der Waldlichtung hinter der Burg gepflückt. Ihre Cousine Margot hatte Leberblümchen gefunden. Leni setzte sich auf. Wo war Margot? Hatte Leni etwa wieder verschlafen? Brunhilde, ihre Erzieherin, würde ihr eine Standpauke halten. Warum hatte Margot sie nicht geweckt? Manchmal hatte Leni den Eindruck, ihre Cousine hatte Freude daran, wenn Leni wegen eines Vergehens bestraft wurde. Ein eisiger Wind wehte in die Schlafkammer. Es war ein Fehler gewesen, Josef, den Tischler, darum zu bitten, die Holzbretter, die im Winter vor der Kälte schützten, von den Fensterluken zu entfernen. Leni fror unter der dicken Wolldecke und dem Schaffell, das zusätzlich wärmen sollte. Es war allerhöchste Zeit, dass der Winter dem Frühling wich. Schnee,

Kälte und Eis hatte es in diesem Jahr schon viel zu lange gegeben. Voll Grauen dachte Leni an all die endlosen Stunden, die sie in den letzten Monaten vor ihrem Stickrahmen verbracht hatte. Ihre Finger waren wund von den vielen Stichen, die danebengegangen waren. Das Einhorn auf dem wertvollen Stoff glich einer trächtigen Kuh. Nie und nimmer würde Abt Ebro vom Kloster in Zwettl einen seiner Altäre mit diesem Tuch schmücken. Leni konnte es dem strengen Kirchenmann mit dem verkniffenen Gesicht nicht einmal verübeln.

Lautes Kettenrasseln und das Quietschen des Burgtores vertrieben den letzten Rest Müdigkeit aus ihren Knochen. Fast hätte sie vergessen, was heute für ein Tag war. Ihr Vater hielt Gericht. Als Burg- und Lehnsherr war Otto von Rauheneck für all die großen und kleinen Streitigkeiten der Bewohner der umliegenden Dörfer zuständig. An sechs Tagen des Jahres konnten die Menschen gleich nach Sonnenaufgang zur Burg kommen und ihre Anliegen vorbringen. Leni liebte diese Tage, die Abwechslung in den eintönigen Burgalltag brachten.

Beim letzten Gerichtstag hatte sich eine Bäuerin darüber beschwert, dass ihre Nachbarin die Wäsche zu nah neben ihrer Kuh zum Trocknen aufhängte, weshalb das Tier nervös wurde und weniger Milch gab. Ein Wirt hatte sich über zwei Gäste beklagt, die ihr Bier nicht bezahlt hatten, und wieder ein anderer Mann war davon überzeugt gewesen, dass der Müller Sägespäne unters Mehl mischte, um mehr Gewinn zu erzielen. Für gewöhnlich hörte ihr Vater den Menschen aufmerksam zu, besprach sich dann mit Gerold, dem Burgverwalter, und fällte erst danach ein Urteil. Ganz selten schoss Otto von Rauheneck über das Ziel hinaus. Dafür sorgte Gerold, der mit viel Bedacht vorging. Die Zechpreller hatten Strafzahlungen leisten müssen, ebenso der Müller. Die Frau war gebeten worden, ihre Wäsche in Zukunft woanders aufzuhängen.

Leni wusste, dass auf anderen Burgen die Schuldigen mit härteren Strafen rechnen mussten. Aber sowohl Otto von Rauheneck als auch Gerold waren friedliebende Männer. Daran hatte auch der Tod von Karoline von Rauheneck vor drei Jahren nichts geändert. Lenis Vater hatte zwar seine Lebensfreude verloren, nicht aber sein sanftes Gemüt. Es verging kein Tag, an dem er nicht wegen des Verlustes seiner Frau und seines ungeborenen Kindes trauerte. Dabei schien er zu vergessen, dass er eine lebende Tochter hatte. Und Leni hätte einen durchsetzungsstarken Vater, der sie unterstützte, sehr nötig gehabt.

Es war nicht leicht, ohne Mutter aufzuwachsen. Ihre Cousine und sie waren die einzigen Mädchen unter einem Haufen Jungs, die nicht gerade zimperlich mit ihnen umgingen. Während Margot jedes Mal weinend zu ihrer Kinderfrau lief, sobald einer der Pagen oder Knappen ihr ins Haar fasste und daran zog, versuchte Leni, ihre Probleme selbst zu lösen. Nicht selten hatte sie hinterher ein paar blaue Flecken. Erst gestern hatte Hadmar sie mit dem Fuß gegen das Schienbein getreten, weil sie ihm nicht schnell genug ausgewichen war. Sie strich sich über die Stelle, wo sich heute ein rotblauer Bluterguss und eine Beule gebildet hatten. Zum Glück konnte man die Verletzung unter den Röcken ihres

Kleides nicht sehen. Leni gönnte Hadmar die Freude nicht, dass er ihr Schmerzen zugefügt hatte.

Stimmen drangen vom Burghof in ihre Kammer. Höchste Zeit aufzustehen, wenn sie den Gerichtstag nicht versäumen wollte. Bereits zu Mittag war das Spektakel wieder vorbei. Rasch schob sie Wolldecke und Schaffell zur Seite und griff nach ihrem Kleid, das auf der Holztruhe neben ihrem Bett lag. Dazu musste sie mit den nackten Füßen auf den kalten Holzfußboden treten. Ihre Zehen fühlten sich wie Eisklumpen an. Geschickt zog sie den klammen Stoff ihres Kleides über den Kopf und schlüpfte in die ledernen Schuhe. Ein teures Geschenk ihres Vaters. Er hatte ihr die Schuhe letzten Sommer zu ihrem vierzehnten Geburtstag gekauft. Sie waren aus weichem Leder, mit hübschen kleinen Schnallen, und stammten aus einem Land im Süden, wo angeblich immer die Sonne schien und die Menschen weder Schnee noch Eis kannten. Wie gerne würde Leni dort leben, sie hasste den Winter auf Burg Lichtenfels. Jedes Mal, wenn sie in ihre Schuhe schlüpfte, wurden ihre kalten Zehen allein von der Vorstellung eines Landes gewärmt, in dem immer Sommer herrschte.

Mit dem Kamm aus Elfenbein, der ihrer Mutter gehört hatte, frisierte sie ihr langes rotblondes Haar und kniff dabei die Augen zu, weil es ziepte. Wer hatte eigentlich die Regel aufgestellt, dass Frauen und Mädchen langes Haar tragen mussten? Warum konnte sie es nicht einfach abschneiden, so wie Richard oder Wolf, die beiden Pagen ihres Vaters? Mit einem Ruck riss sie einen der vielen Knoten aus ihrem dichten Schopf und warf ihn verärgert zu Boden. Mit flinken

Fingern flocht sie zwei Zöpfe, die sie mit drei Spangen aus Kirschholz zu einem Kranz hochsteckte. Dann warf sie sich den Wollumhang über die Schultern und verließ die Kammer, die sie sich mit Margot teilte. Sie befand sich im Wohnturm der Burg, über dem Schlafgemach ihres Vaters. Es war mit Abstand einer der ungemütlichsten, weil nicht beheizten Räume in der Burg. Nur in besonders eisigen Nächten wurde ein Kohlebecken aufgestellt, das dermaßen qualmte und rauchte, dass man die eigene Hand vor den Augen nicht sehen konnte und von Hustenreizen geplagt wurde. Leni und Margot überlegten es sich zweimal, ob sie die Wärmequelle wirklich benötigten.

Immer zwei Stufen auf einmal nehmend, lief sie die enge, steinerne Wendeltreppe hinunter. Winzige Auslassungen in den Wänden sorgten für Licht, aber auch für Kälte. Der scharfe Nordwind pfiff bei einem Loch hinein und beim gegenüberliegenden wieder hinaus. Im Jänner waren die Stufen vereist gewesen, und sie hatte aufpassen müssen, dass sie nicht ausrutschte. Margot war es passiert. Sie hatte tagelang über einen blauen Fleck am Ellbogen geklagt und nicht sticken müssen. Dabei behauptete sie, es bereite ihr Freude.

Sosehr Leni sich auch bemühte, ihre Cousine ins Herz zu schließen, es wollte ihr einfach nicht gelingen. Jeden Sonntag bat sie Gott um ein bisschen mehr Verständnis und Liebe, bis jetzt ohne Erfolg. Manchmal überlegte Leni, ob Gott ihr Margot zur Seite gestellt hatte, um ihre Nächstenliebe auf eine Prüfung zu stellen. Es war wahrlich schwierig, jemandem mit Wohlwollen zu begegnen, der einem das Leben schwer machte, indem er einen ständig verpetzte und sich dann daran erfreute, wenn man bestraft wurde. Leni wünschte sich von ganzem Herzen eine Freundin und Verbündete. Leider war Margot weder das eine noch das andere.

In der großen Halle vertrieben Essensgerüche des Vorabends Lenis Gedanken über Margot. Reste von kaltem Hammelfleisch, Fett und verbranntem Holz hingen in der Luft.

»Fräulein Leona!« Maria, eine der Mägde, entdeckte sie und rief ihr zu. Sie trug einen schweren Korb Brennholz zum offenen Kamin am Ende der Halle, wo am Abend wieder ein Feuer angezündet werden würde. Über dem Kamin hingen riesige Hirschgeweihe, Jagdtrophäen ihres Vaters. »Frau Brunhilde sucht schon seit Stunden nach Euch. Sie wartet im Turmzimmer.«

Das Turmzimmer war den Damen der Burg vorbehalten, was auf Burg Lichtenfels nur drei Personen waren: Leni, ihre Cousine Margot und ihre Erzieherin Frau Brunhilde, eine strenge Frau, die eigentlich ins Nonnenkloster der Benediktinerinnen gehen wollte. Zu Lenis Bedauern hatte dazu die Mitgift nicht gereicht. Jetzt quälte Brunhilde sie täglich mit Lektionen in Demut und Pflichterfüllung. Angeblich die wichtigsten Tugenden einer zukünftigen Burgherrin.

Das Turmzimmer lag auf der Westseite der Burg. Leni hatte in diesem Winter schon viel zu viele Stunden dort verbracht, ganz bestimmt würde sie sich heute nicht in das winzige Kämmerchen einsperren lassen, um sich erneut die Finger blutig zu stechen, auch wenn es dort immer angenehm warm war. Brunhilde bestand auf zwei Kohlebecken, die man nah ans Fenster stellte, wodurch der Rauch abziehen konnte. Außerdem wurden die Becken alle paar Stunden von einer Dienstmagd mit frischen glühenden Kohlen bestückt, wodurch eine gleichbleibende, beständige Wärme im Raum herrschte.

»Ich gehe gleich«, log Leni. Doch statt über den Hof zum schmalen Westturm zu laufen, bog sie neben der Backstube nach links ab und flitzte in die Küche. Mit etwas Glück hatte Hilde, die Köchin, eine Schale Haferbrei für sie zur Seite gestellt. Lenis Magen knurrte, sie hatte gestern Abend nur wenig vom Hammelfleischeintopf gegessen. Als sie das niedrige Gebäude betrat, stieß sie mit Hadmar zusammen. Der Bursche trat ihr absichtlich in den Weg. Er war Knappe bei ihrem Vater. Genau wie Gotthart, der dicht hinter ihm stand.

»Hast du keine Augen im Kopf?«, schimpfte Hadmar. Seine Schultern waren im letzten Jahr breiter und seine Stimme tiefer geworden, weshalb er sich besonders wichtig fühlte. Gotthart hingegen haftete immer noch etwas Kindliches an. Er war um einen ganzen Kopf kleiner als Hadmar, dafür aber doppelt so breit und litt darunter, dass seine Wangen immer noch seidig glatt waren, während Hadmars Gesicht bereits von dichten blonden Bartstoppeln übersät war.

»Das Gleiche könnte ich dich fragen«, sagte Leni unbeeindruckt. Hadmars selbstgefälliges Auftreten löste von jeher Widerstand in ihr aus. Bloß weil er der Sohn von Azzo Kuenring war, der direkt an der Donau die riesige Burg

Aggstein bewohnte, glaubte er, dass er sich alles herausnehmen konnte. Obwohl die Kuenringer bloß Ministeriale waren, gehörten sie zu den mächtigsten und einflussreichsten Familien im Land und verwalteten riesige Landstriche für den Babenberger, Herzog Friedrich II., Herzog von Österreich und der Steiermark. Er hatte auch den Namen Friedrich, der Streitbare, weil er sich mit seinem Namensvetter, dem Stauferkaiser Friedrich II., angelegt hatte. Es wurde gemunkelt, dass der Kaiser einen Bann über den Babenberger verhängen würde, wenn er sich weiter weigerte, ihm bedingungslose Gefolgschaft zu leisten. Aber sowohl der Herzog als auch der Kaiser waren weit weg. Der römisch-deutsche Kaiser verirrte sich nur alle paar Jahre mal in den Norden. Den Großteil seines Lebens verbrachte er südlich der Alpen, wo er erst vor Kurzem ein Ketzeredikt erlassen hatte, um die Macht der Bischöfe zu stärken.

Leni wusste von alldem, weil sie den Gesprächen der Erwachsenen lauschte. Nicht alles ergab immer Sinn, aber nachfragen war zwecklos. Weil sie bloß ein Mädchen war, hätte niemand sich die Mühe gemacht, ihr die Situation zu erklären. Was sie jedoch mit Sicherheit wusste, war die Tatsache, dass die Kuenringer ihren Reichtum den Zöllen verdankten, die sie auf der Donau einhoben. Jedes Schiff, das an ihrer Burg flussab- oder -aufwärts fuhr, musste zahlen, oder die Durchfahrt wurde ihm verweigert. Dafür sorgte eine dicke Eisenkette, die die Kuenringer an der schmalsten Stelle der Donauschlinge unterhalb ihrer Burg gespannt hatten. Auf die anderen politischen Fragen musste sie selbst Antworten finden, die nicht immer befriedigend ausfielen.

»Solltest du nicht bei den anderen Frauen sein und sticken?« Hadmar musterte Leni mit unverhohlener Neugier. Seit Lenis Körper an Weiblichkeit gewann, lag etwas Forderndes in seinem Blick, das ihr nicht gefiel. Mit besonders viel Interesse betrachtete er ihren Busen.

»Und wenn es so wäre, was ginge es dich an?« Sie stemmte die Hände in die Hüften, um größer zu erscheinen. Leider ohne viel Erfolg. Sie war eine kleine, zierliche Person. »Oder willst du Margots Rolle übernehmen und mich verpetzen?«

Der Vergleich mit einem ewig jammernden Mädchen, das quietschte, wenn man es bloß schief ansah, machte Hadmar wütend. Er ballte seine Rechte zu einer Faust und boxte Leni in den Oberarm. Der Schlag kam unerwartet, weshalb er schmerzte. Leni hatte es verabsäumt, ihre Muskeln anzuspannen. Später würde die Stelle sich wieder verfärben. Das wäre dann der zweite Bluterguss innerhalb weniger Tage.

»Ein angehender Ritter schlägt keine junge Dame«, zischte sie verärgert und schlug doppelt so fest zurück.

Hadmar schien ihren Schlag nicht zu spüren. Er lachte hämisch. »Wenn du eine Dame wärst, dann würde die Regel vielleicht gelten. Aber du bist bloß eine zerrupfte Waldschnepfe.« Sein Blick glitt zu ihrem Haar, das sie zuvor so sorgsam hochgesteckt hatte. Waren ein paar der vorlauten Locken wieder herausgerutscht?

»Und wenn du wie ein Ritter denken würdest, dann wären dir die Regeln des Anstandes und der Sitte nicht unbekannt.«

Diesmal wich sie seinem Schlag geschickt aus, er ging ins Leere.

»Ach, hört doch auf!«, forderte Gotthart von Gars versöhnlich. Er stammte aus einer Adelsfamilie und stand im Rang über Hadmar, was jedoch niemand vermuten würde, der die beiden Knaben nebeneinander sah. Gotthart war bequem, etwas langsam und vor allem ängstlich. Er konnte Streitigkeiten nicht ausstehen und mied für gewöhnlich jede körperliche Auseinandersetzung. Hadmar gegenüber benahm er sich beinahe unterwürfig. An manchen Tagen ertrug Leni dieses Verhalten kaum. Sie mochte Gotthart und hätte es lieber gesehen, wenn er sich gegen Hadmars Unfreundlichkeiten zur Wehr gesetzt hätte. Bevor der Streit weiter eskalieren konnte, kam Hilde aus der Speisekammer. Die dicke Köchin hielt ein lebloses Huhn in der einen und ein Schlachtmesser in der anderen Hand.

»Gibt es irgendwelche Probleme, Fräulein Leona?« Auf ihrer fleckigen Schürze befanden sich frische Blutspritzer. Angeekelt drehte Gotthart sich zur Seite. Aber auch Hadmar schien sich mit der stämmigen Frau mit der scharfen Waffe nicht anlegen zu wollen.

»Ich hab ohnehin keine Zeit«, murrte er grimmig. »Muss in den Hof zum Gerichtstag. Den will ich nicht verpassen.«

Er stieß Leni so brutal zur Seite, dass sie heftig gegen die Wand prallte. Doch sie presste bloß die Lippen aufeinander und gab keinen Mucks von sich. Nie und nimmer würde sie zugeben, dass Hadmar sie schon wieder verletzt hatte.

Im Burghof hatten sich bereits einige Bewohner der umliegenden Dörfer versammelt. Vor der Burgkapelle, die Lenis Vater im letzten Sommer mit prächtigen bunten Wandmalereien hatte ausstatten lassen, war ein langer Tisch auf einem Holzpodest aufgebaut worden. Dahinter saßen Otto von Rauheneck, der Burgverwalter Gerold und zwei der Dorfältesten von Rastenfeld. Bruder Oswald, ein Benediktinermönch, der für den geistigen Beistand auf der Burg verantwortlich war, hockte abseits auf einem kleinen Schemel. Seine Tonsur war nur noch zu erahnen, dichtes schwarzes Haar lag über der winzigen kahlen Stelle auf seinem Hinterkopf. Lenis Vater trug einen dicken, mit Hermelinpelz besetzten Mantel, der ihm eine herrschaftliche Präsenz verleihen sollte. Doch auch das wertvolle Kleidungsstück konnte nicht über die Leere in seinem Gesicht hinwegtäuschen. Es war, als würde er jeden Tag tiefer in seiner Traurigkeit versinken, ähnlich dem schlammigen Moor in Heidenreichstein, aus dem es kein Entkommen gab, wenn man einmal darin feststeckte.

Der erste Fall wurde vorgetragen. Der Bauer Hannes behauptete, dass sein Nachbar Leichtfried eines seiner Schafe gestohlen hätte. Der Beschuldigte wies jeden Vorwurf von sich und meinte, dass das Schaf von allein seinen Weg auf sein Grundstück gefunden hätte, und das, obwohl er es wiederholt zurückgebracht hatte. Aber das Schaf kam immer wieder zu seiner Herde.

»Vielleicht fühlt es sich bei dir wohler!«, rief ein Zuschauer. Es war der Schmied im Dorf, der immer für einen Scherz zu haben war. Als die Menschen lachten, fügte er hinzu: »Ich glaub, der Leichtfried hat die kräftigeren Schafsböcke!«

Nun grölte die Menge. Leni sah aus den Augenwinkeln, dass sowohl Hadmar als auch Gotthart sich amüsiert auf die Schenkel klopften. Gerold stand auf und forderte mit beruhigenden Gesten und seiner tiefen Stimme die Menschen auf, wieder leise zu sein. Er war ungefähr im gleichen Alter wie Otto von Rauheneck, wirkte aber deutlich jünger. Eine tiefe Freundschaft verband ihn mit seinem Dienstherrn, für den er sich seit dem Tod von Lenis Mutter auf eine seltsame Weise verantwortlich fühlte. Er fragte den angeklagten Leichtfried, wie oft er das Schaf des Klägers zurückgebracht hatte.

»Dreimal«, sagte dieser.

Gerold drehte sich zu Lenis Vater und beugte sich zu ihm. Die beiden Männer tuschelten miteinander. Schließlich stand Otto von Rauheneck umständlich auf. Er wirkte wie ein alter Greis. Mit zittriger Stimme verkündete er sein Urteil.

»Leichtfried soll Hannes, dem Kläger, eines seiner besten Schafe geben.«

Ein missbilligendes Raunen ging durch die Menge. Aber Lenis Vater war noch nicht fertig.

»Im Gegenzug kann Leichtfried Hannes' Schaf behalten, das sich bei ihm offenbar wohler fühlt als bei seinem Besitzer. So kommt jeder zu seinem Recht.« Die Menschen murmelten und beruhigten sich wieder.

Die beiden Bauern schienen mit dem Urteil zufrieden zu sein. Sie reichten einander die Hände und machten dem nächsten Kläger Platz. So verging der Vormittag, und eine Streitigkeit nach der andern wurde bereinigt. Als die ersten Zuschauer müde wurden und sich auf den Weg nach Hause machten, trat ein kleiner, dürrer Mann vor den richtenden Burgherrn. Er trug die Kleidung eines reichen Bauern. Sein Wams war aus guter Wolle genäht. Sein Gesicht war grau, seine Augen hasserfüllt. Anklagend streckte er seinen Arm aus und zeigte auf eine Frau, die von zwei Wachmännern mit gefesselten Händen vor den Richttisch geführt wurde.

»Ich fordere den Tod dieses Weibes. Sie hat meine Frau auf dem Gewissen.«

Mit einem Mal war es mucksmäuschenstill im Burghof. Niemand wagte, etwas zu sagen, seit Jahren hatte es keine Anklage wegen eines Mordes gegeben. Alle reckten neugierig die Köpfe, um die angebliche Mörderin zu sehen. Leni musste sich auf die Zehenspitzen stellen. Die dicke Frau vor ihr war deutlich größer als sie selbst. Als sie die Beschuldigte erkannte, setzte ihr Herz für einen Moment aus. Die Frau, die mit hoch erhobenem Kopf vor ihrem Vater stand, war Mara. Leni würde das kantige Gesicht und die smaragdgrünen Augen mit dem stolzen Blick nie vergessen können. Mara hatte ihrer Mutter bei der Geburt beigestanden. Doch knapp bevor ihr Bruder oder ihre Schwester zur Welt kommen sollte, hatte Lenis Vater Mara aus der Burg gejagt und die Hilfe einer anderen Frau geholt. Leni konnte sich nicht mehr an den Namen der anderen erinnern. Sie hatte nie erfahren, warum Mara weggeschickt worden war. Jedes Mal, wenn sie nachgefragt hatte, war sie gegen eine Wand des Schweigens gestoßen. Weder ihr Vater noch sonst irgendwer hatte jemals ein Wort darüber verloren. Nur eines war klar: Otto von Rauheneck hasste Mara und war fest davon überzeugt, dass sie für den Tod seiner Frau und seines ungeborenen Kindes verantwortlich war. Mara war die Frau, die das Unglück über ihn gebracht hatte.

Der sonst so ruhige und gefasste Gerold wirkte nervös. Mit fahrigen Händen fuhr er sich übers Gesicht.

»Das ist ein schwerwiegender Vorwurf«, sagte er ernst.

»Meine Frau hat drei Tage lang in den Wehen gelegen und vor Schmerzen geschrien«, sagte der Kläger. »Die da hat ihr eine Medizin eingeflößt, wegen der sie gestorben ist, und jetzt bin ich Witwer, habe keine Frau und auch kein Kind. Das Weib ist eine böse Mörderin, die mit dem Teufel im Bunde ist. Sie tanzt jede Nacht mit dem Beelzebub und verspricht ihm neue Kindlein, die sie unschuldigen Frauen wegnimmt.«

»Kannst du deine Anschuldigung beweisen?«

Leni beobachtete sorgenvoll ihren Vater. Die Leere in seinem Gesicht war einer Wut gewichen. Otto von Rauheneck war kein Mann, der zu Zornausbrüchen neigte. Doch jetzt sah er aus, als würde er am liebsten aufspringen und die gefesselte Frau eigenhändig erschlagen. Der grenzenlose Hass in den Zügen ihres Vaters flößte Leni Angst ein.

Mara hingegen wirkte gefasst. Ihre mandelförmigen Augen schweiften ruhig über die Menge. Für einen Moment verharrten sie bei Leni. Deren Herz klopfte schnell. Sie wagte es kaum zu atmen, so aufgeregt war sie. Ob Mara sie als Tochter des Burgherrn erkannt hatte? Warum schaute sie ausgerechnet sie an?

»Was für einen Beweis braucht Ihr noch? Meine Frau ist tot, und die da hat ihr einen Saft gegeben, den sie vom Leibhaftigen selbst bekommen hat«, geiferte der Kläger. Mara würdigte ihn keines Blickes.

»Eine Geburt ist immer eine gefährliche Angelegenheit, bei der es zu Komplikationen kommen kann«, gab Gerold zu bedenken.

»Es war das Gift, das sie getötet hat.«

»Du einfältiger Mensch!«, sagte Mara nun so laut, dass alle sie hören konnten. »Warum hätte ich deine Frau umbringen sollen? Sie litt furchtbare Schmerzen, deshalb habe ich ihr verdünnten Mohnsaft verabreicht, der linderte ihre Qualen. Aber das Kind lag verkehrt herum in ihrem Bauch, und ihr Becken war zu eng. Da hätte die erfahrenste Hebamme nichts ausrichten können. Es war ganz allein Gottes Wille, dass er sie zu sich genommen hat.«

»Das sind böse Lügen, du bist eine Mörderin«, schrie der Mann, und auch der Benediktinermönch stand auf und mischte sich ein: »Weib, wage es nicht, den Namen des Herrn in den Mund zu nehmen. Du bist des Mordes angeklagt.«

Aufgebrachtes Murmeln erhob sich. Die Zuhörer waren geteilter Meinung. Viele der Frauen, die im Burghof standen, hatte Mara bei der Geburt unterstützt und ihnen dabei gute Dienste erwiesen. Aber es gab auch welche, bei denen nicht alles glatt verlaufen war. Dennoch hatte noch nie jemand der Hebamme die Schuld für eine Totgeburt gegeben und sie deshalb vor den Richter geführt. Mara half nicht nur bei Geburten, sondern auch bei Krankheiten und Verletzungen. Niemand im Umkreis mehrerer Meilen kannte sich besser mit Kräutern und deren heilenden Kräften aus als Mara.

Plötzlich stand Otto von Rauheneck unvermittelt auf. Er verschaffte sich Ruhe mit seiner Rechten, ohne sich zuvor mit Gerold beratschlagt zu haben. Der Ausdruck in seinen harten Augen versprach nichts Gutes. Etwas Irres, Unversöhnliches und Grausames lag darin. Nichts davon hatte mit dem Mann zu tun, den Leni als ihren Vater kannte.

»Mara soll für ihre Vergehen hängen«, sagte er knapp.

Mit einem Mal verstummte alles Gemurmel. Es war gespenstisch still im Burghof. Lenis Herz setzte für einen Moment aus. Ihr Vater hatte soeben den Tod der Frau beschlossen. Auch Gerold schien entsetzt. Er versuchte, seinen Herrn sanft am Oberarm zu berühren, aber Otto schüttelte ihn erbost ab und ignorierte seine geflüsterten Einwände.

»Glaubst du, so dein Gewissen reinwaschen zu können?« Es war Mara, die nun sprach. Ihre Stimme war nicht laut, dennoch erfüllte sie den Burghof, denn es war immer noch so still, dass jede Bewegung unter den Zuschauern zu hören war. Jemand raschelte mit einem Sack. Sofort zischte es aus einer anderen Ecke: »Pst!«

»Sei still, Weib«, donnerte Lenis Vater Mara entgegen und wiederholte sein Urteil. »Du wirst hängen und nie wieder eine Frau ins Elend treiben.«

Es dauerte eine Weile, bis die Nachricht in die Köpfe der Menschen vorgedrungen war. Ein Todesurteil, so etwas hatte es noch nie gegeben, seit Otto von Rauheneck der Burgherr auf Lichtenfels war. Die Zuschauer waren überrascht. Mit diesem Urteil hatte niemand gerechnet. Einige stimmten jubelnd zu, andere schüttelten fassungslos den Kopf. Aber alle würden bleiben und zuschauen. Eine öffentliche Hinrichtung war ein ganz besonderes Spektakel, das sich niemand entgehen ließ. Otto von Rauheneck hatte den Menschen gerade ein grausames Volksfest der makabren Art beschert. Sobald der Tag der Hinrichtung bekannt gegeben wurde, würden sich fahrende Händler in der Burg einfinden, die die Zuschauermenge mit knusprigem Gebäck und frischem Bier erfreuten. Vielleicht kamen auch Reliquienhändler und Spielmänner, die das Schauspiel mit Musik untermalten. Leni fühlte sich schwindelig. Auch Gerold stand das blanke Entsetzen ins Gesicht geschrieben. Er versuchte zu retten, was noch zu retten war.

»Hat jemand etwas zur Verteidigung der Angeklagten vorzubringen, das dieses Urteil mildern kann?« Seine Stimme klang beinahe flehend. Er wollte Ottos Richterspruch verhindern, doch niemand meldete sich zu Wort. Alle schwiegen. Eine gehässige Stimme rief:

»Hängt das böse Weib!«

Schon stimmten ein paar andere ein.

Leni reckte ihren Kopf und stellte sich auf die Zehenspitzen. Es war Hadmar, der den Tod forderte. Er konnte es nicht erwarten, die Frau am Galgen zappeln zu sehen. Leni wurde schlecht. Der Frühstücksbrei, den sie zuvor so hastig hinuntergeschlungen hatte, stieß ihr sauer auf.

Noch bevor sie über mögliche Konsequenzen nachdachte, hob sie die Hand und schrie, so laut sie konnte: »Vater, diese Entscheidung ist falsch.«

Neugierig drehten sich alle zu ihr um. Frauen waren als

Zeuginnen nicht zugelassen. Ihre Aussagen waren belanglos, noch dazu, wenn es Vierzehnjährige waren, die sich zu Wort meldeten. Dennoch schnappte Gerold nach dem Strohhalm, den Leni ihm zuwarf.

»Leona von Rauheneck«, sagte er gewichtig, so als wäre sie ein volljähriger Mann. »Was habt Ihr zur Verteidigung dieser Frau vorzubringen?«

Nun wurde das Murmeln noch lauter. Vereinzelte Protestrufe waren zu hören. Jemand beschimpfte Leni lautstark.

»Freches, verzogenes Frauenzimmer. Man sollte dir den Hintern ordentlich versohlen. Dein Vater hat das Weib schon verurteilt.«

»Ich glaube, dass mein Vater in diesem Fall kein objektives Urteil fällen kann«, sagte Leni mutig und suchte seinen Blick.

Otto von Rauheneck hatte wieder Platz genommen. Zu Lenis Erleichterung war der Wahnsinn wieder der Traurigkeit gewichen, an die sie sich in den letzten Jahren gewöhnt hatte. Sie erinnerte sich kaum noch an eine Zeit, in der seine Wangen nicht eingefallen und grau gewesen waren und in seinem Blick eine liebevolle Lebendigkeit und waches Interesse gelegen hatten. Gerade jetzt war so ein Moment. Leni wünschte, ihre Mutter wäre noch am Leben. Selten hatte sie sie so sehr vermisst wie jetzt eben.

»Bitte, Vater, mach dich nicht zum Mörder!« Sie formte ihre Worte tonlos, doch sie war sicher, dass er sie trotz der Entfernung von ihren Lippen ablesen konnte. »Mutter hätte das nicht gewollt.« Wieder war es still im Burghof. Das Interesse der Zuschauer galt Otto von Rauheneck, dann seiner aufmüpfigen Tochter und wieder umgekehrt. Nach einer schier endlosen Pause wurden die Augen des Burgherrn feucht. Der Bann war gebrochen. Fast entschuldigend nickte er Leni zu. Dann lehnte er sich zu Gerold und redete hinter vorgehaltener Hand mit ihm. Es dauerte eine Weile. Die Menschen wurden unruhig und tuschelten ungeduldig. Doch weder Gerold noch Otto ließen sich zur Eile drängen.

Schließlich wandte Otto von Rauheneck sich an die wartende Menge.

»Meine Tochter hat recht. Es waren persönliche Gründe, die mich eben zu einem Fehlurteil verleitet haben«, begann er. »Ich ändere mein Urteil. Mara soll mit zehn Peitschenhieben bestraft werden. Außerdem muss sie dieses Gebiet für immer verlassen. Sollte sie jemals wieder mein Land betreten, wird das heute angedrohte Urteil durch Hängen vollstreckt werden.«

Kaum hatte er seine Worte ausgesprochen, erhob sich Protest. Aber auch leise Zustimmungsrufe waren zu vernehmen. Leni fand das Urteil immer noch erschreckend hoch. Mara wurde öffentlich ausgepeitscht und verstoßen, weil sie einer Gebärenden ein Schmerzmittel verabreicht hatte. Aber Leni musste einsehen, dass sie nicht mehr ausrichten konnte. Wieder einmal wünschte sie, sie wäre ein Mann. Als Burgherr würde sie für echte Gerechtigkeit sorgen. Aber Gott hatte sie als Frau auf diese Welt geschickt, damit sie sich in Demut übte und hässliche Altardecken stickte.

Sie schaute zu ihrem Vater. Als Otto von Rauheneck sich wieder setzte, wirkte er müde und erschöpft. Es hatte den

Anschein, als wäre er eben um weitere zehn Jahre gealtert. Mara hingegen stand immer noch in aufrechter Haltung, mit hoch erhobenem Kopf auf dem Podest. Als sich ihre Blicke erneut mit denen von Leni kreuzten, war es Leni unmöglich, in den mandelförmigen grünen Augen zu lesen. War Mara ihr dankbar, oder verachtete sie sie, weil sie die Tochter des Mannes war, der sie hatte hängen wollen?

Immer noch protestierten einige Zuschauer gegen das Urteil. Sie sahen sich um das Spektakel einer Hinrichtung betrogen. Um die unzufriedene Meute zu beruhigen, rief Gerold:

»Das Auspeitschen wird gleich vollstreckt.«

Der Mann, der neben Leni stand, klatschte nun Beifall. Die Menschen würden ein kleines Vergnügen geboten bekommen. Der nackte Oberkörper einer hübschen Frau und aufplatzende Haut auf einem schmalen Rücken waren auch nicht zu verachten. Mit etwas Glück würde die Verurteilte ordentlich um Gnade flehen und schreien. Leni drängte sich durch die Menge. Sie wollte diesem unwürdigen Schauspiel nicht beiwohnen. Gerade als sie zurück zur Küche strebte, hielt jemand sie am Ellbogen fest.

»Fräulein Leona«, es war die vorwurfsvolle Stimme ihrer Erzieherin Brunhilde. »Ich suche seit Stunden nach Euch. Kommt sofort mit mir, bevor Ihr noch mehr Unruhe stiftet. Im Turmzimmer wartet die Stickarbeit auf Euch!«

Noch nie war es Leni so erstrebenswert erschienen, ihre trächtige Kuh zu vollenden. Ohne Protest folgte sie der kleinen, stämmigen Frau.

Burg Lichtenfels 1235

»So bleibt doch ruhig stehen, Fräulein Leona!«, forderte Brunhilde streng. »Wie soll ich denn den Saum Eures Kleides ordentlich hochstecken, wenn Ihr ständig herumzappelt.«

Immer wieder trippelte Leni zum Fenster, stellte sich auf die Zehenspitzen und blinzelte über den Fensterrand in den Hof, um zu sehen, was dort vor sich ging.

»Du wirst deinen Bräutigam noch früh genug zu Gesicht bekommen«, schmollte Margot. Die blasse Cousine saß missmutig auf einem der Stühle und betrachtete Leni, die in ihrem Hochzeitskleid beneidenswert hinreißend aussah. Lenis Haar war noch dichter geworden, weshalb die Zöpfe, die im Kranz um ihren Kopf lagen, einer mächtigen Krone glichen. Ihr Körper war schlank und geschmeidig, ohne zerbrechlich zu wirken. Ihr Gesicht ebenmäßig, die Haut rein und von einem gesunden Farbton. Das Einzige, was Gotthart von Gars, ihren zukünftigen Ehemann, davor hätte abschrecken können, mit ihr den Bund fürs Leben zu schließen, war der trotzige Ausdruck in ihren frechen blauen Augen. Lenis Kampfgeist und ihr Starrsinn waren ungebrochen, was wohl damit zu tun hatte, dass ihr Vater ihr wenig Grenzen setzte. Otto von Rauheneck hatte sich noch weiter von ihr entfernt und sich völlig in seine Trauer um seine verstorbene Frau zurückgezogen. Zum Glück gab es Gerold, der alle Aufgaben eines Burgherrn gewissenhaft übernahm. Nur für die Erziehung von Leni fühlte er sich nicht verantwortlich. Das war Brunhildes Aufgabe, die damit aber reichlich überfordert war.

»Ich wünschte, ich könnte Gotthart heiraten«, seufzte Margot neidvoll. Es war kein Geheimnis, dass sie den jungen Mann verehrte und überzeugt war, dass sie die passendere Frau für ihn wäre. Als ihr Onkel die Verlobung bekannt gegeben hatte, hatte Margot sich drei Tage lang im Turmzimmer eingeschlossen, gejammert und geweint. Ihr Gezeter war bis in die letzten Ecken der Burg zu hören gewesen, und es hatte Wochen gedauert, bis Margot wieder mit Leni gesprochen hatte. Wirklich versöhnt war sie immer noch nicht. Dabei schien sie zu vergessen, dass ihre Eltern tot waren und ihr Onkel sie aus reiner Großherzigkeit bei sich aufgenommen hatte. Margots Vater war Ottos jüngerer Bruder gewesen. Er hatte nie ein Anrecht auf Burg Rauheneck gehabt und zeit seines Lebens in der zweiten Reihe gestanden. Ein Umstand, den weder Margots Mutter noch sie selbst je eingesehen hatten.

»Es geht mir nicht um Gotthart«, sagte Leni. »Ich weiß doch, wie er ausschaut.« Sie machte eine wegwerfende Handbewegung. »Ich frage mich, was Azzo Kuenring hier will. Er hat seine beiden Söhne Heinrich und Hadmar dabei. Die drei müssen zeitig in der Früh losgeritten sein, denn selbst mit schnellen Pferden braucht man fünf Stunden zu uns.«

Margot zuckte gelangweilt mit den Schultern. »Hadmar hat hier seine Ausbildung zum Ritter absolviert, warum sollten er und sein Vater nicht vorbeischauen?«

Leni schnaufte verächtlich. »Ich bitte dich, Margot, sei doch nicht so naiv. Männer von Rang treffen einander nicht, um gemeinsam ein paar Stück Rosinenbrot oder Marzipan zu essen und dabei über Belangloses zu reden. Gottharts Vater ist ebenfalls eingetroffen, er verlässt seine Burg in Gars sonst nie. Irgendetwas Wichtiges geht vor, und wir sitzen ahnungslos in diesem Turm und stecken den Saum von Kleidern hoch.«

»Was unabdingbar ist, wenn Ihr in diesem Kleid heiraten wollt«, sagte Brunhilde undeutlich, aber streng. Zwischen ihren Lippen hielt sie mehrere Nadeln fest, die ihr der Dorfschmied letzte Woche gebracht hatte. Energisch zupfte sie nun an der Schleppe von Lenis Kleid.

»Worum könnte es gehen?« Leni erwartete weder von Margot noch von Brunhilde eine Antwort. Sie richtete die Frage an sich selbst.

»Was auch immer es ist, es geht uns nichts an«, sagte Brunhilde. Sie hatte alle Nadeln wieder aus dem Mund genommen und in ein kleines Polster gesteckt, damit sie sie nicht verlor. Das filigrane Werkzeug war wertvoll. »Ich darf Euch daran erinnern, dass wir Frauen sind. Als solche haben wir mit der Politik nichts zu schaffen. Wären die Themen für unsere Ohren bestimmt, würde man uns zu dem Treffen einladen.«

Leni war anderer Meinung.

»Sollten die Männer sich gegen Herzog Friedrich auflehnen, würde uns das alle betreffen. Oder glaubt Ihr, dass Friedrich bei einem Vergeltungsschlag ausgerechnet unsere Burg verschonen würde? Man nennt ihn nicht umsonst den Streitbaren. Der Babenberger hat auch nicht davor zurückgeschreckt, dem Kaiser die Stirn zu bieten.«

»Um Himmels willen, Fräulein Leona. Das sind Themen, die gehen uns Frauen nun wirklich nichts an«, tadelte Brunhilde.

»Warum sollte sich irgendjemand gegen Herzog Friedrich erheben?« Margot klang, als hörte sie diese Theorie zum allerersten Mal. Leni wusste, dass sie bloß vor Brunhilde die Unwissende spielte. In Wahrheit wusste Margot über alles, was sich auf der Burg abspielte, genauestens Bescheid. Sie kannte Plätze, an denen man unbeobachtet lauschen konnte. Leni hatte sie dabei erwischt, wie sie ihr Ohr gegen eine der Ritzen in den Mauern gehalten hatte, um zu erfahren, wann Gotthart das nächste Mal zu Besuch kommen würde.

»Herzog Friedrich braucht Geld für seine Schlachten, die er gegen Ungarn, Böhmen und Bayern führt. Daher beschneidet er die Rechte seiner Ministerialen, die ihm ohnehin zum Dienst verpflichtet sind. Doch Azzo will sich das nicht gefallen lassen. Aber er vergisst, dass er den Herzog seit Jahren mit der unrechtmäßigen Einhebung von Zöllen verärgert. Er hat kein Recht, die Schiffe auf der Donau aufzuhalten und an der Weiterfahrt zu hindern. Wenn er sich jetzt gegen Friedrich erhebt, riskiert er eine bewaffnete Auseinandersetzung mit dem Herzog.«

Brunhilde sah Leni mit großen Augen entsetzt an. Leni hatte Angst, die Erzieherin könnte sich an den Nadeln stechen, deren Spitzen aus dem Polster schauten, den sie gefährlich nahe an ihren Busen hielt. Auch Margot spielte die Unwissende. Aber diesmal gelang es ihr nicht ganz so gut wie zuvor. Leni fand, dass sie übertrieb und ihre Augen noch weiter aus ihrem Gesicht traten, als es ohnehin schon der Fall war. Die Cousine war von Gott nicht mit Schönheit beschenkt worden, was sie versuchte, mit Bosheit wettzumachen. Jetzt stopfte Margot sich genüsslich einen der süßen Honigkuchen, die auf dem Tisch standen, in den Mund und kaute. Bei den Mengen, die sie davon täglich verzehrte, war es kein Wunder, dass Brunhilde jeden Monat Margots Kleider weiter machen musste.

»Die Männer wissen ganz genau, was sie tun«, sagte Brunhilde.

»Und was nutzt uns all das Wissen über Zölle und Rechte und drohende Auseinandersetzungen, wenn wir ohnehin nichts daran ändern können?«, fügte Margot hinzu.

»Wollt ihr denn nicht wissen, was euch erwartet?«

Brunhilde zuckte mit den Schultern.

»Außerdem glaube ich, dass eine Ehefrau sehr wohl Einfluss auf die Entscheidungen ihres Mannes nehmen kann. Gotthart wird auf mich hören, dafür werde ich sorgen.« Frech zog Leni eine Augenbraue hoch. Sie vergaß dabei, dass sie nun wieder Margots wunden Punkt erwischt hatte.

Ihre Worte erinnerten die Cousine an die Tatsache, dass Leni es war, die Gotthart in ein paar Wochen, sobald der Sommer zu Ende war, heiraten würde. Wütend presste Margot ihre schmalen Lippen zusammen und ballte ihre Hände zu Fäusten.

»Entschuldige«, sagte Leni versöhnlich. »Ich wollte dich nicht verärgern.«

»Dann gib nicht ständig damit an, dass du Gotthart zum Mann bekommst.«

»Versprochen!«

Mit Brunhildes Hilfe schlüpfte sie aus ihrem Hochzeitskleid und streifte wieder ihr dunkelblaues Sommerkleid über. Leni besaß vier Kleider, zwei für den Sommer und zwei für den Winter, und bald ein fünftes, ein Hochzeitskleid, das sie auch an hohen kirchlichen Feiertagen und zu Festen tragen konnte. Es hatte modische Trompetenärmel, die bis zum Saum reichten und mit glänzender Seide gefüttert waren. Als Margot die Ärmel zum ersten Mal gesehen hatte, war sie vor Neid noch weiter erblasst. Leni liebte ihr Kleid. Jetzt eilte sie zur Tür.

»Wo wollt Ihr denn hin?«, erkundigte sich Brunhilde.

»In die Halle«, erklärte Leni mit einer Selbstverständlichkeit in der Stimme, für die Abt Ebro ihr mindestens fünf Ave Maria zur Buße auferlegt hätte. Denn als Frau hatte sie sich in Demut zu üben.

»Ich muss doch herausfinden, was die Männer vorhaben, und hinterher statte ich euch Bericht darüber ab.«

Besser, Leni sagte gleich freiwillig ein weiteres Gebet auf. Sie würde es in Windeseile herunterrattern.

Da es von der Tochter eines verwitweten Burgherrn erwartet wurde, die Rolle der Gastgeberin zu übernehmen, war es ein Leichtes, sich in die Halle unter die Leute zu mischen. Aus der Küche holte sie einen schweren Krug mit Gewürzwein.

»Das Gesöff kostet ein Vermögen«, jammerte Hilde. »Ich habe den Wein mit Pfeffer und Nelken im Wert einer ganzen Kuh gewürzt. Damit hinterher niemand sagen kann, Euer Vater wäre knausrig.«

Gewürze aus dem Orient waren mit Gold aufzuwiegen und täuschten darüber hinweg, dass der Wein sauer war. Otto von Rauheneck hatte noch nie viel Wert auf Luxus gelegt. Aber gutes Essen und schmackhafte Getränke gehörten zu den wenigen Dingen in seinem Leben, die ihm hin und wieder noch ein zufriedenes Lächeln aufs Gesicht zaubern konnten, weshalb immer genug der sündhaft teuren Gewürze in der Küche vorrätig waren.

Leni liebte den scharfen Geruch der Pfefferkörner, der, je nachdem, bei welchem Händler sie gekauft wurden, unterschiedliche Duftnoten enthielt. Manchmal erinnerte das Gewürz an Blumen, manchmal an Bergamotte oder Kampfer. Immer aber weckte es in Leni die Sehnsucht nach anderen Ländern. Als Kind hatte sie versucht, sich vorzustellen, wie die Welt außerhalb der Burg wohl aussah. Brunhilde hatte versucht, Lenis Neugier mit Geschichten über gefährliche Riesen und Furcht einflößende Trolle zu dämpfen, jedoch ohne Erfolg. Sobald ein fahrender Händler die Burgmauern passierte, wurde er von Leni mit Fragen überfallen. Seit Jahren träumte sie von pulsierenden Häfen, riesigen Schiffen und dem Meer, das unendlich weit war und angeblich nach Salz schmeckte. In ihrer Fantasie malte sie sich die Städte aus, von denen die Händler berichteten. Einige behaupteten, die Menschen wären an diesen Orten so reich, dass sie nicht nur täglich ihre Speisen mit Salz und Pfeffer würzen konnten, sondern auch Künstler damit beauftragten, Statuen und Gemälde von außergewöhnlicher Schönheit zu schaffen. Es fielen Städtenamen wie Genua, Pisa, Venedig und Florenz. Sie alle klangen in Lenis Ohren wie Musik.

»Keine Ahnung, wo Ihr gerade mit Euren Gedanken seid, Fräulein Leona!« Hildes Stimme holte Leni in die Wirklichkeit zurück. »Aber Ihr solltet Euch beeilen. Durstige Männer können zu unausstehlichen Bestien werden.«

Schwungvoll schnappte sich Leni den Krug und lief aus der Küche, über den staubigen Burghof, vorbei am Ziehbrunnen zum Wohnturm, über ein paar Stufen hinauf zum großen, schweren Holzportal und betrat die Burghalle. Aufgereiht an dem langen Tisch saßen die mächtigsten und einflussreichsten Männer der Gegend. Sie alle sprachen wild durcheinander. Es roch nach Schweiß, Leder und Pferden. Am Kopfende der Tafel hatten Lenis Vater und Gerold Platz genommen. Möglichst unauffällig ging Leni von einem Gast zum anderen und schenkte die leeren Becher voll. Durch die schmalen Fenster unterhalb der hohen Holzdecke drang Tageslicht in die Halle. Für zusätzliche Helligkeit sorgten Fackeln in den Wänden.

Gotthart und Hadmar hockten nebeneinander. Es war, als hätte sich in den letzten Jahren nichts verändert. Gotthart wirkte immer noch blass und unterwürfig neben dem stattlichen Hadmar, dessen Brust und Nacken noch breiter geworden waren. Der Kuenringer war sich seiner Männlichkeit durchaus bewusst. Selbstgefällig schaute er sich um und sonnte sich in seinem Glanz. Als er Leni erblickte, blitzten seine dunklen Augen auf. Ungeniert musterte er sie. Es war Leni, als würde er sie mit Blicken entkleiden und den Körper, den er darunter entdeckte, begutachten. Was er fand, schien ihm zu gefallen. Er schnalzte genüsslich mit der Zunge. Am liebsten hätte Leni den Inhalt des vollen Weinkrugs über seinem Kopf entleert.

Gotthart bekam von alldem nichts mit. Und wenn doch, dann ignorierte er es geflissentlich. Er wich Konflikten nach wie vor am liebsten aus. Leni war ihrem Vater dennoch dankbar dafür, dass er sie Gotthart zur Frau gegeben hatte. Sie würde sich mit dem unscheinbaren Mann, den sie kannte, seit sie sich zurückerinnern konnte, und mit dem sie eine jahrelange Freundschaft verband, irgendwie arrangieren, dessen war sie sich sicher.

»Verstehe ich Euch richtig?« Azzo Kuenring stand auf und verschaffte sich mit einer dunklen, drohenden Stimme Gehör. Vater und Sohn glichen einander wie ein Ei dem anderen, bloß dass das stehende Ei um viele Jahre älter war. Leni gefiel der Vergleich, denn genau wie ein altes Ei ungenießbar wurde und stank, war das, was Hadmars Vater sagte, faul.

»Ihr wollt mich nicht unterstützen?«

»Wir sehen keinen Grund, gegen Herzog Friedrich in den Kampf zu ziehen. Ganz im Gegenteil, wir würden uns dazu verpflichtet fühlen, ihn zu unterstützen, sollte er sich gegen den Kaiser erheben«, entgegnete Gerold. Der treue Verwalter hatte für seinen Herrn das Wort ergriffen. Lenis Vater saß teilnahmslos und in sich zusammengesunken daneben. Es hatte den Anschein, als würde das Gespräch ihn nichts angehen und als befände er sich gedanklich in einer anderen Welt. Leni hoffte inständig, dass es eine schönere Welt war. Doch so traurig, wie er aussah, musste sie annehmen, dass er auch in seiner Fantasie nicht glücklich war.

»Ich bin Azzo Kuenring. Ich will die Worte des Burgherrn von Otto von Rauheneck persönlich hören und nicht die Meinung eines einfachen Verwalters.«

Nun hob Lenis Vater träge den Kopf, reagierte aber nicht. Seine Augen waren leer. Gerold wandte sich Hilfe suchend an seinen Herrn, ergriff dessen Oberarm und rüttelte ihn sanft. Leni wusste, dass er damit nichts erreichen würde. Der Geist ihres Vaters war tot, was hier saß, war bloß noch seine körperliche Hülle.

»Azzo Kuenring. Dieses Treffen ist meinem Vater von so großer Wichtigkeit, dass er trotz seiner schwachen Gesundheit bei Euch sitzt und Euch bewirtet. Nur weil er nicht selbst die Stimme erhebt, um seine Kräfte zu schonen, heißt das noch lange nicht, dass er keine Meinung hat. Ihr könnt versichert sein, dass Gerold in seinem Namen spricht.«

Überrascht ob der Tatsache, dass eine junge Frau, die noch dazu unverheiratet war, sich erdreistete, zu den Männern zu sprechen, richtete Azzo seinen Blick auf Leni. Leider schenkte Lenis Vater seine Aufmerksamkeit weiterhin der Wand auf der gegenüberliegenden Seite der Halle und dem Familienwappen, das dort hing. Daneben stand eine etwas derbe Schnitzerei, die die Madonna mit dem Kind zeigen sollte. Wenn es nach Leni gegangen wäre, hätte man das hässliche Ding auf irgendeinem Gang versteckt. Sie trat zu Otto von Rauheneck und flüsterte in sein Ohr: »Bitte, Vater, zeig Stärke, tu es für unsere Familie.«

»Unsere Familie ist tot.«

»Nein!«, zischte Leni leise, aber bestimmt. »Ich bin deine Tochter, und ich bin nicht tot.«

Die Männer am Tisch beobachteten gebannt Vater und Tochter, konnten die Worte aber nicht verstehen, die gewechselt wurden, zu laut waren das Rücken der Stühle und das Klirren der Becher der Männer im Saal.

»Wir lassen uns von einem Weib nichts sagen!«, rief Hadmar. Zustimmung heischend, sah er zu seinem Vater und bettelte förmlich um dessen Anerkennung. Aber Azzo schnitt ihm verärgert das Wort ab.

»Sei still!«

Leni wusste, dass Azzo Kuenring nicht zimperlich mit seinen Söhnen umging. Als Kind hatte sie mit ansehen müssen, wie er Hadmar in aller Öffentlichkeit verprügelt und gedemütigt hatte. Einmal war er dabei mit seiner Peitsche so brutal vorgegangen, dass Leni Mitleid mit Hadmar gehabt und versucht hatte, ihn hinterher zu trösten. Zum Dank hatte Hadmar sie verhöhnt und in die Seite geboxt. Leni hatte sich nie ausmalen wollen, wozu ein Vater innerhalb der eigenen Burgwände fähig war, wenn er seinen Sohn schon in der Öffentlichkeit dermaßen schlimm misshandelte, dass dessen Wunden eine Woche lang unter dem Hemd nachbluteten. Doch die Zeit, in der sie Mitleid mit Hadmar verspürt hatte, war längst vorbei. Jetzt ging es darum, ihren Vater wachzurütteln.

Lenis Botschaft schien langsam zu ihm durchzudringen. Ungelenk und umständlich erhob sich Otto von Rauheneck aus seinem Stuhl. Mit Schrecken stellte Leni fest, wie abgemagert er war. Unter seinem Hemd traten die Knochen hervor. Sie hatte ihren Vater seit Wochen nicht zu Gesicht bekommen, weil er seine Gemächer nicht verlassen und außer Gerold niemanden zu sich gelassen hatte. Jetzt räusperte er sich und musste husten. Das Geräusch klang schmerzhaft und trocken.

»Meine Tochter hat recht, ich kann im Moment keine langen Reden schwingen, weshalb ich meinem Verwalter dankbar bin, dass er an meiner statt spricht. Aber ich versichere Euch, dass ich nicht vorhabe, mich gegen Herzog Friedrich zu erheben. Ich sehe darin keinerlei Vorteil.«

»Der Herzog beschneidet die Rechte seiner Ministerialen. Er will uns die Höhe der Abgaben vorschreiben, die wir von seinen Bauern einheben, und verlangt von uns höhere Zahlungen, um seine Kriege gegen Ungarn und Bayern zu finanzieren. Solange es gegen Böhmen ging, sahen wir die Dringlichkeit noch ein. Aber was gehen uns Ungarn und Bayern an? Die Länder sind weit von uns entfernt.«

Otto von Rauheneck antwortete nicht. Es war, als hätte ihn seine Erklärung all seine Kraft gekostet, die er noch aufzubringen imstande war. Erschöpft ließ er sich zurück in seinen Stuhl plumpsen.

»Ihr vergesst, dass Otto von Rauheneck kein Ministeriale ist, sondern ein freier Mann mit eigenem Grund und Boden!«, mischte sich Gerold ein. »Die Auflagen, die für Euch gelten, betreffen ihn nicht.« Leni hätte ihn wegen dieser Bemerkung am liebsten umarmt. Besser hätte sie es nicht sagen können. Gerold wies Azzo in die Schranken und führte ihm deutlich vor Augen, dass er trotz seines Reichtums im gesellschaftlichen Rang weit unter der Familie Rauheneck stand. Ein Umstand, der den Kuenringern, seit sie die Burg Aggstein übernommen hatten, ein Dorn im Auge war. Sie strebten nach gesellschaftlicher Gleichstellung, bisher jedoch ohne Erfolg. Aus den Augenwinkeln nahm Leni Hadmars finstere Miene wahr. War er verärgert, weil Gerold die Wahrheit sprach? Sein hasserfüllter Blick richtete sich ausschließlich auf sie.

»Zuerst sind es die Ministerialen, dann die adeligen Gefolgsmänner. Herzog Friedrich ist unersättlich. Seine kriegerischen Auseinandersetzungen mit Ungarn, Bayern und Böhmen verschlingen Unsummen, Geld, das er über kurz oder lang von uns allen herausquetschen wird.« Erchenbert von Gars, Lenis zukünftiger Schwiegervater, meldete sich zu Wort und ergriff für den Kuenringer Partei. Er trug einen dunkelblauen Mantel, der seinen mächtigen Bauch nicht verbergen konnte. Ob Gotthart in einigen Jahren auch so aussehen würde? »Mein Sohn und ich haben Azzo unsere Unterstützung zugesagt. Es ist an der Zeit, den Herzog in die Schranken zu weisen. Denn was wird Friedrichs nächster Schritt? Er wird sich mit dem römisch-deutschen Kaiser anlegen. Und wer wird dafür zur Kasse gebeten? Wir werden für seinen Größenwahn bezahlen. Dazu bin ich nicht bereit.«

Erchenberts Aussage überraschte Leni nicht, sie hatte befürchtet, dass er vor Azzo in die Knie ging. Aber seine Wortwahl war ungewöhnlich scharf und direkt. Jeder hier in der Halle wusste, dass Erchenbert jeden Konflikt mit Azzo vermeiden wollte. Lieber begab er sich in einen Krieg mit dem Herzog, der es vielleicht erst in einigen Jahren schaffen würde, eine Truppe zusammenzustellen, um seine aufmüpfigen Vasallen zur Vernunft zu bringen.

Einige der anderen Männer am Tisch teilten Erchenberts Meinung. Sie nickten zustimmend. Doch es waren bei Weitem nicht alle. Es gab auch welche, die sich ähnlich wie Lenis Vater dem Aufstand nicht anschließen wollten und lieber auf Verhandlungen setzten. Die Gefahr, dass auch der Kaiser sich einmischen könnte, war einfach zu groß, und was dann geschehen würde, konnte niemand abschätzen.

»He, Fräulein Leona. Mein Becher ist leer!«

Einer von Erchenberts Gefolgsmännern winkte Leni zu sich. Doch in dem Krug in ihrer Hand befand sich kein Tropfen Wein mehr. Sie musste in die Küche, um Nachschub zu holen. Nur widerwillig verließ sie die Halle. Viel lieber hätte sie der Unterhaltung weiter zugehört. Denn eines war gewiss: Was sie jetzt nicht hörte, würde ihr später niemand erzählen. Sie war ja bloß eine junge Frau. So schnell sie konnte, lief sie über den Burghof. Dabei musste sie an zwei von Azzos Männern vorbei. Sie saßen vor dem Brunnen und spielten Würfel. Ein paar Münzen lagen im sandigen Boden. Die Kirche hatte das Glücksspiel verboten, doch die Männer kümmerte es nicht.

»Wen wird es als Erstes treffen?«, fragte der Dicke.

Neugierig verlangsamte Leni ihre Schritte.

»Kommt ganz darauf an. Drei Sechser, das musst du mir erst mal nachmachen.« Der Glatzköpfige reichte den Lederbecher an seinen Kumpanen, grinste und legte dabei riesige Zähne frei, die ihm Ähnlichkeit mit einem Pferd verliehen.

»Azzo wird seinen Aufstand mit einem Überfall auf einen von Friedrichs Verbündeten beginnen. Dafür wird er sich den schwächsten Gegner aussuchen. Wenn du mich fragst, stehen mehrere zur Auswahl.«

Lenis Herz schlug schneller. Azzos Plan war weiter gediehen, als sie angenommen hatte. Die Worte des Dicken kündigten eine Katastrophe an, die schlimmer war als alles, was sie bisher befürchtet hatte. Der Kuenringer hatte vor, Herzog Friedrich mit dem Überfall einer Burg zu provozieren. Sie suchten wirklich den offenen Konflikt mit ihm.

Die beiden Würfelspieler unterbrachen ihr Spiel und schauten zu Leni.

»Hast du noch ein Schlückchen für uns übrig, schönes Fräulein?« Der Glatzkopf hielt Leni seinen Würfelbecher fordernd entgegen.

»Leider nicht, der Krug ist leer.«

Zum Beweis drehte sie ihn um. Benommen setzte sie ihren Weg zur Küche fort. Was sie noch vor wenigen Augenblicken als weise Entscheidung gewertet hatte, bedeutete nun eine große Gefahr. Wenn Gerold und ihr Vater sich nicht gegen Friedrich, Herzog von Österreich und der Steiermark, erheben wollten, würden sie sich zu einem von Azzos Zielen machen. Aber würden die Kuenringer wirklich so weit gehen und die Burg ihres Vaters überfallen? Ihre Familien waren durch jahrelange Freundschaft miteinander verbunden. Azzo hatte seinen Sohn Hadmar auf die Burg Lichtenfels geschickt, damit er hier zum Ritter ausgebildet wurde. Mit einem Überfall würde er gegen alle Regeln des Anstandes verstoßen. Leni versuchte, sich zu beruhigen. Sie war mit Gotthart verlobt, und Erchenbert hielt zu Azzo. Das hatte er eben klargestellt. Dieser Umstand bedeutete Sicherheit. Gleichzeitig wusste sie, dass die Worte Anstand und Kuenringer nicht zusammenpassten. Sie waren wie Wasser und Feuer und schlossen einander aus. Das hatte sie in all den Jahren, die Hadmar auf der Burg verbracht hatte, immer wieder leidlich erfahren müssen.

Die Gäste blieben zum Abendessen. Im Burghof wurden ein Wildschwein und mehrere Rebhühner gegrillt. Die beiden Küchenjungen, die die Tiere beständig drehten, schwitzten. Mit hochroten Köpfen standen sie seit Stunden neben dem Feuer und bewegten die Spieße, während eine Magd die Tiere immer wieder mit einer Paste aus Öl, wildem Knoblauch und Kräutern bestrich. Hilde hatte nicht mit Gewürzen gespart. Es duftete nach Thymian und Majoran. Aber auch Salz und Pfeffer befanden sich im Öl.

Leni half in der Küche mit, stampfte Rüben und kochte Gerste. Beides wurde als Beilage serviert. Hilde reichte ihr ein Pulver, das scharf in der Nase brannte und einen erdigen Farbton hatte. »Galgant«, erklärte sie. »Mischt es unter die Rüben, damit sie nicht geschmacklos bleiben.«

Die Köchin suchte in einer Truhe, in der sie die kostbaren Gewürze aufbewahrte, nach dem Säckchen mit den Pfefferkörnern. Es war beinahe leer.

»Ich hoffe sehr, dass der fahrende Händler, der letztes Jahr um diese Zeit zu uns gekommen ist, bald wiederkehrt«, bemerkte sie. »Meine Vorräte sind beinahe aufgebraucht. Ich benötige dringend Nachschub. Sonst werden die Speisen in den nächsten Wochen langweilig und fade schmecken.«

Nur zu gut erinnerte sich Leni an den Mann mit dem lustigen Akzent, dessen Haut die Farbe von goldenem Olivenöl gehabt hatte und dessen Haar so schwarz gewesen war wie ein Stück Kohle. Er hatte ihr ein Stück Rosenseife verkauft, das so intensiv geduftet hatte, dass es sie selbst an den kältesten Wintertagen wehmütig an warme Sonnenstunden erinnerte.

Auch Margot war in der Küche, aber im Unterschied zu Leni gelang es ihr wieder einmal, sich geschickt vor körperlicher Arbeit zu drücken. Die meiste Zeit über saß sie auf der Fensterbank und schaute in den Hof in der Hoffnung, Gotthart oder einen der anderen Ritter zu erblicken.

»Wir brauchen noch mehr Petersilie«, forderte Hilde. »Und ein paar Pastinaken.«

Sie reichte Margot eine kleine Schaufel, doch die schüttelte angewidert den Kopf.

»Du glaubst doch nicht im Ernst, dass ich meine Hände beim Ausgraben von Wurzeln schmutzig mache. Wie soll ich denn an meiner Altardecke weitersticken, wenn ich mir die Haut aufreiße? Ich bin eine von Rauheneck, wenn mein Vater um ein paar Jahre älter gewesen wäre, würde ich dir nun Anweisungen erteilen und nicht Leni.«

»Das seid Ihr aber nicht. Und deshalb sage ich, holt auf der Stelle Petersilie.«

Margot setzte zu einer Schimpftirade an, doch Leni unterbrach den Streit. Genervt verdrehte sie die Augen und nahm die Schaufel entgegen.

»Ich mach schon«, erklärte sie und ging. Der Gemüsegarten befand sich auf der Rückseite der Küche. Es war ein uneinsehbarer Ort, der von drei hohen Mauern umgeben war, die den Rosmarinstock und den Lorbeerstrauch im Winter vor der erbarmungslosen Kälte schützten.

Leni schritt über die sauber angelegten Kieswege und trat zu dem Beet mit den Petersilienwurzeln. Sie kniete sich nieder und fing an, mit der kleinen Schaufel zu graben. Neben ihr summten zwei Bienen, ein Schmetterling flog zu einer Klatschmohnblüte. Leni beobachtete das farbenfrohe Insekt, als sie Schritte von hinten wahrnahm. Sie klangen schwer, wie die eines Soldaten in Stiefeln. Leni verband damit keine Gefahr. Daher richtete sie sich nur langsam auf. Zu langsam. Schon packten sie zwei starke männliche Arme von hinten und zogen sie unsanft hoch. Die Schaufel fiel scheppernd in den Kies.

Leni versuchte, sich aus der ungewollten Umarmung zu befreien, aber ohne Erfolg.

»He, was soll das?«, rief sie empört. »Lass mich sofort los.«

An den dunkelbraunen Lederstiefeln, die sie aus den Augenwinkeln wahrnahm, erkannte sie ihren Angreifer. Es war

Hadmar, der sich einen Spaß daraus machte, sie noch fester gegen seine harte Brust zu drücken.

»Leni, du bist ein verdammt freches Frauenzimmer, dem jemand mal ordentlich den Hintern versohlen muss.«

Er lachte rau an ihrem Ohr. Sein heller Bart streifte ihre Wange. Mühelos drehte er sie zu sich, ohne dass Leni auch nur die geringste Möglichkeit hatte, seiner Umarmung zu entkommen. Hadmar sah nicht nur kräftig aus, er war es auch. Nun beugte er sich nach unten. Ihr Gesicht war nur eine Handbreit von seinem entfernt. Seine dunklen, fast schwarzen Augen blitzten amüsiert auf. Ihr wachsendes Unbehagen bereitete ihm sichtlich Vergnügen.

»Du bist aber auch ein sündhaft hübsches Frauenzimmer.« Hadmars Atem roch nach dem Gewürzwein, den sie ihm zuvor eingeschenkt hatte. Verlangen lag in seiner Stimme.

»Gotthart ist ein wehleidiges Kind. Was du brauchst, ist ein richtiger Mann, der es dir ordentlich besorgt«, keuchte er lachend und drückte sein Becken mit einem kräftigen Stoß gegen ihres. Sein Schwert, das in einer ledernen Scheide an seinem Oberschenkel hing, stieß schwer gegen ihre Hüfte. Leni nahm den Schmerz kaum wahr, alles, was sie spürte, war Hadmars Männlichkeit zwischen seinen Beinen, die anschwoll. Panik stieg in ihr auf.

»Lass mich auf der Stelle los!«, kreischte sie. »Ich bin mit Gotthart verlobt. Er ist dein Freund und Verbündeter. Wenn er erfährt, was du hier tust, wird er dich auspeitschen lassen.«

Hadmar lachte. Sein breiter Brustkorb vibrierte. Er hielt

Leni etwas auf Abstand, dennoch konnte sie sich nicht bewegen. Seine starken Finger waren wie Schraubstöcke.

»Gotthart ist ein Feigling. Was willst du mit ihm anfangen?«

Mit einem Ruck senkte er sein Gesicht und zog sie wieder an sich. Brutal drückte er seine Lippen auf die ihren und drängte seine Zunge in ihren Mund. Sein Bart kratzte auf ihren Wangen, seine Finger bohrten sich in ihre Oberarme. Leni wurde übel. Panisch versuchte sie, sich von ihm abzuwenden. Es ging nicht. Sie hatte nur eine Möglichkeit, sich zu wehren. Mit aller Kraft biss sie zu. Augenblicklich ließ Hadmar von ihr ab und brüllte auf. Leni wankte einen Schritt zurück. Sie nutzte den Moment und hastete zum Ausgang des Gemüsegartens. Dort spuckte sie Hadmars Blut aus.

»Du verdammtes Teufelsweib«, fluchte Hadmar hinter ihr. Blutiger Speichel tropfte aus seinem Mund und landete auf dem Kragen seines hellen Hemdes. Er hielt den Kopf nach vorne gebeugt, um seine Kleidung nicht weiter zu beschmutzen. Sein blondes Haar, das so ganz und gar nicht zu seinen dunklen Augen passen wollte, löste sich aus dem kurzen Zopf in seinem Nacken und fiel ihm ins Gesicht, das nun zu einer Maske des Zorns entstellt war.

»Das wirst du mir büßen«, keuchte er. »Du wirst dir wünschen, dass dieser Augenblick nie stattgefunden hätte, und du wirst um Vergebung winseln. Das schwöre ich dir.«

Lenis Herz raste. Hätte er sich tatsächlich an ihr vergangen, oder war es bloß eine seiner Machtdemonstrationen gewesen, um sie einzuschüchtern? Ihr Blick glitt zwischen seine Beine, dort wölbte sich immer noch der Stoff über seiner dunkelbraunen Tunika. Rasch hob sie ihre Röcke und lief, so schnell sie konnte, zurück in die Küche. Die Petersilienwurzeln und die kleine Schaufel lagen noch neben dem Beet. Jemand anders musste sie holen.

• • •

Eine Woche nach dem Besuch fand Leni endlich Gelegenheit, mit Gerold zu reden. Es war gar nicht so einfach, den viel beschäftigten Mann, der nicht nur seine eigenen Aufgaben als Verwalter, sondern auch die des Burgherrn übernahm, zu erwischen. Ständig war er irgendwo unterwegs. Lenis Vater hatte sich wieder in seine Gemächer zurückgezogen, wo er den ganzen Tag im Bett verbrachte und außer Gerold niemanden zu sich ließ. Als der treue Mann ihm das Essen brachte und wenig später mit dem leeren Geschirr das Zimmer wieder verließ, passte Leni ihn am Treppenansatz ab.

»Gerold, ich muss mit Euch sprechen«, sagte sie fordernd.

Der alte Mann wirkte geschäftig und gehetzt.

»Nur ein paar Augenblicke, aber es ist dringend«, beharrte Leni.

»Meinetwegen, kommt mit mir.« Gerold gab nach. Gemeinsam verließen sie den Wohnturm und gingen über den Hof, wo sie auf eine Küchenmagd trafen, die Gerold das Tablett abnahm. Zwischen Küche und Backstube lag ein winziger Zubau, den der Verwalter bewohnte. Es war ein ganz besonderes Privileg, das Otto ihm zugestand und das zeigte, welche Stellung Gerold auf der Burg innehatte. Der enge Vertraute verfügte über eine eigene Schlafkammer und eine winzige Stube. Beide Räume standen ihm allein zur Verfügung. Leni hatte ihn vor Jahren einmal gefragt, warum er nie geheiratet hatte, worauf Gerold ihr traurig geantwortet hatte, dass er nicht immer allein gewesen war. Allen weiteren Fragen war er geschickt ausgewichen, was Lenis Fantasie Nahrung gab. Vielleicht hatte er seine Frau auf ähnlich tragische Weise verloren wie ihr Vater. Es wäre eine Erklärung für Gerolds bedingungslose Treue gegenüber der Familie Rauheneck.

Gerold betrat seine Schreibstube als Erster. In dem niedrigen Raum befanden sich ein Schreibpult, das Ähnlichkeit hatte mit jenen, die die Mönche im Kloster in Zwettl verwendeten, wenn sie die Heilige Schrift mit bunten Illustrationen versahen, und eine reichlich mit Schnitzarbeit verzierte Truhe, in der Gerold wichtige Schriften aufbewahrte. Ein Fenster sorgte tagsüber für ausreichend Licht. Sobald es dunkel wurde, entzündete Gerold eine teure Bienenwachskerze, die auf einem Tonteller auf der Truhe stand. Die Kerze schien oft benutzt zu werden, denn sie war beinahe aufgebraucht. Oft arbeitete der fleißige Mann bis spät in die Nacht. Er zählte die noch ausständigen Getreidemengen der Bauern zusammen, führte Listen über Einnahmen und Ausgaben der Burg und behielt den Überblick über das Vermögen der Rauhenecks.

An der hinteren Wand der Stube lehnten zwei Stühle.

Gerold bot Leni einen davon zum Sitzen an. Er selbst nahm auf dem anderen Platz, den er ihr gegenüber aufstellte.

»Denkt Ihr, dass Azzo Kuenring uns überfallen wird?«, fragte Leni geradeheraus.

»Wie kommt Ihr auf die Idee?«

Leni erzählte von den Gesprächsfetzen der Männer, die sie letzte Woche belauscht hatte.

Gerold kratzte sich an seiner hohen Stirn. Sein Zeigefinger und sein Daumen waren schwarz von der Tinte, mit der er Tag für Tag schrieb.

»Ich kann mir nicht vorstellen, dass er das wagt«, sagte er langsam. »Eure bevorstehende Ehe mit Gotthart von Gars sollte uns vor einem Angriff bewahren. Azzo kann es sich nicht leisten, seinen wichtigsten Verbündeten zu brüskieren.«

»War das der Grund, warum mein Vater ihn als Ehemann für mich ausgesucht hat?«

Gerold neigte den Kopf zur Seite. Er betrachtete seine Finger und tat so, als wären die Flecken von Interesse.

»Oh, ich verstehe. Ihr wart es, der ihn ausgesucht hat.«

Gerold blieb ihr die Antwort schuldig, aber Leni wusste auch so Bescheid.

»Ich hoffe sehr, dass Eure Rechnung aufgeht.«

»Das hoffe ich auch«, sagte Gerold. »Aber man kann nie sicher sein, was Azzo oder einer seiner Söhne planen. Die Kuenringer sind unberechenbar, und sie überschätzen ihre Macht, was sie zu gefährlichen Gegnern macht. Azzo neigt zum Größenwahn, wie sonst ist es zu erklären, dass er den Herzog herausfordert.«

»Kann Abt Ebro die Männer nicht zur Vernunft bringen?«

Das Zisterzienserkloster in Zwettl hatte in den letzten Jahren stetig an Einfluss und Reichtum gewonnen. Riesige Ländereien waren im Besitz der Abtei. Ebro stand in einvernehmlichem Verhältnis zu Herzog Friedrich, der die Gründung der Zisterzienserabtei Heiligenkreuz gestiftet hatte. Der Abt pflegte aber auch gute Kontakte zu den Kuenringern. Leni kannte den Mann von hohen kirchlichen Feiertagen, aber auch von dem gemeinsamen Besuch mit Margot und Brunhilde. Sie hatten ihm die Altardecke gebracht, an der sie jahrelang gestickt hatten. Brunhilde war es zwar nicht gelungen, die trächtige Kuh in ein graziöses Einhorn zu verwandeln, aber nachdem klar war, dass das Tier nicht mehr zu retten war, hatten sie kurzerhand einen Wal daraus gemacht. Abt Ebro hatte die wertvolle Stickerei wortlos entgegengenommen. Jetzt zierte die Decke einen der versteckten Seitenaltäre der Klosterkirche, der nur selten in Verwendung war.

»Diesbezüglich muss ich Euch leider enttäuschen«, sagte Gerold bitter. »Azzo hat sich die Gunst des Abtes mit einer großzügigen Spende erkauft. Ganz egal, was für Gräueltaten er sich in den nächsten Jahren noch erlauben wird, für die Nachwelt wird er immer der großzügige Stifter sein, dafür wird Ebro sorgen.«

»Ihr meint, er hat den Kuenringern versprochen, sie von ihren Sünden freizusprechen?«

»Genauso ist es. Mit der richtigen Summe kann man sich selbst als Verräter oder Mörder einen Platz im Paradies erkaufen.«

Diese Vorgehensweise war Leni nicht neu. »Aber Vater hat dem Kloster ebenfalls jedes Jahr großzügige Geldbeträge zukommen lassen. Hat er etwa damit aufgehört?«

Gerold schüttelte den Kopf: »Nein, er zahlt immer noch. Aber es sind bloß die üblichen Summen, die alle Burgherren der Umgebung an das Kloster abgeben. Gerade so viel, dass keine schlechte Nachrede entsteht und Gott uns allen wohlgesinnt bleibt.«

»Das ist gut«, sagte Leni erleichtert.

In den letzten Monaten hatte sie immer wieder die Angst beschlichen, ihr Vater hätte Gott abgeschworen. Dass ihm sein Dasein nach dem Tod nicht gleichgültig war, stimmte sie zuversichtlich. Es wäre schrecklich gewesen, wenn er bis zum Jüngsten Gericht in der Hölle von Teufeln gequält worden wäre.

»Aber müsste es nicht in Abt Ebros Interesse sein, dass es zu keinem Konflikt zwischen dem Herzog und den Kuenringern kommt?«, fragte Leni.

»Ach, Fräulein Leona«, seufzte Gerold schwer. »Die Dinge sind kompliziert, und ich bezweifle, dass sie für die Ohren einer jungen Frau bestimmt sind.«

»Ich bin das einzige Kind meines Vaters. Für wessen Ohren soll die Zukunft der Burg bestimmt sein, wenn nicht für meine?«

Leni mochte Gerold, aber seine Worte verärgerten sie.

Der Verwalter gab sich geschlagen.

»Abt Ebro ist ein gerissener, eiskalter Stratege, der mit allen ihm zur Verfügung stehenden Mitteln seine Macht vergrößern will. Für die richtige Summe Geld oder ein Stück fruchtbares Land ist er bereit, fast alles zu tun. Und ich fürchte, dass er auch jederzeit die Fronten wechseln würde. Gerade so, wie es ihm passt. Egal, wie skrupellos er handelt, er ist davon überzeugt, dass er die Legitimation dazu hat, und zwar von Gott höchstpersönlich.«

»Ihr meint, er würde Menschen bewusst Schaden zufügen? Aber er ist doch ein Mann Gottes.«

Es war eine Sache, einen Sünder von seinen Vergehen reinzuwaschen, doch eine ganz andere, selbst zum Sünder zu werden. Gerolds Gesicht wurde ernst.

»Ich denke, dass der Abt für Reichtum und Macht über Leichen gehen würde. Falls Ihr jemals in die Situation kommen solltet, Hilfe zu benötigen. Ich flehe Euch an, sucht sie nicht bei Abt Ebro. Wenn er sich einen Vorteil davon erhofft, stößt er Euch höchstpersönlich aus einem Turmzimmer. Und das Schlimme dabei ist, er hätte dabei nicht die Spur eines schlechten Gewissens, denn er glaubt, als Verfechter des wahren Glaubens über jeden Zweifel erhaben zu sein.«

»Wie könnt Ihr so etwas Schreckliches sagen?« Leni sog entsetzt die Luft ein.

Doch Gerold nahm keines seiner bösen Worte zurück. Er sah sie eindringlich an.

»Glaubt mir einfach, Fräulein Leona. Ebro mag das Wort Gottes predigen, aber er lebt es nicht.«

Nun wurde Leni kalt, dabei war es in der winzigen Kammer stickig und warm. Bei den wenigen Treffen, die es zwischen ihr und dem Abt gegeben hatte, war er ihr immer unnahbar erschienen. Auch wenn er sie angelächelt hatte, so waren seine Augen distanziert und kalt geblieben. Leni hatte sein Verhalten damit erklärt, dass sie eine Frau war und somit ein minderwertiges Geschöpf im Verständnis des Kirchenmannes. Aber vielleicht hatte Gerold recht, und Ebro hatte in Wahrheit ein Herz aus Stein. Sie hoffte, dass sie nie in die Situation geraten würde, ihn um Hilfe bitten zu müssen.

Was Gerold soeben gesagt hatte, stand im krassen Gegensatz zu dem, was sie, seit sie sich zurückerinnern konnte, gelehrt worden war. Männer der Kirche vertraten Gott, und aus diesem Grund hatte man sie zu verehren und ihnen zu vertrauen. Sosehr sie die Information irritierte, so froh war sie, dass Gerold offen mit ihr sprach und sie nicht wie ein unmündiges Kind behandelte. Nach ihrer Hochzeit würde sie die Burg verlassen. Gerold war einer der Menschen, die sie vermissen würde.

»Können wir einen Überfall der Kuenringer überstehen?«

Der mitleidige Blick in Gerold Augen war Antwort genug. »Wir müssen hoffen und beten, dass Azzo sich ein anderes Opfer aussucht.«

»Aber unsere Einnahmen stimmen?« Bevor Leni das Häuschen des Verwalters wieder verließ, wollte sie noch etwas Erfreuliches hören.

»Wir hatten noch nie bessere Zahlen«, bestätigte Gerold. »Aber sprecht zu niemandem davon. Auch nicht zu Eurem künftigen Ehemann. Ich fürchte, dass diese Nachricht uns eher schaden als helfen würde.«

Leni konnte sich nur zu gut vorstellen, dass die Kuenringer sich mit Freude an den Einnahmen ihres Vaters bereichern würden. Aber selbst wenn sie alles plünderten, sie würden niemals ihr Land besitzen, denn sie waren bloß Ministerialen. Diese Erkenntnis bereitete ihr eine winzig kleine Genugtuung.

Am späten Nachmittag desselben Tages rollte ein mit bunten Fähnchen geschmückter Wagen in den Burghof. Er wurde von einem Maultier gezogen, das müde aussah. Eine Frau saß auf dem Wagen, während ein Mann daneben herging. Mit einer Glocke, die er in seiner Rechten hielt und klingelte, kündigte er seine Ankunft an.

»Ein fahrender Händler«, rief Leni begeistert. Sie ließ ihre Stickarbeit fallen, sprang auf und lief zum Fenster.

»Hilde wartet seit Tagen auf frische Gewürze«, erklärte sie. »Ich muss zu ihr.«

»Hm!« Brunhilde verzog den Mund, hob Lenis Stickarbeit auf, widersprach ihr aber nicht. Ihre Augen glänzten begehrlich. Auch Margot hatte das Band, das sie mit einem filigranen Blütenmuster bestickte, fein säuberlich aufgewickelt und zurück in den Korb gelegt.

»Ich komme mit!« Schon stand sie neben Leni.

Die Ankunft eines fahrenden Händlers war jedes Mal etwas Besonderes und sorgte für eine willkommene Abwechslung. Die drei Frauen verließen den Turm gemeinsam. Leni stürmte vorneweg, während Brunhilde und Margot in weitaus gemäßigterem Tempo folgten.

In der Mitte des Burghofs, neben dem Brunnen, hatte der Kaufmann haltgemacht. Seine Frau war vom Wagen geklettert. Es war nicht Giaccomo, der letzten Frühling hier gewesen war, sondern ein Mann, den Leni nicht kannte. Er war klein und untersetzt, trug eine auffallend bunte Jacke, die schon bessere Tage gesehen hatte, und eine absurd anmutende Mütze mit drei langen Federn daran. Er erinnerte sie an Spielleute, die auf der Burg gewesen waren, als sie noch ein kleines Kind gewesen war. Sie hatten allerlei Schabernack getrieben, getanzt und die Menschen zum Lachen gebracht.

»Guten Tag«, sagte der Kaufmann mit tiefer Stimme. »Mein Name ist Gustav. Ich bin weit gereist und habe wertvolle Ware in meinem Wagen. Kommt her, seht und staunt. Überzeugt Euch selbst. Gewürze aus dem Orient, Geschmeide aus dem Osten und alles zu erschwinglichen Preisen.«

Nun traten auch Hilde, die Küchenmagd Maria und Gerold hinzu.

»Woher kommt Ihr?«, erkundigte sich Gerold.

»Wir sind über die alte römische Straße im Osten gereist«, erklärte der Händler. »Der Weg wird seit Jahrhunderten bereist. Die Händler bringen Bernstein von der Ostsee bis nach Venedig im fernen Süden.«

»Zeigt uns Eure Ware«, forderte Gerold.

Das ließ der Händler sich nicht zweimal sagen und holte geschäftig eine Truhe von seinem Wagen. Wie ein Jahrmarktkünstler hopste er um sie herum, bevor er sie dramatisch öffnete. Langsam hob er den Deckel, bis schließlich der kostbare Inhalt zu sehen war: lauter saubere Säckchen. Gustav breitete umständlich ein Tuch auf dem Boden aus, schnürte einen Sack nach dem anderen auf und stellte sie alle auf das Tuch. Stolz präsentierte der Kaufmann Zimtrinde, Nelken, Pfeffer und Salz. Aber auch seltsame Wurzeln und Zwiebeln, die Leni noch nie zuvor gesehen hatte.

»Was ist das?«, fragte Leni. Sie zeigte auf eine kleine Kugel mit einer harten Schale.

»Das ist eine Muskatnuss«, erklärte der Händler. »Sie ist wertvoller als Gold und verleiht den Gerichten einen besonders intensiven Geschmack. Man reibt die Nuss in die Speisen. Eine leichte Prise reicht, und schon entfaltet sich ein unvergleichliches Aroma.«

Mit einem scharfen Messer, das er geschickt aus seinem Gürtel zog, schabte er feinen Staub von der Nuss und ließ Leni daran riechen. Sie schloss die Augen, um sich die Orte vorzustellen, an denen diese herrliche Frucht wuchs. Bilder, die sie auf Wandmalereien in der Klosterkirche in Zwettl gesehen hatte, tauchten vor ihrem inneren Auge auf: Palmen, Schiffe und das unendliche weite Meer.

»Seid Ihr dort gewesen?«, fragte sie sehnsuchtsvoll.

»Wo?« Der Händler war verwirrt.

»Dort, wo Muskatnüsse wachsen?«

Nun lachte Gustav, und seine Frau stimmte ein. »Gott bewahre«, rief er. »Natürlich nicht. Ich bin ein kleiner, unbedeutender, fahrender Händler, kein großer Kaufmann, der auf einem riesigen Schiff die Ozeane bereist.«

»Oh!« Leni nickte enttäuscht. Zu gerne hätte sie mehr über den Ort erfahren, wo Pflanzen wuchsen, die so intensiv rochen.

»Aber ich führe etwas mit mir, das Euch erfreuen wird«, der Händler grinste. »Etwas ganz Besonderes.«

Er holte eine weitere Truhe von seinem Wagen und öffnete sie ebenso sensationsheischend wie die andere. Voll Vorfreude rieb er sich die Hände.

»Ein Öl, das die Herzen der Männer schneller schlagen lässt und ihnen die Köpfe verdreht.« Er holte ein kleines Säckchen aus dunkler Seide aus der Truhe.

»Wir benötigen kein Öl, das irgendwem den Kopf verdreht«, schimpfte Hilde missbilligend. Aber ihr Blick war genau wie der der anderen voller Anspannung und Neugier auf die Hände des Kaufmanns gerichtet.

»Es ist daran nichts Verwerfliches«, versprach Gustav. »Es belebt bloß den Geist und beflügelt die Fantasie.«

Endlich zog er ein kleines Glasfläschchen aus dem Sack. »Ein Duftöl aus dem fernen Süden!« Das Glas war dunkelgrün und hatte einen Verschluss aus weichem Holz. Allein der Behälter war ein kleines Vermögen wert. Gustav nahm theatralisch den Stöpsel vom Flaschenhals und führte die Flasche zu seiner Nase. Er schnupperte.

»Dieser Duft ist einmalig«, schwärmte er. »Er vereinigt die Blüten des Südens mit den kräftigen Aromen des Orients.«

»Lasst mich daran riechen«, forderte Margot. Sie trat nach vorne und griff gierig nach der Flasche. Aber Gustav gab den filigranen Behälter nicht aus den Händen, sondern hielt ihr nur die Öffnung entgegen.

Margot schloss die Augen. »Ah, das ist himmlisch!« Sie geriet ins Schwärmen.

Viel zu schnell für ihren Geschmack nahm er ihr die Flasche wieder weg und ging zu Leni.

»Dieser Duft würde hervorragend zu Euch passen«, meinte er schmeichlerisch. »Mir ist zu Ohren gekommen, dass Ihr Euch bald vermählen werdet. Was für ein Geschenk für die Hochzeitsnacht.«

Er zwinkerte Leni frech zu.

Sie sog die Luft ein. Eine Mischung aus Rosenblüten und Bergamotte stieg ihr in die Nase. Für ihren Geschmack war es zu blumig und zu schwer.

»Ich würde dem Öl noch eine fruchtige Note beimischen«, schlug sie vor. So als hätte Gustav sie nach einem Vorschlag für die Verbesserung seiner Rezeptur gefragt.

»Wie bitte?« Verblüfft ließ er das Fläschchen sinken.

»Zitronenmelisse«, sagte Leni. »Sie wächst in unserem Kräutergarten. Erst letzte Woche hat Hilde das Kraut in eine Rosenbuttermilchcreme gemischt. Duft und Geschmack waren herrlich.«

»Mit Verlaub«, sagte Gustav beleidigt. »Ihr wollt dieses kostbare Öl mit primitiver Melisse versetzen?«

»Aber ja doch«, meinte Leni. »Was für den Geschmack gilt, kann auch für den Geruch nicht schlecht sein.«

Entschieden schüttelte der Händler den Kopf. »Nie und nimmer, gute Frau!«

Nun drängte Hilde nach vorne. »Wir brauchen keine Duftöle, sondern Pfeffer«, erklärte die Köchin ungehalten. »Und ich habe nicht den ganzen Tag über Zeit. In der Küche wartet die Arbeit auf mich.«

Sichtlich enttäuscht reichte Gustav das kostbare Fläschchen seiner Frau und holte einen weiteren Sack von seinem Wagen.

Während Hilde aussuchte, was sie alles benötigte, feilschte Gerold mit dem Händler um den Preis. Dabei blieb er hartnäckig und gab nicht nach, egal, wie sehr der Händler seine Ware auch anpries. Begeistert verfolgte Leni die Verhandlungen und fragte sich, ob sie in wenigen Monaten, wenn sie die Burgherrin von Gars wäre, ebenso erfolgreich debattierte.

Als Hilde alle Gewürze beisammen- und Gerold den Händler bezahlt hatte, sah Leni, dass Margot sich erneut zu Gustav schlich. Im Schatten des Brunnens schob sie ihm Münzen zu und nahm ein kleines grünes Fläschchen entgegen.

Sofort ließ sie es unter ihren Röcken verschwinden.

Auf dem Weg zurück ins Turmzimmer, fragte Leni so leise, dass Hildegard sie nicht hören konnte: »Hast du eben das Duftöl gekauft?«

Margot errötete. Die Unreinheiten auf ihren Wangen traten stärker hervor. »Das geht dich gar nichts an«, fuhr sie Leni ungehalten an. »Das Öl gehört mir.«

»Schon gut«, beruhigte Leni sie. »Ich hatte nicht vor, es zu verwenden.« In Gedanken fügte sie hinzu: »Es fehlt die Melisse.« Doch sie hütete sich davor, das laut zu sagen. Sie fragte sich allerdings, woher Margot über so viele Münzen verfügte.

• • •

Es war ein lauer Sommerabend, und Leni hielt ihr Gesicht aus dem winzigen Fenster in ihrem Turmzimmer. Ein warmer Windhauch umspielte ihre Wangen. Wo war Margot? Hätte sie nicht längst in ihrem Bett liegen sollen? Leni überlegte, ob sie die Cousine suchen sollte. Aber dann ließ sie es bleiben. Sie würde sie ohnehin nur unfreundlich anfauchen. Je näher die Ehe mit Gotthart rückte, umso unleidlicher wurde Margot. Wahrscheinlich saß sie gerade unter den blühenden Rosenbüschen neben der Backstube und träumte von Lenis zukünftigem Ehemann. Es tat Leni leid, dass Margot ihr die Hochzeit dermaßen krummnahm. Aber auch vor der Entscheidung war ihr Verhältnis nicht das beste gewesen. Die beiden waren einfach zu verschieden. Dennoch kränkte es Leni, dass Margot ihr mit so viel Kälte begegnete, geradeso, als hätte Leni Einfluss auf die Eheentscheidung gehabt. Margot wusste doch, dass sie nichts dazu beigetragen hatte. Die Wahl des zukünftigen Ehemanns wurde nicht von Frauen getroffen. Selbst unter unfreien Bauern bestimmten die Männer der Familie, mit wem die Töchter sich vermählen durften. Im günstigsten Fall konnten die Mütter der Bräute mitsprechen. Aber Karoline Rauheneck war tot, und Leni musste zugeben, dass ihr Los weitaus schlimmer hätte ausfallen können.

Sie lauschte dem Wind, der die Blätter der Birke unter ihrem Fenster sachte bewegte, dann legte sie sich in ihr Bett. Sie versuchte, nicht über Gerolds Worte nachzudenken, leider ohne Erfolg. Immer wieder kehrten ihre Überlegungen zu dem Gespräch am Nachmittag zurück. Sie konnte nichts unternehmen und war dazu gezwungen, abzuwarten und darauf zu hoffen, dass die Kuenringer die Burg Lichtenfels unbehelligt ließen. Nach dem vierten Ave-Maria und dem sechsten Vaterunser fielen ihr schließlich die Augen zu, und sie schlief ein.

Ihr Schlaf war jedoch unruhig und wurde von wirren Träumen begleitet. Immer wieder wachte Leni auf, wälzte sich von einer zur anderen Seite und döste dann wieder ein. Als grelle Schreie und das Stampfen schwerer Stiefel an ihr Ohr drangen, hielt sie die Geräusche für einen Teil ihres Traums. Erst als sich der Geruch brennenden Strohs dazumischte, begriff sie, dass alles real war. Entsetzt riss sie die Augen auf. Ein brennender Pfeil zischte an ihrem Fenster vorbei. Das laute Wiehern von Pferden und die ängstlichen Schreie von Kühen mischten sich zu den menschlichen Stimmen. Irgendwo fiel ein schwerer Gegenstand um, ein Tonkrug ging in Scherben. Das Strohdach der Stallungen, es brannte.

Augenblicklich war Leni wach. Sie drehte sich zur Seite, um Margot wachzurütteln, aber die Cousine lag immer noch nicht neben ihr.

Mit einem Ruck warf sie die Decke fort und sprang auf. Zwei große Schritte, und schon stand sie beim Fenster. Es bot sich ihr ein Bild des Grauens. Nicht nur das Dach des Stalls hatte Feuer gefangen, sondern auch das der Küche. Mit rasender Geschwindigkeit breiteten die Flammen sich aus, gierten nach der Schmiede und dem Backhaus. Der Wind tat sein Übriges. Er schob das Feuer förmlich zum Holzdach des Wohnturms. Über die heruntergelassene Zugbrücke ritten bewaffnete Soldaten in Rüstungen in den

Burghof ein. Die Feinde gelangten ins Innere wie willkommene Gäste. Wer hatte ihnen das schwere, metallbeschlagene Burgtor geöffnet? Wo war die Wache?

Auf der Burgmauer entdeckte Leni einen der Männer. Statt das Burgtor zu bewachen und die Zugbrücke oben zu halten, taumelte er zu einer der Zinnen in der Burgmauer und stürzte ohne Fremdeinwirkung in den Burggraben. War er etwa betrunken? Ein schriller Schrei durchschnitt den Waffenlärm. Hilde hatte sich mit einem großen Fleischmesser bewaffnet und stand damit breitbeinig neben dem Kücheneingang. Sie hielt es in beiden Händen, bereit, ihr Leben und ihr Reich zu verteidigen, das sich den Flammen längst unterworfen hatte. Das Küchendach brannte lichterloh. Die tapfere Frau musste ebenfalls aus dem Schlaf gerissen worden sein. Sie trug keine Haube. Ihr graues Haar stand ihr wirr vom Kopf ab. Die orangeroten Flammen warfen schaurige Schatten auf ihr von Angst entstelltes Gesicht.

Ich muss Vater retten, schoss es Leni durch den Kopf. Sicher lag er nichts ahnend in seinem Bett. Doch bevor sie ihren Gedanken weiterführen konnte, entdeckte sie Heinrich Kuenring. Gemeinsam mit einem anderen Mann schleppten sie den knöchernen Körper ihres Vaters in den Hof. Otto von Rauheneck trug bloß sein Unterhemd und stolperte über die Stufen. Brutal rissen die Männer ihn wieder hoch. Wie ein lebloser Sack hing er zwischen seinen Angreifern. Er bot das Bild eines hilflosen Greiscs, der sich seinem Schicksal ergab. Er schien es kaum zu bemerken, dass Heinrich sein Schwert zog und ausholte.

»Nein!«, schrie Leni aus Leibeskräften. Ihre Stimme

überschlug sich. Sie klang unnatürlich und schrill. Ihr Herz stand für einen Moment still, genau wie das Bild, das sich ihr bot. Sie schnappte nach Luft. Trotz der Entfernung war es ihr, als hörte sie, wie die scharfe Klinge die rauchgeschwängerte Nachtluft durchschnitt. Schon rollte der Kopf ihres Vaters über den staubigen Boden. Das Blut schoss aus seinem Rumpf wie eine Fontäne und tränkte den Boden, der eben noch ihm gehört hatte, dunkel. Leni konnte ihren Blick nicht abwenden. Das Bild würde sich für immer in ihr Gedächtnis einbrennen und sie verfolgen. Der Kopf ihres Vaters blieb neben einem anderen leblosen Körper liegen. Im lodernden Schein des Feuers erkannte sie den Toten. Es war Gerold.

»Nein!« Diesmal war es nur ein Krächzen, das aus ihrer Kehle drang. Sie ballte die Hand zur Faust und biss so fest darauf, bis sie Blut schmeckte.

»Bitte, Herrgott, lass das alles nicht wahr sein!« Sie betete in Gedanken, flehte Gott an, aber er ließ sie nicht aufwachen. Der Albtraum war real. Der beißende Gestank stammte von brennenden Menschenkörpern, die noch vor ein paar Stunden nichts ahnend über den Burghof gelaufen waren. Das Brüllen der Kühe und der Pferde wurde lauter. Gemeinsam mit den Angstschreien der Bewohner steigerte der Lärm sich zu einem höllischen Inferno. Was Leni sah, war schlimmer als die Bilder der Hölle und des Jüngsten Gerichts, die die Wände der Burgkapelle zierten. So fühlte sich der Untergang an. Mit einem Ruck zwang sie sich aus ihrer Starre. Leni wusste, dass sie hier nicht verharren durfte. Sie musste den Turm verlassen. Benommen taumelte sie zur

Tür, riss sie auf und prallte gegen die harte Brust eines Mannes: Hadmar.

Leni erfasste die Gefahr, reagierte aber trotzdem zu spät. Blitzschnell packte Hadmar zu. Er fasste in ihr Haar und zog sie in die Kammer zurück. Wie Vieh schleifte er sie zum Bett und schleuderte sie brutal darauf. Leni schrie auf, versuchte, sich wieder aufzurichten. Sie nahm Hadmars Faust aus den Augenwinkeln wahr. Sie landete mit voller Wucht in ihrem Gesicht. Sofort wurde ihr schwarz vor Augen. In ihren Ohren erklang ein hoher, schriller Ton. Der Schmerz setzte mit Verzögerung ein und breitete sich von der Wange über den Kopf und ihren ganzen Körper aus. Leni sackte zurück auf ihr Bett. Sie durfte jetzt nicht ohnmächtig werden. Unfähig, sich zu wehren, sah sie, wie Hadmar den Gürtel von seiner Tunika nahm. Er holte aus. Noch bevor Leni begriff, schnalzte der Riemen auf ihren entblößten Oberschenkel. Ihr Hemd, in dem sie geschlafen hatte, war bei dem Sturz nach oben gerutscht. Die weiße Haut platzte auf, und eine dunkelrote Blutspur blieb zurück. Hadmar weidete sich an dem Bild, das ihm zu gefallen schien. Er holte noch einmal aus. Diesmal schnitt das Leder in den anderen Oberschenkel. Wieder riss die Haut auf, aber Leni spürte es kaum. Umständlich versuchte sie, sich wegzudrehen in der Hoffnung, dass er sie nicht noch einmal ins Gesicht schlagen würde. Aber Hadmar hatte andere Pläne. Mit dem Gürtel in der Hand stürzte er sich auf sie und kniete nun über ihr. In seinen Augen loderte der Hass, aber auch die Gier.

»Ich habe dir gesagt, dass du um Vergebung winseln wirst.«

Er grinste hämisch. Seiner Fratze fehlte jede Menschlichkeit. Mit gekonnten Griffen schnürte er ihre Hände mit dem Riemen zusammen. Viel zu fest. Lenis Finger fühlten sich taub an. Noch nie zuvor hatte sie so viel Ekel und Angst zugleich verspürt. Aber sie würde nicht winseln, niemals. Erneut landete die Faust in ihrem Gesicht, und es krachte. Es fühlte sich an, als hätte er eben ihren Wangenknochen zertrümmert. Tausende Blitze zuckten vor ihren Augen. Wie hinter einem dichten Schleier nahm sie verschwommen wahr, wie Hadmar seine Tunika hob und sein Hemd nach oben schob. Seine Beinlinge rutschten zu seinen Knöcheln. Seine Männlichkeit stand steif von seinem Körper ab. Drohend reckte sie sich Leni entgegen wie eine Waffe.

»Nein!«, schrie eine innere Stimme in ihr. Sie wollte sich zur Seite drehen, aber sie konnte sich nicht bewegen. Hadmar warf sich wie ein wildes Tier auf sie. Er riss ihr Unterhemd entzwei und nahm sie mit einer Brutalität, die ihr die Luft zum Atmen stahl. Noch bevor Leni den Schmerz wahrnehmen konnte, steigerte sich das Sausen in ihren Ohren zu einem tobenden Orkan. Sie entglitt Hadmars brutalen Händen und tauchte ab in eine erlösende Dunkelheit. Für die nächsten Augenblicke bewahrte die Ohnmacht sie vor dem Schmerz und ersparte ihr die Demütigung der Schändung.

Als Leni zu sich kam, lag sie auf dem eiskalten Boden. Ihre Hände waren wieder frei. Ihr Körper fühlte sich an wie eine einzige große Wunde. Leni blinzelte. Ihr rechtes Auge war zugeschwollen. Mit dem anderen sah sie an sich herunter. Blut, überall war Blut, und es stammte von ihr. Mühevoll versuchte sie, sich aufzurichten, aber ihr wurde übel, und sie sackte wieder zurück auf den Boden. Die Wände der Kammer drohten auf sie zu stürzen, in ihrem Kopf hämmerte und tobte ein stechender Schmerz. Erschöpft schloss sie ihr linkes Auge. Es war ihr, als drehte sich der Raum. Oder war sie es, die um sich selbst kreiste? Wozu kämpfen, wozu aufstehen?

Leni blieb reglos liegen. Dabei nahm sie weder den harten Boden unter sich wahr noch den Regen, der eingesetzt hatte und nun laut auf das Dach prasselte. Wie viel Zeit war vergangen, seit Hadmar sie vergewaltigt hatte? Aber war diese Frage von Bedeutung? Die letzten Stunden erschienen wie ein böser Albtraum, zu grausam, um wirklich zu sein. Leider erwachte Leni nicht aus dem Schrecken.

Sie konzentrierte sich auf ihren Atem, der ohne ihr Zutun ruhig und stetig floss. Einatmen, ausatmen und das immer wieder. Auch ihr Herz schlug weiter. Dabei hoffte sie inständig, es würde aufhören. Es dauerte schier endlos, bis die Geräusche von außen wieder an ihr Ohr drangen. Sie kamen vom Burghof. Die Schreie waren weitgehend verklungen. Hier und dort waren ein Weinen und ein Wimmern zu vernehmen. Auch das Knistern der Flammen war erloschen. Der Regen hatte die Burg vor weiterer Zerstörung bewahrt. Aber er hatte weder ihren Vater noch Gerold oder sie selbst retten können. Hadmar hatte seine Drohung wahrgemacht. Er hatte sie und ihren Vater vernichtet. Das Bild des rollenden Kopfes tauchte vor Lenis innerem Auge auf. Sie drehte sich zur Seite und übergab sich. Sie würgte so lange, bis ihr Magen leer war und sie nur noch Galle spuckte. Ihre Stirn fühlte sich an, als hätte sie jemand in einen Schraubstock gespannt und würde nun unerbittlich zudrehen, so lange, bis nichts mehr davon übrig war. Warum hatte Hadmar sie am Leben gelassen? Es wäre ein Leichtes für ihn gewesen, auch sie zu töten. Oder wollte er zurückkehren und sie noch einmal vergewaltigen? Hatte er sie noch nicht genug gedemütigt? Neben der Verzweiflung spürte Leni ein neues Gefühl. Es war Wut und unbändiger Zorn. Aus beidem speiste sie neue Energie. Sie bemühte sich um einen klaren Gedanken. Musste Hadmar nicht fürchten, sie würde sich an Herzog Friedrich wenden? Vater war tot, Gerold ebenfalls. Genau wie Hilde und all die Menschen, die ihr wichtig gewesen waren. Sie waren alle abgeschlachtet worden wie Vieh. Vielleicht war sie die einzig Überlebende.

Noch einmal würgte sie, aber es gab nichts mehr, was sie hätte ausspeien können. Nur noch bittere Galle. Gab es noch irgendjemanden, an den sie sich wenden konnte? Gotthart, schoss es ihr in den Sinn. Sie hatte einen Verlobten. Der Angriff hatte sich ebenso gegen ihn gerichtet wie gegen sie. Leni musste zu ihm, jetzt, sofort. Wenn sie sich beeilte, würde sie Gottharts Burg in sieben Stunden erreichen. Nur konnte sie in ihrem Zustand nicht schnell laufen. Vielleicht konnte sie gar nicht gehen. Aber wenn sie überleben wollte, musste sie nach Gars.

Benommen rutschte sie über den Boden zum Bett und zog sich umständlich hoch. Sofort kehrten der Schwindel und der pochende Schmerz in ihren Kopf wieder. Besser, sie setzte sich einen Augenblick, dabei versuchte sie, den Schmerz zwischen ihren Beinen zu ignorieren. Hadmars hassverzehrtes Gesicht tauchte wieder vor ihr auf. Sie schloss die Augen, aber das Bild blieb. Vielleicht würden seine gierigen Augen sie ihr ganzes restliches Leben begleiten. Sie musste aufstehen. Aber ihr Körper wollte sich einfach nur aufs Bett legen und für immer dort liegen bleiben. Doch was geschah, wenn sie blieb? Würde Hadmar wiederkommen? Möglich, dass sein Durst noch nicht gestillt war. Es war die Angst vor weiterer Gewalt, die ihr neue Kräfte verlieh.

Entschlossen rappelte sie sich hoch. Wo waren ihre Schuhe? Wo ihr Kleid? Als würde sie sich selbst bei ihrem Tun beobachten, schlüpfte sie aus dem zerrissenen Unterhemd, auf dem ihr Blut und Hadmars Samen klebten. Wieder musste sie ein Würgen unterdrücken. Sie wischte ihren geschundenen Körper notdürftig ab. Zog ihr Kleid über und suchte nach ihren Schuhen. Dabei biss sie die Zähne zusammen. Jeder Schritt verursachte unsägliche Schmerzen. Aber schlimmer als das körperliche Leiden war der Ekel. Sie fühlte sich erniedrigt, beschmutzt, für immer besudelt. Hadmars Gestank haftete an ihr wie ein Makel, den sie nie wieder loswerden würde.

Mit einer grimmigen Entschlossenheit wankte sie zur Tür. Sie war nicht abgesperrt. Hadmar wollte sie nicht gefangen nehmen. Er war fertig mit ihr und hatte erreicht, was er wollte. Mit der Rechten hielt Leni sich an der kalten Turmmauer fest und nahm vorsichtig eine Stufe nach der anderen. Sie schaffte es in die Halle und blieb im Schatten einer Säule stehen.

An dem lang gestreckten Tisch, der ihrem Vater gehört

hatte, saßen Heinrich und seine Männer. Ein Teil von ihnen war bereits betrunken. Wein aus dem Burgkeller floss in Strömen. Zwei Mägde, junge Mädchen, deren Namen Leni vergessen hatte, bedienten die Männer mit ängstlichen Blicken. Eine hatte einen bösen Bluterguss im Gesicht. Ihr Kleid war zerrissen, und sie zitterte. Wahrscheinlich hatte sie Ähnliches hinter sich wie Leni.

Zwei Jagdhunde lagen unter dem Tisch und fraßen die Reste, die die Männer ihnen zuwarfen. Die Kuenringer hatten Hildes Speisekammer vollständig geplündert. Schinken, Käse und Brot, ein Vorrat, der für die nächsten Wochen und den bevorstehenden Winter hätte reichen sollen, waren lieblos auf dem Tisch gelandet und wurden nun an gierige Hunde verfüttert.

»Wer hätte gedacht, dass es so einfach werden würde.« Heinrich schenkte sich grölend Wein nach. Er war kleiner und hagerer als sein Bruder. Aber auch er hatte blondes Haar, wie Hadmar, und Azzos schwarze Augen. »Vater wird stolz auf uns sein.«

»Darauf trinken wir!«, lallte einer der Männer. Er wankte auf seinem Stuhl hin und her.

»Auf die neuen Herren von Burg Lichtenfels!«

»Auf die Kuenringer!«

Hadmar saß etwas abseits. Er schien deutlich nüchterner als die anderen. Leni musste vorsichtig sein. Auf gar keinen Fall durfte er sie zu Gesicht bekommen.

»Abt Ebro hat versprochen, dass er den Namen der Rauhenecks noch heute Nacht aus allen Urkunden löschen wird. Es hat dieses Geschlecht nie gegeben!« Heinrich schlug mit der flachen Hand auf den Tisch, so als hätte er eben ein Geschäft besiegelt.

»Und Leona, die Tochter des alten Otto?«

Nun meldete sich Hadmar zu Wort. »Die wird kein ehrbarer Mann jemals wieder anrühren, dafür habe ich gesorgt.«

Er fasste sich mit der Hand zwischen die Beine. Eigentlich hätte er wie ein Sieger aussehen müssen. Aber in seinen Augen suchte man vergebens nach Triumph.

Die Männer lachten.

»Warum hast du uns nicht gerufen und uns auch unseren Spaß mit ihr gelassen?«, fragte der Mann, der neben Hadmar saß. Blitzschnell schoss Hadmars Faust nach vorne und landete im Gesicht des Soldaten. Verdutzt rieb sich das Opfer die Wange, während die anderen Männer schwiegen. Offenbar waren sie die Zornausbrüche des Kuenringers gewohnt.

Leni kauerte immer noch hinter der Säule. Abt Ebro steckte mit den Kuenringern unter einer Decke. Genau wie Gerold es vorhergesagt hatte. Jahrelang hatte der Kirchenmann bereitwillig die Hand aufgehalten und die Münzen entgegengenommen, die Otto von Rauheneck bezahlt hatte. Jetzt löschte er skrupellos den Namen seiner ganzen Familie aus den Urkunden. Zählte Herzog Friedrichs Wort überhaupt nicht mehr? Leni musste zu Gotthart, ihrem zukünftigen Ehemann. Er hätte die Besitzungen übernommen. Egal, was Gotthart zu ihrem Zustand sagen würde, er konnte nicht einfach zur Tagesordnung übergehen, als wäre nichts passiert. Wenn er sein Gesicht wahren wollte, musste er handeln.

Vorsichtig lugte Leni hinter der Säule hervor. Bis auf Hadmar waren die meisten Männer so betrunken, dass sie ihr keine Beachtung schenkten. Dennoch musste sie den richtigen Augenblick abpassen. Als Hadmar nach dem großen geräucherten Schinken griff, den Hilde mit Sorgfalt und Liebe mit unzähligen Kräutern und Salz eingerieben und wochenlang geräuchert hatte, lief sie los. Ohne sich umzudrehen, humpelte sie, so schnell ihr Zustand es ihr erlaubte, zum Eingang des Wohnturms. Beide Flügel des Holztors standen offen. Leni hielt sich kurz im Türrahmen fest und verschaffte sich einen Überblick. Der Anblick, der sich ihr bot, trieb ihr Tränen in die Augen. Der friedliche Ort, an dem sie ihr bisheriges Leben verbracht hatte, war nun ein Trümmerfeld der Verwüstung. Die Feuer waren gelöscht, aber es stank nach verbranntem Tier und verkohltem Holz. Immer noch loderte hier und dort eine Glut. Schmale Rauchsäulen stiegen in den Nachthimmel. Tote und Verwundete lagen am Boden. Menschen, die überrascht aus dem Schlaf gerissen worden waren und keine Zeit gehabt hatten, zu den Waffen zu greifen.

Leni entdeckte Hildes Leichnam. Er lag neben dem Eingang zur Küche. Ein Pfeil steckte in ihrer Brust. Die tapfere Köchin hielt immer noch ihr Fleischmesser in der Hand. Ihr Gesicht war dem Himmel zugewandt, die Augen vor Schreck geweitet. Leni kniete sich zu der Frau, der sie viele glückliche Stunden verdankte. Mit ihrer Rechten schloss sie die Augen der gottesfürchtigen Köchin, die ohne Empfangen der

Sterbesakramente vor den Herrn treten musste. Sie flüsterte ein kurzes Gebet und bat Gott um Vergebung. Dann richtete sie sich wieder auf. Jetzt war nicht die Zeit für Trauer, sie musste handeln. Hadmars Männer hatten die Tiere aus dem Stall und in den Burggraben getrieben. Zwei Bewaffnete bewachten sie. Leni verwarf den Gedanken, eines der Pferde zu nehmen. Zu groß war die Gefahr, entdeckt zu werden. Sie konnte von Glück reden, wenn sie ungesehen das Burgtor passieren konnte.

Wenn sie den Weg hinter der Küche nahm, am Gemüsegarten vorbei, gelangte sie im Schutz der Mauern bis zum Tor. Sie wartete, bis sich eine Wolke vor den hellen Mond schob, dann hob sie die Röcke und lief los. Es war leichter, als sie befürchtet hatte. Die große Plünderung war vorbei. Hadmars Männer hockten bereits in kleinen Gruppen beisammen, teilten ihre Beute auf. Leni huschte geräuschlos an den Soldaten vorbei. Sie gelangte zum Burgtor und duckte sich im Schatten der Burgmauer zum rettenden Ausgang. Rasch überquerte sie die Zugbrücke, die immer noch offen war. Die Holzbretter knarrten unter ihren Schritten. Aber niemand nahm die verräterischen Geräusche wahr. Als sie am anderen Ende des Burggrabens angelangt war, erlaubte sie sich einen letzten Blick zurück auf den Ort ihrer Kindheit. Ihre Brust schnürte sich zusammen, ihre Kehle wurde trocken und eng. Bevor erneut die Tränen aufsteigen konnten, drehte sie sich um und lief den Hügel hinunter zum Fluss. Sie würde die ganze Nacht hindurch und den Vormittag die Kamp entlangwandern.

Aber sie hatte ein Ziel: Gars am Kamp.

• • •

Die hellen Mauern der Burg Gars waren schon von Weitem zu sehen. Der Gebäudekomplex mit Türmen in unterschiedlichen Größen thronte auf einem grauen kantigen Fels inmitten dichter grüner Wälder. Vor rund hundert Jahren hatte die Burg dem Babenberger Leopold dem Schönen als Residenz gedient. Doch nach dessen Tod verlegte sein Sohn Leopold III. den Sitz an die Donau nach Klosterneuburg. Von dort aus war der junge Mann schnell nach Wien gewandert, in eine Stadt, die stetig an Bedeutung gewann und wo das Leben pulsierte, auch Herzog Friedrich hatte Wien zu seinem Lebensmittelpunkt gewählt. Dennoch war Gars nach wie vor ein florierender Ort geblieben. Wohlstand und Reichtum erinnerten immer noch an die einst wichtige strategische Rolle der Burg. Es war kein Geheimnis, dass Erchenbert von Gars, Gottharts Vater, gerne an den Ruhm vergangener Tage anschließen wollte. Doch dabei wollte er kein kriegerisches Risiko eingehen. Lieber schloss Erchenbert Verträge und Handelsbeziehungen mit anderen Burgherren, als dass er seine Männer in die Schlacht führte. Umso erstaunlicher war sein Bündnis mit Azzo Kuenring.

Mit jedem Schritt, den Leni sich der Burg näherte, drangen die Geräusche des Waldes in den Hintergrund und wurden leiser. Stattdessen vernahm sie Stimmen, das Rattern von Rädern, Hämmern und Klappern von Werkzeugen und das Schlagen von Türen. Unterhalb der Burg lag der Ort Gars, wo die Einwohner sich gerade auf einen neuen Tag vorbereiteten. Fensterläden wurden aufgeklappt, Bettwäsche ausgeschüttelt und Wasser vom Brunnen geholt, um den ersten Frühstücksbrei zu kochen. Niemand hier schien zu ahnen, was sich vor wenigen Stunden nur ein paar Meilen entfernt ereignet hatte.

Auf dem Marktplatz bauten Bauern ihre Stände auf. Sie boten frisches Obst und Gemüse an, das jetzt gegen Ende des Sommers in Hülle und Fülle zur Verfügung stand. An der Burgmauer schlug ein Schmied auf seinem Amboss das erste Hufeisen des Tages. Daneben hängte eine Frau Wäsche zum Trocknen auf. Das Leben verlief beschaulich. Es wurde gelacht und diskutiert, geplaudert und gefeilscht. Eine Marktfrau sang ein Lied über einen fahrenden Ritter, während sie rotbackige Äpfel in einem Korb sortierte. Leni beneidete die Menschen um ihre Sorglosigkeit. Noch gestern war ihr Tagesbeginn ähnlich verlaufen. Müde durchquerte sie den Ort. Dabei verrieten ihr die Blicke, die ihr die Menschen zuwarfen, in welch erbärmlichem Zustand sie sich befand. Eine Frau winkte ihre kleine Tochter zu sich, als sie Leni sah, und legte schützend ihren Arm um sie, so als hätte Leni vor, dem Kind Gewalt anzutun oder es zu entführen.

Der Wirt einer Schenke, ein dicker Mann mit einer Schürze vor dem mächtigen Bauch, trat misstrauisch zu ihr. »Was hast du hier zu suchen?«

Allein die Tatsache, dass er sie duzte, bewies Leni, dass niemand sie als Leona von Rauheneck erkannte.

»Verschwinde, du dreckiges Diebsgesinde!«

Noch nie war Leni von einem einfachen Wirt beschimpft worden.

»Ich muss zu Gotthart von Gars«, erklärte sie tapfer.

Überrascht zog der Wirt die Augenbrauen hoch.

»Ich bin Leona von Rauheneck. Heute Nacht wurde die Burg meines Vaters von Azzo Kuenring und seinen Söhnen überfallen. Ich brauche Gottharts Unterstützung, er ist mein Verlobter.«

»Ja natürlich, und ich bin der Papst persönlich!« Der dicke Wirt lachte. Seine Frau war aus der Schenke getreten und zu ihnen gekommen. Neugierig musterte sie Leni vom Scheitel bis zur Sohle. Ihr Blick blieb an den teuren Schuhen hängen und wanderte dann zurück zur aufwendigen Stickerei am Saum des Kleides. Das Gewand war schmutzig vom Marsch durch den Wald, aber das Tuch, aus dem es genäht worden war, eindeutig von hoher Qualität.

»Ich bringe Euch zur Burg«, sagte sie knapp.

»Hast du den letzten Rest deines Verstandes verloren?«, schimpfte der Wirt. »Weib, du wirst dir Ärger einhandeln. Warum willst du unserem braven Burgherrn eine Landstreicherin anschleppen?«

»Ach, sei still!« Sie schlug ihrem Mann liebevoll das Tuch, mit dem sie eben noch Geschirr getrocknet hatte, auf die Schulter und ließ es dort liegen. »Ich bin in wenigen Augenblicken wieder zurück. Du kannst in der Zwischenzeit den Topf zurück übers Feuer hängen. Ich habe ihn mit Sand sauber gescheuert, aber er ist zu schwer für mich.«

Der Wirt verzog den Mund, protestierte jedoch nicht, sondern trottete schulterzuckend in seine Wirtsstube.

»Kommt«, forderte die Wirtin.

Gemeinsam stiegen die Frauen den Hügel hinauf zum Burgtor.

»Man hat Euch schlimm mitgespielt«, sagte die Wirtin einfühlsam.

Leni nickte bloß.

»Ich kenne Männer wie den Euren«, erklärte die Wirtin. »Meine Schwester und ihre Kinder werden alle paar Wochen so zugerichtet. Jedes Mal, wenn das Schwein besoffen ist, dann schlägt er zu. Irgendwann bringt er meine Schwester und die Kleinen um, und es wird ihm nix passieren, darauf würde ich wetten. Der Herr Pfarrer sagt meiner Schwester, sie soll sich in Demut üben. Das wäre ihre Pflicht als gottesfürchtige Ehefrau. Pah, ich pfeif auf den Pfaffen.«

Leni korrigierte die Frau nicht. Sie hatte zuvor erwähnt, dass sie bloß verlobt und nicht verheiratet war. Besser, sie schwieg darüber. Niemals würde sie zugeben, dass es Hadmar gewesen war, der sie misshandelt hatte.

Sie erreichten das Burgtor. Ähnlich wie die Menschen im Dorf starrte der Wachmann Leni misstrauisch an.

»Lass uns rein, Norbert«, bat die Wirtin. »Heute Abend schenk ich dir einen Krug Bier aus, der geht auf die Rechnung des Hauses.«

»Wer ist die da?« Er deutete grimmig mit seinem breiten Kinn in Lenis Richtung.

»Eine Frau, die Hilfe braucht. Komm, geh zur Seite, damit wir vorbeikönnen.«

Der Mann zögerte. »Sie schaut eher aus wie eine Magd, die man vom Hof gejagt hat, oder eine Hure, die aus der Stadt gepeitscht wurde.«

»Hat deine Mutter dich nicht gelehrt, dass du Menschen nicht nach dem Äußeren beurteilen sollst?«

Der Wachmann brummte etwas Unverständliches. Dann fragte er: »Einen Krug von deinem süßen Honigbier?«

»Ja!«

Sein Gesicht hellte sich auf, und er winkte die beiden Frauen weiter. Auch das zweite Burgtor passierten sie auf ähnliche Weise. Als sie im Inneren des Gebäudekomplexes angekommen waren, steuerte die Wirtin auf die Stallungen zu. Leni fragte sich, was sie dort vorhatte.

»Der Kurt ist mein anderer Schwager«, erklärte sie. »Er ist für die Pferde zuständig und kann dafür sorgen, dass Gotthart rasch von Eurer Anwesenheit erfährt.«

»Vielen Dank für Eure Hilfe«, sagte Leni.

»Helfen werdet Ihr Euch selbst müssen.«

Sie trat zu einem Mann, der eine braune Stute striegelte. »He, Kurt!«, rief die Wirtin. »Diese junge Frau muss zu Gotthart von Gars.«

Der Mann ließ von seiner Arbeit ab. Er war beinahe kahl, nur an seinem Hinterkopf wuchs ein Büschel Haare, das seltsam grotesk vom Nacken abstand. Seine Augen waren schmaler als die anderer Menschen. Sein Mund stand offen, und die Zunge hing ein Stückchen heraus. Langsam legte er die Bürste zur Seite. Leni fiel auf, dass seine Finger ungewöhnlich kurz waren.

»Wartet hier!« Seine Worte klangen verwaschen, aber voller Hilfsbereitschaft. Ohne weitere Fragen zu stellen, ging er los.

Die Wirtin antwortete auf Lenis neugierigen Blick. »Der Kurt ist ein ordentlicher Bursche. Auf den ist immer Verlass. Einige meinen, er sei nicht richtig im Kopf.« Sie tippte sich an die Stirn. »Aber wenn Ihr mich fragt, ist bei ihm da oben mehr in Ordnung als bei so manch anderem Mann.«

Erschöpft ließ sich Leni auf einen Strohballen sinken. Die Strapazen des weiten Fußmarsches zeigten Wirkung. Wie gern hätte sie sich rücklings auf den Ballen gelegt und wäre auf der Stelle eingeschlafen.

»Ich muss jetzt wieder los«, entschuldigte sich die Wirtin. »Die Rüben für den Mittagseintopf schälen sich nicht von allein.« Sorgenvoll betrachtete sie Leni. »Seid Ihr sicher, dass man Euch helfen wird?«

»Ja, ganz sicher. Habt vielen Dank«, wiederholte Leni.

»Dann werde ich mal gehen. Sicher fragt mein Mann sich schon, wo ich bleibe.« Mit diesen Worten drehte sie sich um und ließ Leni allein zurück.

Es dauerte schier eine Ewigkeit, bis Kurt zurückkam. Vom Stall aus konnte Leni das Treiben in der Burg beobachten. Vieles erinnerte sie an ihr Zuhause, das es nun nicht mehr gab. Auch hier lagen Backhaus und Küche abseits nebeneinander, während der Wohnturm das Zentrum in der Mitte der Burg bildete. Für einen Moment fielen ihr die Augen zu, doch gerade als sie drohte einzuschlafen, sprang eine Katze von einem der Balken und landete im Stroh neben ihr. Leni schreckte auf.

Sie hob den Kopf und sah Gotthart, der aus einer niedrigen Tür, einem der Seiteneingänge des Wohnturms, trat. Trotz der warmen Temperaturen trug er einen dunklen pelzverbrämten Mantel, wohl um zu zeigen, dass er der Burgherr war. Erleichtert rappelte Leni sich auf. Am liebsten wäre sie ihm entgegengelaufen und hätte sich weinend in seine fleischigen Arme gestürzt. Nun würde alles wieder gut werden. Gotthart würde sie liebevoll aufnehmen. Sobald ihre Wunden verbunden waren und sie ausreichend Schlaf nachholen konnte, konnte sie wieder klar denken. Gemeinsam würden sie überlegen, welche Schritte man gegen die Kuenringer setzen konnte. Denn der Überfall hatte sich auch gegen ihn als ihren zukünftigen Ehemann gerichtet.

»Um Himmels willen, Leni, du siehst ja furchtbar aus«, rief Gotthart aus. Er blieb in einigem Abstand zu ihr stehen, so als hätte sie eine ansteckende Krankheit.

Bei seinen Worten konnte Leni die Tränen nicht länger zurückhalten. »Hadmar und sein Vater haben unsere Burg überfallen«, platzte sie heraus.

Leni war so aufgebracht, dass ihr entging, dass Gotthart weder überrascht noch entsetzt war. Ihre Tränen rannen in Strömen über ihre Wangen und tropften auf ihre Brust. Sie machte einen Schritt auf Gotthart zu, doch er wich zurück und streckte abwehrend die Hände aus. Leni stockte. Es dauerte einige Momente, bis sie begriff, dass hier etwas nicht stimmte. Sollte Gotthart sie nicht in den Arm nehmen und sie trösten? Ganz sicher aber sollte er über Hadmars Angriff empört reagieren. Aber nichts dergleichen passierte.

Wie ein weiterer Schlag ins Gesicht traf sie die Erkenntnis, dass Gotthart von dem Überfall wusste. Leni geriet ins Taumeln. Sie stolperte rückwärts, stieß gegen den Strohballen und ließ sich erneut darauf nieder.

»Du bist eingeweiht«, flüsterte sie benommen und fügte dann hinzu: »Schlimmer noch, du bist Teil des abgekarteten Spiels.«

Entschuldigend zuckte Gotthart mit den Schultern. »Mein Vater und ich waren machtlos. Die Kuenringer besitzen Einfluss und Geld. Wir konnten uns nicht gegen sie stellen. Hätten wir es getan, dann wäre unsere Burg überfallen worden. Wir haben zu wenige bewaffnete Männer, als dass wir uns hätten wehren können. Schau dir unser Dorf an, es sind lauter friedliche Bauern, die noch nie in ihrem Leben eine Waffe in der Hand gehalten haben.«

Fassungslos starrte Leni den bleichen, schwammigen Mann an, der immer noch das Gesicht eines Jungen hatte. Zum ersten Mal, seit sie ihn kannte, ekelte sie sich vor ihm. Die Heirat würde nicht stattfinden, und eine innere Stimme flüsterte ihr zu, dass sie darüber froh sein sollte.

»Aber ich wusste nicht, was Hadmar mit dir anstellen würde. Das musst du mir glauben.«

Gottharts Stimme klang weinerlich und voller Selbstmitleid. Was erwartete er von ihr? Dass sie ihm vergab? Am liebsten hätte Leni ihm ins Gesicht gespuckt.

Die Vernichtung ihrer Familie war zwischen Gotthart und den Kuenringern abgesprochen gewesen. Das Bild der hochgezogenen Zugbrücke kehrte in ihre Erinnerung zurück.

»Was haben die Kuenringer dir für dein Schweigen versprochen?«, wollte Leni wissen. »Du hast Burg Lichtenfels verloren. Das heißt, dass sie dir eine ordentliche Summe bezahlt haben müssen.« Sie funkelte ihn böse an. »Sag schon, wie viel war das Leben meines Vaters wert?«

»Leni, du musst mich verstehen. Das alles war nicht einfach für mich.«

»Mir kommen die Tränen des Mitleids«, Leni schleuderte ihm den Spott förmlich entgegen.

Gottharts Miene wurde ernst: »Du irrst, Leni. Ich werde deine Burg bekommen.«

»Ach ja?« Lenis Ärger und Wut verliehen ihr neue Kraft. »Und du musst nicht einmal heiraten. Wie praktisch, wahrscheinlich hast du dich insgeheim davor gefürchtet, so wie du vor jedem mutigen Schritt im Leben Angst hast und kneifst. Du bist ein elender Feigling.«

Gotthart schwieg betroffen. Angestrengt dachte Leni nach. Eine böse Vorahnung nahm in ihren Gedanken Gestalt an.

»Wer hat Hadmar das Tor zu unserer Burg geöffnet?«, fragte sie leise. Sie hatte aufgehört zu weinen. Ihre Tränen waren versiegt. Eine schier unbändige Wut hatte sie verdrängt. Mit geballten Fäusten saß sie vor Gotthart und wartete die Antwort ab, die sie bereits erahnte.

»Margot!«

Der Stall begann, sich zu drehen. Leni kannte das Gefühl mittlerweile. Ihr wurde erneut übel. Plötzlich ergab alles Sinn. Margot war nicht im Bett neben ihr gewesen. Leni hatte sie letzte Nacht nicht gesehen. Die Cousine musste dem Wein der Wachmänner ein Schlafmittel beigesetzt und danach das Burgtor geöffnet haben. Und sie hatte Geld, viel Geld, um das Öl des Kaufmanns zu erwerben.

»Was war ihr Preis?«, wollte Leni wissen. Aber auch diese Antwort kannte sie bereits.

Es kostete Gotthart sichtlich Überwindung zu sprechen. Mit seinem runden Zeigefinger zeigte er auf seine Brust.

Leni lachte hysterisch auf. »Du musst also doch heiraten.« Gotthart zuckte unter ihren Worten unmerklich zusammen. Doch Leni nahm davon keine Notiz.

Sie war verraten worden. Von Menschen, denen sie bisher vertraut hatte, und von anderen, denen sie misstraut hatte: Gotthart, Margot, Abt Ebro und Hadmar. Sie hatten ihr alles genommen, was für sie bisher von Wert gewesen war. Die Menschen, die sie geliebt hatte, ihren Besitz, ihren Namen und ihre Ehre.

Benommen rappelte sie sich auf und schwankte zum Stallausgang.

»Leni, warte«, forderte Gotthart. »Ich werde dir Geld geben, damit du das Land verlassen kannst.« Er folgte ihr und zog einen kleinen Sack Münzen unter seinem kostbaren Mantel hervor. Offenbar war er auf dieses Treffen vorbereitet gewesen, was Lenis Ärger noch weiter schürte. Gotthart hielt ihr den Sack bittend entgegen. Leni würdigte ihn keines Blickes. Statt das Geld zu ergreifen, spuckte sie ins Stroh. Sie verfehlte Gottharts Schuhe nur um eine Handbreite.

»Ich verachte dich aus ganzem Herzen«, sagte sie. »Richte Margot aus, dass ich euch beide verfluche und euch eine kinderlose, glücklose Ehe wünsche. Jeden Tag sollt ihr euch daran erinnern, was ihr mir angetan habt, und ihr sollt euch gegenseitig hassen, so abgrundtief, wie ich es tue.«

Entsetzt machte Gotthart einen Schritt rückwärts. Er stolperte, hielt sich an einem Strohballen fest und fand wieder in seine Mitte. Er starrte Leni ängstlich mit offenem Mund an.

»Leni, bitte nimm das wieder zurück. Ich habe nicht anders handeln können. Das musst du verstehen. Ich wollte das alles nicht.«

Ohne ein weiteres Wort drehte Leni sich um. Ihre Wut wich der Müdigkeit und der Erschöpfung. Sie verließ den Stall und die Burg Gars erhobenen Hauptes. Ihr war bewusst, dass ihre Flüche keinerlei Wirkung haben würden. Aber allein die Angst in Gottharts wässrigen Augen und die Schweißperlen auf seiner blassen Stirn waren es wert gewesen, sie auszusprechen.

• • •

Ohne konkretes Ziel lief Leni zurück in die Wälder. Dabei hielt sie sich zufällig nordwestlich. Sie wusste nicht, wie es weitergehen sollte. Alles, was sie sich wünschte, war, möglichst weit weg von Hadmar, Gotthart und Margot zu gelangen. Ihre Schmerzen ignorierend, stolperte sie über grüne taufrische Farne, durchquerte eiskalte Bäche und rastete auf moosbewachsenen Felsbrocken, die wie verlorene Riesen einsam in der Landschaft lagen. Sie ahnte, dass sie sich in der Nähe der Burg Heidenreichstein befand. Vor wenigen Stunden hatte sie das Bollwerk, das zum Einflussbereich Wolfram von Gars' gehörte, passiert. Angeblich befand sich nördlich der Burg eine Moorlandschaft, die die Menschen mieden, weil der sumpfige Untergrund Gefahren barg.

Leni war es recht, in eine Gegend zu gelangen, in der sie keiner Menschenseele begegnete. Sie kam nur langsam voran. Ihr Magen knurrte, es war viele Stunden her, dass sie zuletzt gegessen hatte. Unter einem Baum entdeckte sie Pfifferlinge. Sie kniete sich ins weiche Moos und streckte die Hand danach aus. Leni hatte gelernt, dass die kleinen gelben trichterförmigen Pilze nicht giftig waren. Gierig stopfte sie einen Pfifferling in den Mund und biss zu. Sofort bereute sie die hastige Bewegung. Ihr verschwollenes Gesicht schmerzte. Der Geschmack nach Tannennadeln und Wald breitete sich in ihrem Mund aus, gemischt mit einer vertrauten Note nach Pilz. Für gewöhnlich hatte Hilde Pfifferlinge mit Ei und Zwiebel angeröstet. Viel zu schnell war das kleine Feld leer gepflückt, und Leni war lang noch nicht satt. Gerade so, als hätte ihr Magen sich gerade erst auf Nahrungsaufnahme eingestellt, forderte er laut Nachschub ein.

In einiger Entfernung entdeckte Leni einen Brombeerstrauch, doch die Früchte waren noch klein, grün und sauer. Leni pflückte sie dennoch und behielt die unreifen Früchte im Mund, als sie ihren Weg fortsetzte. Ein Weg, von dem sie weder wusste, wohin er sie führen sollte, noch, weshalb sie ihn überhaupt beschritt.

Stundenlang marschierte sie weiter, so lange, bis die Sonne wieder unterging und nur noch dämmriges Licht durch das dichte Blätterdach über ihr drang. Wo sollte sie schlafen? Bis jetzt hatte sie noch nie unter freiem Himmel übernachtet. Hilflos hielt sie an und blickte sich suchend um. Unter einer Kiefer erweckte ein moosbewachsener Platz ihre Aufmerksamkeit. Müde ließ sie sich darauf nieder. Der Boden war weich. Leni streckte sich aus. Sie war völlig erschöpft und wollte nur noch die Augen schließen in der Hoffnung, dass der Albtraum ein Ende hatte. Aber kaum hatte sie die Augen zugemacht, riss sie sie wieder auf. Leni fühlte sich schutzlos, und sie fror. Mit dem Untergehen der Sonne schwand auch die Wärme. Womit sollte sie sich zudecken?

Nicht weit von ihr wuchs ein üppiger Farn. Leni rappelte sich wieder auf. Jeder einzelne Knochen tat ihr weh. Ihre verletzte Gesichtshälfte pulsierte und pochte. Mit letzter Kraft kroch sie auf allen vieren zu dem Farn und riss büschelweise Blätter aus. Damit kehrte sie zurück zum Moosplatz und legte sich zusammengekauert hin. Sie deckte sich mit den Farnen zu, so gut es ging. Jetzt fühlte sie sich nicht völlig entblößt, auch wenn die Blätter kaum Wärme spendeten. Das Moos unter ihr war nicht nur weich, sondern auch feucht und durchnässte langsam ihr Kleid. Leni war es gleich, völlig entkräftet schloss sie ihre Augen und fiel in einen Halbschlaf. Sie nahm die Geräusche, die der Wald von sich gab, wahr, ohne darauf reagieren zu können, ihr Körper war wie gelähmt. Im Unterholz neben ihr raschelte es. Es folgten der Schrei einer Eule und das helle Fiepen eines kleinen Tiers, das gerade zur Beute geworden war. Ein kurzer, ungleicher Kampf, der ein jähes Ende fand. Leni war bewusst, dass die Eule nicht das einzige Tier auf der Suche nach Nahrung war. Vielleicht stammten die Geräusche auf der anderen Seite der Lichtung von einem Bären oder einem Wolf? Die Vernunft sagte ihr, dass sie sich fürchten sollte. Aber Leni hatte keine Angst. Im Gegenteil.

Tief in ihrem Inneren wünschte sie, dass eines der Wildtiere sie entdeckte und ihrem Leben ein Ende setzte. Doch

Leni blieb die ganze Nacht von Angreifern unbehelligt und schlief irgendwann ein.

Als sie am nächsten Morgen erwachte, schmerzte ihr ganzer Körper. Ihr Kopf dröhnte, ihre Gelenke waren steif, und ihr Unterleib fühlte sich wie eine riesige Wunde an. Zitternd vor Kälte stand Leni auf und suchte nach einem Platz zwischen den dicht stehenden Bäumen, der von den ersten zaghaften Sonnenstrahlen des Tages erhellt wurde. Sie wärmten kaum, aber das Licht sorgte dafür, dass ihr Zittern etwas nachließ und ihre Zähne nicht mehr unentwegt gegeneinanderschlugen. Es war Sommer, wie würden die Nächte im bevorstehenden Herbst und Winter sein? Leni schlang die Arme um ihre Beine, die sie eng an den Körper zog. Wieder knurrte ihr Magen, und sie presste beruhigend ihre Hand darauf, jedoch ohne Erfolg. Wenn sie wollte, dass die Geräusche aufhörten, brauchte sie Beeren, Pilze und Kräuter. Leni stand auf und machte sich auf die Suche. Sie kroch durchs Unterholz, überquerte kleine Lichtungen und kletterte über riesige Felsblöcke, die teils glatt, teils kantig und scharf waren. Sie aß weitere Pfifferlinge und probierte einen weißen Pilz, von dem sie hoffte, dass er ihr wohl bekam. Außerdem fand sie Walderdbeeren und einen Himbeerstrauch. So verging ein weiterer Tag, und Lenis Magen knurrte am Abend immer noch.

Am vierten Tag ihrer Flucht aus Gars entdeckte sie eine leere, trockene Höhle. Vorsichtig kletterte Leni hinein. Drinnen war es stockfinster. Ängstlich fuhr sie mit den Fingern über die Wände. Sie waren trocken, ebenso der Boden. Es roch modrig, aber nicht nach Tier, sondern bloß nach

Erde und Wurzelwerk. Leni kroch wieder aus der Höhle. Sie sammelte Tannenreisig und Blätter, mit denen sie den felsigen Boden auslegte. In dieser Nacht fühlte sie sich sicher. Sie schlief zum ersten Mal durch. Doch es war kein erholsamer Schlaf, sondern einer, in dem Hadmars hassverzerrte Fratze sie heimsuchte. Schweißgebadet erwachte sie am nächsten Tag. Hadmars Bild verfolgte sie auch im Wachzustand. Sie aß ein paar Himbeeren und erbrach sie sofort wieder. Ihre Augen brannten. Leni rieb sie fest, doch sie hatte immer noch Hadmars Gesicht vor Augen. Ein Ausdruck höchster Befriedigung lag darin. Es hatte ihm Spaß gemacht, sie zu schlagen und zu vergewaltigen. Der bittersaure Geschmack ließ sie erneut würgen.

Leni brauchte dringend Wasser, viel Wasser. Gestern hatte sie eine Quelle entdeckt, die aus einem schroffen Fels entsprang. Dorthin wollte sie zurück. Der Weg führte durchs Moor, jenem Gebiet, das von den Menschen gemieden wurde. Nicht darauf achtend, wohin sie trat, lief Leni los. Alles, was sie sah, war Hadmar. Der Wald lichtete sich, und sie stapfte durch hüfthohe gelbgrüne Gräser. Der Geruch der Pflanzen veränderte sich. Anstelle der Fichtennadeln lag nun der von Schwefel in der Luft. Doch Leni bemerkte ihn nicht. Sie hörte weder das Quaken der Frösche noch das Schreien der Kröten. In ihren Ohren war Hadmars Lachen, das sie verhöhnte. Ihre Schritte wurden schneller, und ihr Herz raste.

Sie machte einen Schritt zur Seite, um einem Stein auszuweichen, doch statt auf festen Untergrund zu treten, versank ihr Fuß bis zum Knöchel im Sumpf. Leni verlagerte das Gewicht blitzschnell, um nach vorne zu kippen, doch sie fiel weiter seitlich und versank bis zum Knie. Um Gleichgewicht zu erlangen, rückte auch ihr zweiter Fuß nach, und der steckte nun ebenfalls im dunkelbraunen Moor. Mit jeder Bewegung sank sie tiefer. Schon rutschte ihr Körper in den Sumpf. Bis zur Hüfte steckte sie im breiigen Schlamm. Panik breitete sich in ihr aus. Sie schlug um sich, erkannte aber, dass ihr das nicht weiterhalf. Ihre Füße traten ins Leere. Sie schnappte verzweifelt nach Luft, fasste zur Seite und erwischte die Äste eines Weißdornstrauchs. Die spitzen Dornen bohrten sich tief in ihr Fleisch und rissen die Haut ihrer Finger auf. Leni bemerkte es kaum. Mit entschlossener Kraft hielt sie sich fest und zog sich näher zum rettenden Strauch. Sie hangelte sich höher. Neue Dornen, neue Stiche. Sie winkelte ihr rechtes Bein an und versuchte, mit dem Knie festen Untergrund zu erreichen. Vergebens, sie rutschte ab. Leni holte tief Luft, sie wollte einen letzten Anlauf wagen, mit dem kleinen Rest Kraft, den sie noch verspürte. Schwungvoll holte sie aus und stieß das Knie Richtung Grasbüschel. Der Untergrund gab nicht nach. Sofort setzte sie nach. Nun war das ganze Knie auf festem Boden. Sie kippte nach vorne, ließ mit einer Hand den Weißdornbusch los und fasste nach dem hohen Schilf, schlang es um ihr Handgelenk und zog sich daran hoch. Die messerscharfen Blätter schnitten tief in ihr Fleisch. Stück für Stück gab das Moor ihren Körper wieder frei. Auf allen vieren kroch Leni zurück ins Gras. Erschöpft blieb sie liegen, mit dem Gesicht im weichen, dunklen Erdreich. Ihr Atem ging stoßweise. Ihr Herz raste, und ihre Hände bluteten. Mit einem Ruck drehte sich Leni auf den Rücken. Sie schaute in einen wolkenlosen, strahlend blauen Himmel. Sie lebte. Hätte sie sterben wollen, wäre es eben ein Leichtes gewesen, sich einfach fallen zu lassen. Der schwefelige Sumpf hätte sie umhüllt und für ewig in sich aufgenommen.

Leni schloss die Augen. Hinter ihren Schläfen schlug ihr Puls. Mit einem Mal hörte sie das Quaken der Frösche und das Surren der Insekten. Sie roch das abgestandene Wasser und erinnerte sich daran, was sie eigentlich suchte: die Quelle. Sie rappelte sich auf. Ihr Kleid war nass und völlig verdreckt. An ihren Füßen befand sich nur noch ein Schuh, den anderen hatte das Moor verschluckt. Leni warf einen letzten Blick auf die dunkle Pfütze, dann ging sie los, diesmal sorgsam darauf achtend, wohin sie trat. Schon nach kurzer Zeit fand sie den Weg wieder, den sie am Vortag genommen hatte. Erneut tauchte sie in den Wald ein und traf auf die Quelle. Eiskaltes Wasser sprudelte aus einem kantigen Fels und sammelte sich in einem glatt geschliffenen Becken, einem natürlichen Badezuber gleich.

Hektisch riss Leni ihr Kleid von ihrem Körper und tauchte ins eiskalte Wasser. Zuerst nur zaghaft, mit der Zehe, dann mit dem ganzen Körper. Für einen Moment blieb ihr die Luft weg. Die Kälte durchdrang jede Pore, aber sie fühlte sich lebendig. Leni steckte auch den Kopf unter Wasser. Sie hörte, wie ihr Herz laut in ihren Ohren pochte. Wieder an der Luft, kribbelte ihre Haut. Sie langte nach einem Büschel Moos in der Felswand, riss es aus und schrubbte damit über ihren Körper. Sie ließ keine Stelle aus und wusch nicht nur den Schlamm ab, sondern auch Hadmars Geruch, der sie seit Tagen begleitete. Danach machte sie sich an ihr Kleid und bearbeitete es mit einem Stein so lange, bis es sauber war. Sie legte den nassen Stoff auf einen glatten Fels in der Sonne und sich daneben. Sie schaute in den Himmel und wärmte sich an den Sonnenstrahlen. Mit einem Mal wurde ihr klar, sie wollte noch nicht sterben, egal, was passiert war.

Nach einem Monat war Lenis Körper so abgemagert, dass sie ihre Rippen zählen konnte und ihre Schlüsselbein- und Hüftknochen unter ihrem Kleid deutlich hervortraten. Sie lebte von einem Tag auf den anderen, immer mit dem Ziel vor Augen, am nächsten Morgen aufzuwachen und der Sonne beim Aufgehen zuzusehen. Täglich versuchte sie, ein Feuer zu entfachen, und jedes Mal scheiterte sie. Stundenlang drehte sie ein Stöckchen Holz auf einer trockenen Rinde mit dem Ergebnis, dass ihre Handflächen voller Blasen waren und ihre Schultern schmerzten von der gebückten Haltung, die sie dabei einnahm. Ohne Feuerstein und in Öl getränkte Wolle musste sie auf wärmende Flammen verzichten. Sie entdeckte hinter der Höhle, ein paar Schritte bergaufwärts, eine weitere Quelle, die war nicht ganz so groß wie die auf der anderen Seite des Moors, aber sie reichte, um daraus zu trinken und sich notdürftig zu waschen. Das Wasser schmeckte frisch und sauber, ganz anders als das Wasser aus dem Brunnen in der Burg.

Leni wusste, dass es sinnlos war, einen Fisch zu fangen, solange sie kein Feuer hatte. Auch die Rebhühner, die ungeniert an ihr vorbeimarschierten, so als wüssten die Tiere, dass keinerlei Gefahr von ihr ausging, waren tabu. Nie im Leben hätte Leni einen rohen Vogel essen können. Für jeden Tag, den sie in der Wildnis überlebte, ritzte sie abends mit einem Stein eine Kerbe in die Höhlenwand. Nach sieben Strichen setzte sie zu einer neuen Reihe an. Als fünf Reihen voll waren, wurde sie nervös. Ihre monatliche Blutung hätte längst einsetzen sollen. Doch statt zu bluten, schwollen ihre Brüste an, und das trotz ihres abgemagerten Körpers. Nach einer weiteren vollen Reihe hatte sie die schreckliche Gewissheit. Sie war schwanger und trug Hadmars Kind in sich.

Er hatte nicht nur ihren Vater getötet, ihr alles genommen, was sie besessen hatte, sie entehrt und geschändet, sondern ihr auch seinen Bastard in den Leib gepflanzt. Voller Verzweiflung ließ sich Leni auf den Boden der Höhle sinken. Ihre Hände formten sich zu Fäusten, und sie trommelte mit aller Kraft gegen ihren Bauch, bis es schmerzte.

»Nein, ich will dich nicht!«, schrie sie so laut, dass ihre Stimme bis tief ins Innere der dunklen Höhle drang, dorthin, wo sie nicht hinkam. Ihre verzweifelte Stimme hallte an den kahlen Wänden wider. Seit sie die Burg Gars verlassen hatte, hatte Leni nicht mehr geweint, doch jetzt schossen die Tränen förmlich aus ihren Augen. Einmal angefangen, konnte sie nicht mehr aufhören. Leni weinte sich in den Schlaf. Sie träumte von einem Ungeheuer, das in ihr heranwuchs und ihre Eingeweide auffraß. Als sie es schließlich unter Schmerzen gebar, hatte es Hadmars schwarze Augen. Das Kind schlug ihr mit der Faust ins Gesicht und lachte dabei.

Leni erwachte zitternd. Nicht nur wegen des Albtraums,

sondern auch wegen der Kälte. In dieser Nacht gab es zum ersten Mal Frost. Der Sommer neigte sich endgültig dem Ende zu. Als Leni die Höhle verließ, um zur Quelle zu gehen, lag eine dünne Eisschicht auf den Grashalmen unter ihren Füßen. Die feine Kruste knackte leise, als sie darauf trat. Wenn es ihr nicht bald gelang, ein Feuer zu entzünden, würde sie die nächsten Wochen nicht überleben. Leni verlangsamte ihre Schritte. Wie in den ersten Nächten ihrer Flucht zweifelte sie daran, dass ein Überleben erstrebenswert war. Leni fühlte sich ihrem Vater näher als je zuvor. Sie war müde, unendlich müde und erschöpft. Statt nach nahrhaften Bucheckern und Eicheln zu suchen, kehrte sie in die Höhle zurück. Sie rollte sich auf ihrem Bett aus Blättern ein und wollte von der Welt außerhalb dieses Ortes nichts mehr wissen. Sie wünschte sich, nie mehr hungrig zu sein und auch keinen Schmerz mehr zu empfinden. Weder körperlich noch seelisch.

Alles, wonach sie sich sehnte, war tiefer Schlaf. Kraftlos schloss sie die Augen.

Genua 1235

Damian stand am Heck der Galeere und sah im milchigen Morgendunst den Leuchtturm seiner Heimatstadt Genua auftauchen. Der Anblick des dreistöckigen, von Zinnen geschmückten Gebäudes ließ sein Herz schneller schlagen. Noch nie hatte er sich so darauf gefreut, den Hafen der freien Seerepublik zu betreten.

Er war nicht das erste Mal für längere Zeit von zu Hause weg gewesen. Als Sohn des reichsten Gewürzhändlers der Stadt war er schon im zarten Alter von zehn Jahren nach Cadiz gefahren, um an der Seite seines älteren Bruders Pietro Gewürze aus Anfa (Casablanca) zu erstehen. Schwarzen Kreuzkümmel und gelben Safran, duftendes Rosenwasser und würzigen Koriander. Das Reisen war Damian nicht fremd. Grundsätzlich war er wissbegierig und ständig auf der Suche nach neuen Pflanzen und Gerüchen. Die Sitten fremder Völker faszinierten ihn ebenso wie ihre Speisen und Getränke. Aber sosehr er den Anblick des Meeres auch liebte, er hasste die Schifffahrt. Egal, was er dagegen unternahm: das Kauen alter Brotrinden, das Trinken von Wein, Luft anhalten, Singen ... sobald er an Bord war, wurde ihm furchtbar übel. Wenn das Schiff dann noch von befeindeten Händlern oder Piraten überfallen wurde, dann war das für ihn die Katastrophe. So wie bei dieser Rückfahrt, als sie von Venezianern beinahe gekapert worden waren. Damian hatte bloß um ein Haar überlebt. Immer noch saß ihm der Schrecken in den Knochen, wenn er an den ungleichen Kampf dachte, den er sich mit einem der Angreifer geliefert hatte. Damian war kein Soldat und kein Kämpfer. Es war purer Zufall gewesen, dass der Mann, ein wahrer Riese, der Damian um einen halben Kopf überragt hatte, über eines der Taue gestolpert und ausgerutscht war. Dabei hatte er sich das Schwert, das er gegen Damian erhoben hatte, in seinen eigenen Bauch gerammt. Die Schmerzensschreie des Venezianers würden Damian noch lange in seinen Träumen begleiten, genauso wie die Angst, die er verspürt hatte, als das feindliche Schiff sich ihnen genähert hatte. Er war kurz davor gewesen, ins Wasser zu springen, was seinen sicheren Tod bedeutet hätte. Denn wie alle Männer, die zur See fuhren, konnte auch er nicht schwimmen.

Doch das Glück war der Santa Maria hold gewesen. Die Heilige Jungfrau, nach der die Galeere benannt worden war, hatte eine schützende Hand über die Mannschaft gehalten und dafür gesorgt, dass bis auf zwei Schiffsjungen alle den Kampf überlebt hatten, und das, obwohl die Venezianer das wendigere Boot und mehr Bewaffnete an Bord gehabt hatten. Aber das Meer war launenhaft, und manchmal gewann der Schwächere, wenn der Wind und die Wellen es so wollten. Damian hatte aus dem Vorfall etwas gelernt. Er wollte sein Schicksal kein weiteres Mal herausfordern und hatte von der Seefahrt vorerst genug.

Geschickt lenkte der Kapitän die Santa Maria in den Hafen, wo mehrere Männer sie bereits erwarteten. Damian erkannte in der Menge seinen Vater, Giuseppe Brantoni, und seinen Bruder Pietro. Beide standen am Landungssteg und reckten die Köpfe in Richtung Schiff in der Hoffnung, Damian darauf auszumachen. Sie hatten kaum Ähnlichkeit. Während Giuseppe in all den Jahren seine schlanke, athletische Figur behalten hatte, war sein Sohn Pietro schon jetzt doppelt so breit wie hoch. Genau wie Damians Mutter Alessandra. Pietro konnte der Pasta seiner Frau Francesca nicht widerstehen. Sie würzte die sündhaft teuren Nudeln aus Hartweizengrieß mit einer grünen Soße, die sie in Anlehnung an das alte römische Garum mit Kräutern, Knoblauch, Hartkäse und Olivenöl verfeinerte. Pietros Zwillingsbruder Marco war genauso dick. Auch er liebte Francescas Pasta. Damian hingegen geriet nach seinem Vater. Sie beide setzten kein Fett an.

»Es ist reine Verschwendung, euch mit Essen vollzustopfen«, jammerte Alessandra Brantoni regelmäßig.

Die Schiffsmänner der Santa Maria warfen Taue an Land, wo zwei Hafenarbeiter sie geschickt auffingen und an den steinernen Vorrichtungen festmachten. Eine breite Holzplanke wurde zwischen Schiff und Festland gelegt, und schon marschierten die ersten Seeleute an Land. Bevor Damian die Planke bestieg, kletterte er noch einmal in den Lagerraum und warf einen letzten Blick auf die Ausbeute seiner Reise. Drei Säcke voll kostbarer Pfefferkörner, zwei gefüllt mit Kreuzkümmel, einer mit Kardamom und ein kleiner Sack echter Safran, den trug er unter seiner Tunika, weil das Gewürz mit Gold aufzuwiegen war. Dann verließ auch er die Santa Maria. Hinter Giuseppe Brantoni tauchte seine Frau Alessandra auf. Kaum hatte sie ihren Sohn erblickt, trat sie auf ihn zu und drückte ihn stürmisch an ihren üppigen Busen.

»Nostro figlio, finalmente a casa«, rief sie. »Unser Sohn, endlich wieder zu Hause!«

Damian versuchte nicht, sich gegen die Küsse seiner Mutter zu wehren. Erst als sie seine Wangen vollständig damit bedeckt hatte, trat sie einen Schritt zurück und hielt Damian auf Abstand an den Oberarmen fest. Mit kritisch zusammengekniffenen Augen betrachtete sie seinen Körper.

»Mager bist du geworden! Und dein Haar ist viel zu lang!« Sie griff ihm in die dichten schwarzen Locken, die ihm in die Stirn fielen.

»Damian war immer schon eine halbe Portion!« Pietro boxte ihm liebevoll in die Seite. »Schön, dass du wieder da bist, kleiner Bruder!«

»Was hast du denn gedacht?«, mischte sich Francesca ein. Auch seine Schwägerin war gekommen, um ihn zu begrüßen. Sie war schon wieder schwanger. Unter ihrem Kleid wölbte sich ein praller Bauch. Sie erwartete bereits das vierte Kind. Die ersten drei waren zu Hause geblieben, bei Maria, Damians zweiter Schwägerin, und deren drei Kindern, allesamt Söhne. Wenn Pietro und Marco so weitermachten, mussten die Brantonis bald aufs Land umziehen.

Das Haus im Zentrum der Stadt, das hinter der Kirche Santo Stefano lag und von dem aus man einen wundervollen Blick auf die Bucht und den Hafen genoss, würde trotz der drei Stockwerke und dem riesigen Garten bald zu klein werden. Die ständig wachsende Familie lebte wie Adelige unter einem Dach, bloß dass sich niemand von den Brantonis den strengen gesellschaftlichen Regeln alter Patrizierfamilien verpflichtet fühlte.

Giuseppe Brantoni war ein erfolgreicher Kaufmann. Männer wie er hatten der Serenissima Repubblica di Genova, der Seerepublik Genua, zu ihrem Reichtum verholfen. Er gehörte der Podestà an, den gewählten Vertretern der Stadtregierung. Für ihn zählten weder Namen noch Verbindungen zu anderen alten Geschlechterfamilien. Die Vorstellung, dass jemand ohne Leistung, bloß aufgrund seiner Geburt ein Recht auf Land hatte, erschien ihm genauso absurd wie allen anderen Kaufleuten. Was für ihn zählte, war der Gewinn, den er mit seinem Unternehmen erzielte. Damit verschaffte er sich Einfluss, Macht und Reichtum, den er den Kritikern in der Kirche zum Trotz auch gerne zur Schau stellte. Giuseppe und seine Frau liebten es, sich in prächtigen bunten Gewändern zu zeigen. Damit war er nicht allein. Die Kaufleute der Stadt lieferten sich einen regelrechten Machtkampf um die imposantere Kleidung. Da halfen auch die Gewandvorschriften der Stadt nichts, die der strenge Klerus einforderte. Wer Geld hatte, wollte das allen anderen mitteilen.

»Hast du geglaubt, dass Damian auf dem Schiff mit meiner Pasta und meiner Soße verwöhnt wird? Oder ein Bader ihm regelmäßig die Haare schneidet?« Francesca lachte. Sie war eine warmherzige Frau, die trotz ihrer Schwangerschaften nichts von ihrer Schönheit eingebüßt hatte.

»Du brauchst dringend ein Bad!« Alessandra Brantoni rümpfte die Nase.

»Wir haben gehört, dass die Santa Maria von Venezianern angegriffen worden ist«, sagte Giuseppe Brantoni ernst. »Wir haben uns große Sorgen gemacht. Sind die Säcke alle an Bord?«

Damian musste grinsen. Sein Vater hatte sich nicht nur um ihn gesorgt, sondern auch um seine Pfeffersäcke.

»Sie sind sicher im Lagerraum und werden mit der übrigen Fracht gelöscht werden!« Damian zog den Safran unter seiner Tunika hervor. »Und das hier habe ich ständig bei mir getragen und wie meinen Augapfel gehütet.« Er reichte seinem Vater den Sack.

Erleichtert stieß Giuseppe Brantoni die Luft aus.

»Mir fällt ein Stein vom Herzen!«, gab er zu und nahm den Sack entgegen. Er öffnete ihn und sog zufrieden den Duft des exotischen Gewürzes ein.

»Du verstehst unser Geschäft«, sagte er zufrieden. »Der Safran ist von höchster Qualität!« Gemeinsam mit den Säcken auf dem Schiff war der Inhalt so viel wert wie ein Haus in der schönsten Gegend Genuas. Er hatte viel riskiert. Normalerweise transportierten die Händler kleinere Mengen und verteilten sie auf mehrere Schiffe. Auf diese Weise minderte man das Risiko, im Fall eines Raubüberfalls oder Schiffsunglücks alles zu verlieren. Natürlich waren mehrere

Schiffsfahrten erheblich teurer. Aber diesmal war alles gut gegangen. Der Gewinn würde erheblich sein.

»Am besten, wir gehen aufs Schiff zurück und überwachen das Löschen der Fracht«, bestimmte Giuseppe. »Es wäre ein Jammer, wenn jetzt noch etwas schiefgehen würde.«

Er winkte Damian und Pietro zu, ihm zu folgen. Nur widerwillig kletterte Damian noch einmal auf die Planke. Er hatte gehofft, die Santa Maria nicht mehr betreten zu müssen. Aber sein Vater hatte recht. Besser, sie blieben in der Nähe der Säcke.

»Ich habe mit Händlern aus dem Norden gesprochen«, sagte Damian.

Giuseppes Gesicht verfinsterte sich. »Verfolgst du immer noch die verrückte Idee, in den eisigen Norden zu reisen? Was erwartest du dort zu finden? Männer jenseits der Alpen geben ein Vermögen für unseren Pfeffer aus. Das machen sie, weil sie selbst über keine Gewürze verfügen. Dort ist es kalt, finster und trostlos. Die Menschen haben nichts außer Schnee, Kälte und Eis. Unser Pfeffer verleiht ihrem Leben die notwendige Würze.«

»Das mag alles stimmen. Aber du vergisst, dass die Menschen dort mit Pelzen, Fischen und edlen Hölzern handeln.«

»Ach so«, Giuseppe stieß erleichtert die Luft aus. »Du sprichst über die Kaufleute der Hanse. Sie haben sich zusammengeschlossen und sollen äußerst erfolgreich sein. Angeblich trotzen sie den Herrschern im Norden perfekte Handelsbedingungen ab. Erst letzte Woche habe ich mich mit zweien von ihnen unterhalten. Vielleicht sollten wir eine Zusammenarbeit andenken.«

Giuseppe sah seinen Sohn von der Seite an. »Ich hatte eben befürchtet, du verfolgst immer noch die irrwitzige Idee, in den unwirtlichen Bergen nach Gewürzen zu suchen und auf dem Landweg Richtung Norden aufzubrechen, statt ein Schiff zu besteigen und über die Iberische Halbinsel zu fahren.« Jetzt lachte er und klopfte Damian freundschaftlich auf die Schulter. »Was für ein Glück, dass du diese verrückte Idee aufgegeben hast. Wir sind Genueser, ein Volk von Seefahrern, das den Reichtum seiner Stadt den Schiffen verdankt.«

Damian schluckte hart. Eigentlich war das, was sein Vater eben verspottete, sein Vorhaben. Aber wie befürchtet, hatte sein Vater seine Meinung dazu nicht geändert. So als könnte Giuseppe die Gedanken seines Sohnes lesen, fügte er hinzu:

»Hast du dir schon einmal eine Landkarte angesehen? Es hat einen Grund, warum die Gegend, die dir erstrebenswert erscheint, die Alpen, keinen einzigen Punkt aufweist, wo Menschen leben. Alles, was du dort finden wirst, sind Bergziegen, Schnee und Kälte.«

Damian schluckte die Entgegnung hinunter, die ihm auf der Zunge lag. Er hatte gehört, dass es in den Bergen Kräuter und Blumen gab, die nur wenige Menschen bis jetzt gesehen hatten. Viele davon verfügten über große Heilkraft. Nur zu gerne würde Damian sich auf die abenteuerliche Suche danach begeben. Von der Seefahrt hatte er längst genug. Er wollte keine weiteren Wochen krank in einem Lagerraum liegen und darauf hoffen, dass er das ständige Schwanken überlebte. Giuseppe interpretierte sein Schweigen als Zustimmung.

»Ich bin froh, dass du zur Vernunft gekommen bist«, sagte er. »Wo sind unsere Pfeffersäcke?«

Sie betraten den Lagerraum, wo die ersten Kisten und Säcke bereits von kräftigen Hafenarbeitern abtransportiert wurden.

»Dort hinten!« Damian zeigte auf sechs große Säcke in der hintersten Ecke. Auf jedem hing ein Holzschildchen, auf dem der Name Brantoni eingebrannt war.

»Bravo!« Giuseppe klopfte Damian anerkennend auf die Schulter. »Ich bin stolz auf dich!«

»Braucht ihr mich hier noch, oder kann ich jetzt nach Hause gehen?« Damian wollte nicht länger auf der Santa Maria bleiben. Pietro und sein Vater kamen auch ohne seine Hilfe zurecht. »Ich sehne mich nach einem Bad.«

»Ja natürlich, geh nur, mein Sohn«, sagte Giuseppe großzügig. »Und spar nicht mit teurer Seife, dein Körper hat es nötig. Wir sehen uns dann beim Abendessen. Es gibt Pansotti con salsa di noci mit frischen Kräutern aus unserem Garten und danach saftige Orangen mit geschälten Pfirsichen, Kernen des Granatapfels und gehackten Mandeln. Richtig gute genuesische Küche.« Er klopfte sich auf seinen flachen Bauch.

Damian lief das Wasser im Mund zusammen. Während er geschickt über die Schiffsplanke lief und schwungvoll auf sicheren Boden sprang, überlegte er, wie er später das Gespräch wieder aufnehmen sollte. Denn eines war klar, er würde kein Schiff mehr betreten. Und er würde sich auch nicht wie seine Brüder vorzeitig in eine Ehe drängen lassen. Damian suchte das Abenteuer. Aber nicht auf dem Wasser, sondern auf dem Land, und er war fest davon überzeugt, dass im Norden unzählige Pflanzen, Gewürze und Heilkräuter wuchsen, die es noch zu entdecken galt. Es würde ein hartes Stück Arbeit werden, seinen Vater zu überzeugen. Doch er wollte sich seinen Traum erfüllen, bevor er heiraten und für immer in Genua festsitzen würde. Damian mochte seine Schwägerinnen, aber die Vorstellung, sein ganzes Leben an eine einzige Frau gebunden zu sein, erschien ihm im Moment noch beängstigend. Zu verlockend waren all die hübschen Händlerinnen und Schankmädchen, die Wäscherinnen und Marktfrauen, die ihm in den Häfen des Südens wundervolle Nächte beschert hatten. Ebenso beunruhigend war die Aussicht, Vater zu werden. Sollte seine Schwägerin wieder einen Sohn gebären, würde er bald Onkel von sieben Neffen sein. Es reichte ihm vollauf, mit ihnen zu spielen, ohne dabei Verantwortung zu übernehmen.

Heute Abend würde Giuseppe Brantoni noch milde gestimmt sein. Die erfolgreiche Handelsmission versetzte ihn in Hochstimmung. Bessere Karten würde Damian nie wieder in der Hand haben. Wenn es ihm heute nicht gelang, seinen Vater zu überzeugen, dann würde er es nie schaffen. Die nächste Fahrt Richtung Afrika musste einer seiner Brüder übernehmen. Aber damit das geplante Gespräch nicht im Streit eskalierte, brauchte er jetzt vor allem eines: ein Bad, ausreichend Schlaf und danach eine geschickte Zunge und reichlich gute Argumente. Mit etwas Glück würden die hanseatischen Kaufleute aus dem Norden ihm dabei helfen, seinen Vater zu überreden. Damian musste es bloß so drehen, dass eine angestrebte Zusammenarbeit mit den tüchtigen Kaufleuten sein eigentliches Ziel war, und er musste ein paar von ihnen finden, die zu Fuß über die Alpen gingen und sich dann der Flussschifffahrt bedienten, statt mit riesigen Schiffen die Iberische Halbinsel zu umsegeln. Damian war guter Dinge. Wenn er eines in seinem bisherigen Leben gelernt hatte, dann war es die Zuversicht, niemals aufzugeben.

Heidenreichstein 1235

Leni nahm den Geruch von gekochtem Fleisch und wilden Pastinaken wahr. Offenbar träumte sie. Aber diesmal waren es nicht die angsteinflößenden Bilder eines kleinen Monsters, das in ihr heranwuchs, sondern ein verführerischer Geruch, der ihre Sinne täuschte. Langsam öffnete sie die Augen und blinzelte gegen helles Sonnenlicht. Es fiel durch ein niedriges Fenster auf festgestampften Erdboden. Verwirrt rieb sich Leni die Augen. Sie lag in eine dicke Wolldecke gewickelt auf einem Schaffell direkt neben einer wärmenden Feuerstelle, über der in einem Kupferkessel eine Suppe brodelte. Darüber befand sich ein Loch im strohgedeckten Dach. Sie war in einer einfachen Hütte mit Wänden aus Holz. Zwischen den Brettern sorgte eine Mischung aus Lehm und Stroh dafür, dass der Wind nicht erbarmungslos durch die Ritzen pfiff. Doch wie war sie hierhergekommen?

Vorsichtig richtete sie sich auf. Das Letzte, woran sie sich erinnern konnte, waren Kälte und Hunger. Sie hatte furchtbar gefroren, war immer müder geworden und irgendwann in ihrer Höhle eingeschlafen.

»Willst du Suppe?«

Erschrocken zuckte Leni zusammen. Sie fuhr herum. Hinter ihr saß eine Frau mit wunderschönen dunkelgrünen Augen, die die Form von vollendeten Mandeln hatten. Es dauerte einen Moment, bis Leni sie wiedererkannte. Es war einige Jahre her, seit sie die Frau das letzte Mal gesehen hatte. Aber es war eindeutig Mara, die vor ihr saß. Die Frau, die auf Befehl ihres Vaters ausgepeitscht und verjagt worden war. Sie war es also gewesen, die sie aus der Höhle geholt und vor dem Erfrieren gerettet hatte. Ohne auf Lenis Antwort zu warten, stand Mara auf, holte eine Holzschüssel aus dem Regal an der Wand sowie einen Schöpflöffel und füllte die Holzschüssel bis zum Rand voll.

»Hier, du musst etwas essen.« Sie reichte Leni die Schüssel.

»Danke!«

Dann nahm Mara ein Stück flaches Fladenbrot aus einem Korb, der neben dem Regal von der Decke hing, und einen Holzlöffel, der auf einem der Regalbretter lag. Beides gab sie Leni. Sie hockte sich auf einen kleinen dreibeinigen Schemel neben dem Feuer.

»Warum wolltest du sterben?« Die Frage klang neugierig, nicht wertend.

Wie alt Mara wohl war? Sie war eine jener Frauen, die von der Zeit weitgehend verschont blieben. Bis auf ein paar dünne Falten, die ihr Gesicht durchzogen wie ein feines Netz, und vereinzelte graue Strähnen im Haar hatte sie sich kaum verändert. Vor zehn Jahren hatte sie ebenso ausgesehen wie heute, und in zehn Jahren würde sie sich immer noch nicht verändert haben.

»Ich wollte nicht sterben«, log Leni. Sie schämte sich dafür, dass sie einfach hatte einschlafen wollen.

Mara nickte wissend. »Iss deine Suppe«, forderte sie.

Ein herrlicher Duft nach wilden Kräutern, Pastinaken, Rebhuhn, Wacholder und Rüben stieg in Lenis Nase. Sie tauchte den Löffel in die Suppe. Sie schmeckte himmlisch. Gierig aß Leni die Schüssel leer und wischte das Holz mit dem Fladenbrot sauber.

Mara beobachtete sie zufrieden. »Du kannst später noch mehr haben. Aber dein Magen ist es noch nicht gewöhnt, größere Mengen aufzunehmen. Du würdest alles wieder ausspeien. Warum hast du tagelang gefastet?«

Glaubte Mara wirklich, Leni hätte freiwillig nichts gegessen? Der Gedanke, dass jemand kein Feuer entfachen und kein Wild erlegen konnte, schien Mara völlig fremd. Als Leni nicht antwortete, stellte Mara die nächste Frage.

»Wie bist du in einer Höhle am Rande des Moors gelandet?«

Mara war selbst eine Verstoßene. Obwohl Lenis Vater ihr böse mitgespielt hatte, hatte sie seine Tochter nicht erfrieren lassen, sondern es irgendwie geschafft, sie in ihre Hütte zu bringen. Sie hatte eine ehrliche Antwort verdient, und Leni hatte nichts zu verlieren.

»Ich bin schwanger.« Leni sprach leise. Mit den Worten kehrte die Erinnerung zurück, und ihre Kehle schnürte sich zu. Der würzige Geschmack der Kräuter, der immer noch ihren Mund ausfüllte, wurde vom Salz neuer Tränen verdrängt. Sie hatte längst genug vergossen, aber sie konnte sich nicht dagegen wehren. Die Vorstellung von Hadmars Kind in ihrem Bauch trieb sie erneut in ihre Augen. Die Suppe, die sie eben gegessen hatte, hatte nicht nur sie selbst, sondern auch das Kind ernährt, das sie nicht bekommen wollte. Verzweifelt verbarg sie ihr Gesicht in beiden Händen.

»Ich nehme an, dass das bloß das Ende einer langen Geschichte ist.«

Leni nickte schniefend. Mit dem Handrücken wischte sie die Tränen von ihren Wangen. Mara schien auf die ganze Geschichte zu warten. Gelassen saß sie auf ihrem Schemel. Zeit spielte in dieser Hütte keine Rolle. Mara würde geduldig ausharren, so lange, bis Leni mit dem Erzählen begann.

»Es ist eine hässliche Geschichte!«

»Ich habe nicht erwartet, dass du mir eine romantische Liebesballade von edlen Rittern auf weißen Schlachtrössern und tugendhaften Burgfräuleins in einsamen Burgtürmen zum Besten gibst.«

Leni zögerte. Konnte sie über die schreckliche Nacht sprechen? Weder für ihre Trauer noch für ihre Wut und ihre Verzweiflung gab es passende Worte.

»Fang einfach irgendwo an«, forderte Mara. »Wenn du erst mal redest, kommt alles von ganz allein.« Es war Leni, als könnte die Frau in ihren Gedanken lesen wie in einem offenen Buch.

Die Erinnerungen kehrten zurück und mit ihnen der Geruch eines brennenden Strohdachs, die verzweifelten

Schreie von Menschen, die aus dem Schlaf gerissen worden waren, und Hadmars Fratze, seine rabenschwarzen Augen, die triumphierend geleuchtet hatten, als er sie genommen hatte wie ein Tier. Alles tauchte wieder vor ihr auf, gerade so, als wäre keine Zeit vergangen. Leni atmete schwer. Sie fühlte sich wie eine Ertrinkende.

Mara legte ihre Hand auf die von Leni. Ihre Finger waren lang und dünn, aber auch kräftig. Sie strahlten eine Sicherheit aus, die Leni beruhigte. Zögerlich begann sie zu erzählen und ließ dabei nichts aus. Keine noch so hässliche Grausamkeit. Sie beschrieb, wie der Kopf ihres Vaters über den Burghof gerollt war, wie sie Gerolds und Hildes Leichname gefunden hatte. Sie beschrieb Hadmar, seinen Gestank nach Schweiß, Blut und Gewalt. Sie sprach von Margot, jener Frau, die ihr Vater als Mündel bei sich aufgenommen und die es ihm mit Verrat vergolten hatte. Und von Gotthart, der sich mit Geld von seiner Schuld hatte freikaufen wollen. Mit jedem Wort, das ihren Mund verließ, fühlte sie sich freier. Es war, als redete sie sich einen Teil ihres Leids von der Seele.

Mara hörte schweigend zu. Sie unterbrach kein einziges Mal. Ihre Mimik verriet nichts über ihre Gefühle. Empfand sie Mitleid, oder verspürte sie Genugtuung darüber, dass der Mann, der ihr böse mitgespielt hatte, ein so tragisches Ende erfahren hatte? Als Leni endlich mit ihren Ausführungen fertig war, schwieg Mara immer noch. Sie nahm ihre Hand wieder zurück und legte sie in ihren Schoß. Fast wehmütig sah Leni ihr nach.

»Ich will dieses Kind nicht bekommen«, stieß sie hervor. »Es wird ein Ungeheuer, genau wie sein Vater.«

»Unsinn!«

Überrascht über Maras heftige Reaktion nach dem langen Schweigen richtete Leni sich weiter auf.

»Das Kind, das in dir heranwächst, ist unschuldig. Es kann nichts dafür, dass ein brutaler Mann es gezeugt hat.«

»Es wächst aus seinem Samen! Es ist ein Teil von ihm.«

»Na und? Aber du ziehst es groß. Du fütterst es mit Liebe und lehrst es Anstand und Respekt vor dem Leben anderer. Dieses Kind wird ausschließlich deines sein.«

Leni schüttelte den Kopf. Sie wurde laut und schrie ihre Worte nun heraus. »Ich will es nicht! Ich will Hadmars Kind nicht bekommen!«

Mara antwortete nicht.

»Bitte hilf mir«, flehte Leni. Es war die Verzweiflung, die sie sich zu dieser Bitte hinreißen ließ. »Mach es weg. Bitte. Du kennst dich mit Kräutern aus. Auch mit solchen, die dafür sorgen, dass Frauen nicht mehr schwanger sind.«

Ihre Worte wogen schwer. Sie beschuldigte Mara, über Wissen zu verfügen, das ungeborene Kinder tötete. Das war eine der schlimmsten Sünden, die ein Mensch begehen konnte. Nicht nur die Kirche verurteilte das Vorgehen. Das Töten unschuldiger Ungeborener wurde im Diesseits mit dem Tod und im Jenseits mit dem ewigen Höllenfeuer bestraft.

»Ist es das, was dein Vater dir von mir erzählt hat?«, fragte Mara bitter.

»Nein«, beeilte sich Leni zu sagen. »Er hat nie über dich

geredet.« Sie sprach die Wahrheit. Wann immer Leni gefragt hatte, was in jener Nacht vorgefallen war, in der ihre Mutter gestorben war und Otto von Rauheneck Mara fortgejagt hatte, war sie auf eine Wand des Schweigens gestoßen.

»Ich habe noch nie ein Kind getötet«, sagte Mara ernst. »Die Tränke, die man Frauen verabreicht, sind gefährlich. Sie können nicht nur die Ungeborenen, sondern auch die Mütter umbringen. Noch schlimmer sind die Methoden mit Messern, Zangen und langen Nadeln. Ich habe gesehen, wie Frauen unter Schmerzen verblutet sind, nachdem Kräuterweiber mit Nadeln in ihnen herumgestochert haben. Auch heiße Sitzbäder wurden angewandt, bei denen die schwangeren Frauen sich verbrannten und für ihr restliches Leben entstellt waren. All das sind böse Sünden.«

Lenis Nacken versteifte sich bei der Vorstellung, sich in kochendes Wasser zu setzen.

»Ich versuche, Kind und Mutter zu retten, und nicht, sie zu töten.« Mara machte eine Pause, bevor sie hinzufügte: »Und zwar IMMER!«

Dabei betonte sie das letzte Wort und blickte Leni eindringlich an. Ihre Augen bohrten sich förmlich in die von Leni. »An meinen Händen klebt kein Blut von Unschuldigen, und so wird es auch bleiben.« Es war, als wollte Mara mit den Worten mehr ausdrücken als bloß die Tatsache, dass sie Leni nicht helfen würde, ihre Schwangerschaft vorzeitig zu beenden. Sprach sie über die Ereignisse in jener schicksalhaften Nacht auf Burg Lichtenfels, als Lenis Mutter starb?

»Wie soll ich das Kind jemals lieben?« Lenis Stimme war

leise geworden. Der Strohhalm der Hoffnung, den sie eben noch vor sich gesehen hatte, war ihr wieder genommen worden.

Mara rückte erneut näher an Leni heran. Aus kurzer Entfernung erschien ihr Mara nun doch älter. Die Frau musste ungefähr im Alter von Lenis verstorbener Mutter sein.

»Es wird ganz allein dein Kind sein. Hadmar hat es gezeugt, was keine große Kunst war. Das Kind großzuziehen wird die eigentliche Aufgabe werden.« Mara klang wieder versöhnlicher.

»Aber wie soll ich das schaffen? Mein Name ist ausgelöscht. Für die Menschen außerhalb dieser Hütte gibt es mich nicht.«

»Ich bin eine Ausgestoßene. Hast du den Eindruck, dass ich nicht existiere?«

Maras Worte erinnerten Leni daran, dass ihr Vater es gewesen war, der Mara aus der Gemeinschaft ausgeschlossen hatte.

»Du wirst dieses Kind lieben, glaube mir«, versicherte Mara mit einer Bestimmtheit, die keine Widerrede duldete. Leni wagte es nicht, erneut zu protestieren oder zu jammern. Für Mara schien das Gespräch fürs Erste beendet. Sie stand auf und ging zum Ausgang der kleinen Hütte. Bevor sie hinaustrat, wandte sie sich noch einmal um:

»Wenn du willst, kannst du vorerst hierbleiben. In der Hütte ist genügend Platz für zwei.«

In den nächsten Tagen lernten Leni und Mara einander besser kennen. Mara war eine großzügige Frau, die bereitwillig ihren Besitz mit Leni teilte. Doch während Leni ihr Herz geöffnet hatte, verlor Mara kein einziges Wort über ihre eigene Vergangenheit. Otto von Rauheneck hatte die Frau verbannt, und sie lebte am Rande des Moors, aber das hieß nicht, dass alle Menschen Mara mieden. Ganz im Gegenteil. Rasch stellte Leni fest, dass die Kräuterkundige von den Bewohnern der umliegenden Dörfer nach wie vor um Hilfe gebeten wurde. Es waren vor allem Frauen, die zu ihr kamen und ihren Rat suchten. Nur ein einziges Mal verirrte sich ein Mann mit einem hässlichen Geschwür am Fuß in die abgelegene Hütte. Die Gründe für die Besuche waren vielfältig und reichten vom eitrigen Zehennagel über Magenschmerzen bis hin zur Geburt eines Kindes. Maras Wissen schien schier unerschöpflich. Nur selten schickte sie Ratsuchende weg, weil sie ihnen nicht helfen konnte.

Mara versorgte die Menschen nicht nur mit heilenden Salben und Tinkturen, sondern auch mit solchen, die der Schönheit dienten. Pasten aus Gänseblümchen, Honig, Hafer- und Weizenkleie gegen unreine Haut. Massageöl aus Birken- und Efeublättern, das alternde Haut wieder straffte, oder Hautwasser aus Klettenwurzeln, das die Wangen junger Mädchen von Ekzemen befreite. Sie mischte Pasten aus Salbeiblättern, Erdbeeren und Äpfeln, die die Zähne erstrahlen ließen, und Wasser aus Birken- und Brennnesselblättern und Rosmarin gegen Haarausfall. Die Kirche verurteilte Schönheitselixiere jeder Art, denn sie dienten der Eitelkeit, was als böse Sünde galt. Doch Mara setzte sich darüber hinweg. Sie war der Meinung, dass der Mensch die Welt mit seinen Augen betrachtete und sich an der Schönheit erfreuen sollte.

»Was soll verwerflich daran sein, wenn eine junge Frau keine eitrigen Abszesse im Gesicht haben will? Oder mit vierzig immer noch genügend Haare auf dem Kopf, um einen kräftigen Zopf daraus zu flechten?«

»Hässlichkeit schützt die Frauen vor der Willkür der Männer«, erwiderte Leni. Sie musste an Hadmar denken und daran, dass er niemals auf die Idee gekommen wäre, Margot zu schlagen oder zu schänden.

Mara widersprach ihr heftig: »Ich kenne Frauen, die wahrlich nicht mit Schönheit gesegnet sind, und dennoch werden sie von Männern geschlagen. Hässlichkeit bewahrt Frauen nicht vor der Gewalt von Männern. Im Gegenteil, sie verleitet bloß zu Spott und Häme, was ebenso unglücklich machen kann.«

»Aber wozu soll es gut sein, sich um sein Äußeres zu kümmern und mit Salben und Tinkturen nachzubessern? Hätte Gott gewollt, dass jemand schön ist, dann hätte er ihn so zur Welt kommen lassen.«

Mara reagierte aufgebracht. »Glaubst du etwa immer noch, was die Männer in Priestergewändern uns predigen? Sie sind dazu gezwungen, enthaltsam zu leben. Schöne Frauen stellen für sie eine Gefahr dar, deshalb wettern sie mit aller ihnen zur Verfügung stehenden Macht dagegen und denken, wenn Frauen sich nicht um ihre Schönheit kümmern, dann sind sie keine Versuchung mehr. Was natürlich ein Trugschluss ist. Hinter ihren Klostermauern träumen die Männer in Mönchskutten von den Körpern schöner Frauen und geben ihnen die Schuld für ihre sündhaften Gedanken.«

Leni schwieg. Die ketzerischen Sätze Maras gefielen ihr. Die alte Frau sprach aus, was Leni seit Jahren gefühlt, aber nie gewagt hatte, zu denken oder gar in Worte zu fassen.

»Übrigens ist es leicht, Eitelkeit zu verurteilen, wenn man von der Natur mit Schönheit gesegnet wurde«, beendete Mara das Gespräch.

Leni überdachte ihre Worte. War sie wirklich so schön, wie Mara behauptete? Seit jener Nacht, an die sie sich nicht zurückerinnern wollte, fühlte sie sich hässlich und entstellt. Auf ihrer rechten Wange war eine kleine Narbe zurückgeblieben. Sie konnte sie spüren, wenn sie mit der Kuppe ihres Zeigefingers darüberstrich.

»Damit wird sie bald nicht mehr zu sehen sein«, sagte Mara und reichte Leni einen Topf mit orange gefärbter Ringelblumensalbe.

Nur zögerlich trug Leni die Paste auf. Aber als sie bemerkte, dass dadurch nicht nur die Narbe verblasste, sondern auch das Spannungsgefühl der Haut nachließ, schmierte sie ohne schlechtes Gewissen die Stelle ein.

So wie Mara Lenis Zugang zu Schönheitselixieren veränderte, so zwang die Frau sie auch, über ihr Verhältnis zur Kirche nachzudenken. Wann immer sich die Gelegenheit dazu bot, brachte Mara kritische Bemerkungen an, und Lenis Vertrauen in den Glauben bröckelte. Abt Ebro hatte sie ebenso verraten wie die Kuenringer oder Gotthart. Er hatte seine Glaubwürdigkeit verloren. Aber was war mit Gott? Durfte Leni auch mit ihm hadern? Einerseits hatte er sie im Stich gelassen und ihr alles genommen, was sie geliebt hatte. Aber auf der anderen Seite hatte er Hilfe geschickt. Bei Mara war sie vorerst in Sicherheit, und wer sonst, wenn nicht Gott, hatte dafür gesorgt?

Wie sie es seit Kindheitstagen gewöhnt war, begann Leni jeden Morgen mit einem Gebet und beendete den Tag auch so. Aber die Art, wie sie betete, änderte sich zusehends. Sie verzichtete auf die Sprüche und Gesänge, die Brunhilde und der Dorfpfarrer ihr beigebracht hatten. Sie beschränkte sich auch nicht mehr darauf, Gott zu danken oder ihn um die Erfüllung von Wünschen zu bitten. Vielmehr stellte sie ihm Fragen, auf die sie keine Antworten fand. Leider blieben sie auch nach dem Gebet aus.

Mara teilte mit Leni nicht nur ihre Hütte, sondern auch ihr Wissen. Es verging kein Tag, an dem Leni nicht etwas Neues erfuhr und lernte. Oft schien Mara regelrecht entsetzt über Lenis Unwissenheit.

»Du hast noch nie ein Feuer entfacht?«

»Doch«, sagte Leni rasch. »Aber ich habe stets Zündzeug dazu verwendet. Einen Feuerstein und in Öl getränkte Wolle.«

»Damit bringt jedes Kind ein Feuer zusammen«, schnaubte Mara verächtlich.

Leni sah das anders. Margot hatte es auch mit dem Zündzeug nicht geschafft und Feuer immer aus der Küche geholt, wenn es im Turmzimmer eisig kalt gewesen war und das Kohlebecken entfacht werden musste. Aber sie behielt ihre Bemerkung für sich. Sie wollte nicht weiteren Spott auf sich ziehen.

»Ein Feuer ist lebensnotwendig«, erklärte Mara nun ernst. »Ohne wärmende Flammen würden wir jämmerlich erfrieren.« Sie nahm aus dem Holzkorb in der Küche ein Stück flaches Holz und einen dünnen Stecken. Mit einem Küchenmesser ritzte sie der Länge nach eine Furche in das Holz und am unteren Ende eine tiefe Kerbe.

»Man legt das Stück Holz auf den Boden«, erklärte sie. »Den Stock stellst du auf die Furche und drehst ihn, so schnell du kannst. Dazu braucht es etwas Geschick und Übung.« Während Mara sprach, bewegte sie den Stock zwischen ihren gestreckten Handflächen in Windeseile hin und her. Es sah völlig mühelos aus. So als würde der Stock ein Eigenleben entwickeln, tanzte er unentwegt zwischen Maras Händen im Kreis.

»Wenn du es richtig machst, bildet sich schon rasch eine winzige Menge Glut.« Tatsächlich stieg heller Rauch von der Stabspitze auf. »Die Glut sammelt sich in der Kerbe.«

Fasziniert beobachtete Leni den feinen rauchenden Staub, der sich dort vermehrte. Als ein kleines Häufchen vorhanden war, legte Mara den Stock zur Seite, hob das Brett hoch und trug es zu den Holzspänen bei der Feuerstelle. Vorsichtig kippte sie den rauchenden Staub darauf, kniete sich auf den Boden, beugte sich zu den Spänen und blies behutsam Luft zu. Immer wieder lehnte sie sich zurück, begutachtete ihr Werk und blies dann weiter. Erstaunlich schnell loderte die erste Flamme auf, und kurz darauf knisterte ein behagliches Feuer. Am liebsten hätte Leni begeistert applaudiert, aber dazu kam sie nicht, denn Mara stand auf, trat das Feuer rasch wieder aus und reichte Leni Stock und Holz.

»Jetzt bist du an der Reihe«, forderte sie.

Leni nahm beides entgegen und hockte sich damit auf den Boden.

»Ich gehe in der Zwischenzeit in den Wald und sammle Bucheckern. Wenn ich zurück bin, sollte das Feuer brennen, sonst haben wir heute Abend keine warme Suppe, was sehr unangenehm wäre, denn es wird mit Sicherheit Frost geben.«

Kaum hatte Mara die Hütte verlassen, machte sich Leni an die Arbeit. Aber was bei Mara so einfach ausgesehen hatte, stellte sich als äußerst schwierig heraus. Sobald Leni Rauch aufsteigen sah, wurden ihre Bewegungen langsamer, und sofort verschwand er wieder. Schon nach wenigen Minuten hatte Leni Blasen an den Handflächen, genau wie vor ein paar Wochen, als sie allein im Wald gelebt und sich erfolglos mit zwei Stecken abgemüht hatte. Unbeirrt drehte sie den Stock weiter und ignorierte die wunden Stellen an ihren Händen. Als sie schon nicht mehr an ihren Erfolg glaubte, war es endlich so weit. Glut sammelte sich in der Kerbe und gloste. Sofort trug sie den Staub zu den Holzspänen und verteilte ihn vorsichtig darauf. Genau wie Mara zuvor blies sie Luft zur Glut. Doch nichts tat sich. Die Holzspäne blieben kalt. Niedergeschlagen kehrte Leni zurück zu ihrem Platz, setzte sich erneut vor das Holz und drehte noch einmal. Diesmal erzeugte sie deutlich schneller eine kleine Glut, trug sie zur Feuerstelle, hockte sich hin und blies noch einmal. Sie ging dabei behutsam und konzentriert vor. Als eine winzige, kleine Flamme aufflackerte, konnte sie ihr Glück kaum fassen und stieß einen bescheidenen Freudenschrei aus. Sie legte Holzscheite nach, füllte Wasser in den Kessel über dem Feuer und erwartete Lob von Mara, als diese zurückkehrte. Aber die alte Frau schien weder überrascht noch sonderlich stolz.

»Gut, dass wir heute nicht frieren müssen«, bemerkte sie trocken und fügte hinzu: »Die nächste Lektion gilt den Bienenstöcken hinter dem Haus.«

Leni warf einen Blick auf die blutigen Blasen in ihren Handflächen. Die Vorstellung, dass nun auch noch Bienenstiche dazukommen würden, erfüllte sie mit Sorge. Endlich lächelte Mara und meinte:

»Aber damit warten wir bis morgen. Jetzt verkochen wir erst mal die Bucheckern zu einem feinen Mus.«

Erleichtert stimmte Leni zu.

Es stellte sich heraus, dass die Arbeit an den Bienenstöcken ungefährlich war. Die Bienen hatten sich bereits auf den Winter eingestellt und ruhten. Alles, was Mara und Leni noch tun mussten, um die Bienen gut durch Kälte und Schnee zu bringen, war, die geflochtenen Bienenkörbe mit Reisig vor der Kälte zu schützen. Danach folgten weitere Unterrichtseinheiten für Leni. Sie lernte, wie man Salben rührte und Sirup einkochte. Mara lehrte sie über die Wirkkraft der Kräuter und Pflanzen des Waldes. Schon bald wusste Leni, dass wilder Thymian und getrockneter Huflattich Hustenreiz linderten und ein Aufguss aus Salbei bei Zahnfleischbluten hilfreich war. Johanniskraut hellte die

Stimmung auf, und ein Aufguss von Eichenrinde half der Haut, sich zusammenzuziehen, was hilfreich bei Verletzungen war, während die Blätter der Birke die Blase unterstützten. Leni saugte das Wissen auf wie ein trockener Schwamm. Es war, als öffnete Mara ihr ein Fenster in eine neue Welt, die voller Wunder war. Leni staunte und lernte.

»Mischst du auch Kräutertränke, damit die Menschen sich verlieben?«, fragte sie. Leni wusste, dass Margot regelmäßig Wässerchen getrunken hatte in der Hoffnung, Gotthart Interesse für sich zu wecken.

»Nein«, sagte Mara ernst. »Weder Liebestränke für Männer noch welche für Frauen.«

»Warum?«, wollte Leni wissen. Wäre es Margot schon vor Jahren gelungen, Gottharts Zuneigung zu gewinnen, hätte er vielleicht um ihre Hand angehalten, und die Dinge hätten sich anders entwickelt.

»Weil es mir nicht zusteht, mich in das Gefühlsleben anderer einzumischen«, erklärte Mara. Sie verrieb Wacholderbeeren in einem Mörser und schaute dabei nicht auf.

»Es hat immer einen Grund, warum Gefühle nicht erwidert werden. Einem Menschen zu helfen bedeutet, einem anderen zu schaden. Liebestränke verleiten zu Taten, die man hinterher bereut.«

Maras Erklärung leuchtete Leni ein. Sie fragte sich, ob Mara aus Erfahrung sprach, wagte es aber nicht, tiefer in die Frau einzudringen. Es gab noch ein weiteres Thema, das sie nicht ansprach: ihr ungeborenes Kind, das sie nach wie vor nicht haben wollte. Nach außen hin hatte sie sich damit abgefunden, Mutter zu werden. Doch insgeheim hoffte

Leni immer noch auf ein Wunder. Sie wusste, dass es vorkam, dass Frauen ihre Kinder verloren. Natürlich konnte sie Gott nicht darum bitten, aber vielleicht war er gnädig und erkannte ihre Not, ohne dass sie ihren Wunsch aussprechen musste.

Niemand, der zur Hütte kam und Mara um Hilfe bat, verband Leni mit der Tochter von Otto von Rauheneck. Man hielt sie für eine Gehilfin, die gekommen war, um von Mara zu lernen. Gleich zu Beginn erzählte eine Bäuerin, die wegen eines eitrigen Abszesses kam, vom Überfall der Kuenringer auf Burg Lichtenfels.

»Hadmar und sein Bruder haben die Burg bei Nacht und Nebel überfallen und alle umgebracht, die ihnen in die Finger gekommen sind. Der Burgherr und seine hübsche Tochter sind beide getötet worden. Ist das nicht grausam?« Die Frau hockte auf einem Schemel und hielt Mara ihre Hand entgegen, auf der sich ein riesiger dunkelroter Abszess befand.

Leni hatte Mühe, den Worten der Frau zuzuhören. Sie nickte bloß und verzog sich dann in eine Ecke der Hütte, wo sie mit vorgetäuschter Konzentration kleine Blätter von einem Büschel Thymian pflückte.

»Sind die Kuenringer die neuen Burgherren?«, fragte Mara, während sie gekochte Weißkohlblätter zerdrückte und die Masse in ein Stück Stoff strich.

»Oh nein, wo denkst du hin?«, sagte die Bäuerin. »Gotthart von Gars und seine neue Frau, eine weit entfernte Verwandte der Rauhenecks, haben die Burg übernommen und verwalten sie. Aber es heißt, dass die Erträge, die abfallen, unter den Kuenringern und den Herren von Gars aufgeteilt werden. Die Leidtragenden sind wieder einmal die Bauern. Die Leute müssen jetzt fast doppelt so hohe Abgaben leisten wie vorher. Dabei bleibt ihnen jetzt schon kaum genug zum Überleben. Aua!«

Die Frau zuckte zusammen, als Mara ihr den warmen Umschlag auf den Handrücken legte und mit einem weiteren Stück Stoff festband.

»Du musst den Verband täglich zweimal wechseln und den Abszess sauber halten.«

»Wie soll ich das denn machen?«, fragte die Bäuerin. »Im Stall und auf dem Feld werden die Hände immer schmutzig.«

»Das kann ich dir leider nicht sagen, aber wenn die Eiterbeule aufgeht und Schmutz in die Wunde kommt, dann sind die Schmerzen, die du jetzt hast, harmlos gegen das, was dich erwartet.« Mara sprach eindringlich und ernst, und die Bäuerin wagte es nicht zu widersprechen. Sie bezahlte für Maras Behandlung mit Eiern.

Nach diesem Besuch erwähnte niemand mehr den Überfall, und schon nach ein paar Wochen war der Vorfall Geschichte. Der neue Burgherr auf Lichtenfels war Gotthart von Gars, geduldet von den Kuenringern. In ein paar Monaten würde sich niemand mehr daran erinnern, dass Otto von Rauheneck jemals gelebt hatte.

Auch Leni versuchte, ihre Vergangenheit zu vergessen und sie weitgehend hinter sich zu lassen. Die arbeitsintensiven

Tage erleichterten es ihr, nicht ins Grübeln zu verfallen. Bei Mara schickte sie niemand in ein Turmzimmer, um Altardecken zu sticken. Sie wurde auch nicht des Raumes verwiesen, wenn wichtige Angelegenheiten besprochen wurden. Jede Neuigkeit, die den Weg ins Moor fand, teilte Mara mit Leni. Die beiden Frauen bestimmten gemeinsam ihren Tagesablauf. Schon bald waren sie aufeinander eingespielt.

Leni wusch ihre Wäsche mit Seifenkraut und lernte, mit einer einfachen Angelrute einen Fisch zu fangen. Gemeinsam mit Mara sammelte sie nicht nur Pfifferlinge, sondern auch andere Pilze. Sie lernte, dass die nahrhaftesten diejenigen waren, die auf Bäumen wuchsen. Über dem Feuer trockneten sie Früchte und Pilze für die Wintermonate. Die dunklen Beeren des Holunderstrauchs kochten sie mit etwas Honig zu Mus ein. Die Bienenstöcke hinter dem Haus lieferten den besten dunklen Waldhonig, den Leni je gekostet hatte.

Täglich wurden neue Fragen beantwortet, aber je mehr Wissen sie erwarb, desto mehr offene Fragen stellten sich. Immer dann, wenn sie glaubte, einen Großteil der Pflanzen, die rund um sie herum wuchsen, bestimmen zu können, musste sie feststellen, dass dem nicht so war. Sie pflückte Haferkraut und Brennnesselblätter für einen Entwässerungstee und erkannte, dass das Benediktinerkraut ihr noch fremd war. Es beschleunigte die Wundheilung, und über Giersch, den sie bisher nur als Spinat gegessen hatte, erfuhr sie, dass er außerdem dazu diente, Gelenkschmerzen zu lindern. Die wichtigste Lektion, die Leni lernte, war die der richtigen Dosierung. Nur ein Fingerhut zu viel, und schon konnten die Folgen verheerend sein. Geduldig lehrte Mara

Leni alles, was sie über die Heilkunst wusste. Sie schwieg nur dann, wenn Leni sie nach ihrer Vergangenheit fragte. Dann drehte sie sich abrupt weg und tat so, als hätte Leni nichts gesagt.

Leni hing förmlich an Maras Lippen und wünschte, sie könnte all ihr Wissen aufschreiben. Sie verdankte es Gerold, dass sie diese Kunst, die vielen Männern vorenthalten war, beherrschte. Aber Mara hatte weder kostbares Pergament noch Tinte. Und so notierte sie die Informationen in ihrem Gedächtnis und hielt sie dort fest.

Der Winter setzte in diesem Jahr besonders früh ein. Schon im Oktober fiel der erste Schnee, und Leni musste zum ersten Mal in ihrem Leben Brennholz sammeln, eine Tätigkeit, die bisher die Dienerschaft für sie erledigt hatte. Dennoch fror Leni weniger als in den Jahren zuvor. In der kleinen Hütte war es immer angenehm warm. Ganz anders als in der riesigen Burg, in der bis auf die Halle kaum ein Raum ordentlich geheizt worden war. Eine reiche Müllerin, der Mara im Sommer bei der Geburt von Zwillingen beigestanden hatte, brachte den Frauen zwei Hühner und ausreichend Futter für das Federvieh. Ein willkommenes Geschenk, das die Kost während der harten, kargen Wintermonate aufbesserte. Die braven Tiere lieferten jeden Tag zwei frische Eier, aber es war untragbar, dass die Tiere weiter in der Hütte lebten.

»Wir müssen den Hühnern einen Stall bauen«, entschied Mara. »In der Hütte machen sie uns alles voll. Und wenn wir sie ungeschützt im Freien lassen, holt der Fuchs die zwei, sobald wir ihnen den Rücken zukehren.« Tatsächlich verursachten die Hühner eine Menge Unordnung und sorgten sich nicht darum, wo sie ihr Geschäft erledigten. Erst heute Morgen war Leni in einen ihrer kleinen Dreckhaufen getreten.

»Hast du denn schon mal einen Stall gebaut?«

Mara lachte. »Wer, denkst du, hat die Hütte errichtet?«

Leni kam sich einfältig vor, sie hatte angenommen, dass die Hütte schon dagestanden hatte, bevor Mara sie bezogen hatte. Aber offenbar hatte Mara ihr Heim selbst gezimmert. Die Bewunderung stand ihr ins Gesicht geschrieben, und Mara gestand, dass sie Hilfe gehabt hatte.

»Der Müller hat mir gezeigt, wie es geht, und hat mir geholfen«, gab sie zu. »Aber den Großteil habe ich selbst gemacht.« Zum ersten Mal, seit Leni Mara kannte, klang unverhohlener Stolz in der Stimme der Frau mit. Leni konnte es ihr nicht übel nehmen. Die Hütte war mehr als bloß ein Dach über dem Kopf, sie war ein behagliches Zuhause, das Mara geschaffen hatte. Gemeinsam machten sie sich daran, aus Brettern, die vom Bau der Hütte übrig geblieben waren und unter der Kiefer an der Hinterwand lagerten, einen Stall zu bauen. Das Ergebnis war ein nicht besonders hübscher, dafür aber praktischer Kasten, in dem Mara einen Ast montierte, auf dem die Hühner hocken konnten. Sobald die Sonne unterging, trieben sie die Tiere in den Stall.

Im November erlegte Leni ihr erstes Kaninchen mit Pfeil und Bogen. Das Fell zog Mara ab, denn Leni wurde vom Anblick des rohen Fleisches übel. Als Mara das Fell neben der

Hütte zum Trocknen aufspannte, musste Leni jedes Mal einen weiten Bogen darum machen.

»Nach der Schwangerschaft ist das vorbei«, versprach Mara. Doch Leni wollte nicht darüber nachdenken, wie ihr Leben verlaufen würde, wäre das Kind erst auf der Welt. Die Hoffnung, dass sie es verlieren könnte, schwand mit jedem Tag.

Zwei Wochen vor der Wintersonnwende spürte sie zum ersten Mal Bewegungen in ihrem Bauch. Sie saßen beim Abendessen, und Leni erschrak so heftig, dass das Stück Fladenbrot, das sie in der Hand hielt, auf den Boden fiel.

»Es tritt mich«, sagte sie entsetzt. Trotz Maras Versprechen, dass das Kind nicht wie Hadmar werden würde, quälten sie immer noch Zweifel. Manchmal erwachte sie nachts, weil sie davon träumte, das Kind würde sie mit Fäusten schlagen, sobald es auf der Welt war. Zum Glück wurden die Träume immer seltener. Doch nun trat das Ungeborene zu, genau wie Leni befürchtet hatte.

»Es ist gut, wenn es dich tritt«, lachte Mara. »Das bedeutet, dass es gesund ist und wächst. Gefährlich wird es, wenn du dein Kind nicht mehr spürst.«

Leni konnte in Maras Lachen nicht einstimmen. Sie wurde ernst und zupfte lustlos ein Stück von ihrem Fladenbrot ab.

»Was hast du?«, fragte Mara. »Haderst du immer noch damit, Mutter zu werden?«

Leni zuckte mit den Schultern.

»Sorgst du dich um deine Zukunft, wenn das Kind erst auf der Welt ist?«

»Ja natürlich«, gab Leni zu. »Ich frage mich, ob wir auch zu zweit hier willkommen sind.«

Die Frage beschäftigte Leni, seit sie hier angekommen war. Was war, wenn Mara sie fortschickte? Wo sollte sie mit einem unehelichen Kind hingehen? Zu zweit würde es noch schwieriger werden, einen Platz zum Überleben zu finden.

»Ich habe noch nie ein Kind großgezogen«, wich Mara aus.

»Heißt das, dass wir gehen müssen?« Leni erschrak über sich selbst. Es war das erste Mal, dass sie von sich und dem Kind als »wir« sprach.

»Nein«, beruhigte Mara sie. »Es heißt nur, dass es mir nie vergönnt war, Mutter zu werden.«

Auch Maras Antwort war neu. Sie gab etwas von ihrer eigenen Geschichte preis und gestand, dass sie selbst keine Kinder hatte.

Sofort setzte Leni nach: »Warst du jemals schwanger?«

Doch Mara verriegelte das Tor zu ihrer Vergangenheit wieder, das sie eben einen winzigen Spaltbreit geöffnet hatte. Sie stellte den Teller Bohnensuppe zur Seite, biss sich fest auf die Unterlippe, so als könnte sie so ihren Mund für immer schließen.

»Ist es wegen meinem Vater?«, fragte Leni gekränkt. »Ist er der Grund, dass du mir nicht vertraust?«

»Wie kommst du auf die Idee, ich könnte dir nicht vertrauen?«

»Immer wenn ich dich nach deiner Vergangenheit frage, weichst du mir aus.«

Ein dunkler Schatten legte sich über Maras Gesicht.

»Was willst du wissen?« Maras Frage klang abweisend und kalt zugleich.

Am liebsten hätte Leni ihre Worte wieder zurückgenommen, nur um die Wärme in Maras Stimme zurückzuholen.

»Alles, was du bereit bist zu erzählen«, forderte Leni.

»Ich habe keine schönen Geschichten zu bieten.«

Leni lachte bitter. »Willst du etwa sagen, dass das, was mir widerfahren ist, erfreulich war?«

Mara wirkte betroffen. »Nein, natürlich nicht«, sagte sie leise.

Wieder schwiegen beide. Schließlich seufzte Mara schwer.

»Nun gut, wenn du unbedingt eine hässliche Geschichte hören willst. Dann soll es so sein, aber beschwer dich hinterher nicht, dass ich dir grausame Bilder in den Kopf setze.«

Leni nickte tapfer. »Mittlerweile glaube ich, dass Geschichten von Frauen immer hässlich sind«, sagte sie.

»Wie du meinst.« Mara zuckte mit den Schultern. Sie richtete ihren Blick an die Hüttenwand hinter Leni, so als befänden sich dort die Bilder, die sie nun aus ihren Erinnerungen zurückholte.

»Vor Jahren zogen reitende Ungarnhorden durch dieses Gebiet. Sie verwüsteten ganze Landstriche, sie brandschatzten, raubten und vergewaltigten. Meine Mutter war eine der Frauen, die mit ihrem Leben davongekommen waren. Aber der Preis, den sie dafür zahlen musste, war hoch. Ein Ungar hatte sie vergewaltigt, und ich bin das Ergebnis der gewaltvollen Tat.«

Lenis Herz schlug schneller. Sie wusste ganz genau, wovon Mara sprach. Ihre Worte sorgten dafür, dass sie ihr eigenes Leid erneut durchlebte. Die Bilder ihrer Vergewaltigung wirkten so lebendig, als hätte sie erst gestern stattgefunden.

»Das eigentlich Schreckliche kommt erst«, warnte Mara.

Leni konnte sich nicht vorstellen, was einer Frau widerfahren konnte, was noch schlimmer war. Abwehrend legte sie beide Hände auf ihren Bauch. So als könnte sie ihr Ungeborenes vor der Erzählung schützen.

»Auch mein Vater hat den Überfall überlebt. Er hat mit ansehen müssen, was meiner Mutter angetan wurde. Doch anstatt Mitleid mit ihr zu haben, wie jeder anständige Christ es empfunden hätte, hat er sie wegen ihres Schicksals verachtet. Er hat behauptet, sie sei verdorben, und genauso hat er sie behandelt, wie verdorbenes Fleisch.«

Lenis Mund wurde trocken, ihre Kehle schnürte sich zu.

»Er hat sie täglich geschlagen und missbraucht. Abend für Abend, und als sie starb, hat er mich genommen, da ich ihr Kind war. Er nannte mich Sündenbrut. Er hat das alles mit dem Segen der Kirche getan. Der Dorfpfarrer wusste vom Vergehen meines Vaters. Aber er hat ihn darin bestärkt und gemeint, dass es gut sei, den Weibern die Sünde auszutreiben. Und meine Mutter sei eine ganz besonders große Sünderin, denn sie war vom Feind genommen worden. Manchmal hat er zugesehen, wenn mein Vater über mich herfiel. Ich glaube, dass ihm das großes Vergnügen bereitet hat.«

Während Mara sprach, zeigte sie keinerlei Gefühlsregung. Sie wirkte völlig ruhig, so als redete sie von einer fremden Person. Aber Leni ahnte, dass in ihrem Inneren ein Orkan tobte.

»Das ist schrecklich«, sagte sie leise.

»Ja, das war es. Aber eines kann ich dir bei all dem Grauen, das mir widerfahren ist, versichern«, Mara machte eine Pause. »Meine Mutter hat mich immer geliebt. Sie hat mich vor der Bestie beschützt, solange sie dazu imstande war.«

Leni schluckte, denn Mara sprach ihre Ängste an. Sie fürchtete sich davor, ihr Kind nicht ausreichend lieben zu können. War das der Grund, warum sie nun über ihren Schatten sprang und die Gespenster ihrer eigenen Vergangenheit hervorholte?

Als Mara aufstehen wollte, ergriff Leni ihre Hand und hielt sie fest.

»Du wolltest die Geschichte hören«, sagte Mara vorwurfsvoll.

»Ich weiß. Und ich bin dir dankbar, dass du sie erzählt hast.«

Sie zog Maras Hand zu ihrem Bauch. »Es tritt schon wieder. Kannst du es spüren?«

Ihr ernster Blick wurde weich. Sie nickte lächelnd. »Es beschwert sich und hat genug von den traurigen Geschichten. Was hältst du von einer Tasse Honigmilch? Eine der Bäuerinnen hat gestern eine Kanne Kuhmilch vorbeigebracht.«

»Ich glaub, das gefällt ihm.« Leni schmunzelte. »Und mir auch!«

• • •

Als endlich die Schneeschmelze einsetzte, war Lenis Bauch so weit angewachsen, dass sie den Gürtel um ihre Taille weglassen musste. Trotz ihrer Körperfülle durchstreiften Mara und sie stundenlang die Wälder und sammelten die ersten Frühlingsblumen und Kräuter. Zu Lenis Lieblingspflanzen zählte das Veilchen. Sie nahm nicht nur die Blüten der kleinen duftenden Blumen, sondern auch die Wurzeln. Aus beidem bereitete sie ein Gesichtswasser, das der Haut nach den langen Wintermonaten eine strahlende Frische verlieh. Dabei verspürte sie nicht den leisesten Gedanken eines schlechten Gewissens. Mara versetzte die Blüten mit Süßholz und Galgant. Die Mischung vertrieb Gemütsverstimmungen. Aber sie sammelten auch junge Birkenblätter, Wegwarte, Gundermann und frische weiche Fichtentriebe. Die hellgrünen Spitzen der Nadelbäume waren weich und schmeckten gleichzeitig süß und herb. In ihnen steckte die geballte Kraft des Frühlings. Tagelang roch die Hütte nach Bärlauchblättern, die sie mit anderen Kräutern zu einer schmackhaften Suppe verkochten. Eine Bäuerin, deren Kind Mara mit Kümmeltee von schmerzhaften Bauchschmerzen befreit hatte, war gekommen und hatte ihnen einen Topf Schmalz gebracht. Einen Teil davon hatte Mara mit getrockneten Ringelblumenblüten aufgekocht und auskühlen lassen.

»Damit reibst du ab jetzt jeden Abend die Stelle hinter deiner Scham ein«, forderte sie. »Die Salbe hält deine Haut geschmeidig, dann reißt die Stelle mit etwas Glück während der Geburt nicht auf.«

Die Geburt. Es war ein Ereignis, das Leni herbeisehnte, um endlich wieder ihren Körper zurückzubekommen, gleichzeitig aber auch fürchtete. Je größer der Bauch wurde, desto intensiver spürte sie das Kind in sich. So zwiespältig ihre Gefühle auch waren, mittlerweile sehnte sie die Bewegungen herbei und sorgte sich, wenn sie das Strampeln ein paar Stunden lang nicht wahrnahm. Es war fast so, als könnte sie sich mit dem Ungeborenen unterhalten. Wenn sie nachts nicht schlafen konnte, weil das Kind sich drehte, summte sie ein Einschlaflied, während sie ihren Bauch streichelte. Beides half, und das Kind beruhigte sich. Immer noch verfolgten Leni die schrecklichen Bilder jener Nacht, in der Hadmar sie vergewaltigt hatte, aber sie brachte das Kind, das in ihr wuchs, immer seltener damit in Verbindung. Es war ganz allein ihr Kind. Sie sorgte dafür, dass es ruhig wurde und sich wohlig gegen ihre Hand schmiegte, wenn sie ihren Bauch streichelte.

Das Osterfest kam, und zum ersten Mal besuchte Leni nicht die heilige Messe, um die Auferstehung Christi zu feiern. Stattdessen entzündeten Mara und sie ein kleines Feuer vor ihrer Hütte und freuten sich darüber, dass der lange Winter nun endgültig vorüber war. So wie es ihre Vorfahren einst gemacht hatten, lang bevor der christliche Glauben den heidnischen verdrängt hatte. Die Tage wurden langsam wieder länger, die Natur erblühte. Im Moor quakten die Frösche um die Wette und schrien bis spät in die Nacht. Die Zugvögel kehrten zurück, und der kleine Apfelbaum, den

Mara vor Jahren gesetzt hatte, stand in voller Blüte und erfreute Leni mit seiner weißen Pracht.

Anfang Mai war es endlich so weit. Während Leni frischen Spitzwegerich sammelte, der am Waldrand wuchs, platzte ihre Fruchtblase. In einem Schwall floss warmes Wasser ihre Schenkel entlang und versickerte im Boden. Erschrocken blickte sie an sich herab. Fast zeitgleich setzte die erste Wehe ein. Ein krampfhafter Schmerz zog sich durch ihren Unterleib. Mara, die neben ihr stand, reagierte schnell.

»Wir müssen zurück zur Hütte«, sagte sie. »Das Kind will nicht länger in dir bleiben. Mir ist es lieber, es kommt in der Hütte zur Welt und nicht unter dem Blätterdach des Waldes.«

Zum Glück hatten sie sich nicht weit von ihrem Zuhause entfernt. Nach jedem dritten Schritt musste Leni stehen bleiben. Eine neue Wehe hinderte sie am Weitergehen. Mara half ihr dabei, den Schmerz zu veratmen. Sie begleitete jedes Ein- und Ausatmen mit ruhigem, gleichmäßigem Zählen. In der Hütte setzte sich Leni auf den dreibeinigen Hocker. Sie wollte nicht liegen. Nur als Mara ihren Muttermund untersuchte, musste sie sich auf dem Schaffell im Stroh niederlassen.

»Dein Kind hat es eilig«, sagte Mara lächelnd. »Der Muttermund ist schon drei Fingerbreit offen.« Während sie sprach, massierte sie ihn noch weiter auf, und Leni presste die Zähne zusammen, um nicht laut aufzuschreien. In der nächsten Wehenpause stand Mara auf und holte saubere Tücher, einen Eimer warmes Wasser und ein Messer.

»Was hast du mit dem Messer vor?«, fragte Leni ängstlich.

»Wie soll ich denn die Nabelschnur sonst durchtrennen?«

Erleichtert stieß Leni Luft aus. Sie versuchte erneut, auf den Hocker zu klettern, ließ es aber bleiben und sackte zurück auf den Boden. Eine neue Welle des Schmerzes rollte über sie hinweg und nahm sie mit. Diesmal dauerte sie länger und war heftiger als die Wehen davor. Leni keuchte. Schweiß rann von ihrer Stirn und tropfte in ihre Augen, sie brannten. Mit einem kühlen, feuchten Tuch wischte Mara ihr über die Stirn.

»Dauert es noch lange?« Leni presste die Worte aus ihrem Mund.

»Ich denke nicht. Aber sicher sagen kann man es nie.«

»Mara?«

»Ja.«

»Ich bin dir dankbar für alles, was du für mich getan hast. Du bist die großzügigste Frau, die mir je begegnet ist.«

Die nächste Wehe hielt Leni vom Atmen ab. Sie schnappte nach Luft. Mara ergriff ihre Hand.

»Ruhig atmen: eins, zwei, drei …«

Als die Wehe vorüber war, sprach Leni weiter.

»Es tut mir so leid, dass mein Vater dich verbannt hat. Er war … er war von Sinnen.«

»Vergiss die Sache. Sie ist längst vorbei. Konzentrier dich auf dein Kind«, sagte Mara.

Leni konnte zur Antwort bloß nicken.

»Ich kann den Kopf schon sehen. Es hat dunkles Haar.«

Das war gut, Hadmar hatte blondes Haar. Es war allein Lenis Kind.

»Bei der nächsten Wehe darfst du pressen!«

Leni hatte beide Füße angewinkelt am Boden aufgestellt und wartete auf die Wehe. Der Schmerz drohte sie schier zu zerreißen, trotzdem konnte sie es kaum erwarten, endlich dem Druck nachgeben zu dürfen und zu pressen.

»So fest du kannst«, forderte Mara. Leni war sich sicher, dass ihre Scham gerade riss, aber sie presste, und mit einem alles erleichternden Schwall flutschte ein Kind aus ihrem Körper. Mara empfing es geschickt und legte es sofort auf Lenis nackten Bauch. Es war blutig und rosig und wunderschön. »Es ist ein Junge«, sagte Mara.

Leni berührte das winzige Köpfchen mit ihrer Hand. Sie bestaunte ihr Kind. Es war alles genau, wie es sein sollte. Zwei Arme, zwei Beine, ein Kopf und ein Bauch. Sie hatte kein Monster geboren, und es boxte ihr nicht mit der Faust ins Gesicht. Tränen der Erleichterung und der Freude rannen über ihre Wangen. Mara band die Nabelschnur ab und schnitt sie durch. Dann nahm sie Leni das Kind ab und säuberte es mit warmem Wasser. Als sie den Knaben aus dem Wasser nahm, schrie er laut. Mara wickelte ihn in ein sauberes Tuch und legte ihn Leni wieder auf den Bauch, diesmal zur Brust. Sofort öffnete der Säugling seinen winzigen Mund und suchte nach der Brustwarze. So als hätte er nie etwas anderes getan, nuckelte er daran. Sein zufriedenes Schmatzen erfüllte die Hütte. Liebevoll streichelte Leni mit ihrem Zeigefinger über seine rosige Wange. Ein weicher Flaum lag darauf.

»Er ist perfekt«, sagte sie stolz.

»Weißt du schon, wie du ihn nennen wirst?«

»Johannes!«

»Das ist ein schöner Name.«

»Hätte ich einen Bruder bekommen, wäre er auf diesen Namen getauft worden.« Leni sah von ihrem Kind auf, das schon nach wenigen Schlucken zufrieden an ihrem Busen eingeschlafen war.

»Ich weiß«, sagte Mara. »Deine Mutter hat es mir verraten.«

»Wirst du mir jemals erzählen, was in jener Nacht passiert ist?«

Leni rechnete nicht damit, dass Mara ihre Frage beantworten würde. Doch Mara ließ sich neben Leni auf den Boden sinken. Mit einem Mal wirkte sie unendlich müde und erschöpft. So als hätte sie selbst gerade ein Kind geboren. Mit beiden Händen strich sie über ihr Gesicht, bevor sie mit belegter Stimme mit ihrer Erzählung anfing.

»Dein Geschwisterchen lag verkehrt herum im Bauch deiner Mutter und ließ sich nicht drehen. Ihr Becken war zu eng für diese Art der Geburt. Nach Tagen der schmerzhaften Wehen war sie am Ende ihrer Kräfte. Niemand hätte sie mehr retten können. Sie war dem Tod geweiht. Ihr Herz schlug nur noch schwach.« Auf Maras Gesicht lag eine tiefe Traurigkeit.

»Aber warum …?«

»Ich habe deinen Vater gebeten, das Kind zu retten. Ich wollte deiner Mutter den Bauch aufschneiden und den Säugling herausholen. Es war der ausdrückliche Wunsch deiner

Mutter gewesen, als sie noch bei Sinnen war, aber gemerkt hatte, dass sie selbst sterben würde. Sie hatte mich gebeten, dafür zu sorgen, dass ihr Kind überlebte.«

Leni sog lautstark die Luft ein. Es war strengstens verboten, in den Leib eines Menschen zu schneiden. Wie hatte ihre Mutter Mara darum bitten können?

»Deine Mutter hätte zu diesem Zeitpunkt nichts mehr gespürt«, erklärte Mara. »Sie war mit einem Bein bereits im Jenseits und seit einem ganzen Tag bewusstlos. Es war ein Wunder, dass dein Bruder oder deine Schwester noch am Leben war. Ich habe deinen Vater angefleht, ihn oder sie retten zu dürfen. Aber er hat mich aus der Burg gejagt.«

Leni versuchte, sich an die Nacht zurückzuerinnern. Ihr Vater hatte getobt und geschrien. Er hatte Gerold gebeten, eine andere Hebamme zu holen, egal, woher, und als feststand, dass seine Frau und sein Kind tot waren, hatte er tagelang geweint. Er hatte nie aus seiner Trauer herausgefunden. Leni verstand nun endlich, warum. Er hatte sich am Tod seines Kindes mitschuldig gefühlt und sich selbst für seine Feigheit gehasst.

»Verachtest du mich jetzt, da du weißt, dass ich den Leib deiner Mutter aufschneiden wollte?«

»Um Himmels willen, nein!«, entfuhr es Leni.

»Das ist gut«, Mara klang erleichtert.

Leni sah auf ihren kleinen Johannes. »Er ist wunderschön«, seufzte sie.

Erneut zog es heftig in ihrem Unterbauch.

»Kommt noch ein Kind?«, fragte sie ängstlich.

Mara beruhigte sie schmunzelnd. »Keine Sorge. Es ist bloß die Nachgeburt.«

Sie stand wieder auf und untersuchte Leni. »Es ist wichtig, dass sie vollständig ist und nichts in dir bleibt, das sich entzünden könnte.«

Leni presste die Augen zusammen. Sie hatte nicht damit gerechnet, dass noch weitere Schmerzen auf sie warteten. Aber mit Johannes im Arm waren sie leicht zu ertragen. Als sie wenig später die Nachgeburt herauspresste und Mara ihr sagte, dass alles gut aussehe und ihre Scham nicht gerissen sei, schlief Leni zufrieden ein.

Seit Monaten hatte sie sich nicht so glücklich gefühlt. Auch wenn Johannes nicht getauft werden konnte, Leni gab ihrem Sohn den Namen des heiligen Täufers. Damit hoffte sie, Gott zufriedenzustellen.

Burg Aggstein 1241

Eigentlich hatte Damian vorgehabt, spätestens nach einem Jahr wieder nach Hause zu seiner Familie zurückzukehren. Mittlerweile waren über fünf Jahre vergangen. Wehmütig dachte er an den Abend in Genua zurück, als er seinen Eltern eröffnet hatte, dass er in den Norden ziehen wollte.

»Santo Antonio aiutaci! Heiliger Antonius, hilf uns!«, rief seine Mutter Alessandra.

»Questo è un danno! Das ist völliger Unfug!«, brummten sein Vater Giuseppe und seine Brüder Pietro und Marco gleichzeitig, während seine Schwägerin Francesca die Hände über dem Kopf rang. »Denk an all die Gefahren, die im Norden auf dich lauern. È pericoloso. Es ist gefährlich.« Nur Maria, die andere Schwägerin, blieb gelassen. Sie war im neunten Monat schwanger und so kugelrund, dass sie nur noch einen Wunsch hatte: möglichst bald zu entbinden.

»Bereits der große Feldherr Publius Quinctilius Varus ist im Teutoburger Wald geschlagen worden. Diese Völker jenseits der Alpen sind wild und barbarisch«, meinte sein Vater.

»Auch die Barbaren würzen ihre Speisen, und ich will herausfinden, womit«, hielt Damian dagegen.

»Womit wohl? Mit unseren Gewürzen«, sagte Giuseppe. »Du wirst dort oben nichts finden, wofür sich die weite Reise lohnt.«

»Das mag stimmen, aber ich will es selbst herausfinden! Ich werde mich einer Truppe von Kaufleuten anschließen, die mit der Hanse gute Geschäfte machen. Sie brechen nächste Woche auf.«

»Nächste Woche schon?« Alessandras Stimme überschlug sich vor Entsetzen. »Mit Sicherheit ist kein Priester unter den Kaufleuten. Was, wenn dir auf der langen Reise etwas zustößt? Du würdest ohne die Worte eines Priesters sterben und nicht die heiligen Sakramente der Kirche empfangen, Madre mia. Was für ein schrecklicher Gedanke.«

Damians siebenjähriger Neffe Aurelio war begeistert. »Verrò con te, zio Damian. Ich komme mit, Onkel Damian.«

»Certamente no! Das wirst du ganz sicher nicht!« Francesca hob drohend die Hand und deutete ihm eine Tracht Prügel an, die sie ihm niemals geben würde. Der Junge schwieg trotzdem schmollend.

»Sobald ich den Norden erreicht und wie erhofft neue Geschäftskontakte geknüpft habe, komme ich wieder zurück, versprochen«, sagte Damian. Sein eigentliches Vorhaben, im Gebiet der Alpen nach Gewürzen und Kräutern zu suchen, verschwieg er geflissentlich. Er kannte die Meinung seines Vaters zur Genüge.

»Warum nimmst du nicht ein Schiff, so wie jeder vernünftige Kaufmann es tun würde?«, brummte Pietro, der

Giuseppes Worte wiederholte und Damian sein Vorhaben erschwerte.

»Mit dem Schiff über die Alpen?«

»Es gibt auch andere Wege in den Norden.«

Damian verdrehte die Augen. Er war diese Diskussion leid. Doch im Gesicht seines Vaters erkannte er, dass er sein Ziel beinahe erreicht und das Familienoberhaupt überzeugt hatte. Die Aussicht, sich die Zahlungen an die Zwischenhändler zu ersparen, gefiel Giuseppe. Wenn Damian in den Norden reiste, konnte er bei allen Kunden der Brantonis haltmachen und persönlich die Gewürze abliefern. So entstanden keine lästigen Zusatzkosten. Außerdem konnte Damian in einer der großen Hansestädte im Norden wertvolle Kontakte knüpfen. Die geschäftstüchtigen Kaufleute handelten mit dem Osten. Sicherlich würde man auch dort die Gewürze aus dem Hause Brantoni schätzen. Maximaler Gewinn stand in der Familie an oberster Stelle, und wenn Damian mit seiner Reise dazu beitragen konnte, das Vermögen zu mehren, dann sollte es seinem Vater recht sein. Die Frauen hatten noch weiter gejammert, irgendwann aber auch aufgegeben und akzeptiert, dass der jüngste der drei Brantoni-Brüder zu einer langen Reise ins Ungewisse aufbrechen wollte.

Mittlerweile hatte Damian seit über fünf Jahren weder seine Familie noch das Meer gesehen. Er war, wie vereinbart, im Schutz der bewaffneten Kaufleute über die Alpen nach Innsbruck gezogen und von dort weiter nach Feldkirch. In beiden Städten hatte er Lieferungen aus dem Hause Brantoni abgegeben. Doch von Feldkirch war er mit den Männern nicht weiter nach Augsburg und von dort noch weiter in den Norden gegangen, sondern er hatte sich von ihnen getrennt.

Damian hatte sein eigentliches Ziel bereits erreicht: die Berge. Die riesigen Giganten waren faszinierender, als er je zu träumen gewagt hatte. Nie zuvor hatte er eine eindrucksvollere, gewaltigere, atemberaubend schöne und zugleich bedrohliche Landschaft gesehen. Die steil in den Himmel ragenden Gipfel hatten ihm sowohl Angst und Respekt als auch Ehrfurcht eingeflößt. Der Moment, als er auf dem höchsten Punkt der Via Raetia angekommen war, die über den Brenner, das Inntal und den Seefelder Sattel führte, würde ihm für immer im Gedächtnis bleiben. Schneebedeckte, schroffe Bergspitzen und zerklüftete Felswände vor dem Hintergrund eines strahlend blauen Himmels. Gerade so, als wollten sie die winzigen vorbeiziehenden Wolken berühren. Giganten der Ewigkeit, vor deren Einzigartigkeit menschliche Probleme nichtig erschienen. Damian hatte sich wie ein unbedeutender Winzling gefühlt angesichts der Riesen, die seit Menschengedenken hier standen und eine natürliche Grenze zwischen dem Norden und dem Süden bildeten.

Für den Pfeffer, den er in Feldkirch abgeliefert hatte, hatte er eine beträchtliche Summe Geld kassiert. Einen Teil davon hatte er sofort in neue Pflanzen und Samen investiert. So großartig die Landschaft auch war, in puncto Gewürzen war es so, wie sein Vater es vorhergesagt hatte: Das Angebot war spärlich. Damian hatte nichts entdeckt, das mit den intensiven Aromen seiner Heimat oder den exotischen Geschmäckern des Orients mithalten konnte. Aber er war erfinderisch und neugierig, und so hatte er herausgefunden, dass die Menschen in den kargen Regionen gelernt hatten, die Pflanzen, die ihnen zur Verfügung standen, für Heilzwecke zu nutzen. Unscheinbare kleine Gewächse, denen in Genua niemand Beachtung schenken würde, wurden hier zu kostbarer Medizin verarbeitet. Selbst die Blumen am Ackerrand schätzte man. Die Dornige Hauhechel half gegen rheumatische Beschwerden, die gewöhnliche Wegwarte und der Acker-Hederich wurden als Salat gegessen.

Damian probierte alles aus, kaufte Tinkturen und Pflanzen und sammelte Samen. In jedem Dorf, in das er kam, fand er neue faszinierende Kräuter. Rasch war sein Vorrat an Geld aufgebraucht, und so begann er, Teile seiner Einkäufe wieder zu verkaufen. Immer mit einem kleinen Gewinn, genau wie sein Vater es ihn gelehrt hatte. Die Samen von besonders interessanten Pflanzen behielt er. In einem dicken Reisetagebuch hielt er alle seine Entdeckungen fest. Schon bald verfügte er über einen wahren Schatz an Rezepturen. Manchmal reichte es, den Menschen bloß die Zusammensetzung einer Medizin zu verraten, um dafür bezahlt zu werden. Immer wieder musste er erklären, dass er kein Arzt, sondern bloß ein Gewürzhändler war. Fasziniert von seinen Entdeckungen, zog er immer weiter ostwärts, die Drau entlang. Der Weg war sein Ziel. Solange es etwas Neues zu entdecken gab, wollte er weitergehen.

In Lienz begegnete er einer Frau, die aus Erdrauch Umschläge gegen Ekzeme und eine Tinktur gegen Gallenbeschwerden herstellte. Die Tinktur war so hilfreich und begehrt, dass Damian bereits im nächsten Ort den gesamten

Vorrat wieder verkaufte. Diese Erfahrung ließ ihn umdenken, und er begann, die Medizin selbst herzustellen. So vermehrte er sein Vermögen stetig, ohne dabei gegen Venezianer kämpfen zu müssen. Im Winter des zweiten Jahres entdeckte er die »Tränen der Bäume«. So nannten die Einheimischen das Baumharz, das sie dazu benutzten, die Luft in den Häusern mit intensiven Gerüchen zu schwängern. Der Rauch hatte eine heilende und reinigende Wirkung. Damian erfuhr es am eigenen Leib. Sein Husten war bereits nach einer Rauchbehandlung mit gelbem Fichtenharz beseitigt.

Es war der Winter, in dem er Serafina kennenlernte, die Witwe eines Hafners, die von ihm getrocknete Engelwurzstangen kaufte und sich dabei in seine bernsteinfarbenen Augen verliebte. Sie überredete ihn zu bleiben. Damian lernte von Serafina die Landessprache, die in jedem Ort eine andere Färbung hatte und manchmal kaum zu verstehen war. Anfangs hatte Damian Probleme mit all den Lauten, die tief im Rachen geformt wurden und klangen, als wären die Menschen erkältet. Auch die Schnelligkeit, mit der mehrere Konsonanten aufeinanderfolgten, überforderte ihn zu Beginn. Er war eine Sprache gewohnt, in der Vokale melodiös aneinandergereiht wurden. Aber Damian war lernfähig, und nach wenigen Monaten konnte er sich fließend mit den Einheimischen unterhalten. Außerdem brachte Serafina ihm bei, wie man eine Töpferscheibe drehte. Schon im darauffolgenden Sommer wurde ihm das kleine Häuschen zu eng und Serafinas Vorstellungen von einer gemeinsamen Zukunft zu konkret. Sie drängte auf eine Heirat, und Damian zog weiter. Immer auf der Suche nach neuen Rezepten.

Irgendwann reichten seine Satteltaschen nicht mehr aus, um all die Salben, Töpfe und Flaschen zu transportieren. Mit dem Geld, das er verdiente, kaufte er einen stabilen Wagen mit Dach und tauschte sein Pferd gegen ein kräftigeres Zugtier, dem er einen Namen gab und das ihm zum besten Freund werden sollte. Der Wagen transportierte nicht nur ihn und seine Ware, sondern verschaffte ihm einen weiteren Vorteil. Von nun an musste er nicht jeden Abend ein Quartier zum Schlafen suchen oder schutzlos unter freiem Himmel liegen, sondern konnte bequem in seinem Wagen übernachten. Damian fühlte sich wunderbar frei und unbeschwert. Im Vergleich zu seinem luxuriösen Heim in Genua war der Wagen ärmlich und primitiv. Aber er war glücklich. Nur selten kam er durch Städte, meist waren es winzige Dörfer oder Burgen, die er passierte. Nichts davon hatte auch nur im Entferntesten Ähnlichkeit mit Genua.

Es war, als lägen Welten zwischen der zivilisierten Seerepublik, die von der gewählten Podestà regiert wurde, und dem feudalen Herrschaftssystem jenseits der Alpen. Während man in Genua in prunkvolle Kirchen und Kunstwerke investierte und jeder Kaufmann zeigen wollte, wie reich der Seehandel ihn gemacht hatte, waren die Kirchen und Klöster hier von einer ernüchternden Schlichtheit. Selbst die Wohlhabendsten lebten in zugigen, kalten Burgen, die bar jeden Komforts waren. In den Städten war es freilich anders, aber von ihnen gab es nur wenige, und sie waren im Vergleich mit seiner Heimat ärmlich. Die reichen Handelsstädte der Hanse, deren Ruhm bis nach Genua reichte, lagen alle viel weiter im Norden. Während Damian von einer Burg zur nächsten zog, versuchte er, sich vorzustellen, wie seine beiden Schwägerinnen und seine Mutter reagieren würden, müssten sie in einem der Türme einer Burg wohnen. Dann konnte er sich ein Lächeln nicht verkneifen.

Im letzten Winter hatte er deutlich öfter an seine Familie gedacht und sich nach der Sonne des Südens, nach Olivenöl, frischem Basilikum und saftigen, duftenden Pfirsichen gesehnt als in den Jahren davor. Er hoffte, dass seine Briefe, die er regelmäßig Kaufleuten mitgab, auch in Genua ankamen und seine Eltern ihn nicht längst für tot erklärt hatten. Aber trotz des langsam wachsenden Heimwehs wollte er nicht umkehren. Seine Neugier war noch nicht befriedigt. Es gab in diesem wilden Land noch so viel zu entdecken. Bevor er Schnee und eisiger Kälte im Winter für immer den Rücken kehrte, musste er noch ein paar Schätze erstehen.

Seine Reise hatte ihn in den letzten Monaten immer weiter nordöstlich geführt. Entlang der Donau war er auf überraschend wohlhabende Städte gestoßen. Das Klima entlang des Flusses war so mild, dass die Menschen Wein anbauten. Einige Orte verfügten über ungewöhnlichen Reichtum, der zwar nicht mit Genua vergleichbar war, ihn aber dennoch ins Staunen versetzte. Der Wohlstand hing zum einen mit dem florierenden Handel zusammen, den die Schifffahrt auf der Donau ermöglichte, und zum anderen mit der Gefangennahme des englischen Königs. Richard Löwenherz saß vor 50 Jahren in einem Gefängnis in Dürnstein fest. Die Lösegeldzahlungen für seine Freilassung hatten das englische

Volk ausbluten lassen und Herzog Leopold zu einem reichen Mann gemacht, was sich in zahlreichen Bauwerken und riesigen Weingärten widerspiegelte, vor allem aber in der Ausdehnung Wiens zeigte, einer Stadt, die noch weiter im Osten lag und die Damian bis jetzt nur vom Hörensagen kannte. Die sanften Weinhügel zu beiden Seiten des Flusses erinnerten ihn an seine Heimat.

Doch Damian war nicht an dem Wein interessiert, der in seiner Qualität nicht mit dem mithalten konnte, der in seiner Heimat gekeltert wurde, sondern an einem Öl, das aus dem Samen der rosa Mohnblume gepresst wurde. Er hatte es bei einem Wirt in Melk gekostet und war vom würzig milden, gleichzeitig fruchtigen Geschmack begeistert gewesen. Der Mann, der das Öl herstellte, lebte weiter im Norden, auf der anderen Seite der Donau, in einer Gegend, in der angeblich riesige Granitblöcke in grasbewachsenen Wäldern lagen, wie Fremde, die sich irrtümlich ins falsche Gebiet verirrt hatten. Aber bevor er sich dorthin aufmachen wollte, führte ihn sein Weg zur Burg Aggstein. Es war der Sitz der Kuenringer. Seit Damian die Donau entlangreiste, hörte er immer wieder den Namen der einflussreichen Familie. Es schien, als kontrollierten die Herren die gesamte Region. Mit Sicherheit lohnte sich ein Abstecher in die Burg. Ein Kaufmann in Melk hatte ihm ein Empfehlungsschreiben aufgesetzt und ihm geraten, die Burgherrin aufzusuchen. Die junge Frau, die erst seit ein paar Jahren mit einem der beiden Söhne, Hadmar, verheiratet war, gierte angeblich nach Gewürzen und Kräutern aus aller Welt. Diesem Verlangen wollte Damian nur zu gerne Abhilfe verschaffen.

Schon von Weitem erblickte er die imposante Festung, die auf einem schroff abfallenden Felsen über der Donau thronte. Gut gelaunt näherte er sich der Burg. Über einen steil ansteigenden Weg lenkte er seinen Wagen zum ersten Burgtor. Der Ausblick, den er von der Anhöhe aus genoss, war atemberaubend. Gegen Westen hin schlängelte sich die Donau durch ein enges Tal. Rechts und links bildeten sanfte weinbewachsene Hügel, in die von Menschenhand Terrassen geschlagen worden waren, ein natürliches Flussbett. Auf den dunkelblauen Wellen des Flusses tanzten weiße Schaumkrönchen, die in der Sonne majestätisch glitzerten. Damian konnte sich nicht sattsehen an der lieblichen Landschaft.

Zu seiner großen Überraschung wurde ihm dank seines Empfehlungsschreibens gleich beim ersten Burgtor Einlass gewährt. Wie ein lang ersehnter Gast passierte er auch die folgenden Tore und wurde freudig in den Innenhof geleitet. Ein Stallbursche übernahm sein Pferd, und er selbst wurde in den Wohnturm geführt. Hier wartete er nur kurz und nutzte die Gelegenheit, den kostbaren Gobelin, einen Wandteppich, zu bewundern, auf dem eine Szene aus dem Paradies dargestellt war. Eva reichte Adam einen Apfel, die Scham der beiden war bloß mit Feigenblättern bedeckt. Gerade als er sich fragte, wie viele Stickerinnen ihre Winter damit verbracht hatten, dieses Kunstwerk zu schaffen, betrat eine Dienstmagd den Raum und bewirtete ihn mit gewürztem Wein, frischem Brot und köstlichem Käse, der nach Kümmel schmeckte. Hungrig machte sich Damian darüber her. Kaum dass er sich satt gegessen hatte, war die junge

Burgherrin bereit, ihn zu empfangen. Eine Dienstmagd in einem sauberen dunklen Kleid geleitete Damian in einen weiteren Raum, in dem drei Frauen auf ihn warteten. Zwei saßen in einer niedrigen Fensternische, eine stand aufrecht im Raum. Sie trug ein kostbares Kleid aus teurem glänzendem Stoff, das jeder Königin zur Ehre gereicht hätte. Damian nahm an, dass es sich um die Burgherrin handelte. Eine der Begleiterinnen war eine Greisin, die andere deutlich jünger. Auch die beiden trugen Kleider aus hochwertigem Stoff, wenngleich sie nicht annähernd so kostbar waren wie das dunkelblaue Seidenkleid. Die Jüngere musterte Damian mit unverhohlener Neugier vom Scheitel bis zur Sohle und schien mit dem, was sie sah, zufrieden zu sein. Er grinste geschmeichelt und keck.

»Herzlich willkommen auf Burg Aggstein«, sagte Elisabeth Kuenring. Sie war in etwa im gleichen Alter wie Damian. Unter einer engen Haube lugten helle Haarsträhnen hervor. Die Frau war eine ausgesprochene Schönheit. Das schmale Gesicht war ebenmäßig, die Haut hell, und die üppigen Lippen versprachen Sinnlichkeit. Doch in ihren hellen, großen Augen lag eine Traurigkeit, die sich wie ein Schatten über ihre ganze Erscheinung legte. Damian fragte sich, ob ihr Gemüt mit der dunklen Verfärbung auf ihrem rechten Wangenknochen zu tun hatte. In den Jahren seiner Wanderschaft hatte er so manche Frau gesehen, die ähnliche Flecken getragen hatte. Zeichen der Gewalt, die meist vom Ehemann verursacht worden waren.

Als Damian Elisabeth Kuenrings schmale Hand ergriff, sprang ein Hund auf, der bis dahin unbemerkt neben ihr gelegen hatte. Es war ein hellbrauner Jagdhund mit einem kurzen Fell und Schlappohren. Er knurrte leise.

»Still, Raka«, forderte Elisabeth, und augenblicklich verstummte die Hündin und beschnupperte schwanzwedelnd Damians Füße. Er verbeugte sich galant. Auch das hatte er in den letzten Jahren gelernt. Die Umgangsformen auf den Burgen unterschieden sich deutlich von denen in der Stadt. Hier legte man Wert auf das Einhalten bestimmter Regeln. Höfische Tugenden und Ritterlichkeit wurden großgeschrieben, auch wenn der wahre Umgangston oft sehr rau war und nicht selten das Recht des Stärkeren zählte.

Als er sich von seiner Verbeugung wieder erhob, nickte er auch den Kammerfrauen zu, wobei er der Jüngeren dreist zuzwinkerte. Sie errötete, schaute aber nicht weg, sondern hielt seinem Blick selbstbewusst stand. Sie schien das Annäherungsspiel zwischen Männern und Frauen, die einander fremd waren, nicht nur zu kennen, sondern auch perfekt zu beherrschen. Ein Lächeln umspielte ihre Lippen. Dem Hund hielt Damian seine Hand entgegen, damit er sie beschnüffeln konnte. Doch statt der Nase spürte Damian seine feuchte Zunge, die wie zum Gruß über seinen Handrücken glitt.

»Raka mag Euch«, sagte Elisabeth.

»Die Hündin ist ausgesprochen schön, genau wie seine Herrin.«

Elisabeth lächelte milde. Sie war Komplimente dieser Art offenbar gewöhnt.

»Eurem Empfehlungsschreiben entnehme ich, dass Euer Wagen voll mit Kräutern und Arzneimitteln aus aller Herren

Länder ist«, sagte Elisabeth ohne große Umschweife. Damian war angenehm überrascht. Er fand es oft ermüdend, sich stundenlang über irgendwelche Belanglosigkeiten unterhalten zu müssen, bis man endlich zum Geschäftlichen kam.

»Ja, edle Dame!«, sagte er nicht ohne Stolz. »Ich bin vor fünf Jahren aus meiner Heimatstadt Genua aufgebrochen und ziehe seither mit einem Wagen durch die Länder, immer auf der Suche nach neuen Pflanzen, Gewürzen und Heilmitteln.«

Ein Hoffnungsschimmer leuchtete in Elisabeths hellen Augen auf. »Das freut mich zu hören.« Sie drehte sich zu ihren Begleiterinnen um. »Ihr könnt gehen!« Mit einer schnippischen Handbewegung schickte sie die Jüngere fort.

»Aber Ihr könnt doch nicht allein ...«, widersprach die Frau. Ungeduldig unterbrach Elisabeth sie. »Reingard bleibt hier. Ihr braucht Euch also nicht zu sorgen. Ich bin nicht allein mit dem Kaufmann.«

Sichtlich widerwillig knickste die junge Untergebene. Bevor sie den Raum verließ, warf sie Damian noch einen wehmütigen Blick zu. Zurück blieb die Alte, die sowohl halb blind als auch taub zu sein schien.

Damian war es mittlerweile gewohnt, dass er sich nicht allein mit der Burgherrin unterhalten durfte. In seiner Heimatstadt war das ganz anders. Es war üblich, dass Kauffrauen nicht nur allein mit männlichen Handelspartnern sprachen, sondern mitunter auch selbstständig Entscheidungen trafen und im Namen ihrer Männer Verträge unterzeichneten. Seine beiden Schwägerinnen hätten seine Brüder ausgelacht, wenn sie ihnen verbieten würden, allein auf den Markt zu gehen. Doch die beiden stammten nicht aus adeligen Familien, sondern waren Frauen reicher Gewürzhändler. Im Bürgertum herrschten andere Benimmregeln.

»Setzen wir uns«, schlug Elisabeth vor. Sie führte Damian zu einer Holzbank in einer weiteren Fensternische, die in einem Erker lag und mit weichen Polstern ausgelegt war. Die Alte nahm in gebührendem Abstand von ihnen auf einem Hocker Platz. Raka folgte ihrer Herrin direkt auf dem Fuße. Erst als sie saß, legte sie sich neben sie auf den Boden.

»Ich bin auf der Suche nach ganz bestimmten Kräutern«, begann Elisabeth verlegen. Sie senkte ihre Stimme, und Damian erahnte bereits, was jetzt kommen würde. Nicht selten wurde er gefragt, ob er Liebestränke verkaufte, die dafür sorgten, dass der Ehemann sich mehr um seine Ehefrau kümmerte und sich nicht so sehr für andere Frauen außerhalb des Ehebettes interessierte.

»Ich bin seit drei Jahren verheiratet und immer noch nicht schwanger.«

Auch diese Frage war Damian nicht fremd. Fruchtbarkeitskräuter waren ebenso gefragt wie Liebestränke.

»Ich bin kein Bader und kein Medikus«, sagte Damian ehrlich.

»Das weiß ich, letztes Jahr kam ein fahrender Händler in die Burg, dem habe ich ein Pulver aus getrockneter Schlangenhaut, fein geriebenem Hirschgeweih und den Eingeweiden einer Kröte, die bei Vollmond getötet wurde, abgekauft. Das Pulver hat ein kleines Vermögen gekostet, aber geholfen hat es leider nicht.«

Es fiel Damian schwer, nicht angewidert das Gesicht zu verziehen.

»Ich fürchte, Ihr seid einem Scharlatan ins Netz gegangen«, sagte er. »Ich verkaufe nichts dergleichen.«

»Oh, wie schade«, enttäuscht ließ Elisabeth den Kopf hängen.

»Aber ich bin in einem Dorf im Westen einer Frau begegnet, die eine Teemischung aus Stinkendem Storchschnabel, Mönchspfeffer und Frauenmantel herstellte und behauptete, dass diese die Fruchtbarkeit der Frauen steigere.«

»Tatsächlich?« Elisabeth richtete sich wieder hoffnungsvoll auf. »Verkauft Ihr diese Teemischung?«

»Ja. Ich werde sie aus meinem Wagen holen, und vielleicht habt Ihr auch Interesse an meinen Duftölen. Ich führe kostbares Rosenöl aus dem Süden und ein ganz besonders feines Veilchenöl, dessen Duft kein Mann widerstehen kann, das verspreche ich Euch.«

Elisabeth lächelte müde. »Ich kann mich nicht darüber beklagen, dass mein Mann kein Interesse an mir hätte«, sagte sie leise. Etwas in ihrer Stimme verriet ihm, dass sie darüber nicht besonders glücklich war. Vielleicht wollte sie schwanger werden, damit er sich während der Schwangerschaft mit anderen Frauen vergnügte.

Damian hatte in den letzten Jahren die sonderbarsten Geschichten von Ehefrauen gehört. Manche baten um Tränke, die das Verlangen drosselten, andere wieder nach welchen, die dem Liebesleben förderlich waren. Das Einzige, das alle Frauen, die ihn um Rat baten, gemeinsam hatten, war die Tatsache, dass sie unglücklich waren.

»Dennoch will ich die Duftöle gerne sehen«, ermutigte Elisabeth ihn. »Ganz sicher wollen meine Kammerfrauen Eure Waren durchstöbern. Heute Abend bekommen wir Besuch von Gotthart von Gars und seiner Ehefrau Margot. Sie liebt Duftöle und kann nicht genug davon bekommen. Ihr müsst unbedingt bleiben und unser Gast sein. Sie wird sich über Eure Bekanntschaft freuen. Ich werde gleich eine der Mägde damit beauftragen, Euch ein Bett im Gästetrakt herzurichten.«

Damian fühlte sich überrumpelt. Um nicht unhöflich zu erscheinen, bedankte er sich freundlich. Eigentlich hatte er heute noch weiterziehen wollen, aber dieses großzügige Angebot konnte er nicht ausschlagen. Außerdem war die Aussicht auf ein gutes Geschäft, ein ordentliches Abendessen und ein frisches Schlaflager verlockend.

Damian erhielt nicht nur ein sauberes Bett, sondern auch ein Bad. Ein Luxus, den er sich seit Wochen nicht gegönnt hatte. Höchst zufrieden saß er in einem Holzzuber, der bis zum Rand mit warmem Wasser gefüllt war, und genoss den herben Duft von Seifenkraut und Rosmarin. Die getrockneten Pflanzen schwammen auf der Wasseroberfläche. Damian wusste, dass ein Alkoholauszug der Pflanzen, den man mit Öl mischte, noch intensivere Gerüche auslösen würde. Aber er war höchst zufrieden mit dem, was er geboten bekam. Eine Dienstmagd schrubbte seinen Rücken, während er von lauen Sommerabenden in Genua träumte. Doch seine Träume wurden immer wieder unterbrochen. Hinter zwei mächtigen Säulen saßen zwei weitere Männer in Holzzubern und unterhielten sich lautstark über Zölle. Einer war dicklich, mit einem fleischigen Gesicht und schwammigen Oberarmen, der andere sah stattlich aus. Seine dunklen, beinahe schwarzen Augen hatten etwas Bedrohliches und wollten so ganz und gar nicht zu seinem hellblonden Haar passen. Beide nahmen von Damian keine Notiz.

»Wenn du und dein Bruder weiterhin unerlaubt Zölle einhebt, kommt es zum Krieg mit Friedrich. Hat denn der Überfall deines Vaters vor ein paar Jahren nicht gereicht? Wie sehr wollt ihr den Herzog denn noch provozieren?«

»Hör endlich mit dem Jammern auf. Du klingst wie ein weinerliches Mädchen. Eine kriegerische Auseinandersetzung ist unausweichlich. Seit Jahren arbeiten wir darauf hin. Friedrich ist eingebildet und überschätzt seine militärische Kraft. Er glaubt, seine Ministerialen ausquetschen zu können wie reife Früchte, aber er übersieht dabei, dass wir mittlerweile stärker sind als er. Wir haben die Macht, ihn zu schlagen«, wies ihn der Hellhaarige zurecht. »Bis jetzt bist du gut gefahren, indem du meine Familie unterstützt hast. Friedrich hat kein Recht, die Privilegien seiner Ministerialen zu kürzen. Meine Familie ist reicher und mächtiger als so manches Adelsgeschlecht. Wir lassen uns von Friedrich ganz sicher nicht gängeln, wir sind Kuenringer.« Er streckte seine Schultern durch, dabei schwappte Wasser aus dem Bottich. »Dass Friedrich nicht auf den Überfall auf Lichtenfels reagiert hat, war überraschend. Es ist darauf zurückzuführen, dass der Abt in Zwettl maßregelnd eingegriffen hat. Ein Vorgehen, mit dem wir nicht rechnen konnten. Warum hat der Kirchenmann sich eingemischt?«

Der Dickliche wirkte nicht überzeugt. Damian war sich sicher, dass das Gespräch nicht für seine Ohren bestimmt war. Die beiden Männer wussten nicht, dass ein weiterer Badegast im Raum war. Bei dem stattlichen Mann handelte es sich wohl um Damians Gastgeber. Der Kuenringer war also kein Adeliger, sondern bloß ein Ministerial.

Eine Tatsache, die in Genua nicht ungewöhnlich gewesen wäre. Hier, auf der anderen Seite der Alpen, war es erstaunlich, dass ein Mann ohne adelige Wurzeln dermaßen viel Reichtum und Macht hatte anhäufen können.

»Heute Abend wird Heinrich die Pläne unseres Vaters bekannt geben«, fuhr der Kuenringer fort. »Wir werden weitere Burgen angreifen, die Friedrich unterstützen, und ihm damit endgültig den Krieg erklären. Ebro wird sich davor hüten, sich erneut einzumischen.«

»Es war gut, dass Ebro dafür gesorgt hat, dass der Konflikt nicht eskaliert ist«, sagte der Dicke leise.

»Unsinn«, donnerte der Kuenringer. »Vater hat sein ganzes Leben für die Anerkennung durch den Herzog gekämpft. Jetzt nach seinem Tod sorgen Heinrich und ich dafür, dass unserer Familie Gerechtigkeit widerfährt. Wir werden Friedrich in die Knie zwingen.« Er machte eine Pause. Als er fortfuhr, mischte sich ein drohender Unterton in seine Stimme. »Du tätest gut daran, wenn du dir ein paar Söldner auf die Burg holst. Denn diesmal wird es zum Kampf kommen, und die stärkere Armee wird siegen.«

Der Dickliche schien davon wenig begeistert. »Ich halte nichts von einer kriegerischen Auseinandersetzung, und Söldner machen nichts als Ärger.«

Nun lachte der andere schallend. »Du bist ein Feigling wie eh und je. Nimm dir ein Beispiel an deiner Frau, die scheut vor Auseinandersetzungen nicht zurück. Leider ist sie hässlich. Aber man kann schließlich nicht alles haben.« So als hätte er eben einen gelungenen Witz gemacht, klatschte der Mann mit der flachen Hand so kräftig ins Badewasser, dass ein Schwall Wasser geräuschvoll auf den Steinboden platschte.

Damian fragte sich, in welchem Verhältnis die beiden Männer zueinander standen. Sie duzten sich, was darauf schließen ließ, dass sie sich seit Langem kannten. Aber warum ließ der Dicke es zu, dass der andere sich über das Aussehen seiner Frau lustig machte? War sie wirklich hässlich, und konnte der Dickliche sie nicht ausstehen? Doch bevor er sich weitere Gedanken darüber machen konnte, fragte die Bademagd, ob er noch weiteres warmes Wasser wünschte. Sie war leise von hinten an den Waschzuber herangetreten und hielt einen Krug mit heißem Wasser im Arm. Gerne hätte er Ja gesagt, aber die Haut auf seinen Fingerkuppen runzelte sich bereits, sodass es wohl besser war, das freundliche Angebot abzulehnen.

Erfrischt vom Bad, betrat Damian den Burggarten und flanierte zwischen blühenden Rosenbüschen auf weiß gekiesten Wegen, als ihm die junge Frau begegnete, die zuvor von Elisabeth Kuenring weggeschickt worden war. Sichtlich erfreut, ihn wiederzusehen, schlenderte sie kokett auf ihn zu, ohne dabei den Blick sittsam zu Boden zu richten. Sie suchte seine Aufmerksamkeit und lächelte ihn auffordernd an. An der Tatsache, dass sie sich allein mit ihm im Garten aufhielt, schien sie sich nicht im Geringsten zu stoßen.

»Ich sehe, Ihr hattet das Vergnügen eines Bads«, sagte sie und deutete dabei auf Damians nasse Locken, die sich hinter seinen Ohren kringelten.

»Ja, es war eine Wohltat.«

»Meine Herrin scheint Euch sehr zu schätzen, nicht allen Gästen wird diese Ehre erwiesen.«

Sie ergriff eine ihrer Haarsträhnen, die sich aus ihrem Haarkranz gelöst hatte, und drehte sie spielerisch um ihren Zeigefinger. Ihr unbedecktes Haar wies sie als unverheiratete Frau aus.

»Dann muss ich mich doppelt glücklich schätzen.« Er grinste.

»Ja, das solltet Ihr.« Sie lächelte ihn verführerisch an, wirkte dabei aber gleichzeitig distanziert. Es hatte den Anschein, als lasse sie sich auf ein Spiel ein, das sie vollendet beherrschte.

»Und ich rate Euch, nehmt Euch in Acht. Der Ehemann meiner Herrin neigt zum Jähzorn. Sollte er erfahren, dass seine Ehefrau sich allein mit Euch unterhalten hat, könnte die Gastfreundschaft ein jähes Ende haben.«

»Aber sie war nicht allein. Die alte Frau war zugegen.«

»Reingard ist halb blind und beinahe vollständig taub«, erwiderte die junge Frau lächelnd. Gleichzeitig war ihre Botschaft eine Drohung. »Der Hund, der meine Herrin begleitet, ist aufmerksamer als die Alte.«

»Wie ist Euer Name?«, wollte Damian wissen.

»Dagmar!«

»Wer sollte dem Ehemann davon erzählen, dass Ihr bei dem Gespräch nicht dabei gewesen seid? Etwa die alte Reingard?«

Dagmar neigte den Kopf zur Seite.

»Oder habt Ihr vor, ihm davon zu berichten, wertes Fräulein?«

Ihre hellen Augen weiteten sich in Unschuld. »Sehe ich denn aus wie jemand, der seine Herrin verrät?«

Damian ersparte ihr die ehrliche Antwort.

»Ich könnte mir vorstellen zu schweigen ...«, fuhr Dagmar fort. Die Locke auf ihrem Finger schnürte das Blut ihres Zeigefingers ab, und sie wickelte das Haar langsam wieder ab. Eine rote Linie blieb zurück. Sie war nervös. Damian konnte sehen, wie ihr Atem schneller ging. Die Brust unter ihrem hellen Kleid hob und senkte sich im raschen Rhythmus.

»Ach ja?« Damian war gespannt, was die junge Frau für ihr Stillhalten verlangte. Ein Duftwasser? Einen Liebestrank? Oder etwa Geld?

»Wenn Ihr mir einen Fruchtbarkeitstrank gebt, werde ich nichts sagen.« Sie sprach ihre Worte schnell und leise zugleich, sodass Damian sich nicht sicher war, ob er sie richtig verstanden hatte.

»Ihr wollt ein Kind empfangen?« Damit hatte er nicht gerechnet. Vor ihm stand eine unverheiratete Frau, die sich um ihre Jungfräulichkeit sorgen sollte. Warum wollte sie schwanger werden und vor allem von wem?

»Ja, ich will ein Kind«, sagte sie schnippisch. »Und meine Beweggründe gehen Euch einen feuchten Dreck an.«

Ihre Ausdrucksform war nun alles andere als damenhaft. Sie konnte fluchen wie eine derbe Küchenmagd.

Damian war verwirrt. Er versuchte, alle Informationen, die er seit seiner Ankunft auf der Burg erhalten hatte, zu ordnen und eine Verbindung herzustellen. Hadmar Kuenring wünschte sich offenbar nichts sehnlicher als einen Erben. Doch seine Frau konnte ihm keinen schenken. Gut möglich, dass der Burgherr nun sein Interesse auf die weiblichen Bediensteten richtete. Unter dem Motto: besser ein Bastard als gar kein Sohn. Und nun lieferten die beiden Frauen sich einen Wettlauf, wer schneller schwanger wurde. Was offenbar schwierig war, denn der Kuenringer, der vor Männlichkeit strotzte, hatte trotz seiner Muskelkraft Probleme, für Nachwuchs zu sorgen.

»Will Euer Dienstherr, dass Ihr ihm ein Kind schenkt?« Damian stellte eine Frage, die ihn eigentlich nichts anging. Aber seine Neugier war ungewöhnlich groß.

Dagmar errötete. Ihre Wangen nahmen die Farbe reifer Kirschen an. Ihre Verlegenheit war eigentlich schon Antwort genug.

»Pst«, sie legte ihren Zeigefinger auf ihren Mund. »Vielleicht kann Euch jemand hören.«

»Es muss Euch doch bewusst sein, dass man Euch und Euer Kind von der Burg jagen wird, sobald es einen legalen Erben gibt.« Damian war in den Jahren seiner Wanderschaft zahlreichen Frauen begegnet, denen ein ähnliches Schicksal widerfahren war.

»Ich brauche keine moralischen Belehrungen«, sagte Dagmar. Sie hatte ihre schnippische Stimmlage wiedergefunden. »Gebt mir einfach die Kräuter, und ich werde schweigen, versprochen.«

Damian zögerte. »Ich will an Eurem Unglück keine Mitschuld tragen.«

»Pah, was wisst Ihr von meinem Unglück!«, entfuhr es Dagmar.

»Nichts«, gab Damian zu. »Aber glaubt mir, ein uneheliches Kind würde Eure Lage nur verschlimmern und Euer Verhältnis zu Eurer Herrin dramatisch verschlechtern.« Warum mischte sich Damian gerade in Angelegenheiten, die ihm ganz und gar egal sein sollten?

Dagmar senkte die Stimme und den Kopf. Sie war deutlich jünger, als Damian zuerst angenommen hatte.

»Der Herr nimmt mich, wann immer ihm danach ist, und seine Frau hat nichts dagegen, denn dann lässt er sie in Ruhe, und sie muss ihren Hund nicht wegsperren. Raka würde Hadmar zerfleischen, es ist schlimm genug, das Jaulen Nacht für Nacht zu ertragen. Ich frage mich, warum Hadmar das Tier nicht längst erschlagen hat.«

Wieder einmal war Damian erstaunt darüber, wie freimütig Menschen einem Fremden intime Geheimnisse anvertrauten. So als warteten sie darauf, die Schleusen zu öffnen und sich endlich jemandem mitzuteilen, der am nächsten Tag weiterziehen würde und das Gesagte mit sich nahm. Damian hatte in den letzten Jahren Dinge erfahren, die jeden Priester in Verlegenheit gebracht hätten.

»Wenn ich Hadmar das Kind schenke, das er ersehnt, wird er mich mit mehr Respekt behandeln. Das Kind und ich bekämen eine bevorzugte Rolle auf der Burg. Vielleicht würde man Elisabeth verstoßen, und dann würde ich …« Dagmar sprach das Wort »Burgherrin« nicht aus, aber das war gar nicht notwendig. Damian verstand auch so, was sie meinte.

»Glaubt Ihr das wirklich?« Wie konnte die junge Frau, die schlau wirkte, so naiv sein? Ihr musste doch klar sein, dass sie ihren guten Ruf und ihre Ehre verlieren würde.

»Ihr werdet immer bloß die Geliebte sein, ganz egal, wie viele Kinder Ihr bekommt«, sagte Damian.

Dagmar biss sich so fest auf die Unterlippe, dass das Blut daraus entwich.

»Ich bin nicht seine Geliebte«, sagte sie bitter. »Ich bin seine Leibeigene, mit der er verfährt, wie es ihm gefällt, und ich kann Euch verraten, dass er die Schweine auf dem Hof besser behandelt als mich. Ein Kind würde meine Situation verbessern.«

Damian verstand die Welt nicht mehr. Sollte Dagmar den Kuenringer nicht verfluchen und sich wünschen, ihn zum Teufel zu jagen? Stattdessen sehnte sie sich nach seiner Anerkennung. Das war völlig verkehrt.

»Um hier wegzukommen, müsst Ihr heiraten. Glaubt Ihr denn, dass ein Mann Euch zur Frau nimmt, wenn er von Eurem Geheimnis erfährt?«

Dagmar schwieg und verschränkte die Arme vor der Brust. »Wollt Ihr Geschäfte machen oder Euch als Moralapostel aufspielen?«

»Ich will Euch nicht noch weiter ins Unglück stürzen.«

Dagmar starrte ihn finster an.

»Ein Wohltäter«, sie spuckte das Wort wie eine Beleidigung aus. »Ich bin alt genug, selbst für mich zu entscheiden.«

»Wie Ihr meint.« Damian gab auf. Er musste sich später nicht vorwerfen, dass er die Frau nicht gewarnt hätte.

»Und ich will noch etwas anderes«, sagte Dagmar.

»Und das wäre?«

Ihre Stimme senkte sich erneut. »Ich habe Warzen.«

»An den Füßen?«

Sie starrte auf ihre Fußspitzen und betrachtete eingehend ihre Schuhe. »Nicht nur«, flüsterte sie. Dann stellte sie sich auf die Zehen und flüsterte ihm ins Ohr, an welchen delikaten Stellen sie von den Geschwüren geplagt wurde.

»Oh«, sagte Damian. »Ich bin kein Bader, aber ich denke, dass ich an einem der Orte, die ich durchwandert habe, eine geeignete Salbe mitbekommen habe.«

»Gebt Ihr mir davon ab?« Dagmars Gesicht hellte sich auf.

»Ja natürlich.«

Galant verneigte sich Damian vor der jungen Frau. Seit er nicht nur Gewürze, sondern auch Heilkräuter verkaufte, erfuhr er Geheimnisse, von denen er sich nicht sicher war, ob er sie kennen wollte. Aber je mehr er hörte, umso mehr Einblick erhielt er in die Vielfalt der menschlichen Seele. Er sah deren Größe, aber auch ihre tiefsten und schwärzesten Abgründe.

Damian blieb zwei Tage lang auf Burg Aggstein und genoss die Gastfreundschaft in vollen Zügen. Hadmar begegnete er nur einmal. Der Kuenringer zeigte kein Interesse an ihm und behandelte ihn wie einen Scharlatan oder einen Hofnarren, nicht aber wie einen Kaufmann aus Genua, dessen Familie an Reichtum der seinen weit überlegen war. Damian war es recht. Er machte in den zwei Tagen bessere Geschäfte als in den letzten drei Monaten. Auch Margot von Gars, die Frau des dicklichen Mannes im Badezuber, kaufte bei ihm ein. Sie nahm gleich vier große Flaschen seiner Duftöle. Beim Feilschen um den Preis versuchte sie, ihn übers Ohr zu hauen, was Damians Widerstand weckte. Margot wollte nur die Hälfte des veranschlagten Preises bezahlen und behauptete, dass seine Ware nicht der besten Qualität entsprach. Damian weigerte sich strikt, seine Öle für weniger Geld herzugeben. Mürrisch langte Margot in ihren Geldsack, der an ihrem Gürtel hing. Als er ihr die Ware aushändigte, gestand die Frau, was sie wirklich begehrte.

»Ich benötige noch ein weiteres Mittel«, sagte sie leise hinter vorgehaltener Hand.

»Nur zu, womit kann ich Euch behilflich sein?« Damian zählte die Münzen in seinen eigenen Geldbeutel.

Margot räusperte sich verlegen.

»Es ist eine diskrete Angelegenheit«, flüsterte sie, obwohl sie bis auf eine alte Dienstmagd allein im Raum waren.

»Ihr könnt auf meine Verschwiegenheit vertrauen«, sagte Damian. Schon rechnete er damit, den dritten Fruchtbarkeitstrank zu verkaufen, denn auch diese Dame war kinderlos, doch Margots Anliegen war noch eine Spur delikater.

»Ich benötige ein Mittel, das die Kraft meines Mannes stärkt«, sagte sie nun so leise, dass Damian sie kaum verstehen konnte.

»Wie bitte?«

Eindringlich wiederholte sie ihren Wunsch. »Ich brauche ein besonderes Mittel für meinen Mann. Er hat Probleme mit ...«, sie räusperte sich verlegen und richtete ihren Blick zwischen Damians Beine. »Nun, Ihr wisst schon, was ich meine.« Dann hob sie ihren Zeigefinger und bog ihn langsam ab, bis die Fingerkuppe ihren Handballen erreichte.

Damian stellte sich unwissend und ließ sie weiter zappeln. Die eingebildete Frau, deren Busen ihr Kleid beinahe entzweiriss, hatte ihn übervorteilen wollen. Dafür rächte er sich.

»Was meint Ihr?«, fragte er naiv.

»Herrgott noch mal. Seid Ihr etwa langsam von Begriff? Ich brauche eine Medizin, die meinen Mann dazu bringt, seine ehelichen Pflichten zu erfüllen.«

»Ach ... ja!« Damian grinste zufrieden.

»Habt Ihr so etwas?«

Damian führte keinerlei Substanzen, die die Manneskraft steigerten, aber die selbstgefällige Frau, die ihn behandelte, als sei er ein Mensch des untersten Standes, verleitete ihn dazu, sie übers Ohr zu hauen. Sie schrie förmlich danach.

Damian schaute über beide Schultern, so als wollte er sich vergewissern, dass niemand ihm zuhörte. Dann beugte er sich vertraulich zu ihr, hielt seine Hand vor den Mund und flüsterte:

»Ich habe eine Tinktur, gemischt aus dem Samen eines mächtigen Stiers aus Valencia im Süden und den getrockneten Hoden eines Ebers aus Wolgograd im Norden des Kontinents. Wenn Ihr Eurem Mann davon gebt, wird er Euch die ganze Nacht über zur glücklichsten Frau dieser Welt machen. Aber achtet darauf, dass es nicht zu viel ist, sonst werdet Ihr tagelang nicht aus Eurer Kammer kommen und Euch sehnlichst wünschen, das Bett verlassen zu dürfen.« Aus den Augenwinkeln bemerkte er, wie Margots Gesicht sich aufhellte. Sie leckte sich mit der Zunge begehrlich über die schmalen Lippen. In ihren Augen lag eine Sehnsucht, die ihm beinahe ein schlechtes Gewissen bescherte. Aber nur kurz, denn kaum dass er sie direkt ansah, beschimpfte sie ihn auch schon.

»Was fällt Euch ein, Euch auf so schamlose Art zu nähern. Tretet gefälligst einen Schritt zurück, einfacher Krämer. Ich bin Margot von Gars. Eure Nähe beschämt mich.«

Bereitwillig trat Damian zurück. Auch er fand, dass er zu nah an dieser aufgeblasenen Person stand. Ohne Gewissensbisse verkaufte er ihr ein Fläschchen Wasser, das mit Zitronenmelisse und Sand angereichert worden war. Für den Preis, den er verlangte, konnte er problemlos bis nach Genua reisen.

Doch sein Weg führte ihn vorerst weiter Richtung Norden. Mit jeder Meile, die er zurücklegte, wurde die Gegend rauer und unwirtlicher. Hier gab es keine alten römischen Straßen, auf denen man bequem vorankam. Die Wege führten über steinige Felder, wurzelige Waldwege und sumpfige Wiesen. Immer wieder musste er von seinem Wagen springen und seinem braven stämmigen Bergpferd Enzo vorsichtig den Weg weisen.

»Komm, Enzo, wir schaffen das«, ermutigte er den Gaul.

Stundenlang konnte er den Himmel nicht sehen, weil die Baumkronen über ihm ein so dichtes Blätterdach bildeten, durch das nur spärlich ein paar Sonnenstrahlen drangen. Zahlreiche Pilze wuchsen auf dem moosigen Waldboden. Damian wagte nicht, von ihnen zu kosten. Zu groß war die Gefahr, dass sie giftig waren. Kurz vor Heidenreichstein lichtete sich das Dickicht. Er hatte freie Sicht auf eine ganze Gruppe aufrecht stehender Steine, die aussahen, als hätten Menschen sie so in der Landschaft gruppiert, um heidnischen Bräuchen zu frönen. Aber Damian hatte genug über Physik und die Gesetze der Natur gehört, um zu wissen, dass es unmöglich war, steinerne Riesen dieser Größe zu transportieren.

Vorsichtig manövrierte er seinen Wagen durch die unwirtliche Landschaft. Der schwefelige Geruch verriet ihm, dass er sich in der Nähe eines sumpfigen Moors befand. Enzo wurde zunehmend nervös. Er zuckte unaufhörlich mit den Ohren. Ein Zeichen, dass er sich ängstigte. Damian fragte sich, wie lange er wohl noch zu dem Hof brauchte, auf dem das köstliche Mohnöl gepresst wurde, als ein Moorhuhn laut gackernd hinter ihm aus dem Gebüsch aufflog und Enzo erschreckte. Wiehernd brach der Gaul nach links aus. Damians Wagen holperte über einen Stein. Ein verräterisches Krachen kündigte das Unglück an. Die Wagenachse brach, und noch bevor Damian darüber nachdenken konnte, dass dies hier der schier unpassendste Zeitpunkt für einen Unfall war, wurde er vom Wagen geschleudert und landete mit dem Kopf voran auf einem der Steine, die ohne Vorwarnung im feuchten Gras lagen. Der Wagen begrub ihn, und das Letzte, was er sah, war das Moorhuhn, das aufgeregt über ihn hinwegflog.

Heidenreichstein 1241

»Tante Mara, sieh nur, dahinten wachsen ganz viele Pilze.« Geschickt sprang Johannes über die drei riesigen Steine und kletterte auf einen umgefallenen Baumstamm. Mit seinen bald sechs Jahren war er ein exzellenter Kletterer und ein schneller Läufer. Baumwurzeln stellten für ihn kein Hindernis dar, da er damit groß geworden war. Er hatte im Wald das Gehen erlernt und nicht wie andere Kinder auf dem flach getretenen Untergrund in einem Hof oder dem Stein- oder Holzboden in einer Burg oder einem Haus.

»Komm wieder runter«, forderte Mara. »Wir machen uns gemeinsam auf den Weg.«

Schon landete der Junge neben ihr auf dem weichen Waldboden. Sein dunkles Haar war kurz nach der Geburt blond geworden, doch seine schwarzen Augen waren geblieben. Seine Haut war über und über mit Sommersprossen überzogen. Wenn Johannes lachte, bildeten sich auf beiden Wangen tiefe Grübchen, genau wie bei seiner Mutter.

»Ich wünschte, du würdest die Pilze mit der gleichen Leidenschaft essen, wie du sie sammelst«, sagte Mara. Angewidert verzog der Junge sein hübsches Gesicht. »Pilze schmecken nach Erde und Wald, sie sind ekelig. Viel lieber mag ich Eier und Brot, Butter, Käse und Mich …«

»Schon gut, ich habe dich verstanden«, seufzte Mara, sie musste sich anstrengen, um mit Johannes mitzuhalten, der flink und behänd vor ihr herlief. Plötzlich hielt er unerwartet an, Mara blieb rechtzeitig stehen, um nicht mit ihm zusammenzustoßen.

»Johannes, was ist los?«, schimpfte sie irritiert. »Willst du, dass ich dich umwerfe?«

»Da steht ein Pferd«, flüsterte der Junge leise und zeigte mit ausgestrecktem Arm zu einem Holunderbusch. Mara schüttelte milde den Kopf. Johannes hatte schon des Öfteren gedacht, dass er ein Einhorn, einen Zwerg oder gar einen Drachen im Wald erspäht hätte. Seine Fantasien richteten sich nach den Geschichten, die Mara oder seine Mutter Leni ihm vor dem Schlafengehen erzählten. Ein Pferd hatte er jedoch noch nie geglaubt zu sehen.

»Ich schwöre es, Tante Mara. Dahinten steht ein dunkelbraunes Pferd. Es frisst Gras. Glaubst du, es gehört jemandem, oder können wir es mit nach Hause nehmen?«

»Pferde laufen nicht herrenlos herum«, erklärte Mara. Sie trat neben Johannes und schaute in die Richtung, in die er gezeigt hatte. Tatsächlich, der Junge hatte recht. Mitten im Wald graste ein stämmiges Pferd, das aussah, als wäre es vor Kurzem noch vor einen Wagen gespannt gewesen. Es trug ein Zaumzeug aus Leder. Aber wo war der dazugehörige Wagen, wo sein Besitzer?

»Ob es sich von mir streicheln lässt?«, fragte Johannes. Er hatte erst einmal in seinem Leben ein Pferd gesehen. Mara und er hatten Himbeeren gepflückt, als ein alter Ritter in einer schäbigen Rüstung an ihnen vorbeigeritten war. Johannes war damals knapp vier gewesen und schwer beeindruckt von dem Mann auf dem riesigen Tier. Wochenlang hatte er davon geschwärmt und war Mara und Leni mit dem Wunsch in den Ohren gelegen, auch einmal auf so einem mächtigen Tier reiten zu wollen. Ein Ritter zu werden erschien ihm das erstrebenswerteste Ziel der Welt. Leni hatte sehr heftig reagiert und ihm erklärt, dass Ritter brutale Männer seien, denen man auf alle Fälle aus dem Weg gehen musste. Sie hatte dabei so streng geklungen, dass Johannes aufgehört hatte zu jammern. Doch tief in seinem Inneren schwärmte er immer noch für den fremden Mann auf dem Pferd, dessen war Mara sicher.

»Wo ein Pferd ist, kann auch sein Besitzer nicht weit sein«, sagte Mara besorgt.

Sie blickte sich eingehend um. Die Menschen, die sie immer wieder aufsuchten, waren einfache Leute, die bestenfalls einen Esel besaßen. Den Luxus eines Pferdes konnte sich niemand leisten, auch wenn dieses Tier hier nicht wie ein elegantes Schlachtross aussah, sondern eher wie ein solides Arbeitstier, das es gewohnt war, schwere Lasten zu ziehen.

»Lass uns hingehen, Tante Mara, bitte!« Ohne ihre Antwort abzuwarten, hüpfte Johannes leichtfüßig auf das Tier zu, blieb aber in gebührendem Abstand stehen und betrachtete es ehrfürchtig. Widerwillig folgte ihm Mara. Immer wieder drehte sie sich um und blickte in alle Himmelsrichtungen. Dabei schärfte sie ihre Sinne. Sie rechnete damit, dass jederzeit ein Fremder aus dem Gebüsch springen könnte. Aber nichts dergleichen passierte. Als sie Johannes erreicht hatte, hörte das Pferd auf, Gras zu fressen. Es hob den Kopf, schnaufte leise und machte ein paar Schritte zur Seite.

»Pass auf«, forderte Mara. Ängstlich ergriff sie Johannes an den Schultern und zog ihn zu sich. Doch das Pferd bewegte sich nicht auf den Jungen zu, sondern lief langsam einen sanft ansteigenden Hügel bergauf. Bei einer schmalen Kiefer, die aus einer Spalte zwischen zwei Granitblöcken herauswuchs, blieb es stehen. Es erweckte den Eindruck, als würde es auf Mara und Johannes warten.

»Es will, dass wir ihm folgen«, rief Johannes begeistert. Stürmisch riss er sich von Mara los und lief hinterher. Die alte Frau unterdrückte einen Fluch und folgte dem Jungen.

Kaum hatte Johannes das Pferd erreicht, trottete es langsam weiter. Gerade so schnell, dass Johannes ihm bequem hinterherkam. Mara brauchte etwas länger. Sie war außer Atem und schnaufte. Am Rande einer Böschung hielt das Tier abrupt an. Auch Johannes blieb stehen.

»Tante Mara!«, rief er aufgeregt, ungeduldig winkte er mit beiden Händen und drängte sie, sich zu beeilen. »Da unten ist ein Wagen, und darunter liegt ein toter Mann.«

Als Mara den höchsten Punkt des Hügels erreicht hatte, ging ihr Atem schnell. Sie schaute die Böschung hinunter. Johannes sprach die Wahrheit. Im Graben befand sich der umgekippte Wagen eines fahrenden Händlers. Der Mann, der das Fahrzeug gelenkt hatte, war darunter begraben. Er regte sich nicht.

»Lass uns nachsehen, ob wir noch etwas für ihn tun können«, sagte Mara. Sie eilte den Hügel hinunter. Johannes überholte sie, auch das Pferd trottete mit. Eines der Räder des Wagens war abgegangen. Vielleicht war die Vorderachse gebrochen, weshalb der Lenker die Kontrolle verloren hatte. Der Unterkörper des Mannes lag unter seinem Wagen eingeklemmt, während Kopf und Oberkörper hervorschauten. Mara ging in die Hocke und griff mit ihrer Rechten an den Hals des Fremden. Es handelte sich um einen jungen Mann. Seine Kleidung sah fremdländisch aus. Sie war ungewöhnlich farbenfroh.

»Lebt er noch?«, fragte Johannes. Neugierig musterte er den Verunglückten.

»Ja«, antwortete Mara. »Aber ich kann nicht sagen, wie lange noch.«

Sie richtete sich wieder auf.

»Lauf schnell zurück zur Hütte, und hol deine Mutter«, forderte sie. »Gemeinsam können wir den Fremden vielleicht unter dem Wagen hervorziehen. Oder das, was von dem armen Mann übrig geblieben ist.«

Noch bevor Mara fertig gesprochen hatte, sauste Johannes los.

Leni zerrieb gerade die getrockneten Blätter von Majoran in einem Mörser aus Stein zu feinem Pulver, als ihr Sohn die Tür aufriss und aufgeregt in die Hütte stürmte.

»Mama, komm schnell. Wir haben einen Mann gefunden, der schaut tot aus, lebt aber noch. Er liegt unter einem Wagen begraben. Er hat ein eigenes Pferd. Kann ich auf dem Pferd reiten, bis der Mann wieder gesund ist?« Die Worte sprudelten so schnell aus ihm heraus, dass Leni nur die Hälfte verstand.

»Was redest du da?« Sie stellte den Mörser zur Seite.

»Tante Mara sagt, dass du schnell kommen sollst. Sie braucht deine Hilfe.«

»Gut, diese Nachricht verstehe ich.«

Leni wischte ihre Hände an ihrem Rock ab und folgte Johannes, der schon wieder losgelaufen war. Sie war ebenso schnell wie ihr Sohn und hielt problemlos mit seinem Tempo mit.

Als sie am Unglücksort ankamen, hockte Mara immer noch neben dem Mann und versuchte, ihn wach zu bekommen, aber ohne Erfolg.

»Wir müssen versuchen, den Wagen hochzustemmen«, sagte sie. »Ich fürchte jedoch, dass der Karren zu schwer ist. Wir sind bloß zwei Frauen und keine Steinmetze oder Schmiede, die ihren Unterhalt mit ihrer Muskelkraft verdienen.«

»Und ein kräftiger Junge«, ergänzte Johannes. Er hob seinen dünnen Arm und spannte seine Muskeln an.

»Ja natürlich«, meinte Leni ernst. »Wie hat Tante Mara das bloß vergessen können.«

Sie trat näher heran und warf einen Blick auf das Gesicht des leblosen Mannes. Es war schmal mit auffallend kantigen Wangenknochen. Dunkelbraune Locken lagen in einer hohen Stirn. Dort, wo die Sonne durchs dichte Blätterdach das

Haar berührte, schimmerte es rötlich. Am auffälligsten waren jedoch die Wimpern, die trotz der geschlossenen Augen lang und dicht waren. Sie erinnerten Leni an ein frisch geborenes Kälbchen, und sie ertappte sich dabei, dass sie sich fragte, welche Augenfarbe der Mann wohl hatte.

»Du sollst den Fremden nicht anstarren, sondern mit anpacken«, schimpfte Mara. Sie wirkte nervös, so als hätte sie Angst, der Verunglückte könnte unter ihren Händen sterben.

»Sollen wir nicht vorher den Wagen leeren? Er ist voller Säcke und Kisten. Sicherlich wiegen sie schwer«, schlug Leni vor.

»Das klingt vernünftig! Aber wir müssen behutsam vorgehen, damit der Mann nicht völlig zerquetscht wird, während wir auf dem Wagen hantieren.«

»Ich steige seitlich auf eines der Räder«, sagte Leni und kletterte hoch. Sie griff nach einem der Säcke, zog fest daran und warf ihn auf den Boden. So verfuhr sie auch mit der übrigen Ware des Kaufmanns. Einer der Säcke war nur notdürftig verschlossen. Mara lugte hinein.

»Wir haben einen Kräuterhändler gefunden«, sagte sie erstaunt. »In dem Sack sind getrocknete Rosenblüten, die er mit irgendeinem anderen Kraut gemischt hat, es riecht ...«

»Mara, wir können uns später Gedanken über den Inhalt der Säcke machen«, mahnte Leni. Schuldbewusst schob Mara den Sack zur Seite und nahm den nächsten in Empfang.

Als der gesamte Wageninhalt auf dem Waldboden lag,

forderte Mara: »Auf drei heben wir den Wagen an. Eins, zwei ... «

Beide Frauen packten entschlossen zu, und auch Johannes stellte sich zu ihnen. Gemeinsam setzten sie ihr volles Körpergewicht ein. Der Wagen gab knarrende Geräusche von sich, und einer der Baumstämme knirschte bedenklich. Doch er bewegte sich keinen Fingerbreit. Mara stöhnte, während Leni sich angestrengt auf die Unterlippe biss, sodass es schmerzte. Aber bis auf die Tatsache, dass ihre Lippe blutete, passierte nichts.

»Es hat keinen Sinn«, sagte Mara erschöpft. Sie ließ sich auf den Boden plumpsen. »Wir sind zu schwach.«

Auch Leni sank auf den Waldboden.

»Kann das Pferd den Wagen nicht hochziehen?«, fragte Johannes.

»Ja natürlich!« Mara schlug sich mit der flachen Hand gegen die Stirn. »Warum habe ich nicht gleich an das Naheliegende gedacht? Wir befestigen ein Seil am Pferd und am Wagen. Sobald der Wagen etwas aufgerichtet ist, ziehen wir den Unglücklichen darunter hervor.«

»Was für einen klugen Sohn ich habe«, sagte Leni stolz und fuhr Johannes durch sein struppiges Haar, was dieser ganz und gar nicht mochte. Er machte einen Schritt zurück.

»Auf dem Wagen war ein Seil«, erklärte er wichtig. Der Junge hatte genau darauf geachtet, was seine Mutter vom Wagen auf den Boden geworfen hatte. Nun kletterte er zwischen die Säcke, ergriff ein aufgerolltes Seil und schob es neben Leni auf den Boden. Sie hob es auf und ging damit zu dem Pferd, das in einigem Abstand stand und das Geschehen aus sicherer Entfernung beobachtete.

»Komm her, du Schöner«, sagte Leni. Sie war mit Pferden aufgewachsen und kannte sich mit ihnen aus. Auf Burg Lichtenfels hatte es sowohl Kaltblüter für die Arbeit als auch Warmblüter gegeben, mit denen die Männer zur Jagd ausgeritten waren. Einige der Pferde waren für die Schlacht ausgebildet worden. Manchmal hatte auch Leni eines der schönen Tiere reiten dürfen. Der schwere Hengst, der sie aus dunklen gutmütigen Augen musterte, war ein verlässliches Arbeitstier. »Ja, du bist ein Braver«, sagte Leni beruhigend. Sie trat auf das Tier zu, das sich bereitwillig streicheln ließ. »Wir brauchen deine Hilfe«, raunte sie ihm leise und bittend ins Ohr. Behutsam befestigte sie das Seil an einem der Lederriemen seines Geschirrs. Das andere Ende des Seils band sie am Wagen fest. Mara und Johannes stellten sich unterdessen neben den Verletzten.

Leni forderte das Pferd auf, langsam loszulaufen. Wieder knarrte Holz, und es krachte leise. Doch diesmal hob sich der Wagen Stück für Stück. Kaum war er so weit aufgestellt, dass Platz zwischen dem Verletzten und dem Wagen entstand, packten Mara und Johannes zu. Sie nahmen den Mann unter den Schulterblättern und zogen ihn, so schnell sie konnten, seitlich ins Gras. Er stöhnte laut auf. »Er lebt!«, rief Johannes begeistert.

Leni trieb das Pferd noch weiter an, so lange, bis der Wagen endgültig stand. Eines der Räder lag daneben, weshalb er immer noch eine Schieflage hatte.

Maras Sorge galt nicht dem Wagen, sondern ausschließlich dem Verletzten. Mit gerunzelter Stirn betrachtete sie das verdrehte Bein, das in einem unnatürlichen Winkel vom Körper weg stand. Leni kam zu ihr, und das Pferd folgte ihr, obwohl sie das Seil nicht mehr festhielt. »Ach, du meine Güte, der Knochen ragt aus dem Fleisch«, rief sie entsetzt. »Kannst du die Knochen wieder einrichten?« Sie musste sich abwenden.

Johannes drückte sich an Leni und vergrub sein Gesicht in ihrem Schoß. Er fürchtete sich vor dem Anblick von Blut. Leni strich ihm beruhigend über den Kopf, wogegen der Junge jetzt nichts einzuwenden hatte.

Mara neigte den Kopf zur Seite. »Ich habe das erst einmal gemacht«, gab sie leise zu. »Damals habe ich dem Mann zuvor eine ganze Flasche Branntwein eingeflößt, und trotzdem hat er geschrien, dass seine Frau geglaubt hat, ich will ihn umbringen.«

»Noch ist der Kaufmann bewusstlos und kriegt nichts von seinen Schmerzen mit«, meinte Leni.

»Wer weiß, ob er jemals wieder aufwachen wird. Das Bein ist eine Verletzung, die wir sehen können. Keine Ahnung, was sich in seinen Eingeweiden abspielt. Möglich, dass er längst innerlich verblutet.«

»Er atmet«, sagte Leni.

Etwas an dem fein geschnittenen Gesicht berührte sie. Während sie sich auf die Suche nach langen, dünnen Stecken und biegsamen Lianen machte, um daraus eine notdürftige Trage zu basteln, fragte sie sich, warum sie auf dem Wagen keine einzige Waffe gefunden hatte. War der Kaufmann etwa ohne Schwert, Lanze, Pfeil und Bogen unterwegs gewesen? Oder waren sie ihm gestohlen worden?

»Darf ich das Pferd am Zügel halten?«, bettelte Johannes.

»Selbstverständlich!«, antwortete Leni schnell. Sie bemerkte Maras missbilligenden Blick, doch Leni konnte Johannes gut verstehen. Als Kind war sie von den großen Tieren im Stall ihres Vaters ebenso beeindruckt gewesen wie ihr Sohn gerade.

»Das Pferd ist harmlos«, beruhigte Leni sie und fügte hinzu: »Hoffentlich ist es sein Besitzer auch. Zum Schluss retten wir einen Mann, der uns hinterher bedroht.«

Auch Mara schien ähnlich zu denken. Es war ihr anzusehen, dass sie mit sich haderte. Einerseits wollte sie dem Mann helfen, auf der anderen hatte sie keine Lust, den Fremden in der kleinen Hütte aufzunehmen.

»Im Moment schaut er nicht so aus, als würde er für irgendwen eine Bedrohung darstellen«, meinte Mara. »Hoffen wir, dass es so bleibt.«

• • •

Damian lag auf einem weichen Schaffell. Über ihm befand sich ein Strohdach. Er hatte lückenhafte Erinnerungen an einen Unfall. Die Achse seines Wagens war gebrochen. Vielleicht hatte er ein Wagenrad verloren. Danach hatte er furchtbare Schmerzen verspürt und die Gewissheit gehabt, dass er tot war. Ein kleiner Junge war ihm erschienen. Ein blonder Engel mit fast kohlschwarzen Augen und entzückenden Grübchen in den Wangen. Dann war eine Frau aufgetaucht. Sie hatte dieselben Grübchen und ebenfalls helles rotblondes Haar, aber ihre Augen waren hellblau, wie ein klarer Gebirgssee an einem strahlenden Sommertag. Die Frau erinnerte Damian an die edlen Jungfrauen in den Rittergeschichten, die er auf so mancher Burg während der kalten Winternächte von fahrenden Spielmännern gehört hatte. Merkwürdig, dass man im Himmel von einer schönen Frau in Empfang genommen wurde. Sollte hier nicht ein Richter stehen, der entschied, ob er in den Himmel oder in die Hölle geschickt wurde? Oder war er am Ende doch noch nicht tot? Die Frau und der kleine flügellose Engel wirkten seltsam real.

Er glitt in einen unruhigen Schlaf, der von Schmerzen und Hitze begleitet wurde. Schon bald war er sicher, in der Hölle gelandet zu sein. Sein Körper brannte lichterloh. Sicher hing er im Fegefeuer fest. Damian verspürte unbändigen Durst. Seine Zunge schwoll an und klebte an seinem Gaumen. Warum war er in der Hölle? War es, weil er seiner Familie mit seinem Fortgehen so viel Kummer bereitet hatte? Damian träumte von Genua, von seinen Brüdern und Schwägerinnen, von seinen Neffen, die alle weinten, weil er nicht heimkehrte. Er hatte sie alle hintergangen und betrogen. Jetzt musste er die Strafe dafür zahlen.

Damian starrte auf das Strohdach über ihm. Ein Strohdach? Gab es das in der Hölle? War er etwa doch am Leben? Hatte der Teufel ihn wieder freigegeben, weil seine Verfehlungen nicht gravierend genug gewesen waren? Oder hatte der kleine Engel ein gutes Wort für ihn eingelegt? Aber wo war er? Damian versuchte, sich aufzusetzen. Sofort durchzuckte ein Schmerz seinen Körper, der sich anfühlte wie tausend flammende Blitze. Er zählte bis zehn und presste die Augen zusammen. Langsam ließ der Schmerz nach. In seinen Ohren tobte ein lautes Sausen. So als jagte ein Sturm durch ihn hindurch. Damian öffnete die Augen und blickte an sich herab. Er lag auf einem sauberen Bett aus Stroh und Schaffellen. Eine weiche Wolldecke war über ihm ausgebreitet. Damian streckte seine Arme aus. Vorsichtig tastete er seinen Körper ab. Er war splitterfasernackt, so wie Gott ihn erschaffen hatte. Während er sein linkes Bein problemlos bewegen konnte, lag das rechte fest eingeklemmt in einer Schiene. Als er versuchen wollte, es anzuheben, wurde ihm erneut schwarz vor Augen. Das Strohdach drohte, auf ihn herunterzufallen. In seinen Ohren summte ein ganzer Bienenstock. Ihm wurde furchtbar übel. Besser, er schlief wieder ein.

»Hallo!«

Jemand rüttelte an Damians Oberarm. »Hallo, Ihr müsst aufwachen und etwas trinken, sonst vertrocknet Ihr.« Die Stimme stammte von einem Kind. Sie klang hoch, hell und eindringlich. »Bitte!«

Damian blinzelte. Da war er wieder. Der blonde Junge mit den schwarzen Augen, den Sommersprossen und den Grübchen in den Wangen. Ein breites Grinsen breitete sich auf seinem hübschen Gesicht aus, und die Grübchen wurden tiefer. Als Gott die Menschen mit Schönheit ausgestattet hatte, musste dieser Junge in der vordersten Reihe gestanden haben.

»Mama, er ist aufgewacht. Mama!« Der Junge war kein Engel, denn die hatten bekanntlich keine Mütter.

Schon war er wieder weg. Damian überlegte, ob er eben das Bild des Jungen fantasiert hatte. Aber kurz darauf tauchte das Kind wieder auf, gemeinsam mit einer Frau. Es war die edle Jungfrau aus Damians Träumen. Das blonde Geschöpf, von dem er angenommen hatte, dass sie am Empfang zum Himmel gestanden hatte. Ihre hellblauen Augen waren so klar, dass es keinen Zweifel geben konnte. Diese Farbe hatte Gott geschaffen. Der Junge und die Frau starrten ihn neugierig an, so als erwarteten sie etwas von ihm.

Damian räusperte sich. In seiner Kehle kratzte es. Er hustete.

»Buon giorno!« Seine Stimme klang schwach und belegt, wie die eines alten Greises. Was war nur mit ihm passiert?

Die Verwunderung der beiden wurde nicht weniger.

»Mi scusi, ich wollte sagen: Guten Tag«, fügte er matt hinzu. Seine Lippen fühlten sich spröde und rissig an, er fuhr sich mit der Zunge darüber und schmeckte Blut.

»Wo bin ich?«

»In einer Hütte. Sie befindet sich am Rand eines Moors in Heidenreichstein«, antwortete die junge Frau. Ihr Gesichtsausdruck war voller Mitgefühl und Sorge, aber er nahm auch Angst wahr, was seltsam war, wovor fürchtete sie sich? Etwa vor ihm?

»Come, wie bin ich hierhergekommen?«

Während die Frau abwehrend die Arme vor ihrer Brust verschränkte, antwortete der Junge:

»Tante Mara, Mama und ich haben Euch in die Hütte getragen. Tante Mara hat Euer Bein wieder eingerenkt und geschient. Es hat ganz furchtbar grausig ausgesehen.« Er zog angewidert die Nase kraus und presste die Augen zusammen. »Der Knochen hat rausgeschaut, und das Fleisch hing in so kleinen Fetzen weg, und das Blut ...« Er fuchtelte aufgeregt mit seinen Händen vor seinem Körper herum.

Damian wurde übel. »Grazie, vielen Dank für die bildhafte Darstellung, jetzt verstehe ich, woher die Schmerzen stammen.«

»Ihr habt beim Nähen der Wunde so laut geschrien, dass Mama und Tante Mara Angst hatten, die Bauern im Umland könnten Euch hören. Es wäre gut möglich, dass man glaubt, wir hätten Euch geschlachtet. Aber dann habt Ihr eine ganze Woche lang geschlafen, und nun seid Ihr wieder wach.«

Der Junge klang ganz so, als wäre alles wieder gut und er erwarte, dass Damian aufstehe und schmerzfrei herumspringe. Mühevoll versuchte er, sich auf beide Unterarme zu stützen. Langsam rappelte er sich hoch. Er schloss kurz die Augen, bis das Surren in den Ohren nachließ.

»Ihr solltet Euch wieder hinlegen«, riet die Frau besorgt. Sie schien die Situation deutlich realistischer einzuschätzen. »Trinkt die Suppe, die wir für Euch gekocht haben.«

Neben dem Strohlager stand eine Holzschüssel auf dem Boden. Die Frau hockte sich neben Damian, sie ergriff die Schale und setzte sie an seine Lippen. Dabei berührten ihre Finger seine Wangen. Sie waren lang und feingliedrig, mit leichten Schwielen an den Fingerkuppen, die von harter körperlicher Arbeit zeugten. Doch sie waren sauber und rochen nach einer Mischung aus Rosmarin, Kamille und wildem Thymian. Der Duft erinnerte Damian an warme, laue Sommerabende. Eine kleine, aber intensive Welle des Heimwehs durchströmte ihn, und er wünschte, er wäre zu Hause, im Kreis seiner Familie.

»Trinkt«, forderten die Frau und der kleine Junge fast gleichzeitig.

Damian folgte der Aufforderung und nahm einen Schluck. Es war eine kräftige, klare Suppe, die nach Liebstöckel, Kerbel, wildem Knoblauch und Pfeffer schmeckte. Er wollte sich wieder zurücklehnen, doch die Frau hielt ihm die Schüssel entschlossen so lange entgegen, bis er sie ausgetrunken hatte. Erst dann durfte er sich erschöpft zurück in das Kissen sinken lassen und die Augen wieder schließen. Er wollte Fragen über den Verbleib seines Wagens und seines Pferdes stellen. Was war mit Enzo? Wie schlimm war seine Verletzung? Würde er jemals wieder gehen können, oder musste er den Rest seines Lebens als Krüppel durchs Land humpeln?

Doch er war zu müde, um auch nur ein einziges weiteres Wort zu sprechen. Das Letzte, worüber er nachdachte, bevor er erneut in einen unruhigen Schlaf sank, war die Frage, wie der teure Pfeffer in die Suppe gekommen war. Hatten die Frauen am Ende seine Vorräte geplündert? Soweit er sich erinnern konnte, hatte er noch ein winziges Säckchen davon gehabt.

Die nächsten Tage verbrachte Damian in einem Dämmerzustand. Er begann zu fiebern, und sein Körper wurde abwechselnd von Schüttelkrämpfen und exzessiven Hitzeattacken heimgesucht. Wenn er aus einem seiner Fieberträume aufwachte, saß immer die blonde Frau neben ihm. Sie kühlte seine Stirn mit einem nassen Tuch oder zwang ihn dazu, weitere Suppe zu trinken. Manchmal flößte sie ihm auch einen Kräuteraufguss ein, den sie mit Honig süßte. Meistens hockte der kleine Junge neben ihr. In seinen Augen lag so viel Angst und Sorge, dass es Damian rührte. Doch die meiste Zeit über fantasierte er. Er träumte vom Tod. Von seiner letzten Seefahrt, bevor er Genua verlassen hatte, von der blutigen Schlacht, bei der er beinahe sein Leben gelassen hätte, und von der gefährlichen Überquerung der Alpen, bei der einer der Kaufleute, mit denen er unterwegs gewesen war, in eine Felsspalte gestürzt war. Schweißgebadet wälzte er sich von einer Seite zur anderen und bereute jede Bewegung, mit der eine neue Schmerzwelle über ihn hinwegrollte. Aber auch lieblichere Bilder zogen an seinen geschlossenen Augen vorbei. Er glaubte, blühende Orangenbäume im Garten seiner Eltern zu sehen, die Pasta seiner Schwägerin zu riechen oder das Kirchturmläuten von San Lorenzo zu hören. Wenn er aus seinen Träumen erwachte, sah er das Strohdach einer fremden Hütte, roch getrocknete Kräuter, die in riesigen Büschen von der Decke hingen, und hörte die leisen Stimmen von zwei Frauen und einem kleinen Jungen, die sich bemühten, wenig Lärm zu machen, um ihn nicht am Schlaf zu hindern.

Immer wieder ging ihm ein Kinderlied durch den Kopf, das seine Mutter für ihn gesungen hatte, wenn er als Kind krank im Bett gelegen war. »Ninne nanne ninne oh …«

• • •

Der verletzte Fremde stellte den gewohnten Alltag in der kleinen Hütte gewaltig auf den Kopf. Leni und Johannes, die sich einen Schlafplatz teilten, mussten diesen räumen und dem Kaufmann überlassen. Die beiden schliefen nun bei Mara, was nicht nur eng, sondern auch äußerst unbequem war. Mara verzichtete auf das weiche Schaffell, das Leni so liebte, und schlief bloß auf Stroh, das kratzte und stach. Doch das war vergleichsweise harmlos zu den anderen Einschränkungen, die die Frauen auf sich nahmen, um den Mann gesund zu pflegen. Statt ihrer gewohnten Arbeit nachzugehen, musste eine von ihnen immer in der Hütte bleiben, um nach dem Verletzten zu schauen. Meist war es Leni, die diese Aufgabe übernahm.

Sie wusch den Fremden, fütterte ihn und flößte ihm Suppe und Wasser ein. Schon bald kannte sie jede Falte in seinem sonnengebräunten Gesicht und jede Narbe auf seinem drahtigen Körper. Wenn er die bernsteinbraunen Augen aufschlug, waren sie leer und schienen weder sie noch seine Umgebung wahrzunehmen. Er träumte und sprach in einer melodiösen Sprache, die wie ein Lied klang. Ein Wort war geschmeidiger und runder als das andere. Leni hörte ihm fasziniert zu. Die Klänge regten ihre Fantasie an.

Sie erinnerte sich an die Geschichten der fahrenden Kaufleute, die regelmäßig die Burg Lichtenfels aufgesucht hatten. Sie hatten vom Meer, von Schiffen und von Städten erzählt, in denen die Menschen niemals frieren mussten, weil kein Schnee fiel. Ob der Fremde aus einem dieser fernen Orte stammte? Kannte er die Bäume und Sträucher, an denen die duftenden Gewürze wuchsen, die langweilige Speisen zu einzigartigen Gerichten zauberten? Während sie stundenlang neben seinem Lager hockte und seine glühend heiße Stirn mit einem feuchten Tuch kühlte, malte sie sich die Orte aus, an denen er schon gewesen war. Wie schade, dass sie die Worte in der fremden Sprache nicht verstand. Sein Gesicht war schmal und kantig, seine Wangenknochen traten markant hervor. Am auffälligsten waren seine langen Wimpern, um die jede Frau ihn beneidet hätte. Wenn er im Traum sprach, dann klang seine Stimme weder fordernd noch einschüchternd, sondern weich, sanft und voller Zuversicht, und das, obwohl sein Gesundheitszustand äußerst dramatisch war. Manchmal sang er leise.

Auch wenn Leni seine Worte nicht verstand, so nahm sie an, dass es sich bei der einfachen Melodie um ein Wiegenlied handelte. Wie kam es, dass ein Mann sie summte? Leni wünschte von ganzem Herzen, dass das Fieber des Fremden sinken und er all die Fragen beantworten konnte, die sie ihm stellen wollte. Sie gierte förmlich danach, Geschichten aus seiner Heimat zu hören. Vielleicht konnte er beschreiben, wie das Meer aussah, von dem sie so viel gehört hatte und das sie sich trotzdem nicht vorstellen konnte.

Nach einer friedlichen Nacht, in der Damian kaum geträumt hatte, wachte er mit dem Gackern von Hühnern auf und fühlte sich erstaunlich erholt. Zum ersten Mal seit vielen Tagen konnte er sich problemlos aufsetzen. Sein Bein schmerzte immer noch, doch ihm wurde nicht mehr schlecht von der kleinsten Bewegung. Er merkte, dass er allein in der Hütte lag. Die beiden Frauen und der Junge waren bereits mit ihrem Tagwerk beschäftigt. Vor der Hütte hörte er Stimmen und das Klappern von Geschirr.

Neugierig schaute er sich um. Ohne den Nebelschleier, verursacht von Hitze und Schmerz, wirkte die Hütte sehr gemütlich. In der Ecke gab es eine Feuerstelle, in der noch die Reste einer Glut dunkelrot glosten. Die Frauen schienen während der Sommermonate im Freien zu kochen, um die Hütte vom Qualm frei zu halten. Der feine Duft weicher Hirse, Honigs und frischer Beeren zog in die Hütte und stieg Damian in die Nase. Sein Magen knurrte. Er verspürte Hunger, was er als Zeichen seiner Genesung betrachtete. Gegenüber der Feuerstelle befand sich ein Schlaflager. Grobe Decken und akkurat gefaltete Wolltücher lagen auf sauberen Strohballen. Das Lager war reichlich eng für drei Menschen.

Sein Blick wanderte weiter zu einem Regal an der Wand, wo sich Töpfe, Schüsseln, Becher und Säcke stapelten. Von der Decke hingen büschelweise getrocknete Kräuter. Auf dem Brett am Fenster reihten sich kleine Pflanzentöpfe. Damians Herz machte einen Satz. Er war im Kräuterparadies gelandet. Einen besseren Ort hätte er niemals finden können. Die beiden Frauen verfügten über einen wahren Schatz an Pflanzen.

In dem Moment sauste der Junge in die Hütte. Damian musste wehmütig an seine Neffen denken. Kindern in dem Alter war es fremd, in gemäßigtem Tempo zu gehen, sie mussten immer rennen. Ganz egal, was sie gerade in den Händen hielten. Der Junge trug einen Korb Eier vor sich her, der gefährlich ins Schaukeln geriet, als er abrupt stehen blieb. Voller Freude strahlte er Damian an und rief:

»Mama, Mama, der Fremde ist aufgewacht.«

Kurz darauf betrat die blonde Frau die Hütte. Sie trug ihr Haar unbedeckt in einem geflochtenen Kranz um den Kopf gewickelt. Konnte es sein, dass sie unverheiratet war und ein uneheliches Kind großzog? War das der Grund, warum man sie aus der Gemeinschaft ausgestoßen hatte? Es gab so viele Fragen, auf die Damian sich Antworten wünschte.

»Welch ein Glück. Gott hat unsere Gebete erhört«, sagte sie erleichtert, bekreuzigte sich und murmelte ein paar Worte, während sie zur Decke schaute. Ihre Geste wirkte wie ein einstudiertes Ritual. »Ich bin sehr froh, dass es Euch wieder besser geht.«

Sie kam näher, hockte sich zu ihm und legte ungefragt ihre schmale Hand auf seine Stirn.

»Euer Fieber ist gesunken«, stellte sie zufrieden fest. »Das ist schön.«

Nun kam auch die andere Frau in die Hütte. Sie war um viele Jahre älter. Vielleicht war sie die Großmutter des Jungen.

»Na endlich«, sagte sie deutlich unfreundlicher. »Wir dachten schon, wir müssten Euer Pferd noch wochenlang weiterfüttern. Das Tier verfügt über einen unbändigen Hunger und frisst uns die Haare vom Kopf.«

»Was ausgesprochen schade wäre«, bemerkte Damian. Sein Blick ruhte auf der jungen Frau, die sofort errötete.

»Hat das Pferd einen Namen?«, wollte der Junge wissen.

»Ich würde so gerne darauf reiten, aber Mama hat es bis jetzt noch nicht erlaubt.«

»Es heißt Enzo, und es ist das gutmütigste und freundlichste Tier, das mich je begleitet hat. Du kannst gerne darauf reiten. Ich bin sicher, dass Enzo nichts dagegen hat.«

Der Junge warf seiner Mutter einen triumphierenden Blick zu, so als wollte er ihr mitteilen: »Ich hab's dir gleich gesagt.«

»Ich habe übrigens auch einen Namen. Darf ich mich vorstellen? Ich heiße Damian Brantoni und stamme aus Genua. Ich bin der Sohn von Giuseppe Brantoni, einem Gewürzhändler und freien Bürger der Stadt. Darf ich erfahren, wer Ihr seid?«

»Ich heiße Johannes!« Der Junge stellte den Korb mit Eiern auf den niedrigen Tisch in der Mitte des Raums ab. »Ich gehe zu Enzo und füttere ihn.«

»Über ein Stück Apfel freut er sich besonders«, sagte Damian.

»Ich hole einen vom Apfelbaum hinterm Haus.« Und schon war der Junge weg.

»Vergiss die Himbeeren nicht. Die müssen noch gebrockt werden«, rief seine Mutter ihm hinterher. »Sonst schmeckt der Hirsebrei bloß nach Wasser.«

»Ich vergesse sie nicht!« Die Stimme des Jungen wurde leiser. Offenbar war er schon bei Enzo.

Die beiden Frauen schwiegen. Die ältere verschränkte abwehrend die Arme vor ihrer Brust.

»Verratet Ihr mir Eure Namen?«, fragte Damian.

Die Ältere presste ihre Lippen aufeinander. Die Jüngere sagte: »Leni.«

»Das ist der Name eines kleinen Mädchens«, bemerkte Damian. »Wie heißt Ihr wirklich?«

»Leona.«

»Leona und wie noch?«

»Einfach nur Leona!« Ihre Stimme hatte einen vorsichtigen Ton angenommen. So als müsse sie genau aufpassen, was sie antwortete. Damian hätte schwören können, dass sie log. Er versuchte, sich an die klaren Momente während seiner Fieberträume zu erinnern. Die Frau, die vor ihm stand und ihn mit einem Blick aus Neugier und Stolz ansah, hatte auf ihn nicht einen Augenblick den Eindruck gemacht, als wäre sie eine einfache Bauernmagd. Ganz im Gegenteil. Ihre aufrechte Körperhaltung verriet, dass sie als Mädchen tagelang mit einem Stundenbuch oder einer Bibel auf dem Kopf hatte umhergehen müssen. Wer schon als Kind im Stall mitarbeiten musste, hielt sich nicht dermaßen aufrecht. Er ging gebückt.

»Nun, Fräulein Einfach-nur-Leona«, sagte Damian augenzwinkernd. »Ich bin Euch zu großem Dank verpflichtet. Ihr habt mir das Leben gerettet.«

»Dankt lieber Eurem Pferd«, mischte sich die alte Frau ein. »Es hat mich und Johannes zu Eurem Wagen geführt. Der übrigens wieder repariert ist. Einer der Bauern der Umgebung hat die gebrochene Achse ausgetauscht und das Rad wieder befestigt.«

»Das hat er sicher nicht aus reiner Nächstenliebe getan.

Was habt Ihr bezahlen müssen? Selbstverständlich komme ich dafür auf.«

»Ich denke nicht, dass Ihr diese Art von Bezahlung übernehmen wollt«, sagte die Alte. »Ich habe ihm einen eitrigen Zahn gezogen.«

»Oh.«

»Ihr hattet doppelt Glück«, erklärte Leona. »Mara kennt sich in der Heilkunst aus. Sie hat Euer Schienbein zurück an den rechten Fleck geschoben und Eure Wunde genäht. Die Fäden sind noch im Fleisch. Sie müssen bald entfernt werden. Aber Ihr müsst Euch weiterhin schonen und dürft noch nicht aufstehen.«

Nun kannte Damian den Namen der alten Frau. Sie schien nicht die Mutter von Leona oder Großmutter des Jungen zu sein.

»Wie lange wird es dauern, bis ich wieder gehen kann?«, fragte Damian.

Leona sah fragend zu Mara, die zuckte mit den Schultern. »Ich fürchte, Ihr werdet Euch auf einen Sommer im Moor einrichten müssen.«

»Kann ich denn so lange auf Eure Gastfreundschaft zählen?«

»Bleibt uns denn etwas anderes übrig? Wenn wir Euch in diesem Zustand weiterziehen lassen, hätten wir Euch gleich im Graben liegen lassen können.«

»Ich hoffe sehr, dass ich mich eines Tages für Eure Großzügigkeit revanchieren kann.«

Skeptisch zog Mara den rechten Mundwinkel nach oben und verließ die Hütte wieder. Leona blieb.

»Wollt Ihr eine Schüssel Hirsebrei?«

»Ja, furchtbar gerne.«

Sie stand auf und ging nach draußen. Kurz darauf kam sie mit einer dampfenden Tonschüssel zurück.

»Der Brei ist noch heiß, besser, Ihr wartet noch einen Moment mit dem Essen.« Sie stellte die Schüssel neben Damian auf den Boden aus festgestampfter Erde.

»Leistet Ihr mir Gesellschaft?«, fragte er.

Leona zögerte. Schon glaubte Damian, dass sie ihm eine Abfuhr erteilen würde, aber dann hockte sie sich zu ihm.

»Danke.« Damian lächelte sie an, worauf sie den Blick senkte. Er hätte schwören können, dass sich ihre Wangen erneut rot färbten.

»Wie lange liege ich schon in Eurer Hütte?«

»Zwei Wochen. Ihr hattet hohes Fieber und habt fantasiert.«

Nun war es Damian, dem das Blut in die Wangen schoss. »Fantasiert? Um Himmels willen, habe ich unanständige Dinge gesagt?«

»Das weiß ich nicht«, sagte Leona. »Ich habe Eure Worte nicht verstanden, Ihr habt in einer Sprache gesprochen, die mir fremd ist, die aber eine wunderschöne Klangfarbe hat.«

»Uff, da bin ich erleichtert«, scherzte Damian.

»Welche Sprache sprecht Ihr?«

»Italienisch. Ich stamme aus Genua.«

»Genua«, wiederholte Leona, und Damian hätte schwören können, dass Sehnsucht in ihrer Stimme lag.

»Kennt Ihr meine Heimat?«

»Nein!« Schwang in ihrer Antwort Bedauern mit? »Ich habe diesen Wald in den letzten Jahren nicht verlassen.«

»Und davor?«

»Auch da nicht.« Mit einem Mal verschloss sich Leonas Miene. Damian spürte, dass es viel zu früh für weitere Fragen zu ihrer Vergangenheit war.

Eine Weile schwiegen beide, bis Leona wieder das Wort ergriff. »Ihr habt nicht nur gesprochen, sondern auch gesungen.«

»Ich habe gesungen?« Damian war entsetzt. »Ich bin ein lausiger Sänger. Es ehrt Euch, dass Ihr nicht davongelaufen seid, sondern mich weiter gepflegt habt.«

Sie lächelte. Dabei sah sie bezaubernd aus, und Damian hätte sie gerne noch länger schweigend angesehen, doch sie sprach weiter.

»Ich glaube, es war ein Wiegenlied.«

»Ninna nanna ninna oh?«

»Ja, genau. Das war es. Es hat sehr hübsch geklungen. Was bedeuten die Worte?«

»Gar nichts, sie sollen bloß beruhigen«, sagte Damian. »Erst die nächsten Sätze haben eine Bedeutung. Ninna nanna ninna oh, questo bimbo a chi lo do? Aber die wurden in meiner Familie nie gesungen.«

Leona sah ihn fragend an und wartete auf eine Antwort.

»Eigentlich ist es kein nettes Wiegenlied. Es heißt so viel wie: ›Wem soll ich dieses Kind geben?‹ Danach folgen noch schlimmere Sätze, die besagen, dass das Kind dem Teufel gegeben wird, wo es ein ganzes Jahr bleiben soll, bis es wieder still ist.«

»Du meine Güte«, entfuhr es Leona. »Das ist ja fürchterlich.« Sie schien entsetzt darüber, dass eine so nette Melodie von so grausamen Versen begleitet wurde.

Damian verzog den Mund entschuldigend. »Kommt es im Leben nicht oft vor, dass der Schein trügt und sich hinter einer scheinbar harmlosen Fassade in Wirklichkeit hässliche Bilder verbergen?«

Leonas Gesicht verschloss sich. Eine kleine Narbe färbte sich dunkel auf ihrer Wange. Sie schluckte.

»Da stimme ich Euch zu«, sagte sie leise, stand auf und strich ihren Rock glatt. »Ich denke, dass der Brei nun ausgekühlt ist.«

Dann verließ sie die Hütte und ließ Damian zurück. Er hätte sich selbst am liebsten auf den Mund geschlagen. Dachte Leona nun, dass er über sich selbst gesprochen hatte? Zum Glück würde er in den nächsten Tagen genug Möglichkeiten haben, die Sache richtigzustellen.

Damians allgemeiner Gesundheitszustand verbesserte sich rasch. Aber die Schmerzen in seinem Bein ließen nur langsam nach, und an Aufstehen war noch lange nicht zu denken. Sobald er aufrecht sitzen konnte, kehrte sein Appetit zurück. Mara verhielt sich anfangs ablehnend und reserviert. Sie antwortete nur knapp auf seine Fragen und machte kein Geheimnis daraus, dass sie den unerwünschten Gast lieber heute als morgen wieder loswerden wollte. Er war ein Eindringling, der den gewohnten Tagesablauf der Frauen störte. Ihr Widerstand begann langsam zu bröckeln, als sie erkannte, welch wertvolle Kräuter Damian mit sich führte.

»Ihr handelt mit Gewürzen?«, fragte sie.

»Ja, und mit Samen und Pflanzen, die ich auf meiner Reise gesammelt habe. Viele stammen aus den Bergen.«

»Pflanzen aus den Bergen?«

Damian bejahte und erklärte geduldig, wo er die Pflanzen gefunden hatte oder wer sie ihm verkauft hatte und über welche Wirkungen sie verfügten.

Maras Interesse war geweckt. Neugierig zerrieb sie getrocknete Blätter zwischen ihren Fingern, schnupperte daran und kostete.

»Würdet Ihr mir ein paar Samenkörner überlassen, damit ich im Frühjahr die eine oder andere Pflanze ziehen kann?«

»Selbstverständlich«, sagte Damian. »Nehmt Euch, was Ihr brauchen könnt.« Er war froh, dass Mara ihn um einen Gefallen bat, den er erfüllen konnte.

Während Mara sich nach und nach an seine Anwesenheit gewöhnte, schloss Johannes Damian von Anfang an bedingungslos ins Herz. Der Junge fragte ihn Löcher in den Bauch, über seine Reisen und über seine Heimat. Bereitwillig erzählte Damian ihm von dem beschwerlichen Weg über die Alpen, über die imposanten Berge, die schier bis in den Himmel ragten, und den kleinen Bächen, die während der Schneeschmelze zu reißenden Flüssen anschwollen. Er redete über Genua, das Meer und die genuesische Schifffahrt. Die Galeeren, die bis nach Afrika segelten und große Gebiete auf der Iberischen Halbinsel erobert hatten. Während Damian Johannes' Neugier befriedigte, beobachtete er Leona aus den Augenwinkeln. Sie hörte ebenso aufmerksam zu wie ihr Sohn und hing förmlich an seinen Lippen. Damian beschrieb Genua, den Hafen und die üppigen Märkte, auf denen Kaufleute Waren aus aller Welt anpriesen. Er berichtete von riesigen Kathedralen, deren Türme hoch in den Himmel ragten, und von bunten Fresken und herrlichen Gemälden. Wenn er Szenen aus seiner Familie schilderte, ertappte er sich dabei, einen Anflug von Heimweh zu verspüren.

»Ihr könnt von Eurem Zimmer aus auf den Hafen blicken und die Schiffe beobachten?«, fragte Leona fasziniert.

»Ja«, sagte Damian schlicht.

»Und in Eurem Garten wachsen Orangen- und Feigenbäume?«

»Ja.«

»Eure Schwägerin ist die beste Köchin der Welt, und Ihr liebt Eure Familie, Eure Eltern, Brüder und Neffen?«

»Ja.«

»Und trotzdem seid Ihr über die Alpen gezogen und hier gelandet?«

»Selbst in der wundervollsten Stadt der Welt kann man sich eingesperrt fühlen.«

»Hm!«

Statt zu antworten, widmete Leona sich der Salbe, die sie anrührte. Aber sie hörte weiter zu, als Damian Johannes ein paar seiner Abenteuer auf dem Meer schilderte.

Sobald Damian Leona Fragen stellte und mit ihr über sie sprechen wollte und nicht über sich selbst, wich Leona ihm aus. So als würde sie sich vor ihrer eigenen Vergangenheit fürchten. Es war, als hätte die hübsche Frau eine dicke Mauer um sich errichtet, ähnlich einer Wehranlage einer Burg. Hinter dieses Bollwerk hatten nur zwei Menschen Zutritt: Mara und Johannes. Damian war sich sicher, dass sie ein dunkles Geheimnis hütete, das für die Schatten in ihrem Gesicht und die Narbe auf ihrer Wange verantwortlich war. Mit jedem Tag, den Damian in ihrer Nähe verbrachte, wurde sein Wunsch stärker, dieses Geheimnis zu lüften und die Schatten aus ihrem Gesicht zu vertreiben. Sein Herz schlug schneller, wenn sie lächelte, und er machte es sich zum Ziel, diesen Zustand so oft wie nur irgendwie möglich herbeizuführen. In seinen Erinnerungen suchte er nach möglichst lustigen Anekdoten über seine Neffen, seine Brüder und sich selbst. Und wenn es ihm gelang, sie aufzuheitern, sodass die Grübchen in ihren Wangen hervortraten, lief eine Gänsehaut über seinen Rücken, und er fühlte sich sonderbar glücklich, wie er es noch nie in der Gegenwart einer Frau erlebt hatte.

An einem warmen Sommertag, der schon in der Früh nach frischem Gras und saftigen Mohnblumen duftete, überreichte Leona Damian ein Paar notdürftig zusammengebastelte Krücken.

»Hier«, sagte sie. »Ihr dürft aufstehen, aber auf keinen Fall Euer Bein belasten!«

»Ich werde mich bemühen.«

Mühevoll wälzte er sich aus dem Bett und setzte sich auf. Mit den Krücken würde er sein Lager verlassen und selbstständig im Wald seine Notdurft verrichten können. Im Moment brachte eine der beiden Frauen ihm eine Schüssel zu diesem Zwecke. Was Damian äußerst unangenehm war.

Mit Leonas Hilfe richtete er sich auf und stützte sich auf die beiden Krücken. In aufrechter Haltung floss das Blut in sein Bein, ein pulsierender Schmerz nahm ihm die Luft zum Atmen. Damian wurde schwarz vor Augen. Schweißtropfen bildeten sich auf seiner Stirn.

»Wollt Ihr Euch wieder setzen?« Leona fasste ihn besorgt unter der Achsel.

Tapfer schüttelte Damian den Kopf und atmete tief durch. Der Schwindel ließ nach.

»Ihr könnt Euch an meiner Schulter abstützen, wenn das einfacher für Euch ist«, bot sie an.

Bereitwillig nahm Damian das Angebot an. Leona zog ihn noch enger an sich und übernahm etwas von seinem Gewicht.

»In jeder anderen Situation hätte ich die körperliche Nähe zu Euch genossen.« Er grinste schief.

»Vergesst Eure Gedanken schnell wieder, und versucht, einen Schritt zu machen.«

»Glaubt mir, meine Liebe, im Moment habe ich damit zu kämpfen, nicht auf der Stelle zurück aufs Lager zu sinken. Und zwar ohne die geringsten unsittlichen Hintergedanken.«

»Verschwendet Eure Kraft nicht fürs Schwatzen, sondern spart sie zum Gehen auf.«

Damian gehorchte und schwieg. Die ungewohnte Anstrengung brachte sein Herz zum Rasen. Unglaublich, wie schwach er sich plötzlich wieder fühlte. Dabei hatte er zuvor in liegendem Zustand noch gedacht, er könnte Bäume ausreißen. Der erste gehumpelte Schritt kostete ihn so viel Anstrengung wie noch vor Wochen eine fünfstündige Wanderung.

»Es tut mir leid, ich glaube ...«

»Ach, du meine Güte. Ihr werdet mir doch jetzt nicht ohnmächtig werden.« Leona umfasste ihn nun mit beiden Armen, damit er nicht umfiel, und hielt ihn fest. Damian zwang sich zum langsamen Atmen. Das Sausen in seinen Ohren ließ nach, und die Wände, die eben noch drohten, auf ihn einzustürzen, rückten wieder zurück an den Platz, wo sie hingehörten.

Leonas Gesicht war nun ganz dicht an seinem. Er konnte die hellen Sommersprossen auf ihrer zarten Haut sehen und wünschte sich nichts sehnlicher, als mit den Fingerkuppen darüberzustreichen. Die Narbe war inzwischen ganz blass. Als sie bemerkte, dass wieder Farbe in seine Wangen zurückkehrte, nahm sie von ihm Abstand und räusperte sich.

»Vielleicht reicht es, wenn wir bis zur Hüttentür gehen und wieder zurück zum Schlaflager«, schlug sie vor und klang dabei verlegen. Ob sie seinen Wunsch, sie zu berühren, gespürt hatte und deshalb nun auswich?

»Ich würde gerne vor die Tür gehen«, sagte Damian mit beschlagener Stimme. Warum hatte es sich so seltsam vertraut angefühlt, als sie eben Wange an Wange gestanden hatten? So etwas war ihm noch nie mit einer Frau passiert, und Damian hatte in dieser Hinsicht wahrlich genug Erfahrungen gesammelt. Er kannte das Gefühl, eine Frau für sich gewinnen zu wollen. Es war eine Art Spiel, das er in den letzten Jahren zur Genüge geübt hatte. Oft war es geprägt von Verlangen und dem Wunsch zu erobern. Aber bis jetzt war es keiner Frau gelungen, Damians ehrliche Neugier zu wecken. Leona war die Erste.

»Fühlt Ihr Euch stark genug?«

»Nein«, gab er zu. »Aber wenn mir erneut schwarz vor Augen wird, werdet Ihr mich vor einem Sturz bewahren, was ich äußerst erstrebenswert finde.« Wie immer, wenn er sich verlegen fühlte, suchte er Schutz im Humor. Er riss über sich selbst Witze. Das funktionierte meist.

So auch jetzt. Mit gespielter Empörung schüttelte Leona den Kopf. Das amüsierte Funkeln in ihren Augen verriet Damian, dass sie anfing, das Geplänkel zwischen ihnen zu genießen. Gemeinsam schafften sie es bis vor die Hütte. Wo sich an der Hausmauer eine schmale Bank befand. Damian nahm erschöpft darauf Platz.

»Leistet Ihr mir Gesellschaft?«, fragte er und schaute auf die Sitzfläche neben sich. Zu seiner großen Überraschung ließ sie sich nieder.

»Warum habt Ihr Genua verlassen?«, fragte Leona unvermittelt.

»Das habe ich Euch doch schon gesagt. Die Stadt wurde mir zu eng, und ich wollte neue Pflanzen und Kräuter finden.«

»Habt Ihr es jemals bereut, dass Ihr Eure Familie und Eure Heimat aufgegeben habt?«

»Ich habe weder das eine noch das andere aufgegeben, sondern mich auf Wanderschaft begeben, um Neues zu entdecken. Ich kann jederzeit zurückkehren, und ich denke, dass die Zeit dazu bald gekommen ist.«

»Es muss schön sein, wenn man einen Ort hat, den man seine Heimat nennen kann und es dort Menschen gibt, die auf einen warten.«

»Was ist mit Eurer Heimat? Ich kann nicht glauben, dass Ihr immer hier im Wald gelebt habt.«

Damian wartete voll angespannter Neugier. Würde sie aufstehen und gehen? Schon drückte sie sich von der Bank hoch, doch Damian hielt sie zurück.

»Nein, bitte bleibt.« Er ergriff ihre Hand, zuckte aber sofort wieder zurück, als er ihren alarmierten Blick wahrnahm.

»Ich hatte eine Heimat und eine Familie«, sagte Leona traurig. »Aber beides gehört der Vergangenheit an. Jetzt ist diese Hütte mein Zuhause, und Mara und Johannes sind meine Familie.«

Damian hatte gehofft, mehr zu erfahren. Aber Leona zeigte deutlich, dass sie nicht mehr von sich preisgeben würde. Damian gab sich vorerst damit zufrieden.

»Ich höre Euch gerne zu, wenn Ihr von Genua erzählt«, gab Leona zu.

»Das habe ich bemerkt.«

Verlegen neigte Leona den Kopf zur Seite.

»Und es freut und ehrt mich«, beeilte sich Damian.

»Ihr seid wirklich mit einem Schiff bis zu einem anderen Kontinent gesegelt?«

Sie richtete ihren Blick wieder auf ihn, und in ihren Augen lag eine unerfüllte Sehnsucht, die ihn berührte.

»Ich muss zugeben, dass ich kein begeisterter Seefahrer

bin«, gestand Damian. »Auf meiner letzten Reise wurde unser Schiff von Piraten überfallen. Der Zufall hat mich überleben lassen. Danach habe ich mir geschworen, nie wieder ein Schiff zu besteigen. Mir wurde davor schon ständig schlecht vom Wellengang. Außerdem wollte ich nie wieder eine Waffe in die Hand nehmen.«

»Ist das der Grund, warum sich keine Waffe auf Eurem Wagen befindet?«

»Ich trage keine Waffe, weil ich nicht glaube, dass sie mir Schutz bieten würde.«

»Aber wie wollt Ihr Euch bei einem Überfall verteidigen?«

»Glaubt Ihr wirklich, dass ein Schwert mich vor Räubern bewahren könnte? Wenn mich eine Bande ausrauben will, dann geht das schneller, wenn ich mich nicht dagegen wehre. Und vor allem schmerzfreier.«

Leona wirkte verwirrt.

»Ihr habt auch keinen Dolch? Keine Armbrust? Keinen Morgenstern?«

»Um Himmels willen, nein. Was soll ich mit dem Zeug?«

»Ihr seid ein merkwürdiger Mann«, sagte sie nachdenklich.

»Ich nehme das als Kompliment.«

Leona lächelte, und Damian fühlte sich auf fast magische Weise zu ihr hingezogen.

Ob sie ähnlich empfand? Etwas verlegen rückte sie von ihm weg und fragte: »Wohin wart Ihr unterwegs, bevor Ihr im Graben gelandet seid?«

»Das Kloster zu Zwettl. Ich sollte dort einen Brief bei Abt

Ebro abgeben, der mir auf der Burg Aggstein mitgegeben wurde. Der gute Mann wird auf die Nachricht wohl noch ein Weilchen warten müssen.«

Mit einem Schlag verloren Leonas Wangen die Farbe. Ihr Körper spannte sich an, und sie rückte noch weiter von ihm ab.

»Ihr wart auf Burg Aggstein?« Ihre Stimme klang heiser.

»Ja, ich habe dort überraschend lukrative Geschäfte gemacht.« Nur zu gut erinnerte Damian sich an die beiden Damen, die ihn in ihre kleinen Ehegeheimnisse eingeweiht hatten, und an die Kammerfrau, die ebenfalls seine Hilfe erbeten hatte.

»Seid Ihr mit den Kuenringern befreundet?« Ihre Frage war kaum zu hören, so leise sprach sie.

»Nein!«, antwortete Damian wahrheitsgemäß. »Ein Kaufmann in Melk hat mir geraten, die Burg aufzusuchen, weil die Burgherrin auf der Suche nach speziellen Heilkräutern war. Ich hatte nicht vorgehabt, die Nacht dort zu verbringen. Aber ich konnte das großzügige Angebot der Gastfreundschaft nicht ausschlagen.«

»Ihr wärt besser gefahren, hättet Ihr das Angebot abgelehnt«, sagte Leona. Dann stand sie abrupt auf und ließ ihn ohne weitere Erklärung allein sitzen. Statt der gewünschten Antworten beschäftigten Damian nun noch mehr Fragen als zuvor.

Das Gewitter, das sich bereits in der Früh mit schwüler, stehender Luft angekündigt hatte, ließ nun nicht mehr länger auf sich warten. Von Westen her bauten sich turmhohe schwarze Wolken auf. Heftige Sturmböen peitschten die Äste der Lärchen vor der Hütte gegen das Dach. Schon zuckte der erste Blitz, und kurz darauf erklang ein dumpfes Donnergrollen.

»Schnell, Johannes. Komm in die Hütte«, rief Leona. Rasch riss sie die Wäsche von der Wäscheleine, die sie vor einer Stunde zum Trocknen aufgehängt hatte, warf alles in einen Korb und lief zur Tür. Dabei stieß sie beinahe mit Damian zusammen.

»Was wollt Ihr denn hier? Geht wieder zurück. Es gewittert«, fuhr sie ihn an.

»Genau deshalb muss ich hinaus«, erklärte er. »Enzo fürchtet sich vor dem Donner. Er wird ganz nervös. Ich möchte ihn beruhigen.«

Für einen Moment verschlug es Leona die Sprache. Der Mann wollte zu seinem Pferd?

»Ich bleibe auch bei Enzo«, erklärte Johannes tapfer. Er stellte sich neben Damian, bereit, mit ihm in den Regen zu gehen.

»Aber du hast Angst vor dem Donner«, widersprach Leona.

Entschlossen zuckte der Junge mit den Schultern und verschränkte die Arme vor der Brust. »Damian ist ja auch dabei.«

»Und du meinst, der kann dich vor einschlagenden Blitzen beschützen?«

Ärgerlich versuchte Leona, ihren Sohn in die Hütte zu schieben, aber er wehrte sich, grätschte seine Beine und hielt sich im Türrahmen fest.

Leona wandte sich an Damian. »Ihr habt völlig den Verstand verloren!«, schimpfte sie. »Das Pferd steht unter einem Verschlag, es wird kaum nass werden. In einer Stunde ist alles wieder vorüber. Ihr werdet Euch bloß eine Erkältung einhandeln, was Eurer Genesung alles andere als dienlich wäre.«

»Enzo ist mir seit Jahren ein treuer Gefährte. Ich werde ihn nicht unnötig leiden lassen«, beharrte Damian. »Und jetzt geht bitte zur Seite. Es ist schwierig, sich mit Krücken an Euch vorbeizudrücken.«

Sprachlos verfolgte Leona mit den Augen den humpelnden Kaufmann, wie er dem Sturm trotzend zu seinem Pferd humpelte, um sich neben ihm unter einem notdürftig zusammengebastelten Blätterdach niederzulassen. Johannes nutzte die Gelegenheit und versuchte, an ihr vorbeizuschlüpfen.

»Hiergeblieben, junger Mann!« Leona hielt ihn an seinem Hemdzipfel fest.

»Aber ich will auch bei Enzo bleiben. Er ist das beste Pferd, das ich kenne.«

»Es ist das einzige Pferd, das du kennst.«

»Bitte, Mama«, jammerte Johannes. »Wenn ich mich fürchte, dann komm ich in die Hütte, versprochen.«

Das unruhige Schnaufen und Wiehern des Pferdes wurde augenblicklich leiser, sobald Damian neben ihm hockte.

Leona rang mit sich. Auf der einen Seite fand sie es rührend, dass Johannes sich um das Pferd sorgte, und sie bewunderte seinen Mut. Bis jetzt war er bei jedem Gewitter unter die Decke auf seinem Schlaflager geflohen. Auf der anderen Seite ärgerte sie sich darüber, dass ausgerechnet ein Fremder ihn zu dieser waghalsigen und mutigen Tat anstiftete. Mara nahm ihr die Entscheidung ab. Sie hatte gerade die Hühner zurück in den Stall getrieben und sagte leise:

»Ach, lass den Jungen doch zum Pferd. Wenn ein Blitz einschlägt, dann sucht er sich dafür einen der hohen Bäume, nicht aber den niedrigen Unterstand. Ich denke, dass Johannes dort sicher ist.«

Widerwillig gab Leona nach und ließ Johannes gehen. Nicht wirklich überzeugt von ihrer Entscheidung, betrat sie gemeinsam mit Mara die Hütte. Während sie die Wäsche ausschüttelte und aufhängte, schaute sie immer wieder aus dem winzigen Fenster zu ihrem Sohn. Der hockte unter dem Verschlag aus Weidenästen und Blättern neben Damian. Beim nächsten Donnergrollen zuckte er zusammen, stand aber tapfer auf und streichelte beruhigend über den Bauch des Pferdes. Es war erstaunlich, dass Enzo nun völlig aufgehört hatte zu wiehern. Ganz so, als könnte ihm das Unwetter nichts anhaben, solange die beiden bei ihm waren. Dabei tobte das Gewitter nun mit einer Heftigkeit, als gelte es den Untergang der Welt anzukündigen. Der Wind brach Äste ab, Regen peitschte vom Himmel, und die Blitze erhellten den dunklen Himmel mit gleißendem Licht. Doch Johannes harrte bei Damian aus. Sowohl sein Haar als auch seine Kleidung waren völlig durchnässt. Zum Glück war es nicht wirklich kalt.

Eine Sturmbö fetzte die Wäscheleine vom Baum, auf der vor Kurzem noch die Laken zum Trocknen gehangen hatten.

Die Schnur tanzte nun einen grotesk anmutenden Tanz im Wind. Leona versuchte, sich auf ihre Aufgabe zu konzentrieren. Vor ihr stand ein Korb mit Flickarbeit. Aber es wollte ihr nicht gelingen. Ihre Aufmerksamkeit galt ihrem Sohn und dem Fremden, der sein Pferd nicht leiden lassen wollte. Nach schier einer Ewigkeit ließen die Blitze nach. Der Sturm wurde schwächer, und die Donner waren nur noch ein leises Brummen in weiter Ferne. Dafür setzte ein kalter, starker Regen ein. Damian und Johannes schoben das Dach aus Weidenruten wieder zurecht, sodass Enzo möglichst im Trockenen stand. Dann kamen sie völlig durchnässt in die Hütte.

»Was für ein Regen.« Damian lachte. Johannes strahlte förmlich vor Stolz. Es war, als wäre der Junge in der letzten Stunde um einen Kopf gewachsen. Er hatte seine eigene Angst besiegt. Ein Erfolg, den er dem Kaufmann verdankte.

Mara reichte Damian ein trockenes Tuch, während Leona Johannes ungefragt in eine Wolldecke einhüllte und abrubbelte. Genau in dem Moment hämmerte es laut gegen die Tür.

Leona hielt in ihrer Bewegung inne. »Wer kann das sein?«

»Vielleicht jemand, der unsere Hilfe braucht.« Mara stand auf, um zu öffnen. Ein kleiner Angstschrei entfuhr ihr. Vor der Hütte standen zwei fremde Männer in schmutzigen Kettenhemden. Sie waren über und über mit Schlamm bespritzt und sahen alles andere als freundlich aus.

»Wir müssen uns aufwärmen, tretet zur Seite«, forderte der eine unwirsch. Er war klein und untersetzt. Sein Gesicht war voller Pockennarben, und eine hässliche, schlecht verheilte Narbe zog sich über seine rechte Wange. Der andere war dünner und deutlich jünger. Aber auch er schien schon einige Kämpfe hinter sich zu haben, denn ihm fehlte ein Ohr.

Unschlüssig blickte Mara über ihre Schulter in die Hütte. Es war ihr anzusehen, dass sie den Fremden nicht traute. Aber was konnte sie schon gegen die Männer ausrichten? Sie waren schwer bewaffnet, mit Schwertern und Messern. Einer führte einen Morgenstern mit sich. Wenn Mara nicht freiwillig zur Seite trat, dann verschafften sich die Krieger mit Gewalt Eintritt.

Leona war wie gelähmt vor Angst. Sie drückte Johannes fest an sich und zog ihn mit sich in eine Ecke des Raums, wo sie in die Hocke ging und sich am liebsten unsichtbar gemacht hätte.

Damian warf ihr einen besorgten Blick zu, dann legte er das Tuch, mit dem er sich eben noch abgetrocknet hatte, zur Seite und humpelte zur Tür.

»Wenn Ihr in die Hütte wollt, müsst Ihr die Waffen abnehmen und vor der Tür liegen lassen«, sagte er bestimmt. Die Männer wirkten irritiert.

»Wir sollen unsere Waffen ablegen?«, fragte der Jüngere, und der andere lachte humorlos auf.

»So lauten die Hausregeln.« Damian blieb völlig unbeirrt. Seine Stimme klang angstfrei. Es war klar, dass er keine Widerrede duldete und die Männer ganz sicher nicht mit Waffen in die Hütte lassen würde. Aber wie wollte er die kampferprobten Soldaten davon abhalten? Er selbst besaß weder ein Schwert noch einen Dolch.

»Und was, wenn wir uns nicht an die Hausordnung halten wollen?« Der Kleinere grinste frech und legte dabei eine Reihe schwarzer Stummelzähne frei. »Willst du uns mit deinen Krücken aufhalten?«

Damian ignorierte die Tatsache, dass der Mann ihn geduzt hatte.

»Ich nehme an, Ihr seid Söldner«, sagte er. »Kein Burgherr wird Euch in seinen Diensten aufnehmen, wenn er erfährt, dass Ihr Euch mit der Kirche angelegt habt.«

Leona stand mit dem Rücken zur Wand in einer Ecke und glaubte, sich eben verhört zu haben. Was redete der Kaufmann da? War er zuvor vom Blitz getroffen worden und sein Geist nun verwirrt?

Doch seine Worte zeigten Wirkung. Der Jüngere der Männer runzelte misstrauisch die Stirn. »Warum sollten wir uns mit der Kirche anlegen?«

»Die beiden Frauen und der Junge stehen unter dem persönlichen Schutz von Abt Ebro. Ich kann das mit einem Schreiben bezeugen.«

Leona erstarrte. Es bestand kein Zweifel, der Mann hatte seinen Verstand verloren. Abt Ebro hasste sie so wie alle anderen Frauen auf dieser Welt. Er war davon überzeugt, dass Frauen ein Fehler der Natur waren. Mängelwesen, die nur dazu bestimmt waren, Kinder zu gebären. Sie waren schwach an Körper, Geist und Moral und eine Gefahr für das Seelenheil des Mannes. Diese Worte hatte sie aus seinem

Mund gehört. Warum sollte gerade dieser Abt sie beschützen wollen?

Aber Damian schien von seiner Idee überzeugt. Er humpelte zu seinem Schlaflager und ließ sich nicht sonderlich elegant daraufplumpsen. Geschickt holte er aus seiner ledernen Satteltasche, die danebenlag, das Schreiben, das er von den Kuenringern übernommen hatte und das an Abt Ebro gerichtet war, heraus.

»Hier, bitte!« Wichtig hielt er den beiden Männern, von denen anzunehmen war, dass sie beide nicht lesen konnten, den versiegelten Brief entgegen.

»Das kann irgendein Schreiben sein«, sagte der Kleine, doch er klang nun nicht mehr ganz so überheblich und bedrohlich wie noch vor ein paar Augenblicken.

»Ja, das könnte es. Ist es aber nicht. Es trägt den Namen des Abtes.« Damian hielt seinen Zeigefinger darauf, verschwieg aber, dass der Brief nicht vom Abt stammte, sondern an ihn gerichtet war.

Unschlüssig traten die Männer von einem Fuß auf den anderen. Der Kleinere zitterte. Seine Stummelzähne klapperten laut aufeinander.

»Ach, sei es drum«, sagte er und warf sein Schwert auf den Boden. »Mir ist saukalt. Ich will mich aufwärmen.«

Der Jüngere zögerte, doch als er sah, dass sein Kumpan alle Waffen ablegte, tat er es ihm gleich.

»Kettenhemden braucht Ihr hier auch nicht, das kann ich Euch versichern«, sagte Damian.

»Ihr wollt, dass wir unsere Rüstung ablegen?«

»Niemand hier wird Euch mit einem Küchenmesser attackieren, versprochen.«

»Ist ohnehin bequemer ohne das schwere Ding«, sagte der Kleinere. Schon zwängte er sich aus dem schweren Hemd, das aus zusammengehängten Metallringen bestand und ein kleines Vermögen wert war. Er hängte es über ein paar Holzscheite unter dem Vordach der Hütte.

»Na bitte, es geht ja«, sagte Damian zufrieden. Auch der Jüngere schlüpfte aus seinem Hemd.

Ohne Waffen, in einfachen nassen Hemden und Beinlingen wirkten die beiden Männer harmlos. Es schien, als hätten sie auch die Überzeugung, dass sie sich mit Waffengewalt alles nehmen konnten, was sie begehrten, vor der Tür liegen lassen.

»Wollt Ihr einen Teller Suppe?«, fragte Mara. Ohne die Antwort abzuwarten, schöpfte sie gekochtes Gemüse aus dem Topf in zwei Holzschüsseln.

»Danke!« Die Männer ließen sich neben der Feuerstelle auf dem Boden nieder. Gierig löffelten sie mit eigenen Holzlöffeln, die sie mit sich führten, die Schüsseln leer. Leona beobachtete die beiden argwöhnisch. Ihr Herz raste immer noch, aber es beruhigte sich langsam wieder. Auch Damian ließ die Fremden nicht aus den Augen. Ob er den Männern nicht traute?

Als Johannes sich aus Leonas Umklammerung löste, ließ sie ihn gewähren. Die größte Gefahr schien vorerst gebannt. Der Junge hockte sich neben Damian auf den Boden und legte ihm die Hand auf den Oberschenkel, so als würde er ihn seit Jahren kennen. Einen kurzen Moment sah es so aus, als würde der Kaufmann die kleine Hand wegschieben wollen, doch dann bedachte er Johannes mit einem freundlichen Blick, der Leona rührte und zugleich beunruhigte. War es gut, dass Johannes sein Herz einem Fremden öffnete, der in wenigen Wochen wieder gehen würde?

»Wollt Ihr noch mehr?«, fragte Mara.

»Habt vielen Dank«, sagte der Jüngere höflich und hielt Mara seine Schüssel bittend entgegen. Bereitwillig füllte sie sie erneut auf. Als die Männer satt waren, rückte Damian näher.

»Woher stammt Ihr?«, fragte er.

»Aus dem Westen. Wir haben gehört, dass die Kuenringer und ihre Verbündeten sich gegen Herzog Friedrich den Streitbaren erheben werden.«

»Und wem wollt Ihr Eure Dienste anbieten?«

Der Jüngere zuckte mit den Schultern. »Dem, der uns am meisten bezahlen wird. Zuerst werden wir in Gars am Kamp nachfragen. Angeblich ist der junge Burgherr sehr auf seine Sicherheit bedacht und bereit, eine ordentliche Summe dafür zu zahlen, dass er beschützt wird.«

Der Kleinere nickte zustimmend. »Und wenn das nichts wird, dann wandern wir wieder Richtung Krems und weiter nach Aggstein. Wir fragen direkt bei den Kuenringern an. Hadmar und sein Bruder Heinrich werden viele Männer brauchen, wenn sie gegen den Herzog in den Krieg ziehen.«

Leonas Körperhaltung veränderte sich, und sie zog erneut den Kopf ein, so als wollte sie sich unsichtbar machen. Ihre Angst hatte etwas mit den Kuenringern zu tun und mit dem Abt aus Zwettl, daran bestand kein Zweifel.

»Habt Ihr keine Sorge, Ihr könntet Euch auf die falsche Seite schlagen?«, gab Damian zu bedenken.

»Wie gesagt, wir sind Söldner. Es interessiert uns nicht, wer im Recht oder Unrecht ist, sondern bloß, wer am meisten Münzen zahlt.« Der Kleinere lachte. »Und das sind im Moment die Kuenringer und ihre Verbündeten.«

»Heißt das, Ihr wäret auch bereit, die Seiten zu wechseln?«

»Nicht während einer Schlacht«, sagte der Jüngere ernst. »So was gehört sich nicht.« Er stand auf. Das Feuer hatte eine Seite seines Hemdes wieder getrocknet. »Mal sehen, ob der Regen schon nachgelassen hat.« Er ging zum Fenster und schaute hinaus. »Verdammt«, fluchte er. »Es schüttet wie verrückt, und es hat empfindlich abgekühlt. Bei diesem Wetter ist ein Weiterziehen undenkbar.«

»Können wir die Nacht hier verbringen?«, bat der Kleinere. Er richtete seine Frage an Damian, so als wäre er der Hausherr.

Der zuckte amüsiert mit den Schultern. »Das müsst Ihr die Damen des Hauses fragen.« Als er Leona fragend ansah, hatten seine hellbraunen Bernsteinaugen eine überraschend beruhigende Wirkung auf sie. Ihre Hände hatten aufgehört zu zittern.

»Ihr könnt Euch auf den Boden neben der Feuerstelle legen«, bestimmte Mara. »Aber wir haben keine zusätzlichen Decken. Ihr müsst mit dem blanken Boden vorliebnehmen.«

»Das reicht völlig. Vielen Dank.«

Leona stand auf und hob die leeren Holzschüsseln vom Boden auf. Dabei bemerkte sie, dass Damian sie beobachtete. In seinem Blick lagen Neugier und Sehnsucht. Beunruhigt stellte Leona fest, dass diese Gefühle genau dem entsprachen, was sie selbst empfand. Wie konnte es nur sein, dass sie sich zu einem Mann hingezogen fühlte? Nach dem, was Hadmar ihr angetan hatte, sollte sie sich für immer von ihnen fernhalten.

In dieser Nacht fand Leona keinen Schlaf. Das lag nicht an den laut schnarchenden Söldnern, die ohne Waffen und Kettenhemden wie friedliche Pilger und nicht wie gefährliche Krieger aussahen. Sondern vielmehr daran, dass sie über Damian nachdachte. Der Kaufmann stellte ihr Bild von der Welt auf den Kopf. Noch nie zuvor war sie einem Mann begegnet, der den Kampf verabscheute und selbst keine Waffen trug, ohne dabei ein Feigling zu sein wie Gotthart. Ganz im Gegenteil. Damian hatte, ohne mit seinen dichten, langen Wimpern zu zucken, die beiden Söldner angelogen und so verhindert, dass die Männer gewaltsam in die Hütte eingedrungen waren. Sollte sie ihn wegen seines Mutes bewundern oder wegen seiner Dreistigkeit verachten? Der Genuese hatte Johannes' Herz im Sturm erobert, und wie stand es um sie selbst? Sie mochte sein Lachen und seine ruhige Neugier, die allem galt, was ihm fremd war. Sein echtes Interesse an ihr und an Johannes schmeichelte ihr. Wenn er dicht neben ihr stand, ertappte sie sich dabei, wie sie sich zu ihm hingezogen fühlte. Dieser Wunsch, ihm nah zu sein, ängstigte sie. So nett er sein mochte, er war ein Mann. Und auch wenn sie die Gespräche mit ihm als Bereicherung erlebte und gerne mehr über ihn erfahren wollte, so war ihr stets die Gefahr bewusst, die möglicherweise von ihm ausging. Im Moment war er angeschlagen und konnte sich nur eingeschränkt bewegen. Aber wie würde er agieren, wenn er wieder bei Kräften war? Einigen seiner Bemerkungen hatte sie entnommen, dass er Frauen ganz und gar nicht abgeneigt war. Wie viele hatte er wohl schon auf seiner Reise unglücklich gemacht oder gar mit ungewünschten Kindern zurückgelassen? Vielleicht war er verheiratet. Auch das war möglich. Sie wusste so wenig über ihn, und die paar Informationen, die sie hatte, konnten genauso gut gelogen sein.

Wie oft Leona die Sache auch drehte und wendete, sie kam immer zum selben Ergebnis: Damian stellte ein Risiko dar, und je länger er hier war, umso größer wurde die Gefahr, die von ihm ausging. Wie lange würde es noch dauern, bis er weiterziehen konnte? Er war ein zäher Bursche, der schnell genas. Zwei Wochen? Vielleicht drei? Leona zog die Decke enger um ihren Körper. Sobald er weg war, würde ihr Leben wieder seinen gewohnten Lauf nehmen. Aber war es das, was sie sich ersehnte? Ein Leben, das nicht nur ruhig, sondern auch langweilig war? Schon jetzt wusste Leona, dass sie Damian vermissen würde. Er war wie die Kräuter, die man einem wohlschmeckenden Eintopf zufügte. Ohne sie war die Speise leer und fad.

Die beiden Söldner brachen am nächsten Tag vor Sonnenaufgang auf. Sie hatten es eilig, ihre Kettenhemden und Waffen wieder anzulegen, so als fühlten sie sich unvollständig ohne ihre Ausrüstung. Erleichtert sahen Leona und Mara den Männern nach.

»Ich hoffe, sie kehren nicht zurück«, sagte Mara.

»Warum sollten sie?«, fragte Damian. »Mit Sicherheit werden sie von einem der Verbündeten der Kuenringer in den Dienst genommen.«

Diesmal schien Damian über Leonas Reaktion nicht überrascht. Es war, als hätte er damit gerechnet wie mit einem Reflex, gegen den sie sich nicht wehren konnte. Sobald der Name fiel, zuckte sie zusammen.

»Die Männer haben unsere ganze Gemüsesuppe aufgegessen«, seufzte Mara. »Eigentlich wollte ich heute nicht kochen, aber wenn wir etwas essen wollen, wird mir wohl nichts anderes übrig bleiben.« Noch während sie sprach, machte sie sich ans Rübenputzen und Zwiebelschälen.

»Eure Suppen haben einen scharfen, pfeffrigen Nachgeschmack«, bemerkte Damian. »Woher stammt der Pfeffer, den Ihr zum Würzen verwendet? Von meinem fehlt kein Körnchen, und bis jetzt habe ich keinen Kaufmann vorbeikommen sehen, der Euch welchen verkauft hätte. Besucht Ihr heimlich einen Markt?«

»Ich verfüge über keinen Pfeffer«, erklärte Mara. »Das teure Zeug kenne ich nur vom Hörensagen.«

»Das kann nicht sein. Ich habe ihn doch eindeutig geschmeckt«, protestierte Damian.

Leona grinste. Als sie zum ersten Mal von Maras Gemüsesuppe gekostet hatte, war es ihr ähnlich ergangen. Sie war die kostbarsten Gewürze aus Hildes Küche gewöhnt gewesen.

»Mara würzt mit einer Mischung, deren Hauptbestandteil Pfeilkressesamen sind«, klärte sie auf.

»Ich habe von der Pflanze noch nie gehört.« Seine Neugier war geweckt. Interessiert richtete er sich auf.

»Es ist eine genügsame krautige Pflanze, die am Wegrand wächst und völlig unscheinbar aussieht. Doch ihr Samen ist scharf und würzig. Leider hält sich der Geschmack nicht, wenn man den Samen verkocht. Daher darf man die Körner den Speisen erst zugeben, wenn sie bereits abkühlen. Manche Menschen mögen die schwarzen Körnchen nicht.«

»Ich habe gedacht, dass es sich um Pfefferkörner handelt«, gab Damian zu.

»Da seid Ihr nicht der Erste, dem es so ergeht«, Mara warf die geputzten Rübenstücke in einen Topf.

»Leider kann ich nicht sagen, ob etwas dran ist, denn ich habe noch nie echten Pfeffer gekostet.«

»Dem können wir Abhilfe schaffen.« Damian humpelte auf seinen Krücken in die Ecke der Hütte, wo ein Teil seiner Ware lagerte. Der Rest lag im Verschlag neben der Hütte. Unter den großen Säcken befand sich ein winzig kleines Säckchen. Er suchte danach und stieß erleichtert die Luft aus, als er es fand. Stolz hielt er es Mara entgegen.

»Das ist der letzte Rest, den ich noch habe«, sagte er. »Leider ist nicht mehr viel übrig, aber genug, um den Geschmack echten Pfeffers zu probieren.«

Voller Ehrfurcht ergriff Mara das Säckchen. »Ich habe noch nie etwas so Kostbares in meinen Händen gehalten.«

Damian verzog den Mund zu einem schiefen Grinsen. »Das hängt ganz davon ab, wie man ›kostbar‹ definiert. In vielen wohlhabenden Haushalten ist Pfeffer so alltäglich wie Salz.«

»Ich besitze auch nur ganz wenig Salz. Es ist teuer«, sagte Mara.

Mit etwas Wehmut erinnerte sich Leona an die Zeit zurück, als sie Hilde beim Kochen über die Schulter geschaut hatte. Die alte Köchin hatte aus dem Vollen geschöpft und die köstlichsten Gerichte gezaubert. Würde Leona jemals wieder in den Genuss von Zimtrinde, Nelken oder Piment kommen?

Als Mara das Säckchen öffnete, entwich ein würziger Geruch.

»Ach, du meine Güte!«, entfuhr es Mara. »Das riecht ja großartig.«

»Die Körner entfalten ihr volles Aroma erst, wenn sie gemahlen sind«, erklärte Damian. Sofort holte Mara ihren Mörser und zerrieb drei der Körner. Der blumig scharfe Geruch wurde intensiver und brannte in der Nase.

»Kostet davon«, forderte Damian. »Aber gebt acht. Der Pfeffer ist scharf.«

Mara tauchte ihren Zeigefinger in die zerriebenen Körner. Leona und Johannes taten es ihr gleich. Der Junge verzog das Gesicht und schrie. »Igitt! Das brennt wie Feuer auf der Zunge!«

Leona lachte. Sie war vorsichtiger gewesen und hatte nur eine winzige Prise versucht. Mara aber kam aus dem Staunen nicht heraus.

»Es hat tatsächlich Ähnlichkeit mit dem Pfeilkressesamen«, sagte sie überrascht.

Damians Augen glänzten vor Begeisterung. »Und Ihr sagt, dass man die Pflanze hier überall finden kann?«

»Aber ja doch. Sie wächst wie Unkraut.«

»Wissen alle Menschen in der Umgebung vom Geschmack des Samens?«

Mara stemmte amüsiert die Hände in die Hüften. »Nur die allerwenigsten kennen sich mit der Wirkung und dem Geschmack von Kräutern aus. Wenn sie krank werden und Hilfe brauchen, suchen sie diese Hütte auf, obwohl sie wissen, dass wir Verstoßene sind.«

»Die heilende Wirkung von Pflanzen ist eine Sache, doch ihr Geschmack eine ganz andere«, gab Damian zu bedenken.

»Die Menschen wissen trotzdem nicht darüber Bescheid. Mara ist die Einzige, die den Samen zum Würzen verwendet«, sagte Leona.

Damians Grinsen wurde immer breiter. Zufrieden nahm er das Säckchen mit den Pfefferkörnern wieder an sich.

»Ich denke, dass wir gerade dabei sind, eine großartige Geschäftsidee zu entwickeln«, sagte er zufrieden. »Lasst uns uns zusammensetzen und in Ruhe darüber nachdenken, wie uns diese wundervolle Pflanze zu Reichtum verhelfen kann.«

Seine Freude und seine Zuversicht waren ansteckend. Von ihm ging eine Begeisterung aus, der sich weder Leona noch Mara entziehen konnten.

Doch Leona fühlte noch mehr. Durch ihren Magen zog ein angenehmes Kribbeln, das sich anfühlte, als tobe ein ganzer Schwarm glücklicher Schmetterlinge darin. Als sich ihr Blick mit dem von Damian kreuzte, wandte sie sich nicht sofort ab, sondern verlor sich für einen Moment im Bernsteinbraun. Sie fühlte sich seltsam leicht. Was war nur los mit ihr?

Burg Gars

Auf der langen Tafel in der Halle von Burg Gars waren alle Plätze besetzt. Der obere Teil war dem Burgherrn und seiner Gattin vorbehalten. Neben ihnen saßen Pater Anselm, ein Geistlicher, der seit einigen Monaten für das Seelenheil der Burgbewohner verantwortlich war, und die vornehmen Ritter mit ihren Gemahlinnen. Je weiter man sich dem unteren Teil des Tisches näherte, umso unbedeutender wurden die Gäste, die dort speisten. Das Küchenpersonal, die Mägde und Knechte mussten sich später mit den Resten der Mahlzeit begnügen. Die Jagdhunde waren besser dran, sie bekamen jetzt schon den einen oder anderen Knochen zugeworfen und nagten ihn unter dem Tisch gierig ab.

»Wer sind die beiden Männer?«, fragte Margot. Sie beugte sich nah zu ihrem Ehemann. »Ich habe sie noch nie zuvor auf unserer Burg gesehen.«

»Söldner«, antwortete Gotthart knapp. Er klang nicht unwirsch, aber auch nicht sonderlich freundlich. Während er sich am Anfang der Ehe noch um gute Miene zum bösen

Spiel bemüht hatte, so gelang es ihm nun immer seltener, seine Abneigung gegen seine Frau zu verbergen. Angewidert rümpfte er seine Nase über ihre vom Fett glänzenden Finger. Sofort tauchte Margot schuldbewusst beide Hände in die Tonschüssel mit Wasser, die vor ihr auf dem Tisch stand. Ein paar Rosenblätter schwammen auf der Oberfläche. Dann winkte sie einem der Diener, der ihr ein Tuch reichte, mit dem sie sich abtrocknete.

»Warum heuerst du Söldner an?«, wollte sie wissen. Margot entging nichts. Sie war über alles, was auf der Burg vor sich ging, bestens informiert.

»Ich nehme Söldner in den Dienst, weil es notwendig ist«, erklärte Gotthart müde. Das Abendessen war eine der wenigen Situationen, in denen er mit seiner Frau zusammentraf. Gotthart hatte nach dem Tod seines Vaters Erchenbert dessen Aufgaben übernommen. Dazu gehörte auch die leidliche Verpflichtung, mit seinen Männern und seinem Gesinde zu speisen. Würde Gotthart sich davor drücken und seine Mahlzeiten allein in seiner Kammer einnehmen, würden die Gerüchte und der Spott über ihn noch lauter werden. Er galt jetzt schon als verweichlichter Burgherr. Seine Ehe mit der mittellosen Margot hatte zu diesem Ruf beigetragen. Zwar hatte Margot ihm die Besitzungen von Burg Lichtenfels eingebracht, aber die Art und Weise, wie der Zugewinn an Grund und Boden vonstattengegangen war, hatten die Menschen noch nicht vergessen. Jeder in der Halle wusste, dass Margot sich ihre Ehe mit dem Verrat an ihrem Onkel und ihrer Cousine ergaunert hatte. Und Gotthart, der sich nie gegen das abgekartete Spiel seines Vaters gewehrt hatte, war Teil des Betrugs. Ihm haftete der Ruf des Feiglings an, während man Margot die gnadenlose Tyrannin nannte. Ein Bild, das nicht ganz der Wahrheit entsprach. Denn während Margot erbarmungslos gegenüber ihren Bediensteten war, so bettelte sie förmlich um die Gunst ihres Ehemanns, die dieser ihr aber hartnäckig verweigerte.

»Wäre es nicht klüger gewesen, die Männer erst in den Dienst zu stellen, wenn es tatsächlich zum Krieg gegen Friedrich kommt?«, fragte Margot. »Die Männer kosten uns einen Haufen Geld, und wer weiß, vielleicht überlegen es sich Hadmar und sein Bruder Heinrich doch noch anders. Es war ihr Vater Azzo, der den Krieg wollte, nicht die beiden.«

»Heinrich und Hadmar wissen ganz genau, was sie vorhaben. Der Krieg ist unausweichlich. Besser, wir sind vorbereitet«, flüsterte Gotthart. Doch er war nicht leise genug.

Ritter Karl von Wolkenstein, der heute Abend überraschend zu Gast war, lehnte sich neugierig nach vorne. Es war unüblich, dass Frauen sich bei Tisch zu politischen Themen äußerten. Gotthart sah die Irritation im Gesicht seines Gastes und warf Margot einen bittenden Blick zu. Sie bemerkte ihn und nickte ergeben. Sie würde das Thema später noch einmal aufbringen und Gotthart jetzt in Ruhe lassen. So hatte sie wenigstens einen Vorwand, später ihren Mann noch einmal aufzusuchen. Am besten in seiner Schlafkammer. Heute konnte er sie nicht wegschicken. Er war ihr eine Erklärung schuldig … und nach Margots Verständnis noch einiges mehr.

Während ein Diener eine Platte mit Nachspeisen brachte, überlegte Margot, welches ihrer teuren Kleider sie anziehen sollte, wenn sie hinterher zu ihrem Mann ging. Die Überlegungen bereiteten ihr ebenso viel Freude wie das Dessert. Heute gab es in Rotwein gekochte Früchte und dazu süßes Obers, das die Köchin zu steifem Schnee geschlagen hatte. Margot nahm sich eine doppelte Portion.

Es war weit nach Mitternacht, als Margot ihre Kammerfrau entließ. Die Frau hatte ihr Haar eine ganze Stunde lang gekämmt und dabei Margots Flüche ertragen müssen, bis es so fein war wie teure Seide und ebenso glänzte. Leider glich die Farbe trotz aller Bemühungen der eines räudigen Straßenköters. Es war zu dunkel, um als blond durchzugehen, und zu hell, um braun zu sein. An manchen Stellen sah es trotz ihrer Jugend grau aus. Egal, nun fiel es in weichen Wellen über Margots runde Schultern. Sie hatte sich für ihr neues Nachtgewand entschieden, das sie letzten Monat einem fahrenden Händler aus dem Osten für eine sündhaft hohe Summe abgekauft hatte. Der filigrane Stoff konnte nichts daran ändern, dass ihr Körper plump war und nicht so reizvoll wirkte, wie der Händler es versprochen hatte.

Margot hätte in den letzten Wochen weniger vom Honigkuchen essen sollen, aber er war eine der wenigen Freuden, die ihr geblieben waren. Sie war zwar die Burgherrin und konnte die Menschen nach Belieben herumkommandieren, aber im Grunde ihres Herzens war sie einsam. Selbst ihre Kammerfrauen wandten sich von ihr ab und schenkten ihr kein Vertrauen. Das dumme Weib, das eben noch da gewesen war, hatte es kaum erwarten können, endlich Margots Kammer verlassen zu dürfen. Sicher tuschelte sie morgen früh hinter Margots Rücken über ihre Herrin. Schuld an Margots Leid hatte Leni. Die verdammte Cousine verfolgte sie selbst jetzt noch und sorgte dafür, dass ihr Leben unglücklich verlief. Seit Margot sich zurückerinnern konnte, hatte sie in Lenis Schatten gestanden. Als Mündel auf der Burg Lichtenfels geduldet, war sie immer die Hässliche gewesen, die man bemitleidet hatte. Dabei war ihr Vater der eigentliche Burgherr von Lichtenfels gewesen. Er war einfach zu früh gestorben. Sie hatte sich bloß zurückgeholt, was ihr ohnehin zugestanden hätte.

Der Überfall auf Burg Lichtenfels lag nun fast sechs Jahre zurück, und die Menschen hatten immer noch nicht vollständig vergessen. Margot haftete der Ruf einer blutigen Burgherrin an. Sie hoffte inständig, dass das Bild sich änderte, wenn sie endlich schwanger war. Wenn sie erst den Erben von Burg Gars unter ihrem Herzen trug, dann würden die Menschen sich auf das Kind konzentrieren und nicht mehr über die Vergangenheit seiner Mutter nachdenken. Aber um schwanger zu werden, musste sie die Aufmerksamkeit ihres Mannes erlangen. In den sechs Jahren Ehe hatte er nur dreimal das Bett mit ihr geteilt, und keiner der Vorfälle war erwähnenswert gewesen. Erst letzte Woche hatte Margot eine der Dienstmägde flüstern hören, dass der Burgherr sich vor seiner hässlichen Ehefrau ekelte, was kein Wunder sei, ginge sie doch in den Keller zum Lachen. Margot hatte das freche Frauenzimmer auspeitschen lassen und aus der Burg gejagt. Sie würde keine Anstellung mehr bekommen, und ihr Körper war dank Margots Bestrafung für immer entstellt. Niemand durfte sich ungestraft über Margot lustig machen.

Nun stand Margot auf dem dunklen Gang vor der niedrigen Tür der Kammer ihres Ehemanns. Die teure Bienenwachskerze in ihrer Rechten warf orangerotes flackerndes Licht auf die Tür und auf den Wandteppich daneben. Eine kostbare Arbeit, die ein Einhorn zeigte. Im eisigen Wind, der zu jeder Jahreszeit durch die Gänge von Burg Gars wehte, tanzte die Flamme unruhig. Die Bewegung des Lichts täuschte das Auge. Das Einhorn schien über den Teppich zu galoppieren. Margot nahm sich ein Herz und klopfte an die Tür. Es rührte sich nichts. Margot klopfte erneut. Sie wollte nicht schreien. Denn auch wenn es den Anschein hatte, als würden alle Bewohner tief und fest schlafen, so konnte es durchaus sein, dass jemand sie hörte. Ihr Anblick wäre Wasser auf den Mühlen der Geschwätzigen. Die Burgherrin, die im feinsten Nachtgewand vergebens vor der Kammer ihres Ehemanns um Einlass bat.

Endlich näherten sich Schritte auf der anderen Seite der Tür. Ein Schlüssel drehte sich im Schloss, und Gotthart öffnete. Seine Augen waren verquollen, sein Gesicht rot. Hatte er etwa getrunken?

»Was willst du?«, fragte er ungehalten. Seine Stimme war laut. Ja, er hatte Wein getrunken. Und zwar den starken, dunklen aus dem Süden, der in Eichenfässern im Keller lagerte. Sie konnte es an seinem Atem riechen.

In all den Jahren hatte Gotthart sie noch nie derart unfreundlich angefaucht. Ob es am Wein lag?

»Ich bin deine Ehefrau, bitte lass mich eintreten«, flüsterte sie leise.

»Wie könnte ich diesen Umstand vergessen? Du erinnerst mich Tag für Tag daran«, sagte er bitter, blieb aber im Türrahmen stehen und machte keine Anstalten, zur Seite zu treten. Im Gegenteil, er stemmte seine Hände in die Hüften, die für einen Mann viel zu breit waren.

»Gotthart, was ist los mit dir?« Margots Mut sank. Etwas im Verhalten ihres Mannes war anders als sonst. Statt Desinteresse und Abneigung lag in seinen Augen der pure Hass. Irgendetwas musste vorgefallen sein, von dem sie nichts wusste.

»Du kannst mir sagen, was dich bedrückt.« Sie wollte ihre Hand auf seinen Arm legen, aber Gotthart fuhr zurück. »Fass mich nicht an, du böses Weib.«

»Was soll das? Hast du den Verstand verloren?«, nun wurde auch Margot ärgerlich.

»Du hast beim Essen nach den beiden Söldnern gefragt«, sagte Gotthart.

»Was ist mit den Männern?«

Ein Schatten am Ende des Gangs ließ Margot herumfahren. Ein schwerer Tropfen der teuren Bienenwachskerze landete auf ihrem neuen Kleid. Margot unterdrückte einen Fluch. Sie blinzelte in die Dunkelheit, konnte aber niemanden sehen. Sicher lauschte einer der Bediensteten hinter einer der Säulen. Dieses heimtückische, verlogene Pack. Wenn Margot bloß wüsste, wer dort lauerte, dann könnte sie dafür sorgen, dass die Person bestraft würde. Sie musste dem Gesinde diese Unart austreiben, ein für alle Mal.

»Lass mich eintreten, Gotthart«, bat Margot eindringlich.

»Ich denke nicht daran«, polterte er zurück.

»Dann senke um Himmels willen deine Stimme, wenn du morgen nicht das Gespött der ganzen Burg sein willst.«

»Das bin ich ohnehin schon«, sagte Gotthart bitter. »Dazu wurde ich, als ich dich zur Frau genommen habe.«

Margot schnappte nach Luft. So direkt hatte Gotthart noch nie über ihre Ehe gesprochen.

»Du wolltest über die Männer reden«, erinnerte Margot, um ihn vor weiteren Beleidigungen abzuhalten. Morgen, wenn sein Kopf wieder klar war, würde er seine Worte bereuen. Gotthart war ein sanfter, gutmütiger Mann, der Konflikte verabscheute. Warum war er ausgerechnet ihr gegenüber so hart?

»Die Männer haben Leni getroffen«, platzte Gotthart heraus.

»Wie bitte?«, nun wurde auch Margots Stimme laut. Sie schlug sich selbst mit der freien Hand auf den Mund. Die Kerze in der anderen geriet ins Wanken. Die aufgeregte Flamme warf zitternde Schatten an die Holzdecke über ihr.

»Sie hat einen Sohn und lebt zurückgezogen in den Wäldern.« Traurig schüttelte Gotthart seinen Kopf. »Wir haben ihr Leben zerstört, dazu hatten wir kein Recht. Es war eine große Sünde, die wir begangen haben. Ich bezahle für die Tat Tag für Tag, aber das wird noch nicht alles sein. Wenn ich am Tag des Jüngsten Gerichts vor Gott trete, wird er mich geradewegs in die Hölle schicken und dich auch.«

»Das fällt dir reichlich spät ein«, sagte Margot schnippisch. »Ich erinnere dich daran, dass du vielleicht gar nicht mehr am Leben wärst, wenn die Kuenringer deine Burg angegriffen hätten. Und was das Jüngste Gericht betrifft: Wenn du Abt Ebro die richtige Summe zukommen lässt, dann wäscht er dich von allen Sünden rein.«

»Du kannst doch nicht ernsthaft glauben, dass das so einfach ist«, polterte Gotthart.

Margot zuckte bloß mit den Schultern. Sobald Leni ins Spiel kam, konnte sie nicht mehr klar denken. Sie hasste ihre Cousine abgrundtief. Wenn sie an ihr hübsches Gesicht dachte, dann wurde ihr heiß vor Wut, und sie verspürte bloß noch den Wunsch, ihr Gesicht zu zerkratzen und das glänzende Haar büschelweise auszureißen.

»Hätte ich sie geheiratet, wäre mein Leben anders verlaufen. Ich wäre ...«, Gottharts Stimme brach ab. Er hatte tatsächlich Tränen in den Augen.

Margot war fassungslos. Es kostete sie all ihre Kraft, den Zorn, der in ihr aufstieg, unter Kontrolle zu halten. Selbst als Ausgestoßene im Wald vergiftete Leni noch ihr Leben. Solange sie weiter in Gottharts Gedanken herumspukte, würde Margot nie den Platz in seinem Leben bekommen, der ihr zustand. Sie war seine Ehefrau. Abt Ebro hatte ihnen die heiligen Sakramente der Ehe gespendet, bessere Voraussetzungen für eine glückliche, kinderreiche Verbindung konnte es nicht geben.

Margot atmete tief durch. Die Hand, in der sie die Kerze hielt, zitterte. Sie stützte sie mit der anderen ab, um das Licht am Flackern zu hindern. Ein weiterer Wachstropfen fiel auf ihr Kleid. Der Stoff war nun endgültig ruiniert. Auch daran gab sie Leni die Schuld.

Wenn Margot glücklich werden wollte, musste sie etwas gegen die verhasste Cousine unternehmen. Aber sie durfte dabei keinen Verdacht auf sich selbst ziehen. Ihr Vorgehen musste klug durchdacht sein. Keinesfalls durfte sie sich die Hände schmutzig machen.

Sie kämpfte gegen ihre Tränen an. Gotthart sollte nicht sehen, wie sehr sie sein Verhalten verletzte.

Sie drehte sich auf dem Absatz um und lief zurück zu ihrer eigenen Kammer. Wieder huschte ein Schatten am Ende des Gangs entlang. Margot war es gleich. Sollten die Bediensteten sich das Maul über sie zerreißen. Sie saß am längeren Hebel und war in der Lage, jeden von ihnen mit drakonischen Strafen zu belegen, und so wütend, wie sie im Moment war, würde sie von ihrer Macht in vollem Ausmaß Gebrauch machen. Pech für denjenigen, der ihr als Erster über den Weg laufen sollte.

Heidenreichstein

»Wer sollte Pfeilkressesamen kaufen?«, fragte Leona. »Das Zeug wächst überall am Straßenrand. Jeder kann sich davon pflücken, so viel er braucht, ohne dafür zu bezahlen.«

Seit Tagen versuchte Damian, Mara und sie von seiner Geschäftsidee zu überzeugen, bisher jedoch erfolglos.

»Ich gebe Euch völlig recht. Aber wir würden ja nicht bloß Pfeilkressesamen verkaufen, sondern das scharfe Gewürz mit anderen getrockneten Kräutern mischen und so für jedes Gericht die passende Gewürzmischung anbieten.«

»Die Menschen sind froh, wenn sie nicht verhungern«, sagte Mara. »Niemand schert sich sonderlich um den Geschmack von Speisen. Solange sie genießbar sind, werden sie gegessen. Es ist wichtig, satt zu werden. Das zählt für die einfachen Menschen auf dem Land. Möglich, dass das dort, wo Ihr herkommt, anders war.«

Damian schüttelte den Kopf. »Das kann doch nicht sein!«, widersprach er. »Jeder liebt köstliches Essen, unabhängig davon, wo er lebt. Und wenn gutes Essen erschwinglich ist, werden die Menschen zugreifen. Ganz egal, ob sie nun Ritter, Bauern oder Handwerker sind.«

Leona runzelte nachdenklich die Stirn. »Wie sollten solche Mischungen denn aussehen?«

Gerüche und Geschmäcker faszinierten sie seit jeher. Erinnerungen an Hildes Küche verband sie ausschließlich mit angenehmen Gefühlen. Und Leona wusste, dass auch der Stallbursche und die einfache Küchenmagd lieber zu den raffiniert gewürzten Speisen gegriffen hatten. Der Kaufmann aus dem Süden hatte recht. Die Menschen liebten den guten Geschmack. Sie selbst bildete da keine Ausnahme.

Sofort schien Damian das Bröckeln ihres Widerstandes zu erkennen. »Ich rechne voll und ganz mit Eurem Einfallsreichtum«, gab er zu. »Ich muss gestehen, dass ich über keine großen Erfahrungen beim Kochen verfüge. Ich bin eher der Genießer.«

Er legte den Kopf schräg und sah dabei aus wie ein kleiner Junge, der sich für einen Streich entschuldigte. Sein entwaffnendes Lächeln erinnerte Leona an Johannes. Wieder war da dieses Kribbeln. Am liebsten hätte sie in sein fülliges Haar gegriffen und es ihm liebevoll aus der Stirn gestrichen. Leona räusperte sich verlegen. Sie durfte diese Gefühle nicht zulassen, sie konnten ihr nur Probleme bescheren. Vor ihr stand kein harmloser kleiner Junge, sondern ein erwachsener Mann.

»Warum überrascht mich das jetzt nicht?«, fragte sie missbilligend.

»Meine Schwägerin verwendet für ihre sagenhafte Pasta eine Gewürzmischung, die sie aus Knoblauch, frischem Basilikum, Olivenöl, Salz, Pfeffer und Pinienkernen herstellt. Aber ich habe keine Ahnung, in welchem Verhältnis sie alles zusammenstellt. Ich kann nur sagen, dass das Gericht himmlisch ist und selbst den bravsten Kirchenmann auf sündhafte Gedanken bringt.«

»Und so etwas findet Ihr erstrebenswert?«

»Auf jeden Fall.«

Mara mischte sich ins Gespräch ein: »Ich weiß nicht, was Pinienkerne sind, Olivenöl kenne ich nur vom Hörensagen, und Pfeffer und Salz haben wir ebenfalls nicht. Woher sollten wir es beziehen? Falls Ihr es noch nicht bemerkt habt: Wir leben als Ausgestoßene zwischen Moor und Wald. Vergesst das Ganze.«

»Ich habe dieses Rezept nur als Beispiel genannt«, beeilte sich Damian zu sagen. »Aber denkt an Euren Gemüseeintopf. Welche Kräuter verwendet Ihr zum Würzen?«

»Liebstöckel, Galgant, Majoran, wilden Knoblauch und Pfeilkressesamen.«

»Wunderbar«, rief Damian begeistert. »Stellt Euch vor, wir trocknen alles, mischen die Zutaten im rechten Verhältnis und verkaufen das Gewürz auf dem Markt. Die Frauen würden sich eine Menge Arbeit ersparen und müssten bloß noch das Gemüse schneiden, kochen und anschließend unsere fertige Mischung unterrühren.«

»Hm«, Mara presste die Lippen aufeinander. Leona gefiel die Idee. Ihr Interesse war geweckt. Wie viel Zeit hätte Hilde gespart, wenn sie bloß in einen Topf mit solch einer Kräutermischung hätte greifen müssen. »Wir könnten eine Mischung für Gemüsetöpfe, eine für geschmortes Hühnchen, eine andere für Wildschweineintopf herstellen«, schlug sie vor.

»Ja, genauso stelle ich mir das vor! Der Vorschlag ist großartig!« Damian klatschte begeistert in die Hände. Seine ganze Körperhaltung strahlte pure Lebensfreude aus. Leona hatte diese Intensität seit Jahren vermisst. Die Energie sprang auf sie über. Sie fühlte sich lebendig wie schon seit Langem nicht mehr. Als seine Augen die ihren trafen, senkte sie beschämt ihren Blick aus Angst, sich erneut darin zu verlieren. So wie es ihr vor ein paar Tagen schon einmal passiert war.

»Ich denke, dass Majoran sich hervorragend für das Hühnchen eignen würde«, fügte sie verlegen hinzu. Nur um die Pause, die entstand, zu überbrücken.

»Ich halte das alles für eine verrückte Idee«, sagte Mara. »Jeder würzt sein Essen doch so, wie es ihm gefällt. Warum sollte eine Frau nach fertigen Mischungen greifen?«

»Weil nicht jede ein so glückliches Händchen hat wie Ihr«, sagte Damian. Leona beobachtete Mara und musste schmunzeln. Dem charmanten Kaufmann gelang es sogar, ihre treue Freundin in Verlegenheit zu bringen. Und auch wenn sie sich der Gefahr bewusst war, die von ihm ausging, so genoss sie dieses Spiel und wollte es im Moment nicht missen.

»Wenn Ihr meint«, murrte Mara leise, mit ein bisschen Stolz in der Stimme. Damians Kompliment war ihr nicht gleichgültig.

»Majoran für das Hühnchen und Thymian für den Dinkel und den Buchweizen«, schlug Leona vor. »Und für alles getrocknete Zwiebel und vielleicht eine Spur Kümmel …« In Gedanken ging sie alle Kräuter durch, die in Maras Vorratsregal lagerten.

»Und Pfeilkressesamen«, erinnerte Damian.

»Selbstverständlich«, sie lächelte. In seinem rechten Auge funkelten gelbe Lichtpunkte, im linken grüne. Leona musste sich zusammenreißen, um ihre Aufmerksamkeit wieder auf die Kräuter zu lenken, die sie gerade zu Bündeln zusammenband, um sie später zum Trocknen aufzuhängen. Dabei bemerkte sie Maras sorgenvoll gerunzelte Stirn. Sofort beschlich sie ein schlechtes Gewissen. Besser, sie schenkte dem Kaufmann nicht so viel Aufmerksamkeit. Aber das war schwer, denn trotz seiner Verletzung sprühte er förmlich vor Tatendrang und Energie. Sein zuversichtlicher Blick in die Zukunft war etwas, das Leona aus einem Leben vor jener schrecklichen Nacht auf Burg Lichtenfels kannte. Hadmar hatte das Licht, das in ihr gebrannt hatte, ausgelöscht. War es möglich, dass der fremdländische Kaufmann gerade dabei war, es wieder zu entzünden?

Die nächsten Tage verbrachte sie damit, getrocknete Petersilie, Schnittlauch, Majoran, Thymian, Kapuzinerkresse und Liebstöckel im Mörser zu feinem Pulver zu reiben und mit klein geschnittenen, getrockneten Zwiebeln und Knoblauch zu mischen. Sie schnupperte und probierte, schmeckte ab und testete ihre Kreationen, verwarf Ideen und mischte neu, so lange, bis sie endlich mit dem Verhältnis zufrieden war. Noch nie in ihrem Leben hatte sie so viel Freude während der Arbeit verspürt. Bei Hilde hatte sie bloß Hilfsdienste verrichten dürfen. Jetzt kreierte sie die Mischungen selbst und bestimmte die Zutaten. Immer wieder fielen ihr neue Ideen ein. Sie ging in den intensiven Gerüchen auf und genoss die Dichte der Düfte.

Wenn sie endlich zufrieden war, kostete Damian bereitwillig. Entweder fand er den Geschmack tatsächlich großartig, oder aber er hielt sich mit Kritik zurück, um das feine Band, das sich langsam zwischen ihnen spannte, nicht zu zerstören. Leona fühlte sich in der Gegenwart des Kaufmanns wohl. Er brachte sie zum Lachen, und immer wieder ertappte sie sich dabei, dass sie sich wünschte, er würde noch einen Schritt näher treten oder gar seinen Arm um sie legen. Dabei hatte sie noch vor Kurzem gedacht, dass sie nie wieder von einem Mann auch nur mit der Fingerspitze berührt werden wollte. In Damians Gegenwart verloren die Bilder der schwärzesten Nacht ihres Lebens an Bedeutung. Er sah in ihr nicht die gedemütigte Erbin, die ihrer Vergangenheit beraubt worden war, sondern eine interessante, faszinierende und begehrenswerte Frau. Er mochte Leona, so wie sie war. Damian gab ihr das Gefühl, dass sie ein wertvoller Mensch war, und das ließ sie erblühen.

Als Leona eines Nachmittags vor der Hütte Fenchelsamen aus den Dolden der Blüten schälte und in eine Holzschale siebte, trat Damian zu ihr. Er war kaum noch auf seine Krücken angewiesen und humpelte beinahe ohne Unterstützung. Schon bald würde er wieder frei gehen können und die Hütte verlassen. Die Vorstellung schmerzte Leni.

»Seht, was ich in einer meiner Packtaschen gefunden

habe!« Er winkte ihr mit einem kleinen Säckchen entgegen. »Ich dachte, dass ich alles davon bereits verkauft hätte.«

Neugierig ließ Leona von ihrer Arbeit ab und widmete sich Damian. Er reichte ihr das Säckchen.

»Macht es auf«, forderte er. Geschickt ließ er sich neben ihr auf einem flachen Stein nieder. Leona tastete das Säckchen ab, bevor sie die Schnur löste. Sie fühlte kleine, runde Körner.

»Es fühlt sich an wie die Pfefferkörner, die Ihr uns neulich gezeigt habt«, sagte sie.

Damian nickte, während Leona ein paar der kleinen Kugeln in ihre Handfläche schüttelte.

»Oh«, entfuhr es ihr überrascht. »Diese Körner sind bunt!« In ihrer Handfläche lagen rote, grüne, weiße und schwarze Kugeln.

»Ist das auch Pfeffer?«

»Ja, sie alle stammen von der gleichen Pflanze, aber sie wurden in unterschiedlichen Stadien geerntet«, erklärte Damian. »Die grünen Körner sind bei der Ernte zwar voll entwickelt, aber noch nicht vollständig gereift. Sie werden schnell getrocknet und behalten die herrlich grüne Farbe. Sie sind im Geschmack aber milder als die schwarzen Körner.«

Fasziniert nahm Leni ein grünes Pfefferkorn zwischen Zeigefinger und Daumen und betrachtete es.

»Die schwarzen Körner werden geerntet, wenn sie nicht mehr grün, aber auch noch nicht voll reif und rot sind. Sie werden langsam getrocknet und sind am geschmacksintensivsten.«

Leona nickte: »Oh, ich kann mich an die Schärfe nur zu gut erinnern.«

»Ich persönlich bevorzuge den roten Pfeffer«, sagte Damian. »Er wird in vollreifem Zustand geerntet. Die Körner sind nicht ganz so scharf, dafür aber aromatisch und anregend.« Er machte eine Pause. Die sanfte Neugier, mit der er sie bedachte, machte Leona nervös. »Man sagt dem roten Pfeffer eine aphrodisierende Wirkung nach.«

Augenblicklich schoss Blut in Leonas Wangen. »Warum?«

Damian lachte. »Vielleicht weil Ihr allein beim Wort Aphrodisiakum errötet.«

Der Farbton von Leonas Wangen legte an Dunkelheit zu.

»Verzeiht mir«, beeilte sich Damian. »Ich wollte Euch wirklich nicht in Verlegenheit bringen. Manchmal ist meine Zunge schneller als mein Verstand.« Er legte seine Hand beruhigend auf ihren Unterarm. Doch das Gegenteil war der Fall. Leonas Haut brannte schier unter dem behutsamen Druck seiner Finger. Sie waren feingliedrig und dennoch kräftig. Ihr Herz schlug schneller. Leona entdeckte neben den gelben Farbsprenkeln in seinen Augen auch dunkelbraune. Ob er sich ebenso zu ihr hingezogen fühlte wie sie sich zu ihm? Doch Damian nahm seine Hand wieder weg, und zurück blieb großes Bedauern. Es folgte ein peinlicher Moment des Schweigens, den Leona rasch überspielte.

»Und was ist mit den weißen Körnern?« Die Frage interessierte sie tatsächlich, auch wenn sie gerade in diesem Augenblick lieber weiter die Farbe seiner Augen studiert hätte.

Damian antwortete ausführlich, so als gäbe es für ihn nichts Spannenderes als Pfefferkörner.

»Die weißen Körner werden in vollreifem Zustand geerntet. Das heißt, sie sind rot, wenn sie eingesammelt werden. Ihre Schale verlieren sie durch einen Vorgang, der dem beim Vergären von Alkohol ähnlich ist. Der Geschmack von weißem Pfeffer ist aromatisch und weitaus milder als der von schwarzem. Leider erinnert der Geruch der Körner an den eines Kuhstalls, weshalb er von vielen Kunden nicht sonderlich geschätzt wird.«

»Tatsächlich?« Leona pickte eines der weißen Körner aus ihrer Handfläche und hielt es an die Nase. Damian hatte recht. Der Geruch des kleinen Kügelchens war wirklich unangenehm.

»Woher wisst Ihr so genau über den Pfeffer Bescheid?«, fragte sie.

Damian lachte. Rund um seine Augen bildeten sich winzige Lachfältchen. »Ich habe Euch doch erzählt, dass ich für das Handelshaus meines Vaters eingekauft habe. Hätte ich auf dem Markt von Anfa nicht über die Qualität der Gewürze Bescheid gewusst, wäre ich wohl mit getrocknetem Eselsdreck statt mit erstklassigem Pfeffer zurück nach Genua gesegelt.«

Leona richtete ihren Blick weiter auf die wertvollen Kügelchen in ihrer Handfläche.

»Es muss großartig sein, so viel von der Welt zu sehen«, sagte sie leise. »Ich beneide Euch um Eure Erfahrungen und Euer Wissen.«

»Ihr könntet ebenfalls mehr kennenlernen als bloß diese

Hütte«, erwiderte Damian. »Warum verkriecht Ihr Euch hier am Ende der Welt zwischen Wald und Moor und versteckt Euch? Warum wagt Ihr nicht einen Schritt hinaus?«

Leona wurde wieder ernst. »Falls es Euch entgangen ist: Ich bin eine Frau. Noch dazu eine mit einem unehelichen Kind. Ich lebe im Schutz einer Verstoßenen. Für mich und Johannes gibt es keinen Platz in dieser Gesellschaft.«

»Dass Johannes ein uneheliches Kind ist, braucht Ihr niemandem auf die Nase zu binden. Es gibt Frauen, die ziehen ihre Kinder nach dem Tod ihres Mannes allein auf. Man nennt sie Witwen, und sie genießen in manchen Städten mehr Rechte als verheiratete Frauen.«

»Möglich, aber ich war nie verheiratet! Und ich halte nichts davon zu lügen. Außerdem verfügen die Frauen, von denen Ihr sprecht, immer über eine erhebliche Summe Geld. Ich bin mittellos.«

»Manchmal wollen die Menschen belogen werden«, sagte Damian. »Sie fordern es mit unsinnigen und aberwitzigen Regeln richtiggehend ein. Und was das Geld betrifft, das könntet Ihr mit Euren Kräutermischungen verdienen.«

»Nur ein Strolch kann so etwas behaupten«, entfuhr es Leona. »Regeln und Gesetze sind gemacht, damit die Menschen sich daran halten. Anderenfalls würde die Welt im Chaos versinken.«

»Ich frage mich gerade, wie viel Gerechtigkeit Euch widerfahren ist.« Neugierig lehnte er sich zurück und verschränkte die Arme abwartend vor der Brust. »Und das, obwohl Ihr mit Sicherheit keine Gesetze gebrochen habt. Darauf traue ich mich zu wetten.«

Leona presste die Lippen fest aufeinander und schwieg. Es lag ihr eine Bemerkung über die Lasterhaftigkeit des Wettens auf der Zunge, aber die behielt sie für sich.

Damians Stimme wurde nun sanft. »Wollt Ihr über Eure Vergangenheit sprechen?« Seiner Frage fehlte jede Form sensationslüsterner Neugier.

Leona zögerte. An manchen Tagen wog die Last der letzten Jahre schwer auf ihren Schultern. Dann sehnte sie sich nach ihrem alten Leben, nach Menschen, mit denen sie sich austauschen konnte, nach Gerold und Hilde, nach ihrem Vater und sogar nach ihrer alten Erzieherin. Sie vermisste die pralle Lebendigkeit einer Halle voller Gäste, die Abwechslung, die ein Markt- oder Feiertag bot. Aber der Weg zurück in diese Welt war aussichtslos. Wozu also alte Wunden aufreißen und über die Vergangenheit reden? Warum die schrecklichen Bilder jener Nacht heraufbeschwören und erneut Schmerzen leiden?

»Nein«, sagte sie leise, aber bestimmt. Vorsichtig leerte sie die Körner zurück in das Säckchen und knöpfte das Band sorgsam wieder zu. Sie reichte Damian den Pfeffer. »Dieses Kapitel ist abgeschlossen.«

Dann nahm sie die Holzschüssel mit dem Fenchelsamen und stand auf. Der Zauber des Moments verpuffte wie ein Bovist, jener kugelförmige Pilz, der gelben Rauch ausstieß, sobald man ihn zertrat. Zurück blieb kein gelber Staub, sondern ein Gefühl der Enttäuschung und der tiefen Traurigkeit.

Burg Gars

Seit Tagen herrschte auf Burg Gars eine geschäftige Betriebsamkeit. Knechte hatten Schweine und Ziegen vom Wirtschaftshof im Dorf auf die Festung getrieben und geschlachtet. Zusätzlich wurden Rinderteile in die Burg geschafft. Der Brotbackofen war ohne Unterlass in Betrieb, Hühner, Enten und Gänse wurden gerupft und ein ganzes Wildschwein gehäutet. Die Waschfrauen bearbeiteten die Leintücher mit einem Glättstein so lange, bis der Stoff faltenfrei war und glänzte, und die Mägde richteten die Kammern für die angekündigten Gäste her.

Margot war seit den frühen Morgenstunden auf den Beinen, sie sorgte dafür, dass zusätzliche kostbare Wandteppiche in der Halle aufgehängt wurden und die Burg in herrschaftlichem Glanz erstrahlte. Sämtliche Burgherren der Umgebung und Ritter aus dem benachbarten Böhmen wurden erwartet. Das geplante Ritterturnier sollte Gotthart von Gars, den Kuenringern und ihren Verbündeten dazu dienen, die mutigsten und tapfersten Krieger ausfindig zu machen und gegebenenfalls für den geplanten Aufstand gegen Friedrich anzuheuern. Anfangs hatte Gotthart sich dagegen gewehrt, dieses kostspielige Schauspiel zu veranstalten, aber wie immer hatte er den Forderungen der Kuenringer nachgegeben. Nicht zuletzt deshalb, weil die Veranstaltung eines Ritterturniers auch für seine eigene Reputation von Vorteil war. Bereits die Ankündigung sorgte dafür, dass sein Name in aller Munde war. Auf diese Weise wurde sein Ruf weit über die Grenzen des Landes hinausgetragen, und es entstand ein Bild eines entschlossenen und wehrtüchtigen Burgherrn, mit dem man sich besser nicht anlegte. Das Turnier garantierte ihm eine gewisse Form von Schutz und Sicherheit.

Margot genoss ihre Rolle als Gastgeberin und duldete keine Schlampereien beim Gesinde. Gestern hatte sie zwei Küchenjungen auspeitschen lassen, weil sie sich am Apfelmus und an einem der Honigtöpfe vergriffen hatten. Die Jungen würden sich in Zukunft davor hüten, sie zu bestehlen, wenn sie denn die Strafe überlebten und ihre Wunden sich nicht entzündeten.

Aber Margot musste hart durchgreifen, es war schlimm genug, dass man sich hinter ihrem Rücken über sie lustig machte. Sie würde sich von zerlumpten Küchenjungen nicht auf der Nase herumtanzen lassen.

Zu ihren Gästen zählte auch die liebreizende Elisabeth Kuenring, neben der sie wie eine einfache, derbe Bauernmagd aussah. Margot hatte zwar vorgesorgt. In ihrer Kammer wartete ein wunderschönes neues Kleid mit eleganten Trompetenärmeln auf sie, das sie eigens für das Turnier hatte anfertigen lassen. Der dunkelblaue Stoff und die goldene Bordüre hatten ein Vermögen gekostet. Doch sie war realistisch genug, um zu wissen, dass sie damit weder Gotthart noch die Gäste sonderlich beeindrucken würde. Das Kleid würde ausschließlich dazu dienen, dass sie sich selbst schöner fühlte. Denn ihre Haut wurde davon nicht reiner, der Vorderzahn, der letztes Jahr schwarz geworden war, nicht mehr weiß, und der hässliche Ausschlag auf ihrer runden Knollnase verschwand nicht.

Margot unterbrach ihre Gedanken.

»Halt!«, rief sie ärgerlich einer der Dienstmägde zu. Das einfältige Ding neigte dazu, schlampig zu arbeiten. »Das Leinen ist noch nicht sauber genug. Wasch es noch einmal. Wenn wegen dir mein guter Ruf als Gastgeberin ruiniert wird, sorge ich dafür, dass du nirgendwo mehr eine Stellung bekommst. Hast du mich verstanden?«

Das Mädchen, das nicht älter als zwölf war, zog den Kopf ein, duckte sich und lief mit dem Leinen zurück in den Burghof. Sie war so dürr, dass ihre Knochen unter ihrem einfachen Kleid hervortraten. Gotthart hatte sie letzten Monat auf die Burg genommen, weil ihr Vater, ein armseliger Bauer, ihn auf Knien darum gebeten hatte. Angeblich konnte er die vielen Mäuler seiner Kinder nicht mehr stopfen. Warum musste seine Frau auch jedes Jahr einen neuen Balg in die Welt setzen? Margot hätte das kleine dürre Geschöpf niemals aufgenommen. Sie war faul, dreckig und gefräßig. Ein weiterer Schmarotzer auf der Burg, den sie im Auge behalten musste.

Margot ging weiter in die große Halle. An ihrem Gürtel

hing ein fetter Schlüsselbund, der bei jedem ihrer Schritte klimperte. Das Geräusch erinnerte sie daran, dass sie die Herrin der Festung war, die Zutritt zu allen Gemächern, einschließlich zur Vorratskammer, hatte. Sollte sie sich einen Honigkuchen gönnen, bevor sie Hadmars Kammer kontrollierte? Eine hervorragende Idee. Sie machte sich auf den Weg.

Margot hatte dafür gesorgt, dass Hadmar eine besonders komfortable Kammer bekam. Wer gedacht hatte, dass Hadmar und sein Bruder Heinrich nach dem Tod ihres Vaters Azzo Kuenring zugänglicher und verträglicher geworden wären, hatte sich geirrt. Die beiden Männer, von denen man wusste, dass sie mit eiserner Hand erzogen worden waren, hatten seither jeden Anflug von Menschlichkeit verloren und es sich zum obersten Ziel gesetzt, nicht nur Friedrich, sondern auch allen anderen, die sich ihnen entgegenstellten, die Stirn zu bieten. Selbst mit ihren Verbündeten gingen sie nicht zimperlich um. Deshalb wollte Margot die beiden auf keinen Fall verärgern. Margot hatte einen Plan geschmiedet, der es vorsah, dass Hadmar an bestimmte Informationen gelangte. Ihr Plan war böse und perfide, aber niemand würde jemals erfahren, dass sie ihn sich ausgedacht hatte.

Grundlage war die Tatsache, dass die beiden Kuenringer, genau wie sie selbst, auf einen Erben warteten. Heinrichs Ehefrau war letzten Winter im Kindbett gestorben und kurz darauf seine kleine Tochter. Die hübsche Elisabeth war in fünf Jahren Ehe mit Hadmar immer noch nicht schwanger geworden, und wenn man den bösen Gerüchten Glauben schenkte, dann gab es auch keine Bastarde, obwohl Hadmar damit prahlte, dass er keine Gelegenheit ausließ, welche zu zeugen. Hadmar hatte also großes Interesse an einem Sohn, und wie Margot erfahren hatte, lebte Leni im Wald mit einem Sohn zusammen. Dieses Kind konnte nur von Hadmar stammen. Margot war in der Speisekammer angekommen und stand nun vor einem Korb voller frischer Honigkuchen. Gierig stopfte sie sich einen in den Mund. Ein paar Krümel fielen auf ihren üppigen Busen und blieben dort liegen. Wie sehr sie Leni hasste. Ihre Väter waren Brüder gewesen, und dennoch hatte Gott Leni mit Schönheit und Freiheit beschenkt, während er ihr das Gesicht und den Körper einer hässlichen Küchenmagd gegeben hatte. Außerdem hatte Gott sie dazu verflucht, ihre Kindheit als geduldetes Mündel zu verbringen.

Natürlich wusste Margot, dass auch andere Frauen von Natur aus schön waren. Elisabeth zum Beispiel. Doch die arme Frau war mit Hadmar verheiratet, der sie misshandelte. Da halfen auch die feinen Schleier nichts, die sie über ihrem Gesicht trug, um die blauen Flecken zu verbergen. Außerdem war Elisabeth mit Unfruchtbarkeit gestraft. Sie selbst würde schwanger werden, sobald Gotthart Leni aus dem Kopf bekommen hatte und regelmäßig ihre Schlafkammer aufsuchte, dessen war Margot sich sicher. Freudig erregt griff sie nach einem weiteren Honigkuchen und schob ihn gierig in den Mund. Dann leckte sie ihre klebrigen Finger ab. Als sie den Kopf hob, bemerkte sie eine junge Küchenmagd, die sie aus großen Augen neugierig bei ihrem Tun beobachtete.

»Was starrst du so?«, fuhr sie sie an. »Schau, dass du an die Arbeit kommst, sonst sorge ich dafür, dass du drei Tage lang nichts zu essen bekommst.«

Sofort lief das Mädchen ängstlich los. Margot ergriff ein drittes Stück Kuchen. Als sie die Vorratskammer verließ, stießen ihr der Honig und die Nüsse sauer auf.

Das Turnier dauerte nur zwei Tage und war weitaus kleiner als ähnliche Veranstaltungen im Westen des Landes. Dennoch sorgte die ungewohnte Menge an Gästen für Turbulenzen. Bereits am zweiten Tag kam es zu Engpässen bei der Versorgung mit Lebensmitteln. Weshalb Gotthart seine Männer ausschickte, um rasch noch ein paar Fasane und Rebhühner zu schießen. Er sehnte den Tag nach dem Turnier herbei, wenn endlich wieder Ruhe auf seiner Burg einkehrte. Ganz anders Margot, die das Treiben genoss und sich in den Mittelpunkt drängte.

Die Rolle der Gastgeberin entsprach genau ihrem Geschmack. Endlich bekam sie die Aufmerksamkeit, die ihr nach ihrem Verständnis zustand. Sie hatte den Burghof mit Girlanden aus Blumen und Efeu schmücken lassen. Die Halle war gründlich gefegt und der große Schlafsaal mit frischem Stroh ausgelegt worden. Die Kämpfe fanden außerhalb der Burg auf einem freien Gelände statt, wo man in den letzten Wochen notdürftig eine Tribüne für die Zuschauer aus einfachen Holzlatten errichtet hatte. Das Holz würde im Winter als Heizmaterial dienen. Gekämpft wurde ausschließlich mit stumpfen Waffen. Auf Kämpfe, die auf dem Rücken der Pferde ausgefochten wurden, verzichtete man zur Gänze. Dennoch gab es zahlreiche Verletzte, wobei niemand ums Leben kam. Die Knappen und der Bader von Gars hatten alle Hände voll zu tun beim Versorgen der Knochenbrüche, Quetsch- und Schnittwunden. In einem eigens für das Turnier aufgestellten Zelt neben dem Kampfplatz wartete der Bader mit Verbandsmaterial, Salben und Tinkturen. Zwei Knappen hielten eine Trage bereit, mit der man die Verwundeten zum Bader brachte. Die meisten der teilnehmenden Männer wurden noch während des Turniers von einem der zuschauenden Burgherren angeheuert. Der Gewinner, ein Ritter aus dem benachbarten Böhmen, konnte sich zusätzlich über ein sattes Preisgeld freuen. Er wurde von Heinrich Kuenring in den Dienst genommen.

Nach der feierlichen Ehrung des Siegers verzog sich das einfache Volk in die Gaststätten der umliegenden Dörfer. Das Turnier bot eine willkommene Abwechslung vom eintönigen und anstrengenden Alltag. Die adelige Gesellschaft wurde auf der Burg bewirtet, wo sie ein weiteres Festessen erwartete. Beim abschließenden Bankett spielten drei Musiker auf und begleiteten den krönenden Abschluss mit Laute, Horn und Pfeife. Die Männer in ihren knallbunten Gewändern hatten am oberen Ende der Festtafel Aufstellung genommen, wo Gotthart und seine engsten Verbündeten saßen. Margot hatte es arrangiert, neben Hadmars Frau Elisabeth zu sitzen. Die Unterhaltung fiel jedoch schwer, denn die Musiker spielten laut, und wer verstanden werden wollte, musste schreien.

»Wie hat Euch das Turnier gefallen?«

»Wie bitte?« Elisabeth drehte sich zu Margot.

»Wie Euch das Turnier gefallen hat?«, wiederholte Margot so laut, dass sie einen missbilligenden Blick ihres Ehemanns erntete, den sie geflissentlich ignorierte.

Ausnahmsweise war Elisabeths Gesicht unverschleiert. Sie nickte höflich. Als sie nach einer Hühnerkeule griff und ihr Ärmel dabei nach oben rutschte, sah Margot, dass sich auf ihrem Unterarm blaugrüne Flecken befanden. Beschämt zog Elisabeth den Stoff wieder über ihr Handgelenk.

»War Eure Unterkunft nach Eurem Geschmack?«

»Alles war vortrefflich, habt vielen Dank für Eure Gastfreundschaft«, sagte Elisabeth. »Schade, dass ich meine Hündin nicht mitnehmen konnte. Sie hätte den Ausflug zweifelsohne genossen.«

Jetzt erst bemerkte Margot, dass der braune Jagdhund nicht an Elisabeths Seite lief. Das Tier, das sonst ihr ständiger Begleiter war, fehlte.

»Was ist mit Eurer Hündin?« Margot überlegte, ob Elisabeths blaue Flecken damit zu tun hatten, dass die Hündin ihr Frauchen nicht beschützte. Hatte Hadmar am Ende das Tier beseitigt?

»Sie ist auf Burg Aggstein geblieben«, erklärte Elisabeth. »Sie ist trächtig. Ich wollte bei ihr bleiben, aber mein Mann war dagegen.«

Margot räusperte sich und schluckte eine böse Bemerkung über den Zustand der Hündin hinunter. Wie sollte sie sich über Elisabeth lustig machen, wenn sie selbst seit Jahren erfolglos darauf hoffte, ein Kind zu empfangen?

»Ich hoffe, dass ich rechtzeitig zurück sein werde, damit ich dabei bin, wenn Raka ihre Welpen zur Welt bringt.«

»Sicher doch«, sagte Margot. Es fiel ihr schwer, Mitgefühl vorzutäuschen. Es war ihr völlig unverständlich, wie man sein Herz an ein Tier hängen konnte. Sie wechselte das Thema.

»Ich hoffe, dass auch Euer Ehemann das Turnier genossen hat.« Nun lehnte sich Margot nach vorne und richtete ihren Blick fragend auf Hadmar, doch der stand auf und ging zu seinem Bruder Heinrich, der auf der anderen Seite der Tafel saß, ohne Margot zu beachten.

»Ihr müsst meinem Ehemann verzeihen«, sagte Elisabeth entschuldigend. »Er ist es nicht gewohnt, sich mit Damen zu unterhalten.«

»Wie schade«, erwiderte Margot. »Dabei vergisst er, dass wir Frauen oft über die wahrlich interessanten Informationen verfügen, die die Welt zu bieten hat.«

»Ach, ist das so?«, fragte Elisabeth gedehnt.

»Ja.« Margot hielt sich die Hand vertraulich vor den Mund, senkte dabei aber nicht die Stimme. »Sind es nicht die kleinen Skandalgeschichten, die dem Leben die richtige Würze verleihen?«

»Woran denkt Ihr dabei?« Elisabeth war neugierig geworden. Elegant legte sie die Hühnerkeule zur Seite und widmete sich dem Nachtisch, einem Stück Marzipankonfekt. Auch Margot griff beherzt zu.

»An Geschichten über Frauen, die ihre Zukunft verspielt haben und dennoch immer wieder auf der Bildfläche auftauchen.«

»Habt Ihr eine konkrete Person im Kopf?«

»Ja natürlich.«

»Und hat diese Person einen Namen?«

Margot beugte sich diskret zu Elisabeth, hob ihre Stimme aber noch weiter an, weshalb Elisabeth erschrocken zurückzuckte. Sie konnte nicht ahnen, dass Margot darauf hoffte, dass Hadmar ihre Worte ebenfalls hörte. Der Kuenringer kehrte gerade zu seinem Platz zurück.

»Angeblich ist Leona von Rauheneck in den Wäldern bei Heidenreichstein aufgetaucht.«

»Eure Cousine?«, entfuhr es Elisabeth überrascht.

»Man kann sich die eigene Verwandtschaft nicht aussuchen«, sagte Margot mit blasierter Stimme.

Elisabeth wirkte verwirrt. »Ich dachte, sie sei bei dem großen Unglück ums Leben gekommen.« Margot räusperte sich. Natürlich wusste Elisabeth, was in jener Nacht tatsächlich passiert war, nämlich, dass Gotthart und die Kuenringer die Burg überfallen und die Besitztümer von Otto Rauheneck übernommen hatten. Aber genau wie Abt Ebro, der später den Namen Rauheneck aus den Urkunden gestrichen hatte, tat auch Elisabeth so, als sei nie etwas Unrechtes passiert. Ein »Unglück« konnte alles bedeuten: den Einfall verfeindeter Reitertruppen aus dem Osten, einen verheerenden Brand, ein Unwetter ...

»Warum sollte die Tochter von Otto von Rauheneck in den Wäldern hausen?«, fragte Elisabeth neugierig. Dabei bemerkte sie Hadmar nicht, der sich neben ihr aufbaute.

»Was ist mit Leona von Rauheneck?«, fragte er grimmig. Sein helles Haar war dunkler geworden und seine Gesichtszüge noch düsterer.

Margot musste sich zusammenreißen, um ihren Triumph nicht zu zeigen. Genau wie sie geahnt hatte, war Hadmars Interesse an Leni ungebrochen. Auf eine Antwort wartend, trat er zu Margot und stemmte beide Hände in die Hüften, wodurch er noch mächtiger wirkte. In den letzten Jahren hatte er weiter an Muskelmasse zugenommen. Die Kälte in seinen fast schwarzen Augen jagte Margot Furcht ein, aber sie würde nicht schweigen, denn sie verfolgte einen teuflischen Plan.

»Ach nichts«, sagte sie gespielt beiläufig. »Mir ist bloß zu Ohren gekommen, dass sie mit einer Frau, die ihr eigener Vater vor Jahren verstoßen hat, weil sie eine Gebärende und deren Kind getötet haben soll, im Wald lebt.«

Hadmars Miene verfinsterte sich noch weiter. In jeder anderen Situation hätte Margot nun das Weite gesucht und wäre ihm ausgewichen aus Angst, dass die Hand, die sich gerade zur Faust formte, in ihrem Gesicht landen könnte. So wie es passiert war, als sie noch Kinder auf Burg Lichtenfels gewesen waren. Aber hier war sie die Burgherrin und er ihr Gast. Außerdem hatte sie ihr Ziel beinahe erreicht. Es bedurfte nur noch ein paar weiterer Bemerkungen.

»Und stellt Euch vor«, Margot machte eine dramatische Pause. »Sie hat ein uneheliches Kind.«

Ihre Worte erzielten die gewünschte Reaktion. Margot frohlockte innerlich. Aus Hadmars Gesicht wich jede Farbe. Er öffnete den Mund und schloss ihn wieder. Seine Faust ging auf, und die Hand hing locker an seinem Körper herab.

»Leni hat ein Kind?«, stammelte er leise und kaum verständlich. Dabei versagte seine Stimme, und er runzelte nachdenklich die Stirn. Margot kostete die Situation aus und weidete sich an seiner Körperhaltung, die irgendwie verloren wirkte. Ein Anblick, den man nur selten geboten bekam.

»Aber ja doch. Einen Jungen, er soll in wenigen Monaten sechs Jahre alt werden.«

Ungeniert schaute sie Hadmar in die schwarzen Augen und beobachtete ihn beim Kopfrechnen. Das Ergebnis, zu dem er kam, ließ ihn noch weiter erblassen. Wenn er sich nicht setzte, würde er auf der Stelle umkippen.

»Ist Euch nicht wohl?« Margot heuchelte Mitgefühl. »Soll ich einen Krug Wein bringen lassen?«

Hadmar antwortete nicht. Sichtlich benommen nahm er wieder Platz. Die restliche Zeit des Abendessens war er ungewöhnlich still. Auch auf die betrunkenen Zurufe seines Bruders, sich am Tanz zu beteiligen, reagierte er nicht.

Zufrieden rieb sich Margot die Hände unterm Tisch. Sie wusste, dass ihr Plan aufgehen würde. Allein deshalb hatte sich die ganze Plackerei mit diesem Turnier gelohnt. Elisabeths Blick dagegen wurde immer sorgenvoller. Gut möglich, dass sie sich davor ängstigte, ihr Mann könnte seine schlechte Laune später an ihr auslassen, und sie hatte ihren Hund nicht dabei, der sie beschützen könnte. Doch das kümmerte sie nicht. Schließlich musste jeder selbst darauf schauen, wie er durchs Leben kam. Und Elisabeth hatte einen großen Vorteil, um den Margot sie beneidete. Sie war wunderschön.

Heidenreichstein

Die junge Frau des Dorfschmieds, Gundela, saß auf dem niedrigen Hocker in der Hütte. Sie war eine der Frauen, die regelmäßig kamen, um sich Rat zu holen. Mara hatte ihr bei der Geburt ihres ersten Kindes geholfen. Jetzt hatte Gundela Fieber. Ihre Brust war dunkelrot und glühte. Bei jeder noch so kleinen Berührung ihres Kindes, das sie im Arm hielt, verzog sie schmerzhaft das Gesicht.

»Legt Euren Sohn weg, damit ich Eure Brust mit einem Topfenwickel verbinden kann. Der kühlt und sorgt dafür, dass die Entzündung zurückgeht«, sagte Leona. Mara und Johannes waren im Wald auf Pilzsuche.

»Wenn ich ihn weglege, dann schreit er sofort«, meinte Gundela.

»Dann gebt ihn mir«, forderte Leona. Sie drehte sich zu Damian, der gerade aus der Hütte treten wollte, um die beiden Frauen allein zu lassen. Es schickte sich nicht, dabei zu sein, wenn der Busen einer Frau behandelt wurde. Doch Leona hielt ihn zurück. Mit einem Schritt war sie bei ihm.

»Hier, bitte haltet ihn, während ich mich um die Frau kümmere!« Sie drückte Damian den Säugling in den Arm.

»Aber ich ...«, stammelte er verlegen.

»Ihr werdet doch ein Kind halten können«, sagte Leona. »Oder braucht Ihr plötzlich wieder Eure Krücken?«

Seit zwei Tagen ging Damian ohne Hilfsmittel. Er humpelte zwar noch, aber er konnte sein Gewicht ohne Stütze übernehmen.

»Es sind nicht die Krücken, es ist das Kind«, sagte er und fügte leise hinzu: »Ich habe noch nie eines gehalten. Es ist nicht die Aufgabe, die ein Mann für gewöhnlich übernimmt.«

»Dann wird es höchste Zeit«, bestimmte Leona. »Wir sind hier im Wald und nicht in einer Stadt. Niemand sieht Euch.«

»Es wäre mir egal, ob mich jemand sieht«, sagte Damian wahrheitsgemäß. »Ich habe bloß Angst, dass ich das kleine Geschöpf falsch halte.«

»Macht Euch nicht lächerlich«, sagte Leona. »Was soll man dabei nicht richtig machen? Ihr haltet es ja bloß. Setzt Euch mit ihm auf die Bank. Es dauert nicht lange.« Mit diesen Worten schob sie ihn ins Freie und ließ ihn vor der Hütte mit dem Kind im Arm allein. Sie selbst kehrte zu Gundela zurück.

Überrumpelt stand Damian nun da und fühlte sich unwohl. Das Kind in seinen Armen schlief friedlich. Es hatte einen leichten Flaum auf dem Kopf. Die pausbäckigen Wangen waren samtig weich. Es schmatzte im Schlaf und verzog dabei den winzigen Mund. Vorsichtig ließ sich Damian, wie

Leona vorgeschlagen hatte, auf der Bank nieder. Er wagte es kaum, sich zu bewegen, und hielt die Arme steif. Auf keinen Fall wollte er das kleine Kerlchen aufwecken, das süßlich nach Milch roch. Er musterte den Säugling und war erstaunt, wie perfekt alles an ihm war. Die winzige Nase, die kleinen Ohren, die Lippen, die er jetzt spitzte und kräuselte. Es war, als lächelte er im Schlaf. Damian musste an seine Neffen denken. Hatten seine Brüder ihre Kinder je im Arm gehalten, als sie so klein gewesen waren?

In seinen Erinnerungen fand er nur Bilder seiner Schwägerinnen. Schade eigentlich, dachte Damian. Ihnen war etwas entgangen. Würde er sein eigenes Kind halten, sollte er jemals Vater werden? Damian erschrak über sich selbst. Wie konnte er nur an einen eigenen Sohn oder eine Tochter denken? Empört ob der abrupten Bewegung, die er machte, verzog der Säugling die Nase. Sofort wiegte Damian ihn beruhigend, und das Kind entspannte sich wieder.

Die Zeit hier im Wald hatte ihn verändert. Wie war es sonst zu erklären, dass ihn die Vorstellung einer eigenen Familie nicht mehr ängstigte? Verantwortung, Verpflichtungen, ein geregeltes Leben. All das war etwas, wovor er bisher geflüchtet war. Aber an Flucht war in den letzten Wochen nicht zu denken gewesen. Er war an diesen Ort gefesselt gewesen. Höchste Zeit, dass er die Hütte verließ. Bevor er weiter grübeln konnte, kam Johannes auf ihn zugelaufen. Er schwenkte einen vollen Korb Pfifferlinge.

»Sieh nur«, rief er stolz. Er war zum Du übergegangen. »Wir haben eine Stelle gefunden, da waren so viele Pilze, dass wir gar nicht alle einsammeln konnten!«

Als er bemerkte, dass Damian einen Säugling im Arm hielt, bremste er abrupt vor ihm ab und senkte die Stimme. »Woher ist der denn?«, fragte er erstaunt.

»Die einen finden Pilze, die anderen Kinder«, sagte Damian leise, um das Kind nicht zu wecken.

»Du hast ihn gefunden?« Johannes' Augen weiteten sich.

»Erzählt dem Jungen keine Märchen«, mischte sich Mara ein. Sie hatte die beiden nun ebenfalls erreicht.

»Ich habe ihn nicht gefunden«, gab Damian zu. »Deine Mutter hat ihn mir eben in den Arm gedrückt.«

Auch diese Erklärung verwirrte Johannes.

»Und wo hat sie ihn gefunden?«

»In der Hütte, im Arm der Frau vom Dorfschmied, die hat Fieber und braucht ihre Hilfe.«

»Ach so«, sichtlich enttäuscht ließ sich Johannes neben Damian auf der Bank nieder. Die Vorstellung, dass man kleine Kinder im Wald einsammeln konnte wie Wildfrüchte, hätte ihm sichtlich besser gefallen. Johannes stellte seinen Korb Pilze ab und richtete seine Aufmerksamkeit auf den Säugling.

»War ich auch mal so klein?«, wollte er wissen.

»Ich denke schon.«

»Glaubst du, dass er mal so groß wird wie ich?«

»Ja natürlich«, sagte Damian.

Johannes legte den Kopf schräg und betrachtete das Kind eingehend.

»Vielleicht kommt er dann wieder. Ich würde gern mit ihm spielen.« Johannes' Bemerkung klang sachlich und keinesfalls traurig, dennoch berührten seine Worte Damian.

Der Junge wuchs ohne Gleichaltrige auf. Das war nicht gut für ihn. Damian erinnerte sich an seine eigene Kindheit und an die vielen Stunden, die er mit seinen Brüdern und seinen Freunden im Garten seiner Eltern oder im Hafen bei den Schiffen verbracht hatte.

»Ich nehme Euch den Jungen ab«, sagte Mara. Sie trat zu Damian und streckte ihm ihre Arme entgegen. Erleichtert, aber auch ein bisschen wehmütig übergab er das Kind. Sofort verzog es ungehalten das Gesicht und begann zu weinen.

»Da seht nur. Es wollte bei mir bleiben«, sagte Damian.

Mara schüttelte den Kopf. »Es schmatzt und hat Hunger«, erklärte sie. »Ich glaube nicht, dass Ihr in der Lage seid, dieses Bedürfnis zu stillen.« Sie betrat die Hütte und ließ Damian und Johannes zurück.

Gundela blieb den ganzen Nachmittag. Mara zeigte ihr, wie sie ihr Kind an die Brust anlegen musste, damit der Milchstau sich löste. Außerdem mischte sie Pfefferminze und Salbeiblätter für einen Tee, der die Milchproduktion eindämmen sollte.

»Davon dürft Ihr nur wenig trinken, sonst bleibt die Milch ganz aus«, warnte Mara.

Die junge Frau hörte aufmerksam zu. Um noch vor der Dämmerung nach Hause zu kommen, machte sie sich rechtzeitig auf den Weg. Als sie sich zum Gehen wandte, bemerkte sie die prall gefüllten Säcke, die sich vor dem Regal in der Hütte türmten.

»Was ist in den Säcken?«, fragte sie.

»Gewürzmischungen«, erklärte Damian geschäftstüchtig. Er humpelte zu einem der Säcke, bückte sich, nahm ihn hoch und öffnete ihn.

»Es gibt sie in unterschiedlichen Geschmacksrichtungen. Für jedes Gericht eine andere Mischung. Diese hier ist für Kohleintopf. Sie enthält Wacholderbeeren, Kümmel und Lorbeerblätter. So spart Ihr Zeit beim Kochen und zaubert herrlich schmeckende Gerichte.«

Damian war nun ganz der Kaufmann, der eine Kundin vor sich hatte. Interessiert beugte sich Gundela über den Sack.

»Mmh, das duftet«, sagte sie begeistert.

»Und bevor Ihr Euer Gericht serviert, streut Ihr ein paar Körner vom falschen Pfeffer hinein, dann ist Euch das Lob Eures Ehemanns sicher.«

»Falscher Pfeffer?«

Damian holte einen anderen Sack, öffnete auch diesen und ließ die Bäuerin ein paar der Samenkörner kosten.

»Was für eine praktische Idee«, sagte sie. »Ich nehme einen kleinen Sack von beidem mit.«

»Ich gratuliere Euch zu Eurer Entscheidung, Ihr werdet es nicht bereuen.«

»Was bin ich Euch schuldig?«

Damian schaute fragend zu Leona und Mara. Beide wirkten ratlos und unentschlossen.

»Wir brauchen einen Hahn für unsere Hühner«, sagte Mara schließlich.

»Abgemacht«, beeilte sich Gundela zu sagen. »Mein Mann bringt ihn morgen. Und ich lege noch einen Korb Eier dazu – für die Topfenwickel.«

• • •

Der Abend war ungewöhnlich milde und der Himmel sternenklar. Obwohl der Herbst vor der Tür stand, konnte man bedenkenlos vor der Hütte sitzen, ohne ein wärmendes Feuer anzuzünden. Johannes war gleich nach dem Abendessen erschöpft eingeschlafen. Er hatte den ganzen Nachmittag auf Enzos Rücken verbracht und beschlossen, dass er auch einmal ein Pferd besitzen wollte, wenn er erst erwachsen war. Während Johannes in der Hütte schlief, saßen Mara und Damian auf der Bank vor dem Hütteneingang. Leona hatte es sich auf einem der flachen Steine gemütlich gemacht.

Aus einem alten Stück Stoff wickelte Mara einzelne Fäden zu einem ordentlichen Knäuel auf. Sie wusste nicht, wann ihr wieder jemand Tuch oder Wolle als Bezahlung bringen würde.

»Vielleicht sollten wir uns ein Spinnrad und ein Schaf zulegen«, überlegte sie. »Dann könnten wir unsere eigene Wolle spinnen.«

»Ihr solltet diese einsame Hütte aufgeben und wieder unter Menschen ziehen«, schlug Damian vor. »Dann könntet Ihr auf den Markt gehen und dort fertiges Tuch kaufen, wenn Ihr welches benötigt.«

Mara tat so, als hätte sie seine Bemerkung nicht gehört. Auch Leona reagierte nicht darauf.

»Wenn Ihr beide einsam leben wollt, dann ist das eine Sache«, fuhr Damian fort. »Aber Ihr seid für einen kleinen

Jungen verantwortlich, und der braucht andere Kinder in seinem Alter, um sich gesund zu entwickeln.«

»Sagt wer?«, fragte Mara nun schnippisch. »Seid Ihr etwa Experte auf dem Gebiet der Erziehung, bloß weil Ihr das Kind der Schmiedin gehalten habt?«

Damian ging auf die spitze Bemerkung nicht ein. Seit Tagen überlegte er, wie er das heikle Thema ansprechen sollte. Jetzt bot sich eine Gelegenheit. Es war auch für Leona nicht gut, sich hier im Wald zu verstecken. Mara mochte mit der Abgeschiedenheit zufrieden sein. Aber Leona war eine attraktive junge Frau, die ihre besten Jahre noch vor sich hatte.

»Ihr wisst so gut wie ich, dass Ihr den Jungen nicht ewig in einer winzigen Hütte festhalten könnt«, sagte Damian. »Irgendwann wird er mehr von der Welt sehen wollen als dieses kleine Stückchen Moor und Wald. Es wäre klug, wenn er rechtzeitig auf mögliche Gefahren vorbereitet wird. Nicht alle Menschen, denen er begegnen wird, werden ihm wohlgesonnen sein.«

»Wer sagt Euch, dass er nicht hierbleiben will?«, fuhr Mara ungehalten dazwischen. »Solange ihm niemand einen Floh ins Ohr setzt, ist er hier zufrieden. Wir haben alles, was wir zum Leben brauchen.«

»Das mag auf Euch zutreffen.« Damian blieb ruhig. »Aber Johannes ist noch ein Kind. Er braucht Freunde, Gleichaltrige, mit denen er sich messen kann. Er muss abschätzen lernen, wem er vertrauen kann und wem nicht. Ihr haltet ihn davon ab, wichtige Erfahrungen zu sammeln, die ihm vielleicht eines Tages sein Überleben sichern.«

Damian hatte absichtlich dramatische Worte gewählt in

der Hoffnung, damit Leona wachrütteln zu können. Neugierig wartete er ihre Reaktion ab. Hatte er die richtigen Argumente gefunden? Seine Stimme wurde sanfter.

»Dasselbe gilt für Euch. Ihr seid eine junge Frau, die jetzt noch nicht mit ihrem Leben abschließen darf, sondern es in vollen Zügen genießen sollte.«

»Wie soll das gehen?«, fragte sie leise.

Mara stieß hörbar die Luft aus. Sie setzte zu einer Entgegnung an, ließ es aber bleiben, vielleicht sah sie die Sehnsucht in Leonas Gesicht.

»Kommt mit mir«, schlug Damian vor. »Wir könnten gemeinsam die Kräutermischungen auf den Märkten der Umgebung verkaufen. Ihr werdet eine wohlhabende Frau werden.«

Leona zog den Mund schief. »Und als was wollt Ihr mich ausgeben? Als Eure Geliebte oder gar als Ehefrau?«

Damian zuckte zusammen. Das Wort »Ehefrau« hörte sich trotz seiner ehrbaren Absichten bedrohlich an. »Wir werden den Menschen das sagen, was Ihr für passend erachtet«, wich er aus. »Die einfachste Variante wäre die der Schwester. Wer will das Gegenteil beweisen? Sobald wir das Gebiet rund um Heidenreichstein verlassen haben, kennt niemand Euer Gesicht.«

»Habt Ihr Euch schon mal selbst in einem glatt polierten Silberspiegel oder auch nur in der Oberfläche eines stillen Gewässers angesehen und dann mich?« Leona lachte.

»Was denn, bin ich so hässlich, dass ich nicht als Euer Bruder durchgehen würde?«

»Ihr könnt Eure Herkunft nicht abstreiten und seht aus

wie ein Mann aus dem Süden. Ich hingegen habe Sommersprossen, bin blond und blauäugig.«

Damian rückte näher. »Ja, das ist mir nicht entgangen.«

Mara räusperte sich laut. Sofort wich Damian wieder zurück. Warum ging die Alte nicht einfach in die Hütte und legte sich schlafen?

»Es ist doch völlig egal, ob die Menschen uns glauben oder nicht«, fuhr er fort. »Wichtig ist, dass sie uns die Kräutermischungen abkaufen, und das werden sie, glaubt mir.«

Leona steckte ihren Zeigefinger in den Mund und kaute aufgeregt an ihrem Nagel. Was ging wohl hinter ihrer hübschen Stirn vor? Dachte sie ernsthaft über Damians Vorschlag nach?

»Was hält Euch zurück?«, fragte er.

Leona wandte sich zu Mara: »Was denkst du? Soll ich mitgehen und im besten Fall mit einer Menge Geld zurückkehren? Wir könnten mit dem Gewinn ein Spinnrad und ein Schaf kaufen.«

»Ich sehe, dass du es kaum erwarten kannst, den Wald zu verlassen. Wenn du unbedingt willst, solltest du gehen.« Ihre Worte klangen gekränkt.

Leona stand auf, um vor Mara wieder in die Hocke zu gehen. Sie ergriff die Hände der Freundin.

»Mara, komm doch auch mit. Lass uns alle gehen. Du bist schon so lange hier im Moor. Es wird Zeit, dass wir alle unter Menschen kommen.«

»Mein Platz ist in dieser Hütte«, sagte Mara unbeirrt. »Wer Hilfe will, kann zu mir kommen. Aber er muss das heimlich tun, denn eigentlich gibt es mich nicht, und somit kann mir auch niemand etwas anhaben. Und daran soll sich nichts ändern. Ich bin mit meinem Leben zufrieden.«

Leona kaute nervös weiter an ihrem Nagel. Bald würde er verschwindend kurz sein.

»Ich weiß nicht, was ich tun soll«, gab sie zu. »Auf der einen Seite würde ich gerne die Kräutermischungen verkaufen, auf der anderen Seite fürchte ich mich davor. Was, wenn ich von den Menschen erkannt werde? Oder schlimmer noch, wenn Johannes als unehelicher Balg verhöhnt und verspottet und von der Kirche verurteilt wird? Abt Ebros Einfluss reicht weit über die Klostermauern hinaus. Er hat den Namen meiner Familie aus den Urkunden gelöscht. Niemals würde er dulden, dass ich ein Leben unter den Gläubigen seiner Gemeinde anstrebe.«

Damians Augenbrauen rutschten nach oben. Es war das erste Mal, dass Leona etwas über ihre wahre Identität gesagt hatte. Sie hatte also einen Familiennamen und war nicht bloß »Leona«, so wie sie anfangs behauptet hatte, oder »Leni«, wie Mara sie nannte. Die Bemerkung war ihr eben rausgerutscht. Vielleicht bereute sie ihre Ehrlichkeit schon.

»Ich schlage einen Stufenplan vor«, sagte er.

»Was für einen Plan?«

»Einen Plan, der aus mehreren Stufen, wie bei einer Treppe, oder Schritten besteht, je nachdem, wie Ihr es sehen wollt.«

Leona wirkte neugierig.

»Zuerst machen wir einen Ausflug auf einen Markt. Damit Ihr keine Angst haben müsst, erkannt zu werden, gehen wir nach Waidhofen. Dort findet in ein paar Tagen der

Herbstmarkt statt. Ich wollte ohnehin die Stadt besuchen, um an das herrliche Mohnöl zu gelangen. Wir fahren zu zweit hin und verkaufen Eure Kräutermischungen. Das ist der erste Schritt.«

»Und dann?«, fragte Leona.

»Dann werdet Ihr sehen, dass Euch nichts passiert, und ich bringe Euch zurück zu Mara und Johannes. Im nächsten Schritt nehmt Ihr Euren Sohn mit auf den nächsten Markt. Ihr werdet erfahren, dass auch ihm nichts Schreckliches widerfährt.«

»Das sind bloß zwei Schritte.«

»Im dritten und schwierigsten Schritt kehrt Ihr noch einmal zurück und versucht, Mara dazu zu bewegen, ihre Hütte zu verlassen.«

»Niemals«, schoss es aus dem Mund der alten Frau. »Ich werde nirgendwo hingehen. Diese Hütte ist mein Zuhause, und so wird es bleiben. Wenn Leni vernünftig wäre, würde sie es genauso halten. Da draußen lauern ausschließlich Gefahren.« Sie zeigte in den Wald und meinte wohl die Dörfer, die dahinter lagen.

»Wartet ab«, meinte Damian gut gelaunt. »Ihr werdet Johannes und Leona so sehr vermissen, dass Ihr über Euren eigenen Schatten springen und sie in die Zivilisation begleiten werdet.«

»Pah«, Mara schnaufte verärgert.

»Was ist, wenn Euer Plan nicht aufgeht und wir die Kräuter nicht verkaufen oder ich das Treiben am Markt abscheulich finde?«, wollte Leona wissen.

»Dann kehren wir nach dem kleinen Abenteuer in Waidhofen wieder zurück in den Wald, und Ihr könnt weiter Euer Einsiedlerleben führen. Ich werde Euch nicht weiter belästigen, versprochen.«

Damian wartete gespannt ab. Er konnte sehen, wie Leona hinter ihrer in Falten gelegten Stirn seine Argumente sorgsam abwog.

»Ich müsste Johannes bei Mara zurücklassen«, murmelte sie.

»Bloß für einen Tag. Wenn wir flott unterwegs sind, können wir die Stadt in zwei, vielleicht in drei Stunden erreichen. Wir brechen vor Sonnenaufgang auf und kehren noch vor dem Abendessen wieder zurück.«

»Hm«, Leona wirkte immer noch verhalten. Aber in ihren Augen brannte ein Feuer der Begeisterung. Wieder kaute sie an ihrem Nagel. Diesmal war es der Daumen, der herhalten musste. Nach einer schier endlosen Pause, in der Damian schon fürchtete, sie würde ihm eine Absage erteilen, sagte sie schließlich: »Abgemacht!«

Damian lachte erleichtert. Er war erstaunt, wie sehr er sich über Leonas Entscheidung freute. Mit jeder Faser seines Körpers fühlte er sich zu ihr hingezogen. Am liebsten hätte er ihr zärtlich über die Wange gestrichen und jede ihrer Sommersprossen geküsst. Er räusperte sich verlegen in der Hoffnung, dass weder Leona noch Mara seine Gedanken erraten konnten.

»Ich will sehen, ob Ihr recht habt und die Frauen tatsächlich unsere Kräutermischungen kaufen werden«, sagte Leona. Ihre Augen funkelten im Mondlicht. Ihre Körperhaltung hatte eine Spannung angenommen, die verriet, wie sehr sie sich auf den Ausflug freute. Auch Damian konnte es kaum erwarten, allein Zeit mit ihr zu verbringen, ohne sich ständig von Maras misstrauischen Blicken beobachtet zu fühlen. Wer weiß, vielleicht hatte Leona nichts dagegen, wenn er seinen Wünschen Taten folgen ließ.

Burg Aggstein

Hadmar schmiss ärgerlich die Tür hinter sich zu. Mit einem lauten Donner fiel die schwere, mit Metall beschlagene Holztür ins Schloss. Das Geräusch hallte über den engen, gefliesten Gang bis zur großen Halle. Nun wussten alle auf Burg Aggstein, dass Hadmar wieder einmal mit seinem Bruder gestritten hatte. Es war in den letzten Wochen öfter vorgekommen. Der Grund war immer derselbe: Abt Ebro in Zwettl. Der mickrige Kirchenmann glaubte doch tatsächlich, dass er die Kuenringer erpressen konnte. Er wollte, dass sie sich mit Friedrich auf einen Kompromiss einigten, weil er Angst hatte, dass in einem Konflikt auch die Landstriche, die der Kirche gehörten, in Mitleidenschaft geraten und es zu Verlusten und Ernteausfällen kommen könnte. Ebro fürchtete, dass sich später auch der Kaiser in den Streit mit dem Herzog einmischte. Im Moment war nicht ganz klar ersichtlich, wie die beiden Namensvettern zueinander standen. Denn auch wenn der Herzog den Kaiser herausforderte, so war der Staufer auf die Unterstützung seiner Vasallen nördlich der Alpen angewiesen. Ein Kaiser im Süden konnte sein Reich ohne Hilfe unmöglich regieren und aufmüpfige Herzöge unter Kontrolle halten. Was für ein wehleidiges und armseliges Ansinnen von Abt Ebro. Hadmar hatte nicht vor, sein Haupt zu neigen. Weder vor Friedrich dem Streitbaren noch vor der Kirche und auch nicht vor dem Kaiser in Rom. Ebro hatte keinen Grund, sich zu beschweren. Sein Kloster hatte in den letzten Jahren reichlich von den Provokationen der Kuenringer profitiert. Nicht zuletzt, weil ein Großteil der Einnahmen aus den ehemaligen Ländereien von Otto von Rauheneck nun direkt an das Kloster floss.

Leider war Heinrich anderer Meinung. Er war durchaus bereit, den Forderungen des Abtes nachzugeben. Der junge Bruder war ein Feigling. Vielleicht brauchte es wieder einmal eine körperliche Auseinandersetzung zwischen ihnen. So wie früher, als sie noch Knappen gewesen waren. Damals hatten sie ihre Meinungsverschiedenheiten mit Fäusten ausgetragen und waren so zu einer Lösung gekommen, die meist in Hadmars Sinn gewesen war. Er war einfach stärker als Heinrich.

Mit schweren Schritten stapfte Hadmar den schmalen Gang entlang. Mit jedem Atemstoß schwand seine Wut. Heinrich war immer der Schwächere von ihnen beiden gewesen, körperlich wie auch mental. Wie oft waren Hadmar und Heinrich von ihrem Vater mit der Peitsche gezüchtigt worden. Heinrich hatte immer gefleht und gebettelt, der Vater solle aufhören. Anfangs hatte Hadmar Mitleid verspürt, doch nach Monaten der Tortur war das Mitgefühl gewichen, und geblieben waren Verachtung und Hass. Zuerst gegen den zuschlagenden Vater, dann gegen den winselnden Heinrich. Hätte er Stärke gezeigt, wären die Züchtigungen deutlich kürzer ausgefallen. Denn wenn Azzo eines nicht ertragen hatte, dann waren es zartbesaitete Söhne. Heinrichs Furcht hatte Azzos Aggression jedes Mal ins schier Unermessliche gesteigert, und auch Hadmar hatte den Zorn mit voller Wucht abbekommen.

Zum Glück waren diese Zeiten nun endgültig vorbei. Heinrich war nach wie vor ein Verlierer. Wie konnte man sich sonst erklären, dass er dem Abt klein beigeben wollte? Nach außen hin prahlte Heinrich mit seiner Kraft, aber in Wirklichkeit war er nach wie vor das zitternde und wimmernde Kind, das sich weinend in eine Ecke verzog oder wie ein Straßenköter bei der kleinsten drohenden Gefahr den Schwanz einzog und davonlief. Diesmal würde Hadmar die Flucht nicht zulassen. Er und sein Bruder hatten den Ruf gefürchteter Ritter, die in den letzten Jahren zahlreiche Verbündete um sich geschart hatten. Der Aufstand gegen den Herzog war unausweichlich und würde mit einem Erfolg gekrönt werden, genau wie Azzo Kuenring es immer gewollt hatte. Ein Sieg über Friedrich würde die Kuenringer endlich in den Adelsstand heben und sie nicht nur zu den einflussreichsten und bedeutendsten Männern des Landes machen, sondern auch zu den edelsten, die direkt dem Kaiser unterstanden.

Vom Ende des Gangs drang Harfenmusik und unterbrach Hadmars Gedanken. Die Klänge kamen aus dem Zimmer der Frauen. Die Spielleute, die seit drei Tagen auf der

Burg weilten, musizierten für Elisabeth und ihre Bediensteten. Noch vor einer Woche wäre Hadmar nun in das Zimmer gestürmt, hätte die Musiker und die Kammerfrauen davongejagt, den lästigen Hund vor die Tür gesetzt und Elisabeth dazu gezwungen, ihre ehelichen Pflichten zu erfüllen, damit er seine Wut auf Heinrich abkühlen konnte, und wenn das nicht gereicht hätte, wäre er hinterher noch über eine der Kammerfrauen hergefallen. Aber heute war das nicht notwendig. Der Ärger verflüchtigte sich auch so. Gründe dafür gab es gleich zwei.

Seit dem Turnier in Gars hatte er endlich die Gewissheit, dass er in der Lage war, Kinder zu zeugen. Eine Sorge, die ihm in der Vergangenheit so zugesetzt hatte, dass er an manchen Tagen seine Männlichkeit nicht hochbekommen hatte. Wofür er Gott gehasst und sich an den minderwertigen Weibern mit Schlägen gerächt hatte. Was aber noch viel wichtiger war: Er hatte einen Sohn. Noch war er unehelich, aber dem konnte Abhilfe geschaffen werden. Hadmar würde sie beide zu sich holen: Mutter und Kind, denn sie gehörten ihm.

Diese Entscheidung hätte er schon vor Jahren treffen sollen, dann würden seine Nachkommen jetzt in Scharen über den Burghof laufen, und die Zukunft der Kuenringer wäre gesichert. Aber solange sein Vater gelebt hatte, wäre es undenkbar gewesen. Azzo hatte auf Elisabeth als Schwiegertochter bestanden. Sie stammte aus einem alten böhmischen Geschlecht. Ihre Vorfahren gingen auf Ottokar, den großen Böhmenkönig, zurück. Was für eine Fehlentscheidung. Hadmar würde sich nun der Frau entledigen, die ihn seit Jahren langweilte. Er hatte auch schon einen Plan. Wenn einer seiner Ritter sich an ihr verging, konnte er sie wegen Ehebruchs verstoßen. Allein der Gedanke, Elisabeth loszuwerden, stimmte ihn fröhlich. Wenn er hingegen an Leni dachte, dann lief ihm ein freudiger Schauer über den Rücken, und die Hose zwischen seinen Beinen wurde ihm eng. Was für eine Wonne. Es hatte nie eine Frau gegeben, die er mehr begehrt hatte. Daran hatte auch die Nacht, in der er sie mit Gewalt genommen hatte, nichts geändert. Ganz im Gegenteil, der Wunsch, sie zu besitzen, war größer und drängender denn je. Es galt herauszufinden, wo sich die Hütte befand, in die Leni sich zurückgezogen hatte.

Heidenreichstein

Wie besprochen brachen Leona und Damian vor dem Morgengrauen auf. Johannes schlief noch friedlich und fest. Leona weckte ihn nicht, sondern drückte ihm zärtlich einen Kuss auf die weiche Kinderwange, bevor sie sich aufmachte. Es war das erste Mal, dass sie ihren Sohn für einen ganzen Tag allein ließ. Als sie vor die Hütte trat, schlug ihr kalte, feuchte Waldluft entgegen. Es roch nach Laub, Pilzen und reifen Beeren. Mit Wehmut stellte Leona fest, dass der vertraute Geruch das Ende des Sommers ankündigte. Damian erwartete sie bereits. Er hatte Enzo das Geschirr angelegt und ihn vor den Wagen gespannt. Er selbst saß bereits auf der Kutschbank. Locker hielt er die Zügel in der Hand und rückte zur Seite, um Platz für Leona zu machen. Bevor sie aufstieg, kam Mara aus der Hütte gelaufen. Sie hielt Leona zurück.

»Hier«, sie drückte ihr ein Stück hellen Stoff in die Hand.

»Was ist das?«

»Eine Haube«, erklärte Mara. »Sie gehörte meiner Mutter. Ich selbst war nicht verheiratet und habe sie nie gebraucht. Aber ich denke, dass sie dir heute gute Dienste leisten wird. Denn selbst wenn man sehr viel Fantasie aufwendet, du schaust ganz sicher nicht wie die Schwester des Kaufmanns aus.«

»Danke, Mara«, sagte Leona. Sie umarmte sie kurz, aber innig. Sichtlich überrascht und gerührt ließ Mara es geschehen.

»Heute Abend sind wir wieder da«, sagte Leona. »Wenn alles nach Plan läuft, verdienen wir so viel Geld, dass du dir ein Spinnrad leisten kannst.« Leona verschwieg absichtlich, welche Veränderungen ein erfolgreicher Marktbesuch außerdem noch mit sich bringen würde. Vielleicht würden Leona und Johannes den Wald verlassen. Aber das lag in weiter Ferne. Nun galt es erst einmal, wieder eine Stadt zu betreten.

Mara machte eine wegwerfende Handbewegung. »Vergiss das Spinnrad. Ich will nur, dass du wieder gesund zurückkehrst. Auf einem Markt lauern Gefahren für Frauen, die außerhalb der Gesellschaft stehen. Ich mache mir Vorwürfe, dass ich dich von deinem Vorhaben nicht abhalten kann.«

»Niemand weiß, dass ich die letzten Jahre im Wald verbracht habe«, beschwichtigte Leona sie. »Mach dir keine Sorgen. Unsere Kräutermischungen sind von allerbester Qualität. Die Leute werden begeistert sein. Was soll passieren?«

»Das Leben hat mich gelehrt, vorsichtig zu sein. Es gibt zu viele Neider auf dieser Welt.«

»Wer sich zu viel fürchtet, verpasst den Spaß«, mischte sich Damian gut gelaunt ein. »Wir sollten aufbrechen, damit wir rechtzeitig in Waidhofen sind.«

»Gib bitte auf Johannes acht«, bat Leona. Die Ermahnung war überflüssig, sie wusste, dass Mara ihren Sohn beschützen würde, so wie sie es immer tat. Dann kletterte Leona auf den Wagen und winkte Mara so lange zu, bis diese wieder in die Hütte zurückkehrte.

Den ersten Teil ihrer Reise schwiegen Damian und Leona. Der Wagen rumpelte über den unebenen Waldboden. Es grenzte an ein Wunder, dass Enzo wusste, wohin er lief. Der moosbedeckte Waldboden war von einer dicken, schier undurchdringbaren Nebelschicht überzogen. Doch das brave Pferd bahnte sich unbeirrt seinen Weg durch den dichten Schleier. Sobald sie einen der ausgetretenen Handelswege erreicht hatten, wurde die Fahrt deutlich ruhiger, und der Wagen rollte friedlich dahin.

Der Kaufmann schien in eine Art Halbschlaf zu fallen. Offenbar war er zu müde für eine Unterhaltung. Er verließ sich voll und ganz auf Enzo, der ohne Damians Zutun im gleichbleibenden Tempo einen schmalen Schotterweg fand, der von hohem Gras gesäumt war. Nach und nach lichtete sich der Nebel. Langsam durchdrangen helle Sonnenstrahlen das Dickicht, bis sie schließlich die Nebeldecke vollständig durchbrachen. An Gabelungen blieb Enzo stehen und wartete auf ein Zeichen. Leona hingegen war putzmunter, und das, obwohl sie letzte Nacht kaum ein Auge zugetan hatte. Ihre Nervosität vertrieb jede Müdigkeit. Es war eine angenehme Aufgeregtheit, die von ihr Besitz ergriff. Sie spürte ein Ziehen und Kribbeln im Magen, wenn sie an den Markt dachte. Es war ihr erster Ausflug in die Zivilisation, seit sie bei Mara gelandet war. Natürlich hatte sie Kontakt mit den Hilfesuchenden gehabt, die die Hütte besucht hatten, aber das waren niemals mehr als zwei Fremde gewesen. Jetzt würde sie in eine Stadt fahren und so vielen Menschen begegnen, dass sie sie unmöglich zählen konnte.

Leona hatte als junges Mädchen nur einige wenige Male einen Wochenmarkt besucht. Das letzte Mal war gewesen, als sie mit Brunhilde und Margot die Altardecke mit dem missglückten Einhorn, das schließlich ein Walfisch geworden war, im Kloster in Zwettl abgegeben hatte. Nur zu gut konnte Leona sich nach all den Jahren an die dichte Fülle von Gerüchen und Farben erinnern, und das, obwohl bloß die Bauern der Umgebung ihre Produkte zum Verkauf angeboten hatten. Heute in Waidhofen würden auch Kaufleute aus dem Osten ihre Ware verkaufen. Es war nicht bloß ein einfacher Wochenmarkt, sondern der Herbstmarkt, der genau wie der Markt zu Ostern nur einmal im Jahr abgehalten wurde, und Leona würde keine Kundin sein wie damals, sondern eine Kauffrau. Ob sie Damians Erwartungen entsprechen würde? Was erhoffte er sich davon, sie mitzunehmen?

»Was geht hinter Eurer Stirn vor?«

Erschrocken fuhr Leona zusammen. Sie war so in ihre Gedanken versunken gewesen, dass sie nicht bemerkt hatte, dass Damian neben ihr aus seinem Halbschlaf erwacht war und sie seit einiger Zeit neugierig beobachtete.

»Es gehört sich nicht, ehrbare Frauen zu erschrecken!«

»Verzeiht, das war nicht meine Absicht«, entschuldigte sich Damian. »Verratet Ihr mir, worüber Ihr nachdenkt?«

»Ich frage mich, ob ich als Händlerin bestehen werde. Ich habe keinerlei Erfahrung darin, Kunden zu überzeugen.«

»Dann werde ich Euch jetzt das wichtigste aller Geheimnisse in puncto Verkauf verraten«, erklärte Damian.

Leona wandte sich ihm zu. Neugierig hing sie an seinen Lippen, die schelmisch grinsten.

»Verlangt immer eine höhere Summe, als Eure Ware tatsächlich wert ist. Die Menschen wollen handeln, um am Schluss das Gefühl zu haben, den Preis selbst bestimmt zu haben.«

»Aber das ist doch unehrlich«, empörte sich Leona. »Wenn eine Sache einen fairen Preis hat, dann sind die Menschen sicher bereit, ihn zu zahlen.«

Damian wirkte amüsiert: »So funktioniert das nicht. Verlangt zuerst mehr. Das gibt dem Kunden das Gefühl, eine wirklich wertvolle Ware vor sich zu haben. Dann lasst Euch auf zähe Verhandlungen ein, und achtet stets darauf, dass Ihr den letzten Preis festsetzt und diesen auch bestimmt.«

»Warum ist das wichtig?«

»Die Kunden unterhalten sich. Es wäre schlecht, wenn man Euch als Händlerin wahrnimmt, die sich über den Tisch ziehen lässt.«

»Aber wenn ich einen zu hohen Preis für die Kräutermischungen verlange, werden die Menschen sich beschweren. Es ist Gott nicht gefällig, wenn Wucher betrieben wird.«

Damian verzog säuerlich den Mund.

»Als Kaufmann lasse ich mir von der Kirche nicht gerne

vorschreiben, was Wucher ist. Wie soll ich überleben, wenn ich keinen Gewinn erwirtschafte? Und sind es nicht die Klöster und Kirchenmänner, die sich skrupellos an den Menschen bereichern? Sie verkaufen den Gläubigen die Absolution und sprechen sie von der Sünde frei, wenn sie genug dafür bezahlen. Das ist in meinen Augen Wucher.«

»Das ist Ketzerei«, widersprach Leona.

»Nennt es, wie Ihr wollt. Es ist die Wahrheit.«

Leni dachte an Abt Ebro, und ihr schlechtes Gewissen schwand. Er hatte nicht gezögert, ihre Familie für die Nachwelt aus den Geschichtsbüchern zu streichen.

»Wichtig ist, dass Ihr niemanden übervorteilt«, fuhr Damian in seiner Lektion fort. »Achtet darauf, dass die Ware sorgfältig gewogen wird. Es kommt beim Stadtrichter nicht gut an, wenn Kunden nur die Hälfte der bezahlten Ware ausgehändigt bekommen. Oder wenn statt getrockneter Kräuter Sägespäne untergemischt werden. Für Vergehen dieser Art stellt man Euch im besten Fall an den Pranger, und im schlimmsten Fall steckt man Euch in einen Metallkorb und taucht Euch so lange ins Wasser, bis Ihr jämmerlich ertrunken seid. Jede Stadt hat da andere Methoden, wie sie mit Betrügern umgeht. Aber glaubt mir, nirgendwo ist man zimperlich. Das Schlimmste, was ich bisher erlebt habe, war ein Metallkorb, der im Sommer am Kirchturm befestigt worden war und in dem ein Kaufmann gnadenlos verdurstet ist.«

»Ich würde niemals unehrlich handeln«, empörte sich Leona.

»Dann kann nichts schiefgehen.«

Waidhofen

Der Herbstmarkt in Waidhofen zog Kaufleute und Besucher aus allen Himmelsrichtungen an. Manche kamen zu Fuß, manche mit dem Handkarren, andere mit Pferdefuhrwerken. Alle mussten bei den Stadttoren um Einlass bitten. Während die Besucher bloß registriert wurden, mussten die Kaufleute sich in eine ordentlich geführte Liste eintragen lassen. Auch Damian und Leona reihten sich in die lange Schlange Wartender ein. Als sie endlich an der Reihe waren, kontrollierten zwei Männer von der Stadtverwaltung ihre Ware.

»Ihr verkauft Gewürze?«, fragte einer der beiden. »Wir haben schon zwei Gewürzhändler durchgewinkt.«

»Kräutermischungen«, verbesserte Damian.

»Ist das nicht dasselbe?«, brummte der Mann. Er wirkte gehetzt, wegen all der Händler, die noch Einlass in die Stadt begehrten. Auch der andere wollte zum nächsten Wagen weitergehen.

»Einen dritten Gewürzkrämer verträgt der Markt«, sagte er.

Leona konnte die Erleichterung in Damians Gesicht erkennen. Bereitwillig zahlte er einem der Männer eine überraschend hohe Summe dafür, dass sie die Stadtmauer passieren durften.

»Wie ist Euer Name?«, wollte der Mann wissen. Er trug ein faltbares Schreibbrett mit sich, auf dem sich ein Buch, ein Tintenfass und eine Feder befanden.

»Damian und Leona Brantoni, aus dem fernen und wunderschönen Genua.«

»Das ist zu lang, schreibt es selbst«, forderte der Mann und reichte Damian das Brett. Mit wunderschön geschwungenen Buchstaben hielt Damian ihre Namen und die Stadt Genua in dem Buch fest.

Kaum waren sie außer Hörweite, sagte Damian: »Wir hatten Glück. Der nächste Gewürzhändler wird mit den beiden debattieren müssen und dann eine deutlich höhere Standgebühr entrichten.«

»Ihr denkt, dass man ihn einlassen wird?« Für Leonas Ohren hatte es sich angehört, als gebe es eine klar festgesetzte Zahl an Händlern, die auf dem Markt ihre Ware anbieten durften.

Damian grinste. »Mit der richtigen Summe geht alles, glaubt mir.«

Leona versuchte, ihre Verwunderung zu verbergen, um nicht den Eindruck von Naivität zu erwecken.

»Ihr habt eine wunderschöne Handschrift«, sagte sie stattdessen.

»Konntet Ihr lesen, was ich geschrieben habe?«

»Ja.«

Leona lächelte zufrieden ob der Überraschung, die sich auf Damians Gesicht breitmachte.

»Ihr steckt voller Rätsel«, murmelte er.

Es war einfach, den Marktplatz zu finden. Damian musste bloß den anderen Karren und Wägen folgen, die alle zielstrebig in die Stadtmitte fuhren. Am Hauptplatz wurden sie erneut angehalten, denn niemand durfte seinen Stand einfach aufbauen. Die Plätze wurden zugeteilt, und erneut war eine Summe Geld zu entrichten.

»Was passiert, wenn wir all die Münzen, die Ihr eben zahlen musstet, nicht einnehmen werden?«, flüsterte Leona Damian zu. Der Batzen Geld, den er ausgegeben hatte, noch bevor sie ihren Stand aufgebaut hatten, beunruhigte sie.

»Das ist das Risiko, das jeder Kaufmann trägt«, erklärte Damian. Er schien über die Beträge nicht sonderlich überrascht. Vielleicht gab es Städte, die weit höhere Abgaben forderten.

Ein langer, dürrer Junge mit auffallend rotem Haar winkte ihnen zu.

»Kommt«, forderte er und führte sie zu einem Platz, der sich direkt vor der Kirche befand. »Ihr könnt hier Eure Ware ausbreiten«, sagte er und lief wieder zurück zum nächsten wartenden Händler.

Leona sprang geschickt vom Wagen. Vor dem Eingang zur Kirche bekreuzigte sie sich rasch. Besser, sie ließ sich nicht auf ein längeres Gespräch mit Gott ein. Die Liste ihrer Sünden wurde von Tag zu Tag länger. Eben gab sie sich als verheiratete Frau aus, die die heiligen Sakramente der Ehe bekommen hatte. In Wahrheit war sie eine geschändete Frau mit einem unehelichen Kind. Aber konnte Gott ihr das zum Vorwurf machen?

Irgendwann würde Leona wieder die Beichte ablegen. Aber sie würde genau darauf achten, an wen sie sich dabei wandte.

Auch Damian kletterte vom Wagen. Gemeinsam hievten sie einen aufklappbaren Tisch auf den Boden und stellten ihn auf. Leona schaute sich um.

In einiger Entfernung entdeckte sie einen Pranger. Eine Frau war darauf festgebunden. Sie trug eine Schandmaske aus Metall. Das hässliche Gerät hatte riesige Ohren und eine übertrieben lange Zunge, die aus einem offenen Mund hing. Rund um die Verurteilte hatten Kinder und ein paar Schaulustige einen Kreis gebildet. Einige warfen fauliges Gemüse nach der Frau, andere lachten und beschimpften sie. Leni war diese Art der Bestrafung nicht fremd. Die Maske war ein Zeichen dafür, dass die Frau getratscht und sich in die Angelegenheit anderer eingemischt hatte. Damian bemerkte ihr Zögern beim Ausladen des Wagens. Er richtete seinen Blick ebenfalls zum Pranger.

»Es ist überall dasselbe«, sagte er angewidert. »Egal, in welche Stadt man kommt. Es sind immer die Frauen, die an den Pranger gestellt und dem Spott der Allgemeinheit ausgesetzt werden.«

»Denkt Ihr auch, dass Frauen böser sind als Männer?«

»Um Himmels willen, nein«, sagte Damian ernst. »Sie

sind einfach körperlich schwächer als Männer, und das wird schamlos ausgenutzt.«

Ob der Kaufmann wirklich meinte, was er eben gesagt hatte, oder machte er sich bloß über sie lustig? Doch er schien mit seinen Gedanken schon wieder ganz woanders zu sein. Sorgfältig reihte er die Gewürzmischungen auf dem Tisch auf, den sie eben aufgebaut hatten. Lenis Aufmerksamkeit war immer noch beim Pranger.

»Kommt und helft mir«, forderte Damian. »Die Frau hat die Sache bald überstanden. Zu Mittag wird man sie wieder freilassen, und dank des Getümmels auf dem Markt schenkt ihr kaum jemand Aufmerksamkeit. Sie hätte es noch viel schlimmer erwischen können.«

Leona war da anderer Meinung, und die Sorglosigkeit, mit der Damian über die arme Verurteilte sprach, ärgerte sie. Doch sie wollte nun keine Diskussion über Schandmasken beginnen.

Leona holte einen Sack getrockneter Kräuter vom Wagen und sah sich dabei weiter um. Neben ihnen verkaufte ein Mann Küken, die in Körben zwitscherten, und ausgewachsene Hühner in Käfigen. Außerdem bot er Eier an. Auf der anderen Seite breitete eine Frau bunte Bänder aus besticktem Stoff aus und bot feine Ledergürtel zum Verkauf an. Es gab Stände mit Gemüse aus der Region, andere mit feinem Leder, weichen Pelzen und glänzendem Bernstein aus dem Osten. Es gab Heringe aus der Ostsee und Pökelsalz, das über die Flüsse aus dem Westen transportiert worden war. Die Luft war geschwängert mit den Gerüchen von geräuchertem Speck, frisch gebackenen Krapfen und würzigem Käse. Vom anderen Ende des Platzes drang Musik zu ihnen. Zwei Spielmänner hatten auf einem kleinen Podest Aufstellung genommen. Sie trugen bunte Gewänder, die mit kleinen Glöckchen versehen waren, und gaben Lieder auf der Laute und der Flöte zum Besten. Zwei Frauen fassten sich an den Händen und drehten sich zu den rhythmischen Klängen fröhlich im Kreis. Kinder klatschten ausgelassen. Fasziniert schaute Leona ihnen zu. Da sauste ein Straßenköter an ihr vorbei. Er trug eine Wurst im Maul, die er offenbar einem der Händler gestohlen hatte. Händeringend lief ein Mann mit dickem Bauch dem Hund hinterher, blieb aber dann stehen und kehrte schimpfend wieder zurück zu seinem Stand. Auch Leona hatte Hunger und ihr Magen knurrte so laut, dass sie beruhigend ihre flache Hand dagegenpresste. Ihr Körper erinnerte sie daran, dass sie heute noch nichts gegessen hatte.

Damian hörte das fordernde Geräusch. »Soll ich uns zwei Krapfen holen, oder wollt Ihr lieber etwas Käse und Wurst?« Er zeigte zu einer Frau, die vor einem Tisch, bei dem Schneidbretter aus Holz angeboten wurden, stand und lautstark frisches Schmalzgebäck anpries, das in einem Korb auf dem Boden lag.

»Ich hätte gerne einen Krapfen!«

»Kommt sofort!« Damian ließ Leona allein zurück. Kaum war er weg, fühlte sie sich verloren. Auf der gegenüberliegenden Seite des Marktes pries ein weiterer Gewürzhändler seine Ware an. Er führte kostbare Zimtrinde, bunten und schwarzen Pfeffer sowie Nelken und Piment aus dem Orient. Seine Produkte befanden sich nicht in einfachen Säcken, sondern lagen in reichlich verzierten Holzkisten. Die Schnitzarbeiten der Behälter waren ein Vermögen wert. Der Mann sah südländisch aus, ähnlich wie Damian. Doch seine Haut war sonnengebräunter. Er trug einen auffallenden Hut und ein geschlitztes Wams in zwei intensiven Grüntönen. Der verschwenderisch eingesetzte Stoff spiegelte seinen Wohlstand wider. Mitleidig blickte er zu Leona, die sich darum bemühte, ihre Gewürzmischungen hübsch aufzureihen. Verlegen fasste sie sich an die Stirn und schob eine Haarsträhne zurück unter die Haube, die einfach nicht so sitzen wollte, wie sie sollte.

»Was befindet sich in den Säcken?« Eine reiche Bürgerin war seitlich an den Stand getreten. Auch sie trug ein Kleid in zwei verschiedenen Farben. Sie war zweifellos wohlhabend und ungefähr in Leonas Alter. Hinter ihr stand eine Dienstmagd, die an Leonas Ware nicht interessiert war. Ihre Aufmerksamkeit gehörte dem jungen Kesselflicker, der seine Dienste vor der Wirtsstube am Ende des Platzes anbot. Der kecke Bursche zwinkerte der jungen Frau ungeniert zu.

»Es sind Kräutermischungen, die das Würzen von Speisen vereinfachen«, beeilte sich Leona, ihr zu erklären. »Ich habe sie selbst nach Rezepten aus aller Welt hergestellt.«

»Kräutermischungen?« Neugierig geworden, beugte sich die Frau über einen der Säcke, die Leni nun öffnete. Sie ließ die Kundin am Inhalt schnuppern.

»Wir führen unterschiedliche Mischungen. Diese hier eignet sich zum Würzen von Fischeintopf. Es befinden sich darin Dill, Petersilie, Schnittlauch, wilder Knoblauch und Pfeilkressesamen.«

»Was für ein Samen?«

»Pfeilkressesamen«, wiederholte Leona. »Die Körner schmecken ähnlich wie Pfeffer, kosten aber bloß einen Bruchteil und dürfen erst gegen Ende des Kochvorgangs den Speisen zugefügt werden, sonst verflüchtigt sich der scharfe Geschmack.«

Ungläubig runzelte die Kundin ihre hohe ausrasierte Stirn, die der letzten Mode entsprach. Ihre Haare blieben sittsam unter der Haube und rutschten nicht vorlaut darunter hervor.

»Hier, bitte. Überzeugt Euch selbst«, forderte Leona. Sie hielt der Kundin ein Säckchen mit dem Samen entgegen. Bereitwillig griff die Frau hinein, entnahm ein paar Körner und kostete. Ihre Augen weiteten sich vor Überraschung.

»Das Gewürz schmeckt scharf!«, rief sie aus. »Genau wie Pfeffer.«

Leona nickte zustimmend.

»Und was ist mit den anderen Mischungen?«, wollte die Frau wissen.

»Es gibt Kräuter für Geflügel, Gemüse, Linsen, Kohl und Lamm …«

Die Kundin unterbrach Leona. »Mein Mann liebt Lamm. Er ist Ratsherr der Stadt«, ihre Bemerkung sollte Leona zweifelsohne einschüchtern. »Heute Abend will ich ihn mit einer Lammkeule überraschen. Ich habe sie eben gekauft.« Sie drehte sich zu ihrer Magd um, die einen Korb trug, aus dem der Knochen einer Keule herausragte.

»Zeigt mir die passende Kräutermischung«, forderte die Frau des Ratsherrn.

Bereitwillig griff Leona nach dem passenden Sack. Sie schnürte ihn auf und ließ die Kundin riechen.

»Das duftet himmlisch«, zunehmend wurde die Frau freundlicher. Ihre überhebliche Stimmlage wich einem begeisterten Tonfall. »Was habt Ihr hineingetan?«

»Thymian, Bohnenkraut, Kümmel, Salbei, Lorbeerblätter und Wacholderbeeren«, erklärte Leona. Sie fürchtete, dass die Frau sich bedanken und umdrehen würde. Sicher hatte sie all diese Gewürze im eigenen Kräutergarten hinter ihrem Haus. Aber das Gegenteil traf ein.

»Was kostet ein halbes Pfund?«

»Ein halbes Pfund?«, wiederholte Leona ungläubig.

»Ja, oder vielleicht habt Ihr recht. Ich sollte gleich ein ganzes nehmen.«

Suchend sah sich Leona um. Wo war Damian? Die Frau wollte ein ganzes Pfund von der Lammgewürzmischung kaufen. Doch vom Genueser fehlte jede Spur, deshalb nannte Leona vorsichtig den Preis, den er vorgeschlagen hatte.

»Vier Silberpfennige.«

»Das erscheint mir reichlich teuer«, empört schüttelte die Kundin den Kopf.

»Das mag sein, gute Frau«, erklärte Leona freundlich. »Aber Ihr müsst bedenken, dass ich die Kräuter einen Sommer lang hegen und pflegen musste, bevor ich sie einsammeln, fein säuberlich trocknen und schließlich zu diesen feinen Mischungen vermengen konnte. Es steckt eine Menge Arbeit in diesem Sack.«

»Hm«, die Kundin zögerte. »Ich zahle Euch die Hälfte.«

»Das Angebot ist freundlich, doch leider kann ich es nicht annehmen«, bedauerte Leona. »Ich würde mir sehr wünschen, dass Ihr heute Abend Euren Mann mit der Gewürzmischung überraschen könnt, aber der Preis, den Ihr mir nennt, ist zu niedrig. Er würde bedeuten, dass ich für viele Stunden harte Arbeit keinen Lohn bekomme.«

»Zweieinhalb Pfennige!«

Leona lehnte erneut freundlich ab. »Auch das ist zu wenig.«

»Drei Silberpfennige, das ist mein letztes Angebot«, sagte die Kundin.

»Ich gebe Euch den halben Sack für dreieinhalb Pfennige«, sagte Leona. »Denn ich will wirklich, dass Ihr Euren treuen Ehemann mit einem unvergesslichen Gericht überraschen könnt.«

»Abgemacht«, die Frau schlug ein.

Leona stellte die Waage auf den Tisch, sodass die Kundin genau sehen konnte, welches Maß sie in die eine Waagschale legte. Dann gab sie die Kräuter in die andere Schale. Als der Zacken der Anzeige genau in der Mitte stand, nahm sie die Kräuterschale ab und leerte die Ware in einen Leinensack, den ihr die Kundin reichte. Zufrieden nahm die Frau die Mischung entgegen, griff nach dem Geldbeutel, der an dem zierlichen Ledergürtel um ihre Taille hing, und zählte die genannte Summe in Leonas Hand. Dann nahm sie die Kräutermischung samt Pfeilkressesamen entgegen und schlenderte weiter.

Kaum dass sie weg war, trat Damian aus dem Schatten des Nachbarstandes. Er hatte die Szene beobachtet. »Ihr seid ein Verkaufstalent«, lobte er anerkennend. »Dafür habt Ihr Euch einen frischen Krapfen verdient.«

Er reichte Leona eines der fettigen Gebäckstücke, die er in der Hand hielt.

Zufrieden griff sie danach. Ihr Herz klopfte schnell. Sie fühlte sich stolz, erleichtert und so lebendig wie schon seit Jahren nicht mehr. Eben hatte sie ihr erstes Verkaufsgespräch erfolgreich geführt.

»Das war gar nicht so schlecht, oder?«, fragte sie leise.

»Es war großartig!« Damian biss von seinem Krapfen ab. »Ich werde mir irgendwo ein lauschiges Plätzchen suchen und den Tag in der Sonne genießen. Ihr schafft das hier ganz allein.«

»Untersteht Euch!«

Bevor Leona weiterschimpfen konnte, näherte sich die nächste Kundin dem Verkaufsstand. Auch sie ließ sich alle Mischungen zeigen und kaufte je ein halbes Pfund von zwei Mischungen. Leona ging in ihrer Rolle auf. Mit jedem Verkaufsgespräch wurde sie sicherer und genoss es am Ende des Vormittags sogar, mit den Frauen um den Preis zu feilschen. Die Begeisterung der Kundinnen war groß. Es kamen nicht nur wohlhabende Bürgerinnen, sondern auch einfache Handwerkerfrauen. Die Preise waren auch für sie erschwinglich. Immer mehr Menschen interessierten sich für die Kräuter und drängten zum Stand. Es war so, als zöge jeder Kunde weitere Neugierige an. Gerade als Leona einen Verkauf abgewickelt hatte und aufschaute, stand der Gewürzhändler vom Stand neben dem Brunnen vor ihr. Er hatte die Hände in die Hüften gestemmt und musterte Leona mit grimmigem Blick.

»Frau, was verkauft Ihr den Leuten?«, fragte er. Seine Stimme klang bedrohlich.

»Kräutermischungen zum Würzen der Speisen«, sagte Leona tapfer. Sie wollte sich von dem Mann nicht einschüchtern lassen, auch wenn er um einen ganzen Kopf größer war als Leona und mindestens doppelt so breit. Damian war gerade dabei, zwei Kundinnen zu bedienen.

»Auf ein Wort unter Kaufleuten«, sagte der Gewürzhändler nun so leise, dass nur Leona ihn hören konnte. Er bedeutete ihr, ihm zum Rand des Verkaufsstandes zu folgen. Hilfe suchend sah sie sich nach Damian um. Doch der stand mit den Rücken zu ihr, redete und scherzte immer noch mit den Frauen. Widerwillig trat Leona zu dem Händler.

»Ich habe heute noch kein einziges Gramm Pfeffer verkauft«, zischte er. »Wenn ich nicht bald ein paar Kunden habe, dann gehe ich heute Abend mit leeren Händen nach Hause.«

»Das tut mir leid.«

»Das soll es auch«, brummte er düster. »Nehmt Eure Kräuter und verschwindet, oder ich melde Euch bei der Kaufmannsgilde dieser Stadt.«

»Aber warum? Wir haben nichts Unrechtes getan«, verteidigte sich Leona.

»Eure Preise sind zu niedrig. Sie ruinieren das Geschäft.«

Leona drehte sich erneut zu Damian um. Der stand nun direkt neben ihr und sah den Kaufmann frech an.

»Alfonso, belästige meine Frau nicht mit unsauberen

Tricks. Du weißt, dass die Preise in Ordnung sind«, forderte er.

»Damian Brantoni?« Das Gesicht des Gewürzhändlers wechselte die Farbe. Zuerst wurde er blass, dann dunkelrot, und schließlich grinste er übers ganze Gesicht.

»Was zum T...«, er schluckte den Fluch hinunter und entschuldigte sich. Mit einem Schlag hatte seine Stimme jede Unfreundlichkeit verloren. Auch seine Körperhaltung war nun alles andere als bedrohlich. Freundschaftlich klopfte er Damian auf die Schulter und lachte laut. Die tiefen Töne schienen direkt aus seinem breiten Brustkorb zu kommen.

»Wann hast du geheiratet? Als wir uns das letzte Mal begegnet sind, warst du noch stolz auf deine Freiheit und hast geschworen, sie niemals aufzugeben.«

»Ja, manchmal muss man rasch zugreifen, damit einem die besten Stücke nicht entgehen«, sagte Damian und warf dabei Leona einen Blick zu, der sie verunsicherte. Entweder war er ein begnadeter Schauspieler, oder er meinte, was er sagte. Leona schoss das Blut in die Wangen. Verlegen richtete sie ihren Blick zu Boden.

Der Gewürzhändler wirkte immer noch fassungslos: »Damian Brantoni hat geheiratet. Der größte Frauenheld Genuas. Sollte ich jemals wieder in diese Gegend kommen, wird mir das niemand glauben.«

Beim Wort »Frauenheld« horchte Leona auf. Nun waren es Damians Wangen, die sich verfärbten. Er räusperte sich dezent.

»Wolltest du nicht nach Nowgorod?«, lenkte Damian ab.

»Ja natürlich. Ich war dort und bin dann weiter an die

Ostsee gereist. Du kannst dir nicht vorstellen, was die nordischen Kaufleute dort für ein Imperium aufbauen. Bald werden sie den gesamten Kontinent beherrschen.«

»Du meinst die Hanse?«

»Ja«, der Mann nickte. »Einflussreiche Kaufleute haben sich zu einer Art Gilde zusammengeschlossen und trotzen den Regionen im Norden niedrige Zölle und Handelsrechte ab. Sie sind mittlerweile so mächtig, dass ihre Städte dem Reichtum Genuas und Venedigs in nichts nachstehen. Der einzige Unterschied ist das Wetter. Es ist verdammt kalt dort oben im Norden, und es regnet ohne Unterlass.«

»Ich habe davon gehört«, sagte Damian.

Eine Pause entstand, in der der Gewürzhändler Leona ungeniert musterte. »Du bist unhöflich wie immer. Auch als verheirateter Mann, Damian Brantoni! Willst du mich nicht vorstellen?«

Er verbeugte sich vor Leona. »Mein Name ist Alfonso Sarcosa. Ich stamme aus Aquileia.«

Leona zögerte. Mit welchem Namen sollte sie sich vorstellen? Damian wartete ebenso neugierig wie sein Freund, ganz sicher nicht dazu bereit, ihr zu helfen. Amüsiert verschränkte er die Arme vor der Brust und schmunzelte.

»Mein Name ist Leona Brantoni. Ich bin sehr erfreut, Euch kennenzulernen.« Aus den Augenwinkeln sah sie, wie Damian die Augenbrauen belustigt hochzog. Schon nach einem Tag mit ihm stand sie ihm im Schwindeln um nichts mehr nach.

Alfonso ergriff ihre Hand, doch seine Aufmerksamkeit

war bei seinem Verkaufsstand, wo sich gerade eine kleine Traube von Menschen versammelte.

»Ihr müsst mich leider entschuldigen«, erklärte er geschäftstüchtig. »Ich muss zurück. Vielleicht verkaufe ich ja doch noch etwas.« Er schickte sich an zu gehen, drehte sich aber noch einmal um. »Sobald der Markt vorbei ist, trinken wir zusammen einen Krug Bier. Ihr müsst mir das Geheimnis der Kräutermischungen verraten.«

»Abgemacht«, versprach Damian. Kaum hatte Alfonso sie verlassen, trat Leona näher.

»Frauenheld?«, fragte sie erheitert.

Damian zuckte entschuldigend mit den Schultern. »Das war, bevor ich Euch kennengelernt habe.«

Wieder glühten Leonas Wangen, und ihr Herz polterte davon. Damian verwirrte sie auf eine angenehme und aufregende Weise. Bevor er sich noch weiter zu ihr beugen konnte, wandte sie sich der Kundin zu, die sich interessiert nach einer Kräutermischung für Kohlgerichte erkundigte. Nach und nach leerten sich die Säcke, und noch bevor der Markttag zu Ende war, hatten Leona und Damian ihre Vorräte verkauft.

»Wollt Ihr eine Runde über den Platz machen und sehen, was die anderen anbieten?«, fragte Damian.

Nur zu gerne stimmte Leona dem Vorschlag zu. »Kommt Ihr mit?«

»Ich baue in der Zwischenzeit den Tisch ab. Genießt den Markt.«

Das ließ sich Leona nicht zweimal sagen. Mit einem prall gefüllten Geldbeutel, der unter ihren Röcken hing, lief sie los. An einem Stand mit roher Schafwolle hielt sie an. Beinahe hätte sie damit begonnen, um einen Sack voll Wolle zu feilschen, aber dann fiel ihr ein, dass sie zuvor lieber ein Spinnrad erstehen sollte, deshalb ging sie weiter. Eine wahre Flut an Gerüchen schlug ihr entgegen. Ziegenkäse, roher Schinkenspeck, geräucherte Würste und fettiges Schmalzgebäck wetteiferten mit gegerbtem Leder, frisch gehobeltem Lärchenholz und Bienenwaben. An jedem Stand wurde debattiert und gehandelt. Die Menschen lachten, scherzten, schimpften und schrien. Die Musik der Spielleute wurde lauter, es wurde getanzt und gesungen. Kinder liefen Hunden und Katzen hinterher. Sie spielten Verstecken hinter den Ständen und freuten sich über saftige Äpfel und frische Nüsse, die ihre Eltern ihnen kauften. Wie sehr würde Johannes dieses Treiben genießen. Doch statt mit einer Horde Kinder zu spielen, spazierte er gerade mit Mara durch den Wald und sammelte Pilze für den Winter.

Leonas Kehle schnürte sich zusammen. Ihre Freude wich, denn ihr wurde bewusst, dass nach diesem Tag ihr Leben im Wald nie wieder so sein würde wie bisher. Sie war gerade dabei, das Leben zurückzugewinnen, und sie ahnte, dass Damian recht hatte. Sie durfte Johannes diese Erfahrungen nicht vorenthalten. Ganz egal, wie viele Gefahren außerhalb des Waldes lauerten. Die pralle Fülle an Gerüchen und Geschmäckern, die Freude an den Gesprächen mit anderen und die simple Erkenntnis, dass man lebte, waren es wert, sich in Gefahr zu begeben.

Heidenreichstein

Hadmar hatte zwei seiner Söldner mitgenommen und war noch vor der Öffnung der Burgtore losgeritten. Er wollte unnötigen Tratsch vermeiden. Was er vorhatte, ging niemanden etwas an. Mit einer Fähre hatten sie bei Stein über die Donau gesetzt und dort in einer der vielen Gaststuben gefrühstückt, dann waren sie weitergezogen, Richtung Norden. Das Wetter war freundlich und ihre Pferde ausgeruht, weshalb sie zügig vorankamen. Sie übernachteten im Freien. Hadmar wollte nicht zur Burg Heidenreich, wo ein Verwandter von Gotthart residierte, und auch nicht zur kleinen Siedlung, die unterhalb der Burg lag. Die Gefahr, dass man ihn erkennen könnte, war zu groß. Bei seinem Vorhaben wollte Hadmar so wenig Aufsehen wie möglich erregen. Daher suchte er nach einem Bauernhof, der sich abseits der Dörfer befand. Als am Rand der gefürchteten Moorlandschaft, in der schon der eine oder andere Wanderer ertrunken war, ein niedriges Gebäude auftauchte, aus dessen

Schornstein Rauch aufstieg, wies er seine Männer an, ihm zu folgen.

Die Hühner, die vor dem Haus herumliefen, flatterten aufgeregt zur Seite und gackerten empört, als die drei einritten. Ein Hofhund bellte laut. Das graue struppige Tier sprang einem der Pferde mutig entgegen. Hadmar ergriff seine Peitsche und schlug nach dem Hund, traf ihn aber nicht. Dennoch zog das Tier jaulend ab.

»Svenja, sei still!« Eine magere Frau mit einem Säugling auf dem Arm trat aus dem Haus. Ängstlich musterte sie die drei Fremden. Sie war kaum älter als ein Kind. Doch ihre Körperhaltung glich einer Greisin, was darauf hinwies, dass sie hart arbeitete.

»Mein Mann und die Knechte sind auf dem Feld«, sagte sie knapp. Sie sprach in einem breiten Dialekt.

»Ich bin nicht auf der Suche nach Eurem Mann.« Hadmar machte sich nicht die Mühe abzusteigen. Er blieb auf dem Pferd sitzen, so musste die Frau zu ihm aufschauen, was sie wegen ihres Buckels zu einer grotesken Bewegung zwang.

»Ich will wissen, wo ich zwei kräuterkundige Frauen finde. Sie sollen hier irgendwo leben, gemeinsam mit einem Kind, einem Jungen.«

Misstrauen legte sich über das Gesicht der Frau. »Wozu braucht Ihr eine Kräuterkundige? Ihr seht völlig gesund aus.« Sie ließ ihren Blick zu den beiden Söldnern gleiten. »Und die da schauen auch kräftig aus.«

Hadmar wurde ungeduldig. Ganz sicherlich ließ er sich von einer einfachen Bäuerin nicht zum Narren halten. Mit einem Satz sprang er vom Pferd und landete direkt vor der jungen Frau. Er war um einen ganzen Kopf größer als die Bäuerin. Sie erschrak und stieß einen Schrei aus. Hadmar fasste nach seinem Dolch, zog ihn aus dem breiten Gürtel und hielt ihn dem Kind der Bäuerin drohend an den Kopf. Sie versuchte, sich schützend wegzudrehen. Aber Hadmar setzte nach. Hätte die Frau sich weiter bewegt, wäre ihr Kind zu Schaden gekommen.

»Ich mag es nicht, wenn mir meine Fragen nicht beantwortet werden«, knurrte Hadmar unfreundlich.

»Wo befindet sich die Hütte von den Kräuterfrauen?«

»Ich ... ich kenne keine Kräuter...!« Die Bäuerin zitterte vor Angst.

Unwirsch legte Hadmar die Spitze des Dolchs direkt auf den Hinterkopf des Kindes. Das Wickelpolster schützte die zarte Haut des Säuglings.

»Soll ich deinem Gedächtnis nachhelfen?«

Die Bäuerin schluchzte. »Sie wohnen in einer Hütte, dort, wo Moor und Wald zusammenstoßen.« Sie stieß die Worte so schnell heraus, dass es Hadmar schwerfiel, sie zu verstehen. Er blinzelte irritiert, und sie wiederholte ihre Worte rasch: »Mara und Leni wohnen in einer Hütte zwischen Moor und Wald.«

»Na bitte. Es geht doch«, zufrieden schnalzte Hadmar mit der Zunge. Der Name Leni zauberte ein Grinsen auf sein Gesicht und stimmte ihn milde. Er nahm seinen Dolch zurück und verschonte das Kind.

»Wie gelange ich zur Hütte?«

Sichtlich niedergeschlagen sprach die Bäuerin weiter: »Wenn Ihr dem Weg nach Norden folgt, gelangt Ihr zu einer

Gruppe heiliger Steine. Sie stehen aufrecht im Kreis. Hinter dem Steinkreis verläuft ein schmaler Pfad, an dessen Ende die Hütte liegt.«

Hadmar steckte seinen Dolch wieder in seinen Gürtel. Mühelos sprang er auf sein Pferd. Ohne sich bei der zitternden Frau zu bedanken, die ihr schlafendes Kind so fest gegen ihre Brust drückte, dass es aufwachte und schrie, ritt Hadmar Richtung Norden. Er wollte keine weitere Zeit verlieren. Seine Männer folgten ihm schweigend.

Waidhofen

Als alle Marktstände wieder abgebaut waren und das bunte Treiben sich aufgelöst hatte, saßen Leona und Damian im Schatten einer hohen Linde auf einer Bank vor einem der Gasthäuser und warteten auf Alfonso, der nachkommen wollte.

Leona hatte sich strikt geweigert, die verrauchte Wirtsstube zu betreten.

»Wovor fürchtet Ihr Euch?«, wollte Damian wissen. »Ihr seid eine verheiratete Frau, die sich in Begleitung ihres Ehemanns befindet. Es ist nichts Unschickliches daran, ein Gasthaus zu besuchen.«

»Rom wurde bekanntlich auch nicht an einem Tag erbaut«, antwortete sie. Leona fand, dass sie an diesem Tag schon genug neue Erfahrungen gesammelt hatte. Ein Schluck Bier in Begleitung von zwei Männern reichte als Abschluss. Kurz bevor die letzten Händler gegangen waren, hatte Leona bei einem Kunstschnitzer eine kleine Figur gekauft. Es war ein Reiter auf einem Pferd. Damit wollte sie Johannes überraschen.

Sobald Alfonso zu ihnen stieß, erfuhr Leona, dass er ein Kaufmann aus einer alten römischen Stadt war. Seine Familie betrieb seit Jahrhunderten Handel über eine alte Handelsstraße, auf der Bernstein aus dem hohen Norden ins Römische Reich gebracht worden war. Die Route führte über den Osten, querte Ungarn, passierte Carnuntum und verlief weiter in den Norden, bis sie schließlich in Nowgorod endete. Die Familien Sarcosa und Brantoni betrieben seit zwei Generationen gemeinsame Geschäfte. Nachdem die Sarcosas ihre Verbindungen zu Venedig aufgegeben hatten, da immer neue und höhere Zölle es ausländischen Kaufleuten erschwerten, Handel über die Lagunenstadt zu betreiben, waren die Sarcosas auf Genua ausgewichen. Seither lieferten die Brantonis einen Teil ihrer Gewürze nach Aquileia. Von dort aus wurde die kostbare Fracht von den Sarcosas bis nach Nowgorod transportiert.

Nach einem Krug Bier lüftete Leni das Geheimnis der Kräutermischungen. Doch Alfonso wollte ihr nicht glauben.

»Ihr verkauft einfach nur getrocknete Kräuter aus dem Küchengarten? Das kann doch nicht sein!«, er wirkte entsetzt.

Als die Schankmagd vorbeikam, winkte er sie zu sich und bestellte einen weiteren Krug des köstlichen Biers. Die junge Frau hatte einen hochroten Kopf und schwitzte. Seit Stunden hetzte sie zwischen den Bänken, Tischen und der Gaststube hin und her. Sie war barfuß und trug ein unzüchtiges Kleid, für das jeder Kirchenmann ihr eine ganze Latte an Gebeten zur Buße auferlegt hätte.

»Ja, ich schwöre es Euch«, sagte Leona. »Es ist die perfekte Mischung, die die Frauen überzeugt.«

Damian bestätigte ihre Worte: »Irgendwelche Kräuter zusammenmischen kann jeder. Aber das richtige Verhältnis zu finden, das ist eine Kunst, die nur die wenigsten verstehen.«

Alfonso nickte wissend. Sein rechter Vorderzahn war nur mehr zur Hälfte vorhanden. Aber alle Zähne waren trotz seines Alters erstaunlich weiß. »Und deine bezaubernde Frau beherrscht die Kunst, was für ein ausgesprochener Glückspilz du doch bist.«

»Ja, das bin ich«, sagte Damian leise und schenkte Leona einen Blick, der ihr einen heißen Schauer über den Rücken jagte.

Lag es am Bier oder an Damians bernsteinfarbenen Augen? Leona spürte eine Sehnsucht in sich, die ihr bisher fremd gewesen war. Am liebsten hätte sie sich zu Damian gebeugt und ihn direkt auf den Mund geküsst – und das mitten in einem Gastgarten. Was für ein unschickliches und sündhaftes Ansinnen.

»Gebt mir alle Säcke mit, die Ihr noch übrig habt«, schlug Alfonso vor.

»Wir haben alles an den Mann beziehungsweise an die Frau gebracht«, sagte Damian.

»Glaubt Ihr, dass die Kräutermischungen sich auf anderen Märkten verkaufen würden?« Leonas Aufmerksamkeit war wieder bei dem Gewürzhändler aus Aquileia.

»Ja natürlich. Ich würde Euch den gesamten Vorrat abkaufen. Aber wenn Ihr nichts mehr übrig habt, werde ich Euch auf dem Rückweg eine Ladung abnehmen. Bis ich in Aquileia angekommen bin, habe ich die Säcke verkauft, dessen bin ich mir sicher. Wo kann ich Euch finden?«

Schon öffnete Leona den Mund, um zu erklären, dass sie in einer Hütte am Rande des Moors von Heidenreichstein lebte, aber sie schloss ihn wieder. Alfonso glaubte ja, dass sie Damians Frau war. Ihr vorwurfsvoller Blick sollte ihm sagen: »Da seht Ihr, wo uns all die Lügen hinführen.«

Aber wie immer reagierte Damian schnell und überzeugend.

»Wir sind im Moment auf Wanderschaft. Es wird noch ein paar Jahre dauern, bis wir nach Genua zurückkehren. Sobald wir dort sind und Leona ihre Mischungen in großen Mengen herstellt, werden wir es dich und deine Familie wissen lassen. Versprochen. Du bist der Erste, der davon erfährt.«

»Das ist nicht die Antwort, die ich erhofft hatte«, gab Alfonso zu. »Habt Ihr denn gar nichts mehr übrig?«

»Nur noch ein winziges Säckchen Pfeilkressesamen und ein weiteres mit einer Kräutermischung für Kohlgerichte.«

»Ich kaufe Euch beides ab.«

»Wenn das kein Grund zum Feiern ist!« Ohne jede Vorwarnung beugte sich Damian zu Leona und drückte ihr einen flüchtigen Kuss auf die Wange. Es ging so schnell, dass sie sich nicht dagegen wehren konnte, und es geschah mit einer Selbstverständlichkeit, dass niemand davon Notiz nahm. Außer Alfonso, der sich aber nicht weiter wunderte.

Die Stelle, die eben von Damians Lippen berührt worden war, brannte noch lange nach. Selbst dann, als er und Alfonso sich längst über alte Zeiten unterhielten, über Frauen, die sie verehrt und nicht erobert, und Konkurrenten, die sie übers Ohr gehauen hatten. Leona verfolgte das Gespräch mit wenig Aufmerksamkeit. Ihre Gedanken kreisten einzig und allein um den Kuss, von dem sie sich wünschte, Damian würde ihn wiederholen, und diese Sehnsucht beunruhigte sie.

Heidenreichstein

Die Hütte, die plötzlich zwischen dichten Farnen aus dem nebeligen Spätsommerwald auftauchte, war solider gebaut, als Hadmar das erwartet hatte. Wie hatten die beiden Frauen es geschafft, ein dermaßen passables Gebäude aus erstaunlich geraden Brettern zu zimmern? Jemand musste ihnen dabei geholfen haben. Ein Mann, mutmaßte Hadmar, und der Gedanke machte ihn wütend. Er gebot seinen Männern, am Waldrand stehen zu bleiben. Die Angelegenheit in der Hütte wollte er allein erledigen. Sollte er wider Erwarten gegen zwei Frauen und ein Kind Hilfe benötigen, würde er ihnen ein Signal geben, und sie würden ihm zur Seite eilen.

»Ich will, dass man euch von der Hütte aus nicht sehen kann«, forderte er. »Haltet eure Waffen bereit. Sollte es Ärger geben, dann tretet aus dem Dickicht, und zeigt eure Schwerter. Ich will, dass den Weibern klar ist, dass sie nichts gegen uns ausrichten können. Einer von euch bleibt auf dem Pferd, einer steigt ab. Wenn eines der Frauenzimmer flüchten will, hindert sie daran zu entkommen.«

Die Männer nickten pflichtbewusst. »Dem Jungen darf nichts passieren, und das junge Weib soll ebenfalls am Leben bleiben. Habt ihr mich verstanden?«

Die Männer waren es gewohnt, Anweisungen wie diese zu befolgen und nicht nach dem Warum zu fragen. Wieder war ein zustimmendes Kopfnicken die Antwort. »Wenn ich sehe, dass ihr dem Kind oder der jüngeren Frau auch nur ein Haar krümmt, dann seid ihr dran, und sollte ihnen die Flucht gelingen, dann ebenfalls.« Hadmar ließ offen, ob seine Befehle auch für ihn galten. »Das ältere Weib ist mir egal.«

Dann stapfte Hadmar auf die Hütte zu. Ohne anzuklopfen, trat er sie mit dem Fuß auf. Die Tür schwang nach innen, sie war nicht versperrt. Breitbeinig trat Hadmar ein. Seine schweren Stiefel schlugen hart auf dem festgestampften Lehmboden auf. Sein Schwert hielt er angriffsbereit in beiden Händen. Er hatte entsetzte Hilfeschreie erwartet, aber es blieb mucksmäuschenstill.

Verdutzt blinzelnd sah er sich um. Es dauerte einen Moment, bis seine Augen sich vom grellen Sonnenlicht an das Halbdunkel der Hütte gewöhnt hatten. Der Raum war ordentlich aufgeräumt. In einer Ecke war ein Schlaflager eingerichtet. Die Decken auf dem frischen Stroh und den Schaffellen waren penibel zusammengefaltet, die Pfannen an der Wand glänzten. Über der Feuerstelle, unter der kleine Flammen loderten, hing ein schwerer Topf mit einem Deckel. Er wirkte so einladend, dass Hadmar kurz mit dem Gedanken spielte, einen Blick hineinzuwerfen. Ein verführerischer Duft nach wildem Majoran und Kaninchen lag in der Luft.

Natürlich gab Hadmar diesem Impuls nicht nach. Er war nicht wegen einer Mahlzeit hier. In einem Regal an der Wand stapelten sich Töpfe und Körbe. Von der Decke hingen Kräuterbüschel. Sie verströmten noch mehr herben, würzigen Geruch. Wo zum Teufel waren die Frauen, und wo war sein Sohn? Ob sie ihn hatten kommen sehen und rechtzeitig geflüchtet waren?

Hadmar konnte keinen zweiten Eingang finden. Sie hätten durch die winzigen Fenster klettern müssen. Für ein Kind war das sicher möglich. Aber Leona konnte unmöglich durch die Öffnung klettern. Sie war schlank und ihr Körper geschmeidig, aber nicht dürr. Zumindest hatte er sie so in Erinnerung. Hadmar trat dennoch zum Fenster an der Rückwand der Hütte und blickte hinaus. Außer einem Hühnerstall, dichtem Blätterwerk und einem Verschlag aus Brettern konnte er nichts ausmachen.

Plötzlich nahm er schnelle, kurze Schritte wahr. Er drehte sich auf dem Absatz um. Ein Junge sauste in die Hütte.

»Johannes, warte«, warnte eine tiefe Frauenstimme, die noch deutlich weiter entfernt war. »Irgendetwas stimmt hier nicht. Die Tür der Hütte ist offen.« Doch der Junge stand bereits wie angewurzelt im Türrahmen und blickte Hadmar mit offenem Mund an.

Auch Hadmar erstarrte. Das Kind vor ihm sah aus wie eine kleinere, jüngere Ausgabe von ihm. Es hatte dasselbe blonde Haar wie er, schwarze Augen, und schon jetzt war erkennbar, dass er eines Tages über einen muskulösen Körper verfügen würde. Er war sein Sohn, daran bestand kein Zweifel.

»Tante Mara«, rief Johannes. »Da ist ein fremder Mann in der Hütte. Vielleicht braucht er deine Hilfe.«

Keuchend und nach Luft ringend, erschien nun auch eine Frau, die trotz ihres fortgeschrittenen Alters ungewöhnlich attraktiv war. Sie blieb hinter dem Jungen stehen und legte schützend eine Hand auf seine Schulter.

»Wer seid Ihr, und was habt Ihr in unserer Hütte zu suchen?«, fragte sie. »Vor der Tür ist eine Bank, auf der Ihr hättet warten können.« Ihr Blick richtete sich ausschließlich auf Hadmars Schwert, das er jetzt nur noch in seiner Rechten hielt. Dennoch war es einsatzbereit.

»Ich will den Jungen«, antwortete er finster. »Und seine Mutter, Leona von Rauheneck. Wo ist sie?«

Mara stellte ihren Korb, der bis zum Rand mit Brombeeren gefüllt war, ab und legte nun auch die zweite Hand auf Johannes' Schulter. Sie zog ihn dicht zu sich heran.

»Die Frau, die Ihr sucht, gibt es nicht mehr«, sagte sie.

»Lügt mich nicht an!« Hadmar wurde laut. Er trat näher und wollte sein Schwert auf Maras Brust richten, doch Johannes stand ihm im Weg. Er schmiegte sich ängstlich an sie. Mit einer raschen Bewegung fasste Hadmar nach seinem Nacken und zog ihn mit einem kräftigen Ruck von der Alten weg. So wie man einen Hundewelpen von seiner Mutter entfernte. Er schleuderte ihn zum Schlafplatz, wo der Junge in die Knie ging, sich aber sofort wieder aufrappelte.

»Lasst das Kind, es hat Euch nichts getan«, kreischte Mara. »Ihr tut ihm weh!« Ihre Stimme überschlug sich. Sie wollte zu Johannes, doch Hadmar versperrte ihr den Weg. Er drückte seine Schwertspitze unter ihr Kinn. Mara verharrte. Ihr Herz schlug so schnell, dass die Adern an ihrem Hals hervortraten und pulsierten.

»Wo ist Leni?«

»Sie ist nicht hier!«

»Du sollst mich nicht anlügen!« Hadmar holte mit seiner Linken aus und schlug Mara so fest und unerwartet mit der Faust ins Gesicht, dass sie taumelnd zu Boden ging. Blut tropfte aus ihrer Nase. Johannes schrie auf und stürzte zu Mara. Doch Hadmar hielt ihn mühelos zurück. Ohne den geringsten Kraftaufwand fasste er ihn am Oberarm. Er blickte Johannes in die Augen. Die blanke Angst schlug ihm entgegen. Sie stand in den schwarzen Augen des Jungen, doch er weinte nicht, sondern drängte zurück zu der Frau, die er seine Tante nannte.

Für einen kurzen Moment war es Hadmar, als hielte die Zeit an. Er sah sich selbst, wie er versucht hatte, seinen Bruder Heinrich zu beschützen. Wo kamen auf einmal die Bilder der Vergangenheit her? Entsetzt stieß er Johannes erneut zum Schlafplatz. Diesmal mit so viel Wucht, dass der Junge stolperte und sich den Kopf aufschlug. Seine feine Kinderhaut platzte auf der Schläfe auf, und eine dünne Linie Blut floss über seine Wange. Er weinte immer noch nicht.

»Ihr seid ein Ungeheuer!«, schimpfte Mara ungehalten. »Warum verletzt Ihr den Jungen? Lasst ihn in Frieden. Er bedeutet keinerlei Gefahr für Euch.«

Hadmar trat nun ganz nah an sie heran. Richtete sein Schwert auf ihr Gesicht und strich langsam mit der scharfen

Klinge über ihre Wange, tief in ihr Fleisch. Ein dicker roter Streifen blieb zurück. Maras Haut klaffte auf. Mara wimmerte, schrie aber nicht auf.

»Du einfältiges Weib. Ich hole mir bloß, was mir gehört«, sagte Hadmar heiser. »Den Jungen nehme ich mit, und Leni wird kommen, sobald sie weiß, wo ihr Kind sich aufhält. Nämlich auf Burg Aggstein.«

Er machte einen Schritt zurück und holte schwungvoll mit seinem Schwert aus, um zuzuschlagen, aber genau in dem Moment schrie Johannes laut und schrill auf. »Nein! Bitte nicht, bitte, bitte nicht.«

Hadmar hielt inne. Er drehte sich zu Johannes. Der Junge hockte in der Ecke des Raums und zitterte am ganzen Körper. Er flehte ihn an. Wieder sah Hadmar sich selbst. Plötzlich war es nicht Johannes, der bettelte, sondern er selbst vor vielen Jahren. Er bat nicht für sich um Gnade, sondern für Heinrich.

»Sieh gut hin«, hatte sein Vater gesagt. »Sieh hin, Hadmar, wie dein Bruder für seine jämmerliche Angst bestraft wird. So verfährt man mit elenden Feiglingen. Ein Kuenringer weint nicht. Niemals.« Dann hatte er Heinrich so lange geschlagen, bis dieser nicht mehr weinen konnte, weil er kraftlos auf dem Boden im eigenen Blut zusammengebrochen war.

Hadmar kehrte in die Gegenwart zurück. Johannes hatte beide Arme um seine Knie geschlungen, um nicht zu zeigen, wie sehr sie gegeneinanderschlugen. Der Junge hatte Angst, er war noch jung. Aber er hielt sich tapfer. Seine schwarzen

Augen waren trocken, und er kämpfte auf seine stille Weise für die alte Frau.

Mit einem Mal senkte Hadmar seine Waffe. Aus einem Beutel an seinem Gürtel holte er sein Siegel hervor. Einen breiten roten Kreis auf gestreiftem Untergrund. Er drückte Mara das Siegel in die blutige Wange. Nun schrie sie auf und wand sich unter Schmerzen auf dem staubigen Boden der Hütte. Hadmar schlug sein Siegel gegen die weiß getünchte Wand.

»Leni soll wissen, wo sie ihren Sohn wiederfindet, bei den Kuenringern, wo er hingehört«, sagte er. Dann wandte er sich erneut an Johannes und hielt ihm die Hand entgegen. »Komm mit, dann wird deiner Tante kein weiteres Leid geschehen. Darauf gebe ich dir mein Wort.«

Die Zähne des Jungen schlugen laut gegeneinander. Er zitterte. Ängstlich blickte Johannes zu Mara. Ihre Hände und ihre Finger waren rot. Sie presste sie gegen ihre blutende Wange. Er verharrte und bewegte sich nicht.

»Du sollst kommen.« Hadmars Stimme wurde lauter und ungeduldig. »Oder soll ich ihr auch die andere Wange aufschlitzen?«

»Nein!« Entsetzt sprang Johannes auf. Er ging zu Hadmar, der ihn finster, aber nicht ohne Stolz musterte. Andere Kinder hätten unbeherrscht geschrien und geweint. Doch Johannes war kein Feigling. Er war sein Sohn und der von Leni. Nur zu gut wusste Hadmar, dass auch sie einen starken Willen hatte und keine Furcht kannte. Der Junge ergriff nicht seine Hand, sondern machte einen weiten Bogen darum, wie um ein gefährliches Tier. Hadmar ließ sie sinken. Noch bevor sein Sohn die Tür erreicht hatte, rappelte die alte Frau sich trotz ihrer blutenden Wunde auf.

»Johannes, bleib hier.« Und an Hadmar gerichtet: »Ihr habt kein Recht, ihn mitzunehmen.«

Verärgert, dass sie immer noch nicht Ruhe gab, machte Hadmar einen Schritt auf sie zu und trat sie mit aller Kraft in die Seite. Die Alte krümmte sich zusammen und verharrte leblos. Endlich war sie still. Johannes ließ sich auf die Knie fallen und rutschte auf allen vieren zu ihr. Seine Stimme klang nun verzagt.

»Tante Mara, bitte wach auf«, flehte er heiser und schlang seine Arme um ihre Körpermitte. Mara blinzelte. Leise, sodass nur Johannes sie hören konnte, wisperte sie: »Deine Mutter und ich werden dich holen. Hab keine Angst, du bist stark und tapfer.«

Johannes schniefte.

»Versprich mir, dass du nicht aufgibst.«

Der Junge nickte.

»Komm auf der Stelle her!« Hadmars Stimme erfüllte drohend die kleine Hütte.

Rasch rappelte sich Johannes auf, mit gesenktem Kopf folgte er dem Befehl. Ohne zurückzuschauen, ging er hinter Hadmar aus der Hütte, wo zwei Söldner mit Pferden warteten.

»Ist alles in Ordnung, Herr?«, fragte der Ältere von ihnen.

Hadmar antwortete nicht. Er hob Johannes auf sein Pferd, ein mächtiges Schlachtross, auf dem sein Sohn so jung aussah, wie er tatsächlich war. Der Junge schien keinerlei Angst vor dem riesigen Tier zu haben. Im Gegenteil, er saß mit einer Selbstverständlichkeit im Sattel, als wäre er seit Jahren ein erfahrener Reiter.

»Dieses Pferd könnte dich mit einer einzigen Bewegung töten«, warnte er.

Johannes streichelte über das glänzende kastanienrote Fell. Das Tier schnaubte durch die Nüstern und wackelte mit den Ohren. »Aber es wird es nicht tun«, sagte Johannes, ohne ihn dabei anzusehen.

»Schau mich an, wenn du mit mir sprichst!«

Widerwillig hob der Junge den Kopf. In seinen dunklen Augen lagen Schrecken und Angst, aber es war auch Trotz darin zu erkennen. Hadmar war sich sicher, dass der Junge ihn am liebsten mit seiner kleinen Faust ins Gesicht geschlagen hätte. Die Vorstellung entlockte ihm ein Grinsen. Der Junge verwirrte ihn. Er brachte Saiten in ihm zum Schwingen, von denen er nichts geahnt hatte. Konnte es sein, dass Hadmar auf das kleine Bürschlein stolz war?

Bevor er sich mit einem einzigen Satz geschickt hinter dem Jungen auf den Rücken seines Pferdes schwang, ging er zu dem jüngeren Söldner und flüsterte ihm zu:

»In der Hütte liegt ein Weib am Boden. Erschlag es. Aber mach es leise und ohne Aufsehen. Ich will nicht, dass der Junge es mitbekommt.«

Pflichtbewusst nickte der hagere Mann.

Auf dem Weg von Waidhofen nach Heidenreichstein

Leona konnte es nicht erwarten, Johannes und Mara von ihrem aufregenden Tag in Waidhofen zu erzählen. Es war viel besser gelaufen, als sie sich je erträumt hatte. Leona fühlte sich so lebendig wie seit Jahren nicht mehr. Am liebsten wäre sie auf der Stelle in die nächste Stadt aufgebrochen, um ihre Kräutermischungen auch dort zum Kauf anzubieten. Sie war voller Tatendrang und glockenwach, dabei hätte die Müdigkeit sie schon längst übermannen müssen. Sie hatte einen langen, anstrengenden Arbeitstag hinter sich. Nun saß sie kerzengerade auf der unbequemen Bank im Wagen und wurde unsanft durchgeschüttelt. Die Straße war holprig, voller Schlaglöcher, Steine und Unebenheiten.

In ihren Gedanken sah sie sich bereits in den Süden ziehen, so wie sie es sich als Kind erträumt hatte. Leona war davon überzeugt, dass sie ihre düstere Vergangenheit hinter sich lassen und neu beginnen konnte. Damian hatte ihr gezeigt, dass es möglich war. Heute war sie Leona, die Kräuterhändlerin, gewesen und nicht Leni, deren Leben von

Hadmar zerstört worden war. Es gab eine Zukunft außerhalb der Waldhütte für sie, und sie lechzte danach.

»Hat Euch schon jemand gesagt, dass Ihr wunderschön seid, wenn Ihr zufrieden lächelt?« Damian riss sie aus ihren Gedanken.

»Nein«, gab sie zu. »Macht Ihr allen Frauen, denen Ihr begegnet, dieses Kompliment?« Leona erinnerte sich daran, was Alfonso über seinen Freund gesagt hatte. Er war ein Frauenheld, was immer das genau bedeutete.

»Komplimente kriegen nur die, die sie verdienen«, sagte Damian und fügte hinzu: »Männer wie Frauen.« Er zwinkerte. »Wie hat Euch der Markttag gefallen?«

»Er war großartig!«, seufzte Leona. »Ich bin froh, dass Ihr mich dazu überredet habt. Vielen Dank.«

War er es, der zu ihr rückte, oder war es Leona, die seine Nähe suchte? Sie saßen so dicht beisammen, dass ihre Oberschenkel sich beinahe berührten.

»Wenn Ihr nicht den Mut aufgebracht hättet mitzukommen, hätten wir niemals so erfolgreich sein können. Eure Kräutermischungen haben die Kundinnen überzeugt, wir haben alles verkauft. Ihr seid ein Naturtalent als Kauffrau.«

»Danke«, sagte Leona etwas beschämt. In den letzten Jahren hatte sie nicht viele Komplimente bekommen. Es war völlig verrückt, aber sie wünschte sehnlichst, er würde sich noch weiter zu ihr beugen. War der flüchtige Kuss auf die Wange bloß ein Scherz gewesen? Eine Zuwendung, die jede Frau von ihm bekam, mit der er Zeit verbrachte?

»Warum hat Alfonso Euch einen Frauenheld genannt?«

Die Frage ging nach hinten los. Damian rückte von ihr ab und schwieg.

»Wollt Ihr darauf nicht antworten?«

»Es gibt nicht viel zu sagen«, Damian starrte gekränkt nach vorne und konzentrierte sich auf den Weg. Dabei war es Enzo, der den Wagen allein lenkte und selbstständig dahintrabte. »Meine beiden Brüder haben früh geheiratet und Familien gegründet. Ich bin der jüngste Brantoni und fühlte mich nicht so schnell dazu bereit, mein Leben aufzugeben.«

Leona stieß sich an dem Wort »aufgeben«. Konnte es sein, dass er bereits eine Ehefrau hatte und vor seiner Verantwortung geflüchtet war?

»Seid Ihr denn verheiratet?«, fragte sie vorsichtig und ängstigte sich vor der möglichen Antwort.

»Wie kommt Ihr auf diese verrückte Idee?«

»Es war bloß ein Gedanke.«

»Ein völlig absurder«, sagte Damian empört. »Wäre ich verheiratet, würde ich nicht jahrelang allein durch fremde Länder ziehen. Es ist ein schönes Bild, das Ihr von mir habt.« Er klang gekränkt.

»Vielleicht stelle ich diese Frage, weil ich so wenig von Euch weiß.«

Nun lachte Damian auf. »Ihr wisst wenig über mich?« Er warf ihr einen belustigten Blick zu. »Wie würdet Ihr dann mein Wissen über Euch bezeichnen? Ich weiß nicht einmal, wie Ihr tatsächlich heißt.«

Schuldbewusst stützte Leona ihre Ellbogen auf ihren Knien ab und bettete ihr Kinn in den Händen. Sie seufzte schwer. Eine Weile schwiegen beide. Dann rückte Damian wieder näher zu ihr.

»Die Sache ist die, Leona. Auch wenn ich wenig über Eure Vergangenheit weiß, so muss ich gestehen, dass ich dabei bin, mich Hals über Kopf in Euch zu verlieben, und das ist eine völlige Neuheit in meinem Leben.«

»Ihr wart noch nie verliebt?«

Damian rückte noch näher: »Vielleicht dachte ich, dass ich es wäre. Aber die Gefühle, die ich für Euch empfinde, sind anders, viel intensiver, und ich muss gestehen, dass sie mich verwirren und ängstigen.«

»Ihr habt Angst vor mir?«

»Ihr hört mir nicht zu«, Damian grinste. »Es sind meine Gefühle, die mich beunruhigen.« Er beugte sich noch weiter zu Leona. Sein Gesicht war nur noch eine Handbreit von ihrem entfernt. Leonas Herz schlug schneller. Sie wünschte sich nichts sehnlicher, als seinen Mund mit ihrem zu berühren. Hinterher konnte sie nicht sagen, ob er es war, der sie küsste, oder umgekehrt. Aber es war auch egal, Damians Lippen schmeckten herb und süßlich zugleich. Die Nähe zu ihm fühlte sich einfach nur richtig an.

Die Dämmerung setzte ein, als sich der Wagen der Hütte zwischen Moor und Wald näherte. Leona hatte ihren Umhang fester um sich gewickelt, doch ihr war nicht kalt. Damians Schulter wärmte sie.

»Merkwürdig, dass kein Rauch aufsteigt«, wunderte sich Leona. »Ob Mara und Johannes den ganzen Tag über Beeren, Milch und Honig gegessen haben?« Sie kannte ihren

Sohn und wusste, dass Johannes am allerliebsten Süßes verspeiste. Mara gab seinen Wünschen nur zu gerne nach.

Damian hielt die Zügel kurz, damit Enzo langsamer wurde. »Selbst wenn sie nichts gekocht haben, so sollten sie doch ein wärmendes Feuer entzündet haben. Es ist merkwürdig, dass weder Licht noch Rauch aus der Hütte dringen.«

Mit einem Mal schwand das Glücksgefühl, das Leona eben noch verspürt hatte. Sie richtete sich auf und hielt den Rücken gerade.

»Ob die beiden noch im Wald sind und nach Pilzen und Beeren suchen?«

»Wir werden es gleich sehen«, meinte Damian. Er lenkte den Wagen neben die Hütte. So, als wäre Enzo seit Jahren hier zu Hause, machte er halt und wieherte zufrieden. Vielleicht wartete er auf Johannes, der ihm in den letzten Wochen freudig entgegengelaufen war und ihn mit einem rotbackigen Apfel empfangen hatte. Aber der Junge kam nicht.

»Johannes? Mara?« Leona rief laut. Sie erschrak über ihre eigene Stimme, die ungewöhnlich schrill klang. Nervös sprang sie vom Wagen und lief zum Haus. Die Tür stand offen. Leona trat ein. Das Bild, das sich ihr bot, ließ ihr Herz für einen Moment stillstehen. Die geschnitzte Holzfigur, die sie für Johannes gekauft hatte, fiel polternd auf den Boden und rollte zur kalten Feuerstelle. Fassungslos presste Leona die Hand auf ihren Mund. Sie wollte schreien, aber kein Ton entwich ihrer trockenen Kehle, bloß stummes Entsetzen.

»Mio Dio, ach, du Schreck«, flüsterte Damian. Er war

von hinten an sie herangetreten und blickte sich ebenso fassungslos um wie Leona. »Wo kommt das Blut her?«

In der Mitte der Hütte befand sich ein dunkelroter Fleck, der größtenteils eingetrocknet und im Lehmboden versickert war, ein kleiner Rest war noch feucht und schimmerte im silbernen Mondlicht, das durch die Fensterluke ins Innere der Hütte drang. Der Ort, der gestern noch sichere Heimat gewesen war, wirkte heute wie einer des Grauens.

Leona stützte sich an der Wand ab, um nicht zu fallen. Ihr war übel. Dabei fiel ihr Blick auf das Wappen neben ihrer Hand. Sofort zuckte sie zurück, so als hätte sie sich daran verbrannt. Sie wusste, dass es sich um eine Nachricht für sie handelte.

»Hadmar«, flüsterte sie tonlos. »Er war hier.«

Damian sah sie verständnislos an.

»Es ist das Wappen der Kuenringer. Ein Kreis auf liniertem Untergrund.«

Damian kam näher und betrachtete das Siegel an der hellen Wand, das nun rostbraun leuchtete. Besorgt runzelte er die Stirn. Jemand hatte das Zeichen mit Blut an die Wand gestempelt.

Damian legte seine Arme um Leona, aber die schüttelte sie ab.

»Hadmar Kuenring hat Johannes und Mara umgebracht.« Ihre Worte waren nicht mehr als geflüsterte Laute. Langsam ging sie in die Knie. Die Wände der Hütte drohten auf sie einzustürzen. Genau wie damals, in jener schrecklichen Nacht vor sechs Jahren. Es war ihr, als spürte sie die Schmerzen von Hadmars Schlägen wieder. Ihr Körper zitterte, ihr Herz raste. Schluchzend verbarg sie ihr Gesicht in ihren Händen und weinte hemmungslos. Das Glücksgefühl, das sie vor wenigen Stunden durchflutet hatte, war wie weggeblasen. So als wäre sie niemals in Waidhofen auf dem Markt gewesen, als hätte sie Damian niemals geküsst. Hadmar hatte die kleine, zarte Pflanze der Hoffnung mit einem Schlag zerstört und ihr Leben zurück in die Finsternis gestoßen.

Hilflos stand Damian hinter Leona.

»Ich versuche gerade, die wenigen Informationen, die du mir gibst, zu einem ganzen Bild zusammenzufügen«, sagte er, ging ebenfalls in die Knie und hockte sich neben Leona auf den festgestampften Boden. »Aber es will mir nicht so recht gelingen. Du musst mir helfen.«

Leona schluchzte.

»Warum sollte Hadmar Kuenring in eine Hütte zwischen Moor und Wald reiten und dort einen kleinen unschuldigen Jungen und dessen Tante umbringen?«

Ohne ihren Kopf zu heben, flüsterte Leona tonlos: »Er ist Johannes' Vater.«

»Oh!« Ihre Nachricht brachte Damian für einen Moment zum Schweigen.

»Er hat ihn und Mara umgebracht«, flüsterte Leona. Wieder vergrub sie ihr Gesicht in den Händen und weinte.

»Wenn er das getan hätte, würden ihre toten Körper hier liegen.«

»Vielleicht hat er sie irgendwo verscharrt.« Trotz ihrer Worte schöpfte Leona Hoffnung. War es möglich, dass die beiden noch lebten, dass Hadmar die beiden bloß entführt hatte? Aber der Blutfleck, er bedeutete, dass sie verletzt waren. Schreckliche Bilder zogen vor ihrem inneren Auge vorbei. Johannes, der weinend nach ihrer Hilfe schrie.

Damian zog Leona zu sich. Diesmal ließ sie es geschehen, nahm die Berührung aber kaum wahr. Sanft streifte er ihre Haube vom Kopf und streichelte über ihr Haar.

»Liebst du ihn?«, fragte er vorsichtig.

»Selbstverständlich liebe ich Johannes. Er ist mein Sohn.«

»Ich meinte den Kuenringer.«

»Wie bitte?« Empört löste sich Leona aus der Umarmung. »Wie kommst du auf diesen schrecklichen Gedanken? Hadmar ist ein Ungeheuer, ein Monster, eine Ausgeburt der Hölle.«

Entschuldigend hob Damian beide Hände. »Es war bloß eine Frage, scusa. Er ist der Vater deines Sohnes.«

»Hadmar hat mich vergewaltigt«, platzte Leona hervor. »Sein Bruder hat meinen Vater und alle Menschen, die mir wichtig waren, getötet. Sie haben mir alles genommen, meinen Besitz, meine Familie, meinen Namen, meine Ehre und jetzt meine Freundin und meinen ...«

Leonas Stimme brach. »Meinen Sohn«, flüsterte sie.

Wieder tauchten blutige Bilder in ihrer Vorstellung auf. Sie sah Johannes, wie er entstellt und gequält irgendwo im Straßengraben lag. Um Hilfe rufend, aber seine Stimme blieb unerhört.

»Ich hätte niemals mit dir gehen dürfen«, weinte sie. »Es ist alles nur meine Schuld. Ich habe Johannes getötet. Gott hat mich für meinen Hochmut bestraft. Frauen müssen sich ihrem Schicksal fügen und es demütig ertragen.«

»So viel Unsinn auf einmal habe ich schon lange nicht mehr gehört«, erwiderte Damian. »Was du sagst, ist nicht wahr, und das weißt du!« Er machte eine Pause, und seine Stimme wurde wieder sanfter. »Du kannst im Moment nicht klar denken, was ganz verständlich ist angesichts der Sorge, die du verspürst.« Er legte erneut seine Hände um ihre Schultern. Leona lehnte sich gegen ihn. Die Wärme seines Körpers konnte sie nicht trösten. Die Tränen liefen ohne Unterlass über ihre Wangen und durchnässten Damians Hemd. Sie musste klar denken, aber es gelang ihr nicht. Ihr Gehirn war ebenso gelähmt vor Angst wie ihr Körper. Gerade noch war das Leben bunt und voller Hoffnung gewesen, die Zukunft hatte rosig ausgesehen, und mit einem Schlag war alles vernichtet worden. Genau wie damals, als Hadmar und seine Männer in einer einzigen Nacht ihr Leben zerstört hatten. Noch einmal zogen die grausamen Bilder an ihr vorbei. Die vielen Toten, das Feuer, der Kopf ihres Vaters und schließlich Hadmars hassverzerrtes Gesicht über ihr, als er über sie herfiel wie ein Tier. Sie hatte all das vergessen wollen, aber nun holten die Erinnerungen sie einem heftigen Faustschlag gleich ein.

Das Geräusch, das von draußen in die Hütte drang, nahm sie nicht wahr, stattdessen war es ihr, als rieche sie verbranntes Menschenfleisch. Damian hingegen reagierte sofort. Er sprang auf, ergriff einen hölzernen Fleischhammer und positionierte sich beim Eingang. Quietschend öffnete sich die Tür, und eine Gestalt erschien im Türrahmen.

Mit Verzögerung hob Leona den Kopf. Es war Mara. Leona fiel ein Stein der Erleichterung vom Herzen. Sie rappelte sich auf. Als sie aber das Gesicht der Freundin sah, schwand die Erleichterung wieder. Die Gefährtin bot ein Bild des Grauens. Hadmar hatte sie für immer entstellt. Über ihre rechte Wange zog sich eine tiefe, weit auseinanderklaffende Wunde. Sie sah aus wie ein Gespenst, eine Untote, die aus den Fängen des Teufels entflohen und zurück auf die Erde gekommen war. Es dauerte einen Moment, bis Leona ihre Stimme wiederfand.

»Mara? Wo ist Johannes?« Sie ging auf Mara zu und wollte sie umarmen, aber die alte Frau hielt sie davon ab. Vielleicht hatte sie Angst, Leona könnte die Wunde auf ihrem Gesicht berühren.

»Wo ist Johannes?«, wiederholte Leona, und ihre Stimme überschlug sich nun.

Traurig schüttelte Mara den Kopf.

»Ist er tot?«

Mara antwortete nicht.

»Sag doch was«, forderte Leona schrill. Sie fasste Mara an den Schultern und schüttelte sie. Ihre Heftigkeit tat ihr sofort leid. Sie trat wieder zurück und ließ von Mara ab.

»Bitte, Mara, sag was. Wo ist mein Sohn?«

»Er hat ihn mitgenommen.«

Die Worte trafen Leona wie ein Schlag.

»Nein!« Sie schrie so laut, dass die Hühner, die bereits schliefen, im Stall aufschreckten und laut gackernd von den Stangen flatterten.

Mara erzählte leise, emotionslos, so als versuchte sie,

die Ereignisse der letzten Stunden weit von sich fernzuhalten. »Sie kamen, bevor die Sonne im Zenit stand. Hadmar wollte Johannes und dich mitnehmen. Aber da du nicht da warst, hat er sich mit Johannes begnügt. Er ist davon überzeugt, dass du nachkommen wirst, um ihn zu holen.«

»Aber warum?«, fragte Leona. »Warum tut er mir das an? Hat er mich nicht schon genug gequält?«

Leona ging in die Knie und vergrub ihr Gesicht in den Händen. »Er soll mich umbringen, aber Johannes am Leben lassen.«

»Er will weder dich noch Johannes tot sehen. Er gab seinem Söldner den Befehl, mich zu töten. Doch dich und Johannes will er lebend bei sich auf der Burg haben.«

»Aber Ihr seid am Leben«, mischte sich Damian ein. »Er hat Euch nicht getötet.«

»Es war einer der Männer, die in der Gewitternacht bei uns Unterschlupf gefunden hatten. Er kam, nachdem Hadmar mit Johannes weggeritten war. Der Bursche hat es nicht übers Herz gebracht, mich zu töten.«

»Das heißt, Hadmar weiß nicht, dass du noch am Leben bist?«, fragte Leona.

»Er denkt, dass ich tot bin. Der Söldner hat aus Mitleid gehandelt. Doch ich wünschte, er hätte zugeschlagen. Welchen Sinn macht das Leben noch? Ich habe Johannes nicht retten können.«

»Hat Hadmar Johannes geschlagen, hat er ihn verletzt? Hat er ihm auch das Gesicht …«, Leonas Worte brachen ab.

»Solange ich dabei war, hat er ihm keine Gewalt angetan. Aber sein Geist ist verwirrt. Ich weiß nicht, was er getan hat, nachdem er weggeritten ist.«

Leona schloss die Augen und schüttelte wild den Kopf, bis ihr schwindelig wurde.

»Warum?«, schrie sie noch einmal. Diesmal nicht ganz so laut.

»Weil er sich einen Sohn wünscht«, erklärte Damian ruhig. »Ich war auf Burg Aggstein. Der fehlende Erbe ist eine große Sorge im Hause der Kuenringer.«

»Aber er hat eine Frau. Sie kann ihm jedes Jahr einen Sohn gebären. Er hat kein Recht auf Johannes. Er ist ganz allein mein Kind. Ich habe ihn zur Welt gebracht und aufgezogen.«

Es war Damian anzusehen, dass er etwas entgegnen wollte, doch Mara kam ihm zuvor.

»Du musst in den Süden reisen, Leni«, flehte sie. »Hadmar bringt Johannes auf seine Burg an der Donau. Er wird den Jungen dort so lange gefangen halten, bis du kommst.«

Mara hatte beim Sprechen Schmerzen. Sie verzog das Gesicht und bemühte sich erfolglos, eine Gesichtshälfte ruhig zu halten, weshalb ihre Worte verwaschen klangen. Bei jeder Bewegung klaffte die Wunde weit auseinander und blutete. Hadmar hatte dafür gesorgt, dass die attraktive alte Frau für immer entstellt war. Das hübsche Gesicht, an dem die Jahre beinahe spurlos vorübergegangen waren, war nun eine hässliche Fratze.

»Er hat dein Gesicht zerstört«, sagte Leona voller Mitgefühl.

»Mach dir um mein Aussehen keine Gedanken«, sagte

Mara tapfer. »Es war mir nie wichtig, und die Wunde wird heilen. Du musst dich jetzt um Johannes kümmern. Der Junge braucht dich.«

Maras Bemerkungen weckten Leonas Kampfgeist wieder. Sie würde Hadmar niemals ihren Sohn überlassen.

»Ich werde heute noch zur Burg Aggstein aufbrechen. Ich darf keine Zeit verlieren.«

»Hadmar ist mit einem Pferd unterwegs. Du wirst ihn zu Fuß niemals einholen«, meinte Mara.

Leona suchte Damians Blick. Er verstand sie auch ohne Worte.

»Ich werde dich mit dem Wagen Richtung Krems bringen«, versprach er. »Aber lass uns ein paar Stunden schlafen. Wir sind beide müde. Wie Mara richtig sagt, werden wir den Kuenringer nicht mehr einholen.«

Doch Leona widersprach ihm. »Ich will jetzt sofort aufbrechen.«

»Enzo ist erschöpft«, sagte Damian. »Und wir brauchen einen Plan. Oder meinst du, du spazierst einfach in die Burg, und Hadmar wird dir dein Kind wiedergeben? Er wird dich im besten Fall auslachen und im schlimmsten gefangen nehmen, oder ...« Er ließ seine Vorstellung unausgesprochen.

»Der Kuenringer will Johannes und Leni«, mischte sich Mara ein. »Der Preis, den sie zahlen muss, wenn sie Johannes wiedersehen will, ist ihre Freiheit. Er wird sie beide als Gefangene halten. Aber es ist der einzige Weg, um zu dem Jungen zu gelangen.«

»Habt ihr beide den Verstand verloren?«, fragte Damian

ungehalten. »Leona kann sich doch nicht freiwillig in die Hände eines Irren begeben. Das wäre einfach nur ...«

Leona unterbrach ihn: »Ich werde alles dafür tun, um bei Johannes zu sein. Er bedeutet mir mehr als mein Leben. Er braucht mich.«

»Soll ich dich begleiten?«, fragte Mara.

Aufgebracht schüttelte Damian den Kopf. »Ich will auch, dass Johannes kein Leid geschieht«, sagte er. »Aber diesen Plan werde ich nicht unterstützen. Ein Gefangener reicht.« Grimmig drehte er sich um. »Wenn du wieder Vernunft angenommen hast und darüber nachdenken willst, wie du Johannes wirklich helfen kannst, ich bin vor der Hütte.«

Verärgert ging er zu seinem Schlafplatz, schnappte sich Decken und Felle und marschierte nach draußen.

Innerlich aufgewühlt, richtete Damian sein Schlaflager neben Enzo und ließ sich am Boden nieder. Dabei vergaß er, dass sein Bein immer noch nicht vollständig verheilt war, sofort reagierte die Verletzung mit Schmerzen.

Damian ließ sich nach hinten sacken. Durch den Bretterverschlag und das dichte Blätterdach sah er den Mond, der als große runde Scheibe am Himmel stand, nur in Fragmenten. Er versuchte zu verstehen, was passiert war. Dazu musste er die wenigen Informationen, die er hatte, zusammensetzen. Hadmar Kuenring war der Vater von Johannes, so viel war klar. Leona sagte, dass er ihr Gewalt angetan hatte und seine Familie die ihre ausgelöscht hatte. Jetzt, sechs Jahre nach dem Überfall, kam der Mann ins Moor und entführte seinen eigenen Bastard. Außerdem schien er darauf zu hoffen, dass Leona ihm folgen und sich freiwillig in seine Gefangenschaft begeben würde. Das alles klang nach Damians Verständnis nach einem verwirrten Geist. Der Wunsch nach einem Sohn war eine Sache, aber dass Hadmar auch nach der Mutter verlangte, eine andere. Damian konnte sich die ganze Geschichte nur so erklären, dass Hadmar etwas für Leona empfand. Was auch immer das sein mochte. Der Kuenringer wollte sie um jeden Preis besitzen. Diese Vorstellung gefiel Damian ganz und gar nicht. Er selbst liebte seine Freiheit, und er hatte in den letzten Wochen den Eindruck gewonnen, dass auch Leona sie schätzte.

Der Gedanke, dass sie sich freiwillig zu einer Gefangenen machte, war für ihn nicht nachvollziehbar. Außerdem war er gerade dabei, sich in Leona zu verlieben. Sie war ihm sehr ähnlich. Die Erinnerung an ihre rosigen Wangen, während sie mit den Kundinnen um den rechten Preis gefeilscht hatte, entlockte ihm trotz der tristen Lage ein Lächeln. Ihre wache Neugier faszinierte ihn, und er schätzte ihre Art, über neue Ideen nachzudenken. Damian fand Leona begehrenswert, sie war eine attraktive Frau. Aber zum ersten Mal in seinem Leben war da mehr als bloß körperliche Anziehung. Er wollte mehr Zeit mit ihr verbringen und sie noch genauer kennenlernen. Vielleicht sogar den Rest seines Lebens mit ihr verbringen. Eine Vorstellung, die ihm bisher ausschließlich Angst eingejagt hatte.

Mit einem leisen Knarren öffnete sich die Tür der Hütte. Leona schlich zu ihm und nahm neben ihm auf der Decke Platz. Enzo schnaubte zustimmend.

»Ich bin froh, dass du das Gespräch suchst.« Rasch richtete Damian sich auf. Trotz der Verzweiflung in ihrem Gesicht fand er Leona gerade unglaublich attraktiv. Ihre großen blauen Augen glänzten im Mondlicht, und ihr blondes Haar hatte die Farbe von flüssigem Gold. Damian wollte mit beiden Händen hineinfassen. Aber der Augenblick war denkbar unpassend. Verständlicherweise wollte Leona keine Zärtlichkeiten austauschen, sondern über Johannes reden.

»Ich muss alles versuchen, um meinen Sohn aus der Gefangenschaft zu befreien«, sagte sie entschlossen.

»Das kann ich verstehen.« Damians Gesicht war dicht an ihrem. »Johannes zu befreien ist eine Sache, sich selbst zur Gefangenen zu machen, eine andere. Eben noch wolltest du dich dem Mann, der sich an dir vergangen hat, auf dem Präsentierteller anbieten, damit er nach Lust und Laune mit dir verfahren kann, wie es ihm gerade durch seinen kranken Kopf geht.« Damian ergriff nun doch eine ihrer Haarsträhnen und wickelte sie spielerisch um seinen Zeigefinger.

»Hadmar wird Johannes nicht freiwillig hergeben«, sagte Leona traurig.

»Davon müssen wir ausgehen«, pflichtete Damian ihr bei. »Aber du solltest auf keinen Fall auf seine Forderungen eingehen.«

Damian verbesserte sich: »Das heißt, wir kennen seine Forderung ja noch gar nicht. Wir vermuten ja bloß, dass er dich als eine Art Gefangene halten möchte.«

»Er will, dass ich auf allen vieren angekrochen komme und ihn bitte, Johannes freizugeben.« Leona klang müde. »Und wenn es die einzige Lösung ist, zu Johannes zu gelangen, dann werde ich es tun. Ich würde alles für meinen Sohn machen.«

Damian schüttelte missbilligend den Kopf. »Das hatten wir schon. Wir drehen uns gerade im Kreis. Wir brauchen eine andere Lösung.«

»Du bist kein Vater«, entfuhr es Leona voller Leidenschaft. »Du weißt nicht, wie es sich anfühlt, wenn einem das eigene Kind entrissen wird.«

»Mara hat gesagt, dass Hadmar Johannes nicht geschlagen hat. Vielleicht verhält er sich ihm gegenüber wie ein Vater.«

Leona rückte von Damian ab. Ihre Haarsträhne entzog sich seinen Fingern.

»Hadmar hat keinerlei Recht auf Johannes«, sagte sie unnachgiebig. »Er wusste jahrelang nicht, dass ich noch lebe und Johannes überhaupt existiert.«

Damian versuchte es anders.

»Ich wollte dich nur dahingehend beruhigen, dass Johannes zwar entführt wurde, wir aber nicht annehmen müssen, dass er gequält wird, Hunger leidet oder in einem finsteren Verlies hockt und weint. Vielleicht bemüht Hadmar sich um ihn. Es wäre doch denkbar, dass er sich über seinen Sohn freut und diesen für sich gewinnen möchte.«

Leonas Gesicht verfinsterte sich.

»Du kennst Hadmar nicht. Er ist kein Mensch, sondern ein Ungeheuer. Ein Teufel ohne Herz und Seele. Wenn er sich um die Gunst eines Menschen bemüht, dann bedeutet das nichts Gutes. Ich hoffe und bete inständig, dass er Johannes einfach in Ruhe lässt und andere Menschen auf der Burg sich um ihn kümmern werden.«

»Hm«, Damian gingen die Argumente aus. »Ich schlage vor, wir versuchen, zumindest ein paar Stunden Schlaf zu finden. Morgen früh brechen wir Richtung Krems auf und von dort weiter zur Burg Aggstein.«

Leona nickte. »Mara hat vorgeschlagen mitzukommen. Sie sorgt sich ebenfalls um Johannes.«

»In ihrem Zustand würde sie uns bloß aufhalten«, wandte Damian ein. »Lass uns die Sache morgen entscheiden.«

Die Reise würde zwei Tage dauern. Vorausgesetzt, Damian konnte Leona auch morgen Abend zu einer Nachtruhe überreden. Er hoffte, dass Leona davon zu überzeugen war, in Krems oder in Dürnstein auf ihn zu warten. Er wollte zuerst allein in die Burg, um zu verhindern, dass Leona und Hadmar aufeinandertrafen.

Damian war ein Kaufmann, kein kampferfahrener Soldat. Und er kannte sich selbst gut genug, um zu wissen, dass er allein mit Muskelkraft Leona nicht vor der Gewalt und der Willkür eines Ritters schützen konnte. Er brauchte einen gut durchdachten Plan.

Heidenreichstein

Doch es kam anders. Maras Wunde hatte sich am nächsten Tag entzündet. Ihre Wange glühte, sie konnte kaum aufrecht sitzen, geschweige denn in einem Wagen fahren. Sie redete wirres Zeug und lallte wie eine Greisin. Gegen Maras Willen wusch Leona den eiternden Schnitt mit einem Absud aus Birkenblättern sauber. Dabei klärte sich Maras Verstand wieder.

»Ich kann das allein«, sagte sie schwach, aber ungehalten. »Du musst nach Aggstein. Denk an deinen Sohn.«

»Ich denke an nichts anderes«, antwortete Leona ernst. Sie hatten schon vor Stunden aufbrechen wollen, aber Maras Zustand war erbärmlich.

»Wenn du an nichts anderes denkst, dann frag ich mich, warum du noch hier bist.« Maras Augen waren rot unterlaufen. Ihr Fieber stieg trotz Leonas Bemühungen. Es ließ sich nicht senken.

»Ich bin hier, weil ich deine Wunde versorgen will.«

»Das kann ich selbst tun.«

»Hättest du einen Spiegel, würde ich dir glauben. Aber so kannst du ja nicht einmal sehen, wohin du greifst«, beharrte Leona.

»Ich würde es klug finden, wenn du bei Mara bleibst und sie gesund pflegst, während ich zur Burg Aggstein aufbreche«, schlug Damian vor. Er witterte eine Möglichkeit, Leona von ihrem Vorhaben abzuhalten.

»Nein, ich kann nicht bleiben«, entfuhr es Leona. »Das verstehst du doch, Mara?«

»Ja natürlich.« Die alte Frau ergriff die Hand der Jüngeren. Auch ihre Finger glühten. Das Fieber stieg weiter in rasantem Tempo.

Sie lächelte Leona müde an. »Pass gut ... auf den Jungen ... auf. Er ist tapfer, aber ... auch übermütig. Diese ... Mischung kann ihm noch zum Verhängnis werden.« Sie musste nach jedem Wort eine Pause einlegen, weil das Sprechen sie dermaßen anstrengte.

»Ich koche dir Tee aus Weidenrinde, damit dein Fieber sinkt, und kühle deine Waden mit kalten Essigumschlägen«, sagte Leona. Bevor Mara protestieren konnte, ging sie zur Feuerstelle. Sie kramte im Regal nach dem richtigen Gefäß.

Mara drehte sich zu Damian. »Sagt ihr, dass sie gehen muss«, flüsterte sie.

Damian trat näher an die alte Frau heran. Bis jetzt hatte er es vermieden, die Wunde genau anzusehen. Der Anblick von Blut bescherte ihm stets Unwohlsein. Jetzt blieb ihm nichts anderes übrig. Im Halbdunkel der Hütte entdeckte er den dunkelroten Strich, der sich über Maras Hals Richtung

Brust zog. Sie schien genau zu wissen, was er eben sah, auch wenn sie keinen Spiegel besaß.

»Ich kann es spüren«, hauchte sie leise. »Böse Säfte sind in meinem Blut.«

Damian nickte traurig.

»Es war das Siegel der Kuenringer. Es war voller Dreck.«

Mara fuhr sich mit der Zunge über die spröden Lippen.

»Bitte geht, und nehmt Leni mit«, forderte sie. »Ich will allein sterben.«

»Wer spricht vom Sterben?«, fuhr Leona dazwischen. Sie war zum Schlaflager zurückgekehrt und trug in ihrer Rechten eine Schale mit dem Aufguss. »Die Flüssigkeit ist noch heiß und muss noch ziehen«, erklärte sie. »Sobald sie ausgekühlt ist, kannst du davon trinken.«

Behutsam blies sie in die Schale und stellte sie auf dem Boden neben Mara ab. Als sie sich über sie beugte, entdeckte auch sie den verräterischen dunklen Strich. Erschrocken stieß sie mit der Fußspitze gegen die Schale, ein Teil des heißen Tees ergoss sich ins Stroh.

»Mara, was hat der Strich zu bedeuten? Sag bitte, dass es bloß ein Zufall ist.«

»Pst.« Die alte Frau gebot Leona zu schweigen.

»Es ist ... gut, so wie ... es ist.«

»Was redest du da?«, entfuhr es Leona. »Gar nichts ist gut. Ich will, dass du wieder gesund wirst! Ich brauche dich. Johannes braucht dich. Wer soll denn nun all den Kranken helfen? Was soll ich ohne dich machen? Mara, du musst noch hierbleiben!« Leona flehte die Freundin an. Die Sätze sprudelten nur so aus ihr heraus. Doch Mara schloss müde die Augen. Das Fieber hatte ihre Lippen ausgetrocknet.

»Ich habe mich mit Gott versöhnt«, hauchte sie heiser. »Er hat mir die Zeit mit dir und mit Johannes geschenkt. Dafür ... dafür bin ich ihm dankbar. Jetzt kann ich vor ihn treten. Ich habe ... ein reines Gewissen.«

Hilfe suchend klammerte sich Leona an Maras Fingern fest, an den drahtigen Händen, die so viele Gebärende unterstützt und auch Leni geholfen hatten, als Johannes zur Welt gekommen war. Tränen liefen über ihre Wangen und tropften auf ihr Kleid.

»Mara, bitte nicht. Nicht jetzt. Ich ertrag das nicht«, jammerte sie. »Du darfst noch nicht gehen.«

»Leona ... du bist ... viel stärker ... als du denkst.«

Sie hatte zum ersten Mal Lenis vollen Namen ausgesprochen.

»Mara, du musst trinken, bitte trink. Ich werde die Wunde noch einmal auswaschen. Alles wird gut. Du wirst sehen. In ein paar Tagen bist du wieder gesund. Bitte ...!« Leonas Stimme brach ab.

Mara antwortete nicht mehr. Sie fiel in einen Dämmerzustand. Ihr Atem ging flach, und ihr Herz raste. Leona wusste genau, was das bedeutete. Sie hatte in den letzten Jahren genug kranke Menschen gesehen. Sie erkannte den Zeitpunkt, wenn Gott sie zu sich holte.

Schluchzend legte sie ihren Kopf auf Maras Oberschenkel. Sie betete. Zuerst leise, dann immer lauter. Ihre Worte klangen undeutlich, denn sie weinte. Ihre Gebete waren eine Anklage und gleichzeitig ein Flehen und Bitten. Leona haderte mit Gott, was hatte sie falsch gemacht, dass er sie dermaßen bestrafte? Doch Gott kümmerte sich nicht um die Vorhaltungen einer jungen Frau. Maras Kampf dauerte bis zur Mittagsstunde, dann schlief sie für immer ein.

Während Leona immer noch weinend neben Mara hockte, suchte Damian im Schuppen nach einer Schaufel. Hinter der Hütte, neben dem Hühnerstall, begann er, ein Grab zu schaufeln. Es musste tief genug sein, damit Mara vor wilden Tieren geschützt war. Die Arbeit war schweißtreibend, und er zog sein Hemd aus. Sein verletztes Bein war ihm kaum noch im Weg. Er war beinahe vollständig genesen. Später suchte er zwei Holzlatten und schlug sie zu einem Kreuz zusammen.

Unter Tränen wusch Leona Maras Körper. Es war der letzte Dienst, den sie ihrer treuen Freundin erweisen konnte. Sorgsam und sanft strich sie über Maras kalte Haut, die von unzähligen Narben überzogen war. Die Striemen auf dem Rücken stammten vom Befehl, den Leonas Vater erteilt hatte. Aber es waren nicht die einzigen Zeugnisse der Gewalt, der Mara ausgesetzt gewesen war. Jede Narbe erzählte eine böse Geschichte von Ungerechtigkeit und Willkür.

Mit Damians Hilfe schlug sie den Leichnam in eine der Decken ein, die Mara zum Schlafen gedient hatte. Gemeinsam hoben sie die Tote ins frische Grab. Als der leblose Körper im Erdloch lag, begann Leona erneut, bitterlich zu weinen. Sie zitterte, und ihre Zähne schlugen aufeinander. Dankbar nahm sie Damians Arm, der sie beschützend näher zu sich heranzog. Er hielt Leona fest. Mehr konnte er nicht tun. Auch Damian war traurig über den sinnlosen und brutalen Tod einer Frau, die vor zwei Tagen noch kerngesund gewesen war.

Seine Wut auf Hadmar Kuenring wuchs. Gleichzeitig aber auch seine Angst um Leona. Wozu würde der Mann fähig sein, wenn er ihr begegnete?

Sie verbrachten eine weitere Nacht in Maras Hütte und brachen erst am folgenden Morgen auf.

»Was soll ich mitnehmen?«, fragte Leona ratlos. »Nichts von dem, was sich hier befindet, gehört mir. Es war alles Maras Eigentum.« Sie zeigte auf die Töpfe, Pfannen, Messer, Behälter mit Kräutern, Decken und andere Gegenstände. Leona wusste, dass die Menschen die Hütte leer räumen würden, sobald sich herumsprach, dass sie unbewohnt war.

»Nimm mit, was dir wichtig erscheint«, riet Damian.

»Vielleicht werde ich zurückkehren.«

»Bist du dir sicher, dass du das willst?«

Leona zuckte mit den Schultern. Im Moment wusste sie nicht, wie ihr Leben weitergehen sollte. Wie bereits vor Jahren lag es in Trümmern. Alles, was sie daran hinderte, sich nicht aufzugeben und sich zu Mara ins Grab zu legen, war die Angst um Johannes. Bevor sie ihn nicht wiedergefunden hatte, konnte sie an keine weiteren Schritte denken. Ihre Sorge verlieh ihr Kraft.

Energisch zog sie die Holztruhe, die hinter der Feuerstelle gestanden hatte, hervor, öffnete sie und legte all das hinein, wovon sie annahm, dass es ihr noch von Nutzen sein würde. Maras Messer, mit dem sie Kräuter und Pilze abgeschnitten hatte, verschiedene Töpfe mit Salben, Kräutern und Tinkturen. Maras Nadeln, ihre Schere, den schweren Mörser und ihren Lieblingstopf. Bevor sie die Truhe schloss, legte sie ordentlich gefaltet Maras Umhang über all die Gegenstände. Leona hielt das weiche Wolltuch an ihre Nase. Es roch noch nach Mara. Eine Mischung aus Kräutern, Harz und Fichtennadeln. Wieder füllten sich ihre Augen mit Tränen, aber diesmal blinzelte sie sie weg.

»Was machen wir mit den Hühnern?«, fragte Damian.

»Ich weiß es nicht.«

»Wenn wir sie im Stall lassen, verhungern sie. Wenn wir sie rauslassen, holt sie heute Nacht der Fuchs.«

»Können wir sie denn nicht mitnehmen? Vielleicht kauft sie jemand im nächsten Dorf?«

Damian war einverstanden, und so suchten sie nach einem Deckel für einen Korb, der als behelfsmäßiger Käfig diente, und luden Truhe samt Hühnerkorb auf den Wagen. Leona trat ein letztes Mal zum frischen Grab. Sie legte einen Strauß bunter Kräuter, Salbei, Majoran, Thymian und Melisse, neben das einfache Kreuz.

»Danke, Mara. Für alles, was du für mich getan hast. Wir sehen uns in einer anderen, einer besseren Welt wieder.«

Leider war Leona nicht sicher, ob sie als Frau wirklich auf eine gerechtere Welt hoffen durfte. War es nicht Gott, der den Himmel formte? Er hatte bei der Gestaltung der Welt die Frauen vergessen, warum sollte es im Himmel plötzlich anders sein? Bevor erneut die Tränen fließen konnten, drehte Leona sich um, lief zum Wagen und sprang mit einem einzigen Satz auf.

»Lass uns fahren«, forderte sie. »Bitte schnell.«

Burg Aggstein

Elisabeth hatte die Ankunft ihres Ehemanns mit dem fremden Kind als Erste bemerkt. Hadmar war mitten in der Nacht mit zwei Soldaten in den Burghof geritten und hatte einen Jungen auf dem Pferd vor sich transportiert. Elisabeth hatte am Fenster ihres Turmzimmers gestanden und ihren Ehemann beobachtet, wie er den schlafenden Knaben vom Pferd gehoben hatte. Dabei war er ungewöhnlich vorsichtig vorgegangen. Er hatte das Kind nicht aufwecken wollen. Noch nie, seit sie Hadmar kannte, hatte sie ihn dermaßen fürsorglich erlebt.

Elisabeth hatte sich ins Bett gelegt. Sie hatte auf Hadmars Schritte gewartet. Darauf, dass er die Tür zu ihrer Kammer aufreißen und wie in so vielen Nächten ihre Pflichten als Ehefrau einfordern würde, aber nichts dergleichen geschah. Es war still geblieben, und Elisabeth war wieder eingeschlafen. Auch Raka, ihre Hündin, die ihr für gewöhnlich beschützend zur Seite stand, wenn Hadmar in ihre Kammer eindrang, und jedes Mal mit Fußtritten in eine Nebenkammer gesperrt wurde, hatte friedlich neben ihr auf dem Boden geschnarcht. Ihre drei Welpen hatten auf ihr gelegen.

Am nächsten Morgen begegnete Elisabeth Hadmar beim Frühstück, und er war unfreundlich und finster wie immer. Elisabeth hielt ihre Beobachtung für einen Traum und wagte es nicht, ihn nach dem Kind zu fragen. Aber dann traf sie in der Küche auf den Jungen. Er hockte zusammengekauert neben dem Herd und starrte ängstlich auf seine nackten Füße. Als er Elisabeth bemerkte, zog er die Schultern hoch und den Kopf noch weiter ein. Er rutschte dichter zur Kochstelle.

»Pass auf«, sagte Elisabeth. »Das Feuer schlägt Funken, du kannst dich verbrennen.«

Der Junge reagierte nicht. Seine schwarzen Augen waren auf den Boden gerichtet. Er war eine kleinere, jüngere Version von Hadmar. Es bestand kein Zweifel, der Junge war sein Balg. Ein Bastard, der im Bauch einer anderen Frau gewachsen war. Elisabeth sollte den Knaben hassen. Wenn sie selbst keine Kinder gebar, würde er zur Bedrohung werden. Aber seine Körperhaltung, seine Hilflosigkeit und sein Blick rührten sie. Der Junge war völlig verängstigt.

Salvina, die Köchin, kam näher.

»Der Herr hat den Bub gestern Nacht gebracht.« Sie war eine kleine stämmige Frau, mit einem runden Gesicht und roten Backen. Während sie sprach, stemmte sie die fleischigen Hände in die ausladenden Hüften.

»Seit er hier ist, hockt er auf dem Boden und spricht mit niemandem. Er starrt bloß Löcher in die Luft, isst nichts und trinkt nichts. Wenn der Herr davon erfährt, krieg ich Ärger. Er hat befohlen, dass es dem Kleinen an nichts fehlt. Er soll kräftiges Essen bekommen und später einen Schlafplatz bei den Knappen erhalten. Aber wie kann ich dafür sorgen, dass er gutes Essen kriegt, wenn er mir nichts anrührt?«

»Wo sind deine Kinder?« Elisabeth blickte sich suchend um. Normalerweise lungerte eines der drei Kinder der Köchin in der Küche herum, statt im Stall oder beim Wäschewaschen mitzuhelfen, was sie eigentlich sollten. Heute waren sie alle drei nicht da. Vielleicht hätten sie dem Jungen helfen können, sich einzugewöhnen.

»Die sind bei der Weinernte, genau wie Ihr es gewünscht habt.« Salvina klang überrascht.

Ja richtig, Elisabeth konnte sich wieder erinnern. Sie selbst hatte vor Wochen den Befehl gegeben, dass die drei in den Weingärten mithelfen sollten. Sie war verärgert gewesen, weil der Älteste der drei, ein frecher, vorwitziger Knabe, sich einen Spaß daraus gemacht hatte, ihre trächtige Hündin Raka mit einem Stock zu jagen. Normalerweise hätte Raka sich gewehrt und zugeschnappt, aber mit den drei Welpen im Bauch war sie zu träge und müde gewesen. In den Weingärten konnten die Kinder keinen Schaden anrichten.

»Was soll ich jetzt mit dem Jungen anstellen?«, jammerte die Köchin. »Ich kann ihn ja nicht zum Essen zwingen? Das Kerlchen ist hager und dünn. Wenn er nichts isst, dann fällt er uns vom Fleisch, und der Herr wird mir die Schuld dafür geben.«

Elisabeth trat näher zu dem Kind. Sie ging in die Hocke. Der kostbare Stoff ihres Kleides und die reichlich bestickte Borte landeten auf dem staubigen Küchenboden.

»Wie heißt du?«

Der Junge drehte seinen Kopf weg und starrte jetzt an die gegenüberliegende Wand, wo Töpfe und Pfannen in unterschiedlichen Größen von der Decke hingen.

»Hast du Hunger?«

Keine Antwort.

»Bist du traurig?«

Wieder nur Schweigen.

»Mein Name ist Elisabeth, ich bin die Burgherrin. Ich würde mich freuen, wenn du isst.«

Der Junge schluckte, antwortete aber nicht. Jetzt starrte er auf einen Korb voller Zwiebeln, der in einer Ecke unterhalb der Töpfe stand.

»Vielleicht ist er taub«, mutmaßte Salvina. »Ein kleiner armer Irrer. Was hat Herr Hadmar da nur angeschleppt? Er hätte das Bürschchen besser in den nächsten Straßengraben gestoßen.«

Elisabeth war sich sicher, dass der Junge einwandfrei hören konnte. Er zuckte bei Salvinas grausamen Worten unmerklich zusammen.

»Magst du Tiere?«

Nun zeigte der Junge eine Reaktion. Er drehte seinen Kopf zu ihr. Ein winziger Funken Neugier lag in seinen traurigen schwarzen Augen.

»Meine Hündin hat drei Welpen geworfen. Willst du sie sehen?«

Der Junge schaute sie weiterhin an. Er runzelte die Stirn.

»Sie sind noch klein und sehr drollig. Ihr Fell ist so weich wie Seide. Aber sie trinken nicht mehr von ihrer Mutter. Man kann sie streicheln.«

Beim Wort »Mutter« zuckte der Junge erneut zusammen, diesmal deutlich heftiger. Seine Augen füllten sich mit Tränen. Mit dem Handrücken wischte er sie weg, schniefte, atmete durch und streckte die Schultern durch. Tapfer kämpfte er dagegen an loszuheulen. Warum ließ er sich nicht einfach gehen?

Elisabeth wartete geduldig. Sie verspürte Mitleid mit dem Kind, das zweifellos nicht freiwillig hier war. Hatte Hadmar seine Mutter getötet, weil sie ihm ihren Sohn nicht hatte überlassen wollen? Fragen über Fragen, auf die Elisabeth im Moment keine Antwort finden konnte. Nach einer gefühlten Ewigkeit öffnete der Junge den Mund.

»Ich möchte die Welpen sehen«, sagte er leise.

»Eine gute Entscheidung, komm mit!« Elisabeth streckte dem Jungen ihre Hand entgegen, die er zu ihrer großen Überraschung ergriff. Die Hand des Kindes war klein und vom Küchenboden staubig. Aber auch warm und voller Leben.

»Wie heißt du?«

»Johannes!«

Eine winzige Spur Angst wich aus seinen dunklen Augen, doch die Traurigkeit blieb.

»Wo ist deine Mutter?«

»Sie ist nicht hier«, sagte Johannes. »Aber sie wird kommen und mich holen.« Nun klang seine Stimme zuversichtlich. Er war fest davon überzeugt, dass seine Mutter ihn retten würde.

»Verrätst du mir den Namen deiner Mutter?«

»Leni, sie heißt Leni!«

Elisabeth hatte den Namen Leni noch nie gehört. Er klang wie der einer einfachen Dienstmagd oder eines Bauernmädchens. Niemand also, dessen Konkurrenz sie fürchten müsste. Elisabeth lief mit Johannes an der Hand über den Burghof zum Wohnturm. Durch den Seiteneingang betrat sie das Gebäude und stieg die steinerne Treppe in das obere Stockwerk hoch. Vor den Frauengemächern hielt sie an.

»Sind hinter der Tür die Welpen?«, fragte Johannes.

»Ja, aber nicht nur. Es sind auch Bedienstete da. Sie sticken an einem feinen Wandteppich, der im Winter in der Halle aufgehängt werden soll.«

Der Junge sah sie verständnislos an.

»Du weißt, was ein Wandteppich ist, oder?«

Er schüttelte den Kopf. Johannes war also wirklich der Sohn einer einfachen Bäuerin. Elisabeth war es recht.

»Egal, du wirst es gleich sehen. Komm!« Sie öffnete die niedrige Holztür und betrat als Erste den Raum.

Dagmar, Reingard und zwei andere Frauen saßen über einen Stickrahmen gebeugt. Als Elisabeth eintrat, hoben bis auf Reingard alle die Köpfe. Die Alte bemerkte nicht, dass jemand ins Zimmer gekommen war.

»Lasst euch nicht stören«, sagte Elisabeth. »Wir besuchen Raka und die Welpen und sind gleich wieder weg.«

»Autsch!« Dagmar steckte sich ihren Finger in den Mund und saugte daran. Sie hatte sich gestochen. Fassungslos beobachtete sie Johannes und bedachte ihn mit feindseligen

Blicken. In der Fensternische unter dem Erkerfenster lag Raka. Ihre drei Welpen spielten neben ihr. Drei weiche Wollknäuel, die miteinander balgten und sich gegenseitig an den langen Schlappohren zogen.

»Hier sind sie«, sagte Elisabeth. Sie setzte sich auf die Fensterbank. Johannes fiel vor dem Hund auf die Knie. Sein Gesicht hellte sich auf, und er lächelte. Elisabeths Kehle schnürte sich zusammen. Zum ersten Mal, seit sie auf Burg Aggstein wohnte, konnte sie erahnen, wie ihr Mann vielleicht aussehen würde, wenn sein Vater ihn nicht in ein Monster verwandelt hätte.

Kaum kniete Johannes auf dem gefliesten Boden, tappte einer der Welpen auf ihn zu. Tollpatschig sprang er auf Johannes' Schoß und rieb seine Schnauze an seiner schmalen Brust.

»Wie heißt der Hund?«, fragte Johannes.

»Denk dir einen Namen aus.«

»Darf ich?« Eine Spur Freude mischte sich in die Stimme des Jungen. Sie war ansteckend. Elisabeth musste lächeln.

»Aber ja doch. Sie ist ein Mädchen und schaut so aus wie ihr Vater. Das ist ein Jagdhund, der einem Waldhüter im Dorf gehört.«

Johannes legte seine Stirn in Falten, dann sagte er bestimmt: »Ich will, dass der Hund Mara heißt!« Mara schleckte ihm mit ihrer kleinen Zunge über die Wange. Johannes schlang seine Arme um sie, was Mara zu gefallen schien. Elisabeth warf einen besorgten Blick auf Raka, die es bis jetzt nicht geduldet hatte, dass außer ihr jemand die Welpen berührt hatte. Sobald sich jemand anderer als Elisabeth den jungen Tieren genähert hatte, hatte Raka bedrohlich geknurrt. Doch jetzt war die Hündin zufrieden. Träge wedelte sie mit dem Schwanz und schlug einen langsamen Takt auf den Boden.

»Ich schenke dir Mara«, sagte Elisabeth und musste über Johannes' erstaunte Augen schmunzeln. Für einen Moment schien der Junge seine Sorgen zu vergessen. Mara schleckte ihm erneut über die Wange.

»Im Gegenzug musst du mir etwas versprechen.«

»Was?«

»Du gehst in die Küche und isst, was Salvina dir auf den Tisch stellt. Außerdem bemühst du dich, alle Aufgaben zu meistern, die man dir als Knappe aufträgt und …«, sie machte eine dramatische Pause. Elisabeth drehte sich um und vergewisserte sich, dass niemand ihr zuhörte. Dagmars Aufmerksamkeit war auf sie gerichtet, weshalb Elisabeth sich näher zu Johannes beugte und nun so leise flüsterte, dass nur er sie hören konnte. »Sollte deine Mutter auf die Burg kommen, gibst du mir Bescheid.«

Elisabeth war dazu bereit, ihr Herz dem Bastard ihres Mannes zu öffnen. Zumindest so lange, bis sie selbst schwanger war, aber sie würde es nicht dulden, wenn die Mutter dieses Kindes neben ihr lebte. Es reichte, wenn Dagmar sie jeden Tag spüren ließ, dass sie in Hadmars Leben bloß eine Nebenrolle spielte.

»Was sagst du?« Sie lächelte so warmherzig und gewinnend, wie sie nur konnte. Er durfte keinen Verdacht schöpfen, dass sie seiner Mutter nicht wohlgesonnen war. Johannes nickte.

In den darauf folgenden Tagen legte Johannes einen Teil seiner Traurigkeit ab. Mara war seine ständige Begleiterin. Es war so, als wäre der Hund mit einem unsichtbaren Band mit ihm verbunden. Wenn Johannes über den Burghof flitzte, um Werkzeug für den Schreiner von einer Scheune zur anderen zu tragen, dann lief Mara mit. Wenn er im Schatten eines Apfelbaums hockte und ein altes Schwert polierte, dann saß sie neben ihm und beobachtete ihn dabei so lange, bis er fertig war und wieder mit ihr spielte. Mit jedem Tag, den Johannes auf der Burg verbrachte, blühte er auf. Er war hilfsbereit und zuvorkommend. Er aß, was Salvina ihm auftischte, und erledigte alle Aufgaben, die man ihm auftrug, ohne Widerrede. Es war schier unmöglich, dem Jungen keine Beachtung zu schenken, der sich so viel Mühe gab zu gefallen. Am häufigsten war er im Stall anzutreffen, wo er stundenlang die Pferde striegelte in der Hoffnung, hinterher eine Runde reiten zu dürfen. Er saß auf den Tieren, als hätte er sein ganzes Leben nichts anderes gemacht. Auch wenn jeder sehen konnte, dass der Junge Hadmars Sohn war, so konnte es niemand so recht glauben, denn Johannes war zuvorkommend, freundlich und hilfsbereit. Sobald Johannes sich unbeobachtet fühlte und unbeschäftigt war, legte sich ein Schatten über sein Gesicht, den einzig Mara entfernen konnte. Der Hund und der Junge waren unzertrennlich. Hinter vorgehaltener Hand murmelten die Menschen. Sie tratschten und fragten sich, wer wohl die Mutter des Kindes war, doch niemand wagte es, Hadmar darauf anzusprechen. Selbst sein Bruder Heinrich verlor kein Wort und schwieg. Unterdessen bemühte sich Elisabeth um die Gunst des Jungen. Es blieb von den Burgbewohnern nicht unbemerkt, dass sie sich jeden Tag Zeit für ihn nahm, mit ihm durch den Burggarten spazierte, ihm dabei half, Mara zu bürsten, und ihm beibrachte, wie der Hund lernte, auf seinen Namen zu hören. Hier und dort wurde gemunkelt, ob sie irgendwie mit dem Jungen verwandt war. Fremde Besucher, die auf die Burg kamen, hielten sie gar für seine Mutter.

Während Hadmar mit der Entwicklung vorerst zufrieden schien, wuchs Dagmars Unmut.

»Geh mir aus den Augen, du kleine, hässliche Kröte«, raunte sie Johannes zu, sobald er ihr über den Weg lief. Johannes tat ihr den Gefallen, denn nicht selten kam es vor, dass Dagmar ihm auf den Hinterkopf schlug, wenn sie sich unbeobachtet fühlte oder er nicht rechtzeitig auswich. Die Kammerfrau machte kein Geheimnis daraus, dass sie den Bastard des Burgherrn nicht ausstehen konnte. Er bedeutete eine zusätzliche Gefahr für sie. Sollte sie endlich schwanger werden, würde ihr Kind hinter Johannes bloß eine zweite Rolle spielen. Sie musste den Knaben loswerden. Aufmerksam hielt sie die Augen offen und wartete auf eine passende Gelegenheit, das Kind zu beseitigen. Dagmar war sich sicher, dass sich über kurz oder lang eine Möglichkeit auftun würde. Sie musste bloß wachsam bleiben.

Krems

Leona war die ganze Fahrt über nach Krems schweigsam. Sie konnte immer noch nicht begreifen, dass Mara tot war und sie sie nie wieder um Rat fragen konnte, wenn ihr etwas wehtat, nie wieder mit ihr lachen konnte und nie wieder ihre kluge Stimme hören würde. Genau wie ihr Vater und Gerold, wie Hilde und Brunhilde war sie von Hadmar getötet worden. Ein sinnloser Tod, mit dem Hadmar Leona erneut bewies, dass er ihr Leben im Griff hatte.

Immer wieder stellte sie Damian die gleichen Fragen. »Was hat Hadmar mit Johannes vor? Wird er ihn töten, hält er ihn gefangen? Tut er ihm Böses an?« Dabei zitterte sie so sehr, dass selbst Damians wärmender Arm sie nicht beruhigen konnte. Natürlich hatte er keine Antworten auf ihre Fragen, doch Leona schien auch keine zu erwarten. Ihre Ängste waren so überwältigend, dass sie sie von Zeit zu Zeit in Worte fassen musste in der Hoffnung, ihnen damit die Bedrohlichkeit zu nehmen. Leider ohne Erfolg. Leonas Ängste blieben.

Schweigend hockte Damian ganz nah neben ihr und hing seinen eigenen Gedanken nach. Er überlegte, wie es zu bewerkstelligen war, den Jungen aus der Burg zu schmuggeln, wenn er denn überhaupt dort war und Hadmar ihn nicht an irgendeinen anderen Ort gebracht hatte.

Als Kaufmann würde Damian mit etwas Geschick erneut Einlass in die Burg Aggstein erhalten. Er könnte sich umhören und erfahren, wo der Junge festgehalten wurde. Aber was dann? Wie sollte er Johannes aus den Fängen der Kuenringer befreien? Das Ganze schien ein Vorhaben mit wenig Aussicht auf Erfolg. Im Moment war es aber das Wichtigste, Leona davon abzuhalten mitzukommen. Was Damian beinahe genauso unmöglich erschien. Sie war wild entschlossen, dem Kuenringer entgegenzutreten, was in Damians Augen einem Freitod gleichkam.

Kurz vor den Stadtmauern der Stadt Krems machten sie halt bei einem Winzer. Damian hatte dem Mann vor Wochen seinen letzten Sack Salz verkauft. Jetzt bot er ihm die Hühner an, denen es in den winzigen Käfigen zu eng wurde.

»Gebt sie hinters Haus zum anderen Federvieh«, sagte der Winzer. Er war ein dicker Mann mit einer roten Nase, die er dem regelmäßigen Genuss seines Weins zu verdanken hatte.

Seine Frau, die ebenso dick war wie ihr Mann, tischte ihren Gästen frisches Brot und einen Aufstrich aus Schmalz, Grammeln und Zwiebeln auf. Außerdem kredenzte sie Wein aus dem Vorjahr. Schon in den nächsten Tagen würden sie den neuen Rebsaft in die riesigen Fässer aus Eichenholz füllen. Die Weingärten hingen voller reifer Trauben, die darauf warteten, geerntet zu werden.

»Es ist ein Jammer«, seufzte sie. »Wir haben die beste Ernte seit Jahren und werden die Trauben nicht einholen können, weil uns die Arbeitskräfte fehlen.«

»Warum fehlen Euch die Erntehelfer?«, wollte Damian wissen. Er biss vom Brot mit dem deftigen Aufstrich ab und nahm einen Schluck vom überraschend spritzigen und geschmacksintensiven Wein. Leona knabberte lustlos an ihrem Brot. Sie war blass und nervös.

»Mmh, der Tropfen lässt sich trinken«, sagte Damian anerkennend.

»Mein Wein ist der beste der Gegend«, erwiderte der Winzer stolz. »Ich lagere ihn in riesigen Eichenfässern. Das Holz gibt dem Wein die besondere Geschmacksnote. Aber was hilft es, wenn in diesem Jahr die Trauben an den Reben verdorren werden.«

»Wo sind die Männer und Frauen, die Euch sonst helfen?«, erkundigte sich Damian erneut. Er hatte zuvor keine Antwort bekommen.

»Es ist der bevorstehende Krieg«, erklärte der Winzer. »Sowohl Friedrich als auch die Kuenringer trommeln alle Männer zusammen, die in der Lage sind, eine Waffe in ihren Händen zu halten. Egal, wie alt, jung, gebrechlich oder ungeübt im Kampf sie sind. Angeblich steht Friedrich schon in Passau. Er kommt mit seinem Heer die Donau herunter.«

»Schuldet Ihr den Kuenringern keine Gefolgschaft?«

Empört streckte der Mann seine Brust durch. »Ich bin ein freier Mann. Bürger der Stadt Krems. Wenn Friedrichs

Männer am Horizont auftauchen, sind meine Frau und ich längst hinter den Stadtmauern und verkriechen uns in unserem Haus aus Stein.«

»Wir sind bloß im Sommer in den Weinbergen«, erklärte die Winzerin. »Ich wünschte, die beiden Kuenringer würden vom Pferd stürzen und sich den Hals brechen«, fügte sie grimmig hinzu.

»Frau, so was sagt man nicht«, tadelte der Winzer.

»Aber es stimmt. Wir wären alle besser dran, wenn die beiden keinen Krieg vom Zaun brechen würden. Was interessieren mich die Rechte, deren man sie angeblich beschneidet. Fragt irgendjemand die Bauern und Winzer, ob sie den Kampf wollen? Nein, wir alle müssen mitmachen, bloß weil zwei Brüder größenwahnsinnig sind und nicht genug bekommen können.«

»Pst, Frau!« Der Winzer legte seinen Finger mahnend auf seine wulstigen Lippen. Verstohlen blickte er sich um, so als lauerte hinter einem der Haselnusssträucher ein Söldner der Kuenringer, der ihn und seine Frau wegen der verräterischen Worte bestrafte.

»Eure Frau hat recht«, stimmte Damian zu. »Ein Krieg hat noch nie jemandem geholfen. Vor allem nicht den Bauern. Zuerst fehlen die Männer bei der Ernte, und dann verwüsten die einfallenden Truppen die Felder und Weingärten.«

»Und sie leeren unsere Weinkeller«, ergänzte die Winzerin. »Wir müssen nach jeder Schlacht wieder ganz von vorne anfangen. Wenn mein Mann nicht auch Ratsherr wäre, hätten wir schon lange aufgegeben.«

Leona pickte die Zwiebelscheiben vom Brot, legte sie zur Seite und schob sie nun von einem Tellerrand zum anderen.

»Habt Ihr keinen Hunger?«, fragte die Winzerin. »Oder schmeckt es Euch nicht?«

»Mir ist nicht gut, das ist alles«, log Leona.

Die Winzerin begnügte sich mit der Erklärung und fuhr in ihrem Jammern fort. »Dabei hatten wir in diesem Jahr schon genug Ärger. Zuerst der Frost im April, dann die Dürre im Juli und schließlich noch die kaputten Eichenfässer, die wir nur noch zum Einheizen verwenden können.«

»Was kann an Eichenfässern nicht in Ordnung sein?«, erkundigte sich Damian.

»Der Fassbinder hat uns versichert, dass die Dauben mehrere Winter abgelegen sind. Aber das waren sie nicht. Er hat uns betrogen. Das Holz war frisch und hat sich verzogen. Die Fässer sind alle undicht.«

»Sicher habt Ihr Euer Geld zurückbekommen. Schließlich gibt es Richter, die solche Angelegenheiten regeln.«

»Pah, der Mann hat nur einen Bruchteil zurückbezahlt, dann wurde er aus der Stadt gejagt. Wir haben immer noch keine neuen Fässer und müssen die alten verwenden. Ihr könnt Euch selbst davon überzeugen, die beiden gelieferten Fässer sind windschief«, empört stand die Winzerin auf und zeigte zum Weinkeller. Eine Holztür führte in einen Gang, der in den Hang gebaut war. Hier bewahrte der Winzer seine Weine auf. Vor dem Erdkeller lagen zwei kleine Fässer, die von außen ganz passabel aussahen.

Damian blickte zu den Fässern. Sie hatten winzige Ritzen und Spalten, durch die Luft ins Innere gelangte. Wie viele Schläuche Wein fasste so ein Fass? Ob man sich darin verstecken konnte? Mit einem Mal hellte sich seine Stimmung auf. »Was verlangt Ihr für die beiden Fässer?«

»Macht Ihr Scherze? Was wollt Ihr damit anfangen? Sie taugen gerade mal für Brennholz.« Der Winzer lachte.

»Nein, ich meine es ernst, was würdet Ihr dafür verlangen?«, beharrte Damian.

Der Winzer wandte sich fragend an seine Frau. Er zuckte mit den Schultern, doch sie antwortete schnell. »Wenn Ihr oder Eure Frau uns helft, die Ernte einzubringen, bevor Friedrich hier ist, dann gehören die Fässer Euch, und ich lege noch einen Schlauch vom Wein aus dem Vorjahr dazu.«

»Abgemacht«, sagte Damian schnell.

Leona hob den Kopf. »Das geht nicht, wir ...«

Damian fiel ihr ins Wort. »Du irrst dich, meine Liebe. Ich muss in den nächsten Tagen die Donau stromaufwärts reisen, aber du kannst hierbleiben und helfen, so lange, bis ich wieder zurück bin. Denk nur an die großen Fässer und daran, was man darin alles transportieren kann.« Er betonte seine Worte. Leona runzelte die Stirn.

»Vielen, vielen Dank«, sagte die Winzerin und klopfte ihrem Gast dankbar auf die Schulter. Leona wollte sich gegen das Geschäft wehren, aber schon reichten Damian und der Winzer einander die Hände. Der Preis, den Damian zahlte, war Leonas Arbeitskraft, und er wirkte rundherum zufrieden mit dem Geschäft.

Später, als die Sonne untergegangen war, saßen er und Leona in Decken gehüllt auf der leeren Ladefläche des Wagens und schauten auf die Donau, die am Fuße des Weinbergs wie eine glänzende Schlange träge durch die sanfte Hügellandschaft mäanderte.

»Ich werde mit meinem Wagen zur Burg Aggstein fahren«, erklärte Damian. »Im Gepäck werde ich die beiden leeren Fässer haben. Wenn alles nach Plan läuft, wird eines der Fässer beim Verlassen der Burg mit kostbarer Fracht gefüllt sein.«

»Du willst Johannes im Fass verstecken?«

»Ja, es ist das Einzige, was mir einfallen wollte. Ich weiß zwar noch nicht, wie ich den Jungen finden werde und ob mein Vorhaben gelingt, aber es ist ein Plan, und das ist schon mal ein guter Anfang. Findest du nicht?«

Leona richtete ihren Blick stromaufwärts. Irgendwo hinter einer der Donauschlingen ragte auf einem schroffen Felsen Burg Aggstein in den dunklen Nachthimmel. Hinter den düsteren Steinmauern saß Johannes gefangen. Wie es ihm wohl erging? Ob er auch gerade den Mond ansah und sich nach ihr sehnte? Oder ob Hadmar ihn in ein dunkles Verlies gesperrt hatte, in dem er hungern musste und bitterlich weinte? Vielleicht rief er gerade in diesem Augenblick verzweifelt nach ihr. Leonas Herz wurde schwer.

»Der Plan ist verrückt«, sagte sie leise. »Und ich will mitkommen. Ich könnte mich in dem anderen Fass verstecken.«

»Hast du dir angesehen, wie groß die Fässer sind?«, fragte Damian belustigt. »Du bist zwar eine sehr zierliche Person. Aber selbst wenn wir dich zusammenquetschen, passt du da nicht hinein.«

Leona seufzte. Sie lehnte sich gegen Damians Schulter. Er legte seinen Arm um sie und zog sie näher zu sich heran.

»Hast du die Winzerin bestochen?«, fragte Leona unvermittelt.

»Was meinst du damit?«

»Ist es nicht ein merkwürdiger Zufall, dass sie meine Arbeitskraft einfordert und ich dich nicht auf die Burg begleiten kann?« Sie suchte Damians Blick.

Er streckte ihr entwaffnend die Hände entgegen. »Ich bin unschuldig«, schwor er. »Aber wenn sie den Vorschlag nicht gemacht hätte, dann hätte ich mir wohl etwas Ähnliches einfallen lassen müssen. Es wäre nicht gut, wenn du Hadmar begegnest.«

»Nein, das wäre es nicht. Aber ich kann doch nicht zulassen, dass du ganz allein die Gefahr auf dich nimmst und Johannes befreist.«

»Warum nicht?«, fragte Damian. »Ich mag deinen Sohn. Er ist mir in den letzten Wochen ans Herz gewachsen.« Er machte eine Pause. »Genau wie du.«

Zärtlich strich er Leona eine Strähne aus der Stirn und legte sie hinter ihr Ohr. Er küsste ihre Nasenspitze, und sie ließ es zu.

»Ich frage mich, was passiert, wenn es mir gelingt, Johannes zu befreien. Was wird dann aus dir und ihm und mir? Was wird aus uns?«

»Uns?« Leona richtete sich erstaunt auf.

»Ist dieser Gedanke für dich so schrecklich, dass du ihn noch nicht gedacht hast?« Damian zog sie erneut zu sich.

»Nicht schrecklich«, gab Leona zu. »Bloß so fremd, dass ich ihn nicht gewagt hatte zu denken.«

»Hm«, Damian küsste nun ihr rechtes Ohrläppchen. »Dann fang mal damit an, Leona von Rauheneck.«

»Das mache ich«, versprach sie. »Sobald mein Sohn wieder bei mir ist.«

Sie ließ es zu, dass Damian sie nun auf den Mund küsste. Dann kuschelte sie sich ganz nah an ihn und versuchte, in seiner wärmenden Umarmung Schlaf zu finden.

Burg Aggstein

Damian verabschiedete sich kurz nach Sonnenaufgang von Leona. Feuchter Nebel hing in den Weinbergen und hüllte die üppigen Rebstöcke in einen weichen Schleier, als sie dicht zu ihm herantrat. Ihre Augen waren nass. Sie sah ängstlich aus. Damian wischte die Tränen mit dem Daumen weg und flüsterte ihr zu:

»Ich komme in ein paar Tagen wieder, und ich verspreche dir, dass ich alles daransetzen werde, dass Johannes neben mir sitzt, wenn wir uns wiedersehen.«

Leona nickte tapfer. Dann sprang Damian auf seinen Wagen und fuhr los. Er musste Krems durchqueren und lenkte den Wagen weiter nach Stein. Die beiden Städte waren in den letzten Jahren sehr eng zusammengewachsen. Seit Stein und nicht mehr Mautern auf der gegenüberliegenden Seite der Donau Zölle einheben durfte, florierte der Handel hier. Jedes Jahr wurden neue prachtvolle Häuser aus solidem, festem Baumaterial gebaut, Sandstein und Granit. Die Fassaden waren mit üppigen bunten Malereien und Reliefs geschmückt: gewundene Weinreben, Engel und Heilige. Die freien Bürger präsentierten ihren Reichtum. Eine Holzbrücke, die jeden Winter Schäden erlitt und im Frühjahr ausgebessert werden musste, führte von einer Seite der Donau auf die andere. Sie war offiziell nicht genehmigt und dem Herzog daher ein Dorn im Auge, genau wie die unerlaubt eingehobenen Zölle auf der Höhe der Burg Aggstein. Bis jetzt hatte Friedrich die Brücke geduldet, gut möglich, dass sich das ändern würde, wenn der Herzog gegen die Kuenringer in die Schlacht zog. Damian entrichtete dem Wachmann, der in einem winzigen Holzverschlag hockte, die Gebühr fürs Überqueren, ohne recht zu wissen, in wessen Tasche die Münzen am Ende des Tages wandern würden. In die Kassen der Stadt Stein, Krems oder Mautern oder gar in die der Kuenringer? Es war ihm gleich, und er ratterte mit seinem Wagen über die Holzkonstruktion, um von dort weiter stromaufwärts zur Burg Aggstein zu gelangen.

Genau wie bei seinem ersten Besuch sah er das dunkle Gebäude mit den zahlreichen Türmen und Erkern schon von Weitem. Es thronte majestätisch auf dem schräg abfallenden Felsen, der direkt in der Donau zu stehen schien. Doch diesmal wurde er nicht mit offenen Armen empfangen. Es herrschte ein chaotisches Treiben, das bereits auf der Zufahrt begann. Es war, als würden sich sämtliche Ritter und Soldaten des Umlands auf der Burg versammeln. Damian musste sich vor jedem Tor in eine lange Schlange Wartender einreihen und genau erklären, weshalb er Einlass begehrte.

Ohne mit der Wimper zu zucken, tischte er eine vorbereitete Lüge auf. »Ich bin Damian Brantoni, Kaufmann aus dem fernen Genua, und ich bin auf Geheiß der edlen Burgfrau Elisabeth Kuenring hier, um ihr meinen Schatz an Düften und Gewürzen zu präsentieren.«

»Wir stehen kurz vor dem Krieg, und die Ehefrau des Burgherrn sorgt sich um Düfte«, murrte der Wachmann, ließ Damian aber passieren. Genervt winkte er ihn durch. Ähnlich erging es ihm auch bei den weiteren Toren. Schließlich gelangte er in den Burghof, wo er nur noch langsam vorankam. Überall wurde gearbeitet. Soldaten polierten ihre Schwerter, ein Schmied reparierte und flickte Kettenhemden. Sein Lehrling schlug Pfeilspitzen zu tödlichen Waffen. Heute befanden sich dreimal so viele Menschen auf der Burg wie bei Damians letztem Besuch. Er lenkte seinen Wagen zwischen Soldaten und Burgbewohnern hindurch zum Stall. Dort bat er um Wasser für Enzo. Ein Stallbursche wies ihm einen Eimer zu und versprach ihm gegen eine Münze, auf Wagen und Tier aufzupassen.

Damian reichte dem Burschen das Geld und kehrte in den Burghof zurück. Wo sollte er nach Johannes fragen? Das einfache Personal, Köchinnen und Küchenmägde, wusste oft besser Bescheid als Kammerfrauen oder Verwalter. Oder sollte er die Burgherrin aufsuchen, so wie er es den Wachmännern an den Toren angekündigt hatte? Elisabeth würde mit Sicherheit einen Blick auf seine Ware werfen wollen, und mit etwas Glück wusste sie über Johannes Bescheid.

Damian ging an der Backstube vorbei Richtung Wohnturm, als ihn eine vertraute schrille Stimme zusammenzucken ließ.

»Ihr wagt es, hier noch einmal aufzutauchen?« Erschrocken fuhr er herum. Es war die dicke, hässliche Frau, der er einen vermeintlichen Liebestrank verkauft hatte. Warum war sie hier? War sie nicht mit Gotthart von Gars verheiratet und wohnte auf ihrer Burg in Gars? Es war zu spät, um sich vor ihr in Sicherheit zu bringen. Die Frau stapfte mit hochrotem Kopf auf ihn zu. Dabei zielte sie mit ihrem ausgestreckten rundlichen Zeigefinger direkt auf seine Brust. Hinter ihr gingen zwei weitere Frauen. Es waren Elisabeth und deren Kammerfrau Dagmar. Nur eine Handbreite von der Burgherrin entfernt befand sich der hellbraune Jagdhund, der auch beim letzten Besuch ihr ständiger Begleiter gewesen war. Damian konnte sein Glück kaum fassen. Er musste Elisabeth nicht suchen, sie lief ihm geradewegs in die Arme. Aber zuvor fing Margot ihn ab. Kaum hatte sie Damian erreicht, zog sie ihn unsanft zur Seite und schimpfte so leise, dass nur er sie verstehen konnte.

»Ihr habt mir um sündhaft viel Geld einen Trank verkauft, der nicht die geringste Wirkung gezeigt hat, und das, obwohl ich meinem Mann jeden Tag beim Abendessen etwas davon in seinen Wein gemischt habe. Ich verlange mein Geld zurück, und zwar auf der Stelle.«

Damian fragte sich, was sie vorhatte. Würde sie ihn der Scharlatanerie beschuldigen? Dann müsste sie zugeben, was sie gekauft hatte. Damian wollte keinen Konflikt.

»Beim Abendessen, sagt Ihr?«

»Ja, natürlich. Wann denn sonst?« Margot stemmte beide Hände in die breiten Hüften. Sie trug ein grellgrünes Kleid, das ihr Ähnlichkeit mit einer Kröte verlieh. Neugierig traten Elisabeth und Dagmar näher in der Hoffnung, das Gespräch zu belauschen. Auch wenn sie den Inhalt nicht ganz verstehen konnten, so merkten sie doch, dass Margot aufgebracht war.

Vertraulich beugte sich Damian näher, hielt die Hand vor den Mund und flüsterte: »Gute Frau, ich habe Euch doch ausdrücklich darauf hingewiesen, dass Ihr den Trank zum Frühstück servieren sollt. Am Abend genossen, bewirkt er genau das Gegenteil. Euer Mann wird müde, schläfrig und verliert seine Manneskraft. Vor dem Zubettgehen garantiert der Trank einen tiefen, festen Schlaf.«

»Wie bitte? Zum Frühstück?« Margots Stimme überschlug sich, weshalb Elisabeth und Dagmar sich ihr zuwandten. Sofort senkte Margot ihre Stimme.

»Das habt Ihr nicht gesagt.«

»Aber natürlich habe ich das.« Damian richtete sich wieder auf und musterte sie tadelnd. »War Euer Mann müder als gewöhnlich?«

»Ja.«

»Na bitte, da habt Ihr den Beweis, dass meine Tränke Wirkung zeigen.«

»Aber Ihr habt nie etwas von der Tageszeit gesagt«, empörte sich Margot. Sie hatte einen Teil ihrer Selbstgefälligkeit eingebüßt.

»Ihr müsst es vergessen haben. Ich weise meine Kundinnen immer eindringlich darauf hin. Die Tageszeit ist von großer Wichtigkeit. Möglich, dass Ihr mir nicht zugehört habt, da Ihr es eilig hattet.«

»Ich hatte es eilig?« Margot hob nachdenklich den Kopf

und rieb mit Daumen und Zeigefinger die dicke Knollnase. »Kann es sein, dass ich nicht zugehört habe?«

»Das habt Ihr mit Sicherheit nicht, sonst wärt Ihr jetzt schon eine glückliche, schwangere Frau, die einen Sohn unter ihrem Herzen trägt«, sagte Damian. »Verwendet den Trank ausschließlich am Morgen.«

»Aber ich habe keinen Trank mehr vorrätig. Es ist alles aufgebraucht.«

»Nun, dem kann Abhilfe geschaffen werden. Ich denke, dass ich noch etwas vorrätig habe. Sagt mir, wohin ich Euch eine Flasche bringen soll.«

»Ich warte hier«, forderte Margot. »Bringt sie gleich.«

Damit war Damian ganz und gar nicht einverstanden. Er wollte sich mit Elisabeth unterhalten und herausfinden, wo Johannes war.

»Möglich, dass es dauert, bis ich den Trank finde. Schließlich handelt es sich um ein eher …«, er senkte die Stimme, »… ungewöhnliches Präparat.«

»Ich will, dass Ihr es auf der Stelle bringt«, sagte Margot ungehalten und lauter, als sie es vielleicht geplant hatte. Ihre Worte blieben auch von Elisabeth und Dagmar nicht ungehört.

»Meine Kammerfrau und ich begleiten Euch gerne«, mischte Elisabeth sich ein. »Ich freue mich, dass Ihr erneut den Weg auf unsere Burg gefunden habt. Ich hätte gerne noch ein Säckchen der Kräutermischung, die Ihr mir das letzte Mal dagelassen habt. Ich denke, dass sie meiner Gesundheit wohl bekommt.«

»Mein Wagen befindet sich beim Stall.« Damians Hoffnung, dass der Ort, an dem die Pferde untergebracht waren, die Damen abschrecken würde, bewahrheitete sich nicht.

»Ich war ohnehin auf dem Weg dorthin«, meinte Elisabeth.

»Wenn das so ist, dann komme ich auch mit.« Margot schloss sich ihnen an und lief hinterher. Nun hatte Damian alle drei Frauen im Schlepptau. Jeder hatte er einen Trank oder Kräuter verkauft, und wie es aussah, hatte keine seiner Mischungen Wirkung gezeigt. Aber er war nicht hier, um weitere Geschäfte zu tätigen, sondern um herauszufinden, wo Johannes sich aufhielt. Um die Stimmung aufzulockern, erkundigte er sich nach dem Befinden der Damen. Es wurden belanglose Höflichkeiten ausgetauscht, und Damian überlegte fieberhaft, wie er die lästige Margot loswerden konnte. Leona hatte ihm nicht alles erzählt, was in jener Nacht auf Burg Lichtenfels passiert war, aber genug, dass er annehmen musste, dass Margot ihr nicht wohlgesonnen war.

Als sie beim Stall angekommen waren, fragte Damian, ob die Damen unter dem Baum im Schatten warten wollten, er würde die Ware holen, doch Elisabeth meinte: »Jetzt sind wir schon hier, da können wir genauso gut hineingehen.« Sie hob den Saum ihres Kleides und betrat als Erste den Stall.

Sofort trat ihnen der Stallmeister entgegen, ein älterer Mann mit dichtem grauen Haar und breiten Schultern. Auf seiner braunen Tunika hingen lose Strohhalme.

»Hier ist kein Platz für Frauen«, sagte er unfreundlich.

»Was soll das heißen?«, entfuhr es Elisabeth. »Ich bin hier, um mit Euch zu sprechen.«

Als der Stallmeister erkannte, wer vor ihm stand, wurde er etwas höflicher. »Meine Herrin Elisabeth«, er neigte den Kopf. »Ich muss Euch bitten, Eure Unterhaltung an einem anderen Ort fortzusetzen. Im Kräutergarten sind Bänke. Dort könnt Ihr ungestört plaudern. Wir haben hier alle Hände voll zu tun. Wie Ihr wisst, bereiten wir uns auf einen Krieg mit Friedrich vor.«

»Weiß man denn, wo er sich aufhält?«, wollte Damian wissen.

»Wenn unsere Informationen stimmen, wird seine Streitmacht in wenigen Tagen Passau erreichen. Dann wird es nicht lange dauern, bis er hier ist.«

»Pah«, schnaufte Margot gelangweilt. »Jeder weiß, dass der Herzog sich schnell einmal aufregt. Wer weiß, ob er tatsächlich angreifen wird. Die Verbündeten der Kuenringer sind dem Herzog zahlenmäßig überlegen. Friedrich wird schäumen und toben und sich schlussendlich wieder zurückziehen.«

Der Stallmeister verdrehte genervt die Augen und schüttelte ärgerlich den Kopf. Seine Miene verfinsterte sich.

»Ich muss meine Arbeit erledigen und die Pferde versorgen. Leider kann ich das nicht, da Ihr mir im Weg seid.«

Dann fiel ihm ein, dass Elisabeth hier war, weil sie etwas von ihm brauchte. »Was wolltet Ihr von mir?«

»Ich will wissen, wo Euer neuer Stallbursche steckt?«, fragte Elisabeth und drehte sich suchend um.

»Ich habe Johannes und Mara heute noch nicht gesehen.«

Damian zuckte zusammen. Hatte er sich eben verhört? Er selbst hatte erst vor ein paar Tagen mit seinen Händen das Grab für die alte Frau gegraben. Wie konnte es sein, dass Mara nun hier war?

Dagmar, die ihn genau beobachtete, entging seine Reaktion nicht. Ihre zusammengekniffenen Augen musterten ihn mit unverhohlener Neugier: »Die Namen scheinen Euch bekannt zu sein.«

Damian hatte sich schnell wieder im Griff. »Ich bin auf meiner Reise über die Alpen einem Ehepaar begegnet. Der Mann hieß Johannes, und seine Frau trug den Namen Mara. Sie bewirtschafteten einen Bauernhof mitten in den Bergen. In einer Region, in der ich niemals gedacht hätte, dass man überleben kann, geschweige denn Schafe und Ziegen versorgen.« Er lächelte Dagmar möglichst charmant an: »Wir Genueser wohnen am Meer. Wir sind warme Temperaturen gewöhnt, in unseren Gärten wachsen Orangen und Feigen. Dass jemand freiwillig an einem Ort lebt, an dem in acht von zwölf Monaten Schnee fällt, ist uns unverständlich. Daher hat das Ehepaar einen bleibenden Eindruck bei mir hinterlassen. Ich werde die beiden nie vergessen und auch ihre Namen nicht.«

Dagmar neigte den Kopf und verzog den Mund. Es war nicht klar erkennbar, ob sie Damians Erklärung für bare Münze nahm.

»Wenn der Junge hier auftaucht, schickt ihn bitte in die Küche, Salvina hat gesagt, dass er heute noch nichts gegessen hat. Sein Frühstück steht unangerührt auf dem Küchentisch«, sagte Elisabeth.

»Wenn er Hunger hat, wird er schon kommen«, knurrte der Stallmeister. »Ich versteh das Aufheben wegen dem Kind nicht.«

Mit einem Mal nahm Elisabeths Stimme einen schneidenden Tonfall an: »Ich will, dass Ihr den Jungen in die Küche schickt. Habe ich mich deutlich genug ausgedrückt?«

Wieder neigte der Mann den Kopf: »Ja natürlich.«

»Wollt Ihr den Vorschlag des Stallmeisters annehmen und im Kräutergarten auf mich warten?«, schlug Damian vor. »Ich hole meine Ware vom Wagen und bringe sie in den Garten.« Er zeigte auf den Wagen, der im hinteren Teil des Stalls stand, wo Ritzen in den Wänden für ein diffuses Licht sorgten.

»Ja, das ist eine gute Idee. Zwischen den Rosenbüschen und dem Lavendel warten wir auf Euch.«

Doch Dagmar wollte noch nicht gehen. »Was befindet sich in den zwei großen Weinfässern?«, fragte sie neugierig.

»Die Fässer sind beide leer.«

»Warum führt Ihr sie dann mit Euch?«

»Ich hoffe darauf, die Fässer in den nächsten Tagen mit kostbarem Mohnöl auffüllen zu können.«

»So viel Mohnöl?«, fragte Dagmar ungläubig. »Wer soll das denn kaufen wollen?«

»Oh, macht Euch darüber keine Gedanken«, meinte Damian. »So wie man hier nach fruchtigem Olivenöl aus meiner Heimat giert, verlangt man im Süden nach den Produkten des Nordens. Es ist immer das Unbekannte, das Besondere, das, was man nicht einfach haben kann, wonach die Kunden fragen.«

Dagmar errötete. Sie fühlte sich ertappt, schließlich wünschte auch sie sich Verbotenes, ein Kind von einem verheirateten Mann.

Als Elisabeth und Margot den Stall verließen, lief sie ihnen rasch hinterher. Die kostbaren Stoffe der Kleider raschelten und sammelten Stroh vom Boden auf. Elisabeths Jagdhund war wie immer ganz dicht bei der Burgherrin. Erleichtert sah Damian den Damen nach. Erst als sie im Burghof waren, wandte er sich nicht seinem Wagen, sondern dem Stallmeister zu. Eine Spur zu plump versuchte er, ihn in ein Gespräch zu verwickeln, aber Damian stand unter Zeitdruck.

»Manche Frauen schaffen es, einem Aufgaben umzuhängen, für die man sich gar nicht zuständig fühlt. Das ist hier genauso wie in meiner Heimat«, meinte er und fügte möglichst beiläufig hinzu: »Welchen Jungen sollt Ihr zur Köchin schicken? Ich dachte, die Burgherrin ist kinderlos.«

»Das ist sie auch«, sagte der Stallmeister. »Aber vor ein paar Tagen hat der Burgherr einen seiner Bastarde auf die Burg geholt. Ein nettes kleines Bürschlein, das ständig hier im Stall herumhängt und großes Interesse an Pferden hat. Er ist durchaus geschickt und geht mir beim Striegeln zur Hand. Die Burgherrin will andauernd wissen, wo der Knabe ist und ob er auch genug gegessen hat.«

Damian musste sich zusammenreißen, um seine Freude nicht offen zur Schau zu stellen. Mit etwas Glück würde er hier im Stall auf Johannes treffen.

»Die Burgherrin hat an dem Balg einen Narren gefressen. Vielleicht, weil sie selbst keine Kinder hat. Sie hat Johannes einen Hund geschenkt, der dem Knaben nicht von der Seite weicht. Ich frage mich, wie das werden soll, wenn der Bursche als Knappe auf eine andere Burg geschickt wird. Ob er das Tier dann mitnimmt?« Der Mann machte mit seiner riesigen Hand eine wegwerfende Bewegung. »Aber das ist nicht mein Problem. Ich muss dem Jungen bloß beibringen, wie man mit Pferden umgeht.«

Nun wusste Damian, was es mit Mara auf sich hatte. Offenbar hatte Johannes dem Hund den Namen seiner Tante gegeben.

»Schläft der Junge hier im Stall?«, erkundigte sich Damian.

Sichtlich überrascht über die Frage, hielt der Stallmeister inne.

»Nein, natürlich nicht. Der Bub hat ein Lager im Wohnturm. Ich glaube, in der Nähe der Küche. Aber so genau weiß ich das nicht. Es geht mich nichts an.«

Die letzten Worte betonte er, wohl um Damian zu verstehen zu geben, dass es auch ihn nicht zu interessieren hatte und er keine weiteren neugierigen Fragen stellen sollte.

Um kein weiteres Misstrauen zu erregen, meinte Damian: »Ihr entschuldigt mich, ich muss mich beeilen. Es kommt bei den Damen nicht gut an, wenn man sie warten lässt.«

»So ein Krämerleben, das wäre nichts für mich«, sagte der Stallmeister. »Ich bin heilfroh, dass ich mit Pferden arbeite, die sind unkompliziert und reden nicht ständig zurück.«

Seine eigenen Worte gefielen dem Mann so gut, dass er sich lachend auf die Oberschenkel klopfte, bevor er sich wieder an die Arbeit machte.

Wenig später packte Damian in einer lauschigen Nische im Kräutergarten vor den drei Damen seine gesamten Vorräte an Duftölen und Schönheitselixieren aus, die Mara in den letzten Wochen zusammengemischt hatte. Begeistert schnupperte Dagmar an einem Öl, das nach Veilchen roch, während Margot sich für Maiglöckchen entschied und Elisabeth nach einem Rosenöl griff. Die Sorglosigkeit der drei Frauen war erstaunlich. Ein Krieg mit dem Herzog stand unmittelbar bevor, doch die Damen waren entspannt. Sie zeigten keinerlei Angst. Sie waren von der militärischen Überlegenheit der Kuenringer überzeugt. Auch wenn alle Hinweise darauf hindeuteten, dass Herzog Friedrichs Heer aufständische Vasallen bisher immer mit rigoroser Härte geschlagen hatte. Damian war es einerlei, welcher Kontrahent siegen würde. Er hoffte inständig, rechtzeitig die Gegend verlassen zu können, gemeinsam mit Leni und Johannes.

»Und jetzt möchte ich Euch noch etwas ganz Besonderes zeigen«, Damian senkte seine Stimme, um die Aufmerksamkeit der Kundinnen auf sich zu ziehen. Er holte Leonas Gewürzmischungen hervor. »Mit diesen Kräutermischungen werdet Ihr nicht nur Eure Ehemänner, sondern auch alle Gäste, die Ihr jemals bewirten werdet, beeindrucken. Das

Lob der Männer und die Ehrfurcht der Damen sind Euch sicher«, sagte er.

»Die könnt Ihr Salvina zeigen«, meinte Elisabeth gelangweilt. »Sie ist für die Bestellungen in der Küche zuständig. Ich kümmere mich nicht ums Essen.«

Damian konnte sich ein zufriedenes Lächeln nicht verkneifen. Genau das war sein Plan gewesen. Er wollte in die Küche gelangen. Doch bevor er dorthin entlassen wurde, hielt Margot ihn zurück. »Ich möchte die Kräutermischungen sehen«, forderte sie. »Als Burgherrin von Gars entscheide ich selbst, was auf den Tisch kommt. Die Köchin hat meine Befehle auszuführen.« Ihre Augen glänzten begehrlich. Die Vorstellung, von ihrem Mann gelobt zu werden, gefiel ihr.

»Ich habe genug gesehen«, sagte Elisabeth. Sie stand auf, strich mit der Hand über ihre Röcke und machte sich auf zum Gehen. »Bevor Ihr unsere Ländereien wieder verlasst, seid Ihr selbstverständlich unser Gast. Ich hoffe, Ihr bleibt über Nacht?«

»Habt vielen Dank, Eure Gastfreundschaft ist einzigartig«, Damian bedankte sich überschwänglich, doch Elisabeth winkte bloß ab. »Ich werde Euch ein Schlaflager in der Gästehalle richten lassen.« Damian wusste vom letzten Besuch, dass die sich neben dem Wohnturm auf der anderen Seite der Burg befand.

»Ist es Euch recht, dass ich später Eure Köchin aufsuche und ihr meine Gewürzmischungen zeige?«

»Ja natürlich. Macht nur. Sie wird mit Sicherheit begeistert sein.«

»Aber vorher sehe ich die Säcke«, forderte Margot gierig.

Damian seufzte ergeben. Noch nie war es ihm so schwergefallen, ein Verkaufsgespräch zu führen. Er saß förmlich auf Kohlen und wollte in die Küche, wo er hoffte, auf Johannes zu treffen. Doch Margot ließ sich Zeit. Endlos lang prüfte sie jede Gewürzmischung, ließ sich genau erklären, welche Kräuter sie beinhalteten, und überlegte, wie viel sie von jeder Mischung kaufen sollte. Schlussendlich nahm sie von allen reichlich, und Damian hatte Angst, dass nichts mehr für die Köchin auf Burg Aggstein übrig blieb. Zum Glück hatte er noch einen kleinen Rest vorrätig, der sich auf seinem Wagen befand. Nach einer gefühlten Ewigkeit war Margot endlich zufrieden und ließ Damian gehen.

»Ich denke, dass ich damit vorerst auskomme«, sagte sie, bevor sie sich noch für ein letztes Fläschchen von Maras Tinktur gegen Hautunreinheiten entschied. Damian nahm eine stattliche Summe Münzen entgegen, über die sein Kaufmannsherz sich an jedem anderen Tag gefreut hätte. Doch heute hatte er andere Sorgen.

Er eilte zurück in den Stall, um den letzten Rest seiner Kräutermischungen zu holen. Die Sonne stand bereits tief, und das Tageslicht war nur noch schwach. Der Stallmeister hatte am anderen Ende des Gebäudes eine Fackel entzündet, die in einer Halterung an der Wand befestigt war. Der Mann flickte im Schein der rußenden Fackel ein Zaumzeug und nahm von Damian keine Notiz, der zu seinem Wagen marschierte, immer noch etwas steif hinaufkletterte und den Sack hervorholte. Gerade als er ihn unter einer Decke gefunden hatte, ließ ihn eine hohe kindliche Stimme aufhorchen.

»Damian!«

Er drehte sich um und erblickte Johannes, der zwischen den Strohballen auf ihn zulief. Hinter ihm tapste ein leise bellender Hundewelpe.

Der Stallmeister sah abrupt von seiner Arbeit auf. Rasch sprang Damian vom Wagen und ging in die Knie. Vor lauter Schreck vergaß er, dass sein Bein immer noch nicht vollständig ausgeheilt war. Der Schmerz durchzuckte seinen Körper und nahm ihm für einen Augenblick den Atem. Damian verzog das Gesicht, legte aber seinen Zeigfinger auf den Mund. Er hoffte, dass der Mann die Geste im Halbdunkel nicht sehen konnte, sehr wohl aber Johannes. Der Junge reagierte sofort. Augenblicklich bremste er sich ein, verlangsamte seine Schritte und blieb stehen. Der Hund sprang verspielt an seinem Oberschenkel hoch. Damian deutete auf den Stallmeister und schüttelte kaum merklich den Kopf. Johannes begriff.

»Oh!«, rief der Junge mit gespielter Enttäuschung. »Wie schade, ich habe Euch eben mit jemandem verwechselt, bitte verzeiht!« Er bückte sich, hob den Hund hoch und drückte ihn fest gegen seine Brust. Sofort schleckte Mara über sein Gesicht. Johannes war trotz seines zarten Alters ein begnadeter Schauspieler.

Der Stallmeister verlor sein Interesse. Er widmete sich wieder seiner Arbeit. Ohne die beiden weiter zu beachten, rief er Johannes zu: »Du sollst in die Küche gehen.«

»Das trifft sich gut«, sagte Damian. »Ich werde dort auch erwartet. Kannst du mir den Weg zeigen?«

»Ja natürlich.« Johannes setzte den Hund wieder auf den

Boden. Er strahlte übers ganze Gesicht. Damian lugte zum Stallmeister, er betete, dass der Mann Johannes' Freude nicht sehen konnte und sich weiter auf seine Flickarbeit konzentrierte. Damian ergriff Johannes am Oberarm und zog ihn zum Ausgang. Vor dem Stall befanden sich mannshohe Strohballen. Damian drängte Johannes in den Schutz der Bündel und drückte den Jungen fest an sich. Wie klein und zerbrechlich er war. Damian war erstaunt.

»Grazie a Dio, grazie«, stammelte er erleichtert. »Du lebst. Deiner Mutter wird ein Stein vom Herzen fallen.« Er machte eine Pause und fügte leise hinzu: »Und nicht nur ihr. Ich bin auch unendlich glücklich, dass ich dich gefunden habe.« Er war über die Heftigkeit seiner Gefühle überrascht. Er hatte den Jungen in kurzer Zeit sehr lieb gewonnen.

»Ist Mama da?« Johannes löste sich aus Damians Umarmung und sah sich suchend um.

»Nein, es wäre zu gefährlich für sie, auf die Burg zu kommen.«

»Oh!« Johannes' Enttäuschung war nicht zu überhören. Seine Augen füllten sich mit Tränen, er wollte sie aber nicht zeigen. Tapfer bückte er sich zu seinem Hund. »Das ist Mara.«

»Sie ist sehr hübsch.«

»Mara gehört mir ganz allein«, erklärte Johannes und wischte sich mit dem Handrücken über die Nase.

»Es ist eine große Verantwortung, die man dir übertragen hat.«

Johannes nickte ernst. »Mara folgt mir überall hin. Sie ist meine beste Freundin. Sie liegt nachts bei mir. Ich habe ihr schon ein paar Tricks beigebracht. Sie kann die Pfote geben. Sitz, Mara!«

Johannes zeigte mit seinem Zeigefinger auf Maras Hinterteil, und sofort nahm die Hündin neben ihm Platz.

»Das ist beeindruckend«, stimmte Damian ihm zu. Er nahm an, dass Elisabeth Johannes das großzügige Geschenk gemacht hatte. Offenbar hatte die Frau Mitleid mit dem Jungen gehabt.

»Johannes, ich werde dich aus der Burg schmuggeln, aber das wird nicht einfach werden. Ich habe mir einen Plan ausgedacht. Der ist sehr, sehr gefährlich.«

Johannes nickte. Eine mögliche Gefahr vermochte ihn nicht einzuschüchtern. Ihn beschäftigte etwas anderes: »Mara muss auch mitkommen.«

Ratlos kratzte sich Damian an der Stirn. Er hatte diese Forderung befürchtet. Es würde schwierig genug werden, Johannes in einem leeren Fass zu verstecken, aber den Jungen und einen Hund, das war fast unmöglich. Das Tier würde wimmern und jaulen. Langsam stand er auf. »Lass uns in die Küche gehen«, forderte er. »Vielleicht fällt uns unterwegs etwas ein. Ich werde der Köchin die Kräutermischungen deiner Mutter verkaufen.«

»Salvina wird begeistert sein. Sie ist eine hervorragende Köchin und macht den besten Hirsebrei«, sagte Johannes, und mit einem Mal klang der Junge wie ein geschäftstüchtiger Kaufmann. Er senkte die Stimme: »Er schmeckt besser als der von Mara, aber verrat es ihr nicht.«

Damian schluckte hart. Der Junge wusste noch nicht, dass er seine Ziehtante nie wiedersehen würde. Jetzt war nicht der richtige Augenblick, ihm von ihrem Tod zu berichten. Damians Aufmerksamkeit war bei Johannes, daher entging ihm, dass ihr Gespräch nicht unbemerkt geblieben war. Dagmar war ebenfalls auf dem Burghof und hatte im Schutz eines Walnussbaums das kurze Gespräch beobachtet. Höchst zufrieden löste sie sich aus dem Schatten des Baums und setzte ihren Weg fort.

Während Damian der Köchin Salvina die Gewürzmischung verkaufte, hing Johannes an seinen Lippen und saugte jedes Wort des Verkaufsgesprächs in sich auf. Doch er hielt sich im Hintergrund, löffelte seine Bohnensuppe und verriet mit keiner Miene, dass er Damian kannte. Mara saß neben ihm und wartete geduldig auf ein paar Happen von Johannes' Brot, das er bereitwillig mit ihr teilte.

»Das ist mein letzter Sack, nun habe ich alle Vorräte verkauft«, sagte Damian. »Ich werde morgen zeitig in der Früh wieder aufbrechen. Wisst Ihr, wann die Burgtore geöffnet werden?«

Die Köchin schnupperte immer noch begeistert an der Kräutermischung. »Eine hervorragende Idee, Kräuter in einer fertigen Mischung zu verkaufen«, schwärmte sie. »Ich kann es kaum erwarten, diese hier auszuprobieren. Was habt Ihr eben gefragt?«

»Wann die Burgtore geöffnet werden. Ich will morgen zeitig aufbrechen. Mein Weg führt in den Osten.«

»Sobald die Sonne aufgeht, werden die Tore aufgesperrt«, sagte die Köchin. »Im Moment vielleicht sogar früher, denn es kommen ständig Späher aus den umliegenden

Gebieten. Die Burgherren wollen gegen Friedrich in den Krieg ziehen. Wenn Ihr mich fragt, ist das keine gute Idee. Die Leidtragenden sind wie immer die einfachen Leute, die außerhalb sicherer Stadtmauern wohnen.« Sie zuckte mit den Schultern. »Aber das Wort einer Köchin interessiert niemanden.«

Damian stimmte Salvina zu. Auf seinen Reisen war er durch viele verschiedene Städte gereist und hatte Menschen unterschiedlichster Kulturen kennengelernt. Er war in Afrika gewesen und auf der Iberischen Halbinsel, in den unwirtlichen Alpen und in kleinen Dörfern entlang breiter Flüsse. Eines war überall gleich: Je ärmer die Menschen waren, umso größer war die Willkür der Herrschenden, der sie ausgesetzt waren.

Wieder einmal dachte Damian, dass es Zeit war, nach Hause zurückzukehren. Auch in Genua beherrschte das Geld die Menschen, aber es war egal, ob man aus einer reichen Patrizierfamilie stammte oder bloß aus einem bürgerlichen Haus. Was zählte, waren Erfolg und Fleiß. Man hatte als Kaufmann sein Leben selbst in der Hand. Die Zeiten, in denen das Faustrecht galt, waren längst vorbei.

»Hast du aufgegessen?« Salvina richtete sich an Johannes.

»Noch nicht ganz.«

»Dann schau zu, und beeil dich. Sobald du fertig bist, marschierst du ins Bett. Ich will nicht schuld sein, wenn du morgen nicht ausgeschlafen bist. Dein Va...«, die Köchin schlug sich mit der Hand gegen den Mund und presste die

Lippen zusammen. »Der Burgherr will dir eine Lektion im Bogenschießen erteilen.«

Beim Wort »Bogenschießen« leuchteten Johannes' Augen kurz auf. Dann nickte er artig und tauchte seinen Löffel erneut in die Suppe. Salvina schnappte den Sack mit der Kräutermischung und winkte der Küchenmagd, einem dürren Mädchen mit strähnigem Haar, zu. »Steh nicht faul rum, sondern komm mit. Wir müssen die Regale in der Vorratskammer überprüfen.« Kurz darauf waren Johannes und Damian allein in der Küche. Statt zu gehen, wie Salvina es wohl annahm, setzte Damian sich zu Johannes an den Tisch. »Weißt du, wer der Mann war, der dich entführt hat?«

Johannes senkte den Kopf tief über seine nun fast leere Schüssel. Sein blondes Haar fiel ihm in die Stirn. »Ja!«

»War er grob zu dir? Hat er dich geschlagen?«

»Er hat Tante Mara wehgetan.« Johannes sah immer noch nicht auf. So als schäme er sich für die Tat, die Hadmar begangen hatte.

»Du hättest ihr nicht helfen können«, sagte Damian ernst. »Du warst sehr tapfer, weil du mit dem Fremden mitgegangen bist.«

»Der Mann behauptet, dass er mein Vater ist.« Johannes rührte mit dem Löffel in der leeren Tonschüssel. Ein kratzendes Geräusch entstand.

»Selbst wenn es so ist«, Damian wog seine Worte genau ab. »Dein Platz ist bei deiner Mutter, sie sorgt sich um dich und kann nachts nicht schlafen aus Angst um dich. Ich habe sie davon abhalten müssen, nicht mitzukommen. Es wäre zu gefährlich gewesen.«

»Ich will zu ihr.« Nun schniefte Johannes und weinte. Eine Träne tropfte schwer in die Schüssel auf dem Tisch. Mara neben ihm winselte und legte ihren Kopf auf Johannes' Oberschenkel ab.

»Ich werde dich zu ihr bringen. Aber dazu darfst du heute Nacht nicht einschlafen.«

Nun hob Johannes den Kopf. »Ich darf aufbleiben?« Mit dem Handrücken fuhr er sich übers Gesicht. Es war nicht ganz sauber, und so blieb eine unappetitliche Spur zurück. Damian musste lächeln, er dachte daran, wie Leona die Spur entfernt hätte. Er ließ es bleiben. Sie war wie eine kleine Trophäe.

»Wo schläfst du?«

»Auf einem Lager hinter der Küche, gemeinsam mit den Kindern von Salvina. Es ist dort warm und trocken.«

»Kannst du nachts den Raum unbemerkt verlassen?«

»Ich denke schon«, sagte Johannes. »Ich muss vorsichtig sein und mich leise an ihnen vorbeischleichen. Aber der Raum ist nicht versperrt.«

»Das ist sehr gut«, sagte Damian. »Ich werde auf dich im Stall bei meinem Wagen warten. Sobald alle Kinder schlafen, schleichst du dich auf Zehenspitzen zu mir. Auf meinem Wagen sind zwei alte leere Weinfässer, darin werden wir dich verstecken.«

»Und Mara?«

Damian wurde übel. Es war zu gefährlich, das Tier mitzunehmen. Aber er brachte es auch nicht übers Herz, Johannes und den Hund zu trennen.

»Denkst du, dass Mara still in einem Fass verharren würde?«

»Nein, aber gemeinsam mit mir.«

Damians Zuversicht sank noch weiter. Würden die beiden genug Luft zum Atmen haben? Es war einen Versuch wert.

»Wichtig ist, dass du nicht einschläfst. Wenn man dich morgen wecken will, müssen wir bereits die Burg verlassen haben.«

»Ich werde eine Rolle aus der Decke formen«, schlug Johannes vor. »Denn Thomas wacht immer vor allen anderen auf. Es ist gut, wenn er denkt, dass ich noch schlafe.«

Johannes' Traurigkeit war wieder gewichen. Es war erstaunlich, wie schnell er neuen Mut schöpfen konnte. Er streichelte über Maras Kopf und drückte ihr einen Kuss auf die Schnauze. »Mama wird dich lieben«, flüsterte er dem Hund ins Ohr. »Und Tante Mara wird sich an dich gewöhnen. Aber sie freut sich sicher, dass du so heißt wie sie.«

Damians Kehle schnürte sich zu. Er würde Johannes erst von Maras Tod erzählen, wenn er ihn sicher zu Leona gebracht hatte. Damian betete zu Gott, dass dieses Kunststück gelang. Konnte es sein, dass er sich nur dann an den Herrn wandte, wenn er eine Bitte an ihn richtete? Aber Gott war gnädig, er würde das hoffentlich verzeihen.

Dagmar hockte auf der Kante ihres Betts, das sie sich mit der alten Reingard teilte. Die Alte schnarchte so laut, dass es Dagmar schwerfiel, klar zu denken. Vielleicht lag es aber auch an den zwei Bechern schweren Rotwein, die sie zuvor zum Abendessen genossen hatte. Sie hatte es nicht ertragen, wie Hadmar mit seinem Bastard geprahlt hatte. Er hatte tatsächlich vor, den Jungen in den nächsten Tagen offiziell zu seinem Sohn zu erklären. Eine Bemerkung, die er nur vertraulich in ihre Richtung gesagt hatte, war ihr besonders aufgestoßen.

»Der Junge ist meine Garantie, dass über kurz oder lang auch seine Mutter hier auftauchen wird.« Dabei lag ein Verlangen in seinen schwarzen Augen, von dem Dagmar wünschte, es hätte ihr gegolten. Die naive Elisabeth schien davon nichts mitzubekommen. Sie behandelte den Knaben wie ein Kuckucksei, das man ihr versehentlich ins Nest gelegt hatte. Wie konnte sie nur so kurzsichtig sein?

Nach dem Essen hatte Dagmar darauf gehofft, dass Hadmar zu ihr in die Kammer kommen und Reingard aus dem Bett vertreiben würde. Aber er klopfte nicht an die niedrige Tür, stattdessen hockte er mit seinem Bruder in der Halle und erzählte voller Stolz, wie tapfer Johannes gewesen war, als er ihn aus der Hütte im Wald zu sich geholt hatte.

Nachdenklich löste Dagmar ihre Zöpfe und kämmte ihr hüftlanges Haar sorgfältig mit ihrem Kamm aus Kirschholz, so lange, bis es glänzte. Was für eine Verschwendung. Hadmar würde es heute nicht mehr sehen.

Der Genueser kannte Johannes, so viel war klar. Und wenn Dagmar sich nicht täuschte, dann wollte er gemeinsam mit dem Jungen die Burg verlassen. Ob er ihn in einem der leeren Fässer verstecken wollte? Es wäre gut möglich. Dagmar war es nur recht, dass der Balg weg war, aber sein Verschwinden allein reichte ihr nicht. Sie wollte, dass er auch nie wieder zurückkehren konnte. Dazu musste sie den Konkurrenten ihres ungeborenen Sohns ein für alle Mal beseitigen. Noch war sie nicht schwanger. Aber wenn Hadmar einmal einen Sohn zeugen konnte, dann würde er auch ein zweites Mal dazu imstande sein. Dagmar stammte aus einer fruchtbaren Familie. Ihre Mutter hatte sechs Kinder geboren, ihre beiden Tanten je sieben und ihre Schwester fünf, bevor sie bei der Geburt von Zwillingen verstarb. Da sollte es doch möglich sein, dass Dagmar bald einen Sohn unter ihrem Herzen trug.

Wenn der Kaufmann Johannes aus der Burg schmuggeln wollte, dann musste er das zeitig in der Früh tun. Wer hielt am untersten Tor Wache? Nachdenklich flocht Dagmar ihr fülliges rotes Haar zu zwei dicken Zöpfen. Es war Bertram, der junge Soldat mit den außergewöhnlich breiten Schultern. Er hatte bereits ein Auge auf Dagmar geworfen, es würde ein Leichtes werden, ihn zu einem kleinen Gefallen zu überreden. Dagmar musste dem Narren auch nichts erklären. Für einen Kuss würde er alles für sie tun. Mit geübten Griffen steckte sie die Zöpfe wieder hoch und stemmte sich von der Bettkante hoch. Sie hatte noch etwas zu erledigen. Wenn sie zurückkam, würde Reingard hoffentlich nicht mehr so laut schnarchen. Wenn doch, dann würde Dagmar sich irgendwann nicht mehr im Griff haben und der Alten die Nase so lange zuhalten, bis sie kein Geräusch mehr von sich gab.

Damian ging in den Schlafsaal, wo ein paar Männer bereits auf ihren Strohbetten lagen und schliefen. Sie schmatzten und furzten laut im Schlaf. Es waren Söldner, die in den nächsten Tagen gegen Friedrich kämpfen würden. Andere hockten in einer Ecke und würfelten um Geld. Als Damian den Saal betrat, rief ihm einer von ihnen zu: »Willst du mitspielen?«

Damian lehnte dankend ab. Er überlegte, ob er warten sollte, bis alle schliefen, aber dann entschied er sich dagegen. Niemand nahm wirklich Notiz von ihm. Es würde nicht auffallen, wenn er die Nacht nicht auf dem für ihn vorbereiteten Lager verbringen würde. Genauso gut konnte er jetzt schon in den Stall gehen und dort auf Johannes warten. Vorausgesetzt, der Stallmeister hockte nicht mehr bei seinem Flickzeug.

Damian schob die Decke zusammen, dass es zumindest so aussah, als hätte er geschlafen, und ging zum Stall. Vorsichtig schob er das hölzerne Tor zur Seite und trat ein. Die Fackel war erloschen, es war völlig finster. Leises Wiehern, ein Scharren von Hufen, aber sonst war es still. Auf Zehenspitzen schlich er zu seinem Wagen und zu Enzo. Sein treuer Begleiter schnaubte zur Begrüßung. Damian strich ihm über den Rücken. »Ruhig, alter Freund«, flüsterte er.

Möglichst geräuschlos band er Enzo los und legte ihm das Zaumzeug um. Das Pferd ließ es problemlos geschehen. Die beiden waren ein eingeschworenes Paar. Damian strich erneut über das borstige Fell seines Pferdes, als dieses die Ohren spitzte und nervös mit dem Schwanz ausschlug. Das Stalltor öffnete sich einen Spaltbreit. Fahles Mondlicht drang ins Innere des Gebäudes. Damian vernahm leise Schritte, die sich trotz der Dunkelheit mit einer erstaunlichen Sicherheit auf ihn zubewegten. Noch bevor Johannes ihn erreicht hatte, erkannte er den Jungen.

»Hat dich jemand gesehen?«

Johannes verneinte. Mara neben ihm hatte die Schnauze auf den Boden gerichtet und lief aufgeregt und schwanzwedelnd im Kreis. Vor einem Strohballen begann sie, im Boden mit den Vorderpfoten zu graben, und bellte auf. Sofort wurden zwei Pferde unruhig und scharrten mit den Hufen.

»Pst«, ermahnte Johannes seine Hündin. Er ließ sich auf die Knie fallen und umklammerte Mara mit beiden Händen. »Du musst still sein, sonst verrätst du uns.« Der Hund schleckte dem Jungen übers Gesicht. »Igitt, hör auf«, lachte Johannes leise.

Damian runzelte sorgenvoll die Stirn. Es war der blanke Wahnsinn, den Hund mitzunehmen. Aber konnte er Johannes, nach all dem, was der Junge durchgemacht hatte, von dem Tier trennen?

»Auf dem Wagen befinden sich zwei leere Fässer«, sagte er leise. »Lass uns ausprobieren, ob du darin Platz findest.«

»Ich und Mara«, korrigierte Johannes ihn.

Damian nickte ergeben.

Geschickt kletterte Johannes auf den Wagen. Mara folgte ihm mit einem Satz. Obwohl Johannes nicht sonderlich groß war, musste er sich zusammenquetschen und in eine äußerst unbequeme Position begeben, um im Fass Platz zu finden. Sein Kopf befand sich zwischen seinen angewinkelten Knien, die er mit beiden Armen umklammerte. Damian bekam Gliederschmerzen beim bloßen Anblick. »Bist du sicher, dass du das aushalten wirst?«

»Ja. Jetzt muss Mara noch reinkommen.«

»Ihr werdet zu zweit nicht genug Luft bekommen. Wir müssen Mara in das andere Fass sperren.«

»Das geht nicht«, sagte Johannes. »Sie wird weinen und uns verraten.«

»Lass es uns ausprobieren.«

Damian schnappte nach dem flauschigen Wollknäuel und schob es ins andere Weinfass. Kaum schloss er den Deckel, heulte Mara so laut auf, dass eines der Pferde im Stall zu wiehern begann. Sofort öffnete Damian das Fass wieder. Es war sinnlos. Allein würde der junge Hund nicht im Fass bleiben, ohne lautstark zu protestieren.

»Komm her, Mara«, forderte Johannes. Mit tapsenden Schritten drängte Mara sich zu Johannes und schmiegte sich an seine Unterschenkel. »Brav, Mara!« Johannes konnte den Hund nicht streicheln, da er selbst bewegungsunfähig war.

Damian wünschte, das Fass wäre größer.

»Jetzt der Deckel«, forderte Johannes. Damian griff danach und schloss das Fass. Er wartete ein paar Augenblicke.

»Kannst du atmen?«, fragte er und hielt dabei seinen Mund an eines der Astlöcher des Fasses.

»Ja«, kam die dumpfe Antwort.

Damian wartete noch ein Weilchen. Er wollte sichergehen, dass die beiden genug Luft bekamen. Dann erst öffnete er das Fass wieder. Erleichtert kletterte Johannes wieder heraus. Er lobte seinen Hund. »Das hast du toll gemacht, Mara.«

Damian gab auf, er würde Johannes nicht dazu überreden können, allein mit ihm zu kommen. Und würde Damian darauf bestehen, der Junge würde ihn sein Leben lang hassen. Also gab es keine andere Möglichkeit, sie mussten das Risiko eingehen.

»Wir ruhen uns noch ein Weilchen aus«, bestimmte Damian. »Sobald der erste Hahn kräht, kriechst du ins Fass und nimmst Mara mit. Wir brechen noch vor Sonnenaufgang auf.«

Während Johannes mit Mara im Arm tief und fest schlief, konnte Damian kein Auge zutun. Immer wieder schlich er zum Stalltor und hoffte darauf, dass der Mond langsam tiefer sank und der Nebel, der sich über den Burghof gelegt hatte, heller wurde.

Endlich ertönte das Krähen eines Hahns. Damian rüttelte Johannes wach.

»Wir brechen auf!«

Überraschend schnell war der Junge munter. Er krabbelte auf allen vieren zum Weinfass und kroch ins Innere. Ohne Aufforderung folgte Mara ihm. So als wisse die Hündin, was von ihr verlangt wurde. Mit einem mulmigen Gefühl und zitternden Händen schloss Damian den Deckel vom Fass.

»Alles In Ordnung?«, fragte er leise.

»Ja!«

Deutlich ungelenker als Johannes kletterte Damian vom Wagen, ergriff Enzos Zaumzeug und führte ihn zum Stalltor, das er mit einem viel zu lauten Quietschen öffnete. Milchig weiß lag feuchter, schwerer Herbstnebel im Burghof und hüllte den Wohnturm vollständig ein. Auch der Brunnen und das Küchengebäude waren nicht zu sehen. Aber die ersten Burgbewohner waren bereits unterwegs. Eine Küchenmagd taumelte mit einer rußenden Öllampe in der Hand verschlafen zum Brunnen, um Wasser zu holen. Aus der Backstube drang der Geruch frischen Brots. Beim Burgtor sorgte das flackernde Licht einer Fackel für diffuses Licht. Das eiserne Gittertor wurde gerade hochgefahren, und auf der anderen Seite warteten zwei Bauern darauf, eingelassen zu werden. Sie schleppten Handkarren hinter sich her, die mit Kraut und Kohl voll beladen waren. Damian bestieg seinen Wagen und lenkte ihn zum Tor.

»He, so früh schon unterwegs?«, fragte einer der beiden Wachmänner. Er hatte verquollene Augen und sah übernächtigt aus. Der andere schlief noch in dem winzigen Hüttchen. Er hatte die Arme hinter dem Kopf verschränkt, die Füße auf einem wackeligen Tischchen abgelegt und schnarchte so laut, dass es bis zum Wagen zu hören war.

»Ich bin Kaufmann, kein Soldat«, sagte Damian. »Der Herzog rückt jeden Tag näher, da muss ich schauen, dass ich mich davonmache, bevor ich in die Wirren des Krieges hineingezogen werde.«

»Ängstliches Kaufmannspack«, kam es nun vom anderen Wachmann. Er war eben aufgewacht, schmatzte, kratzte sich den Bauch und schlief dann wieder weiter. Damian tat so, als hätte er es nicht gehört. Auch das Lachen des anderen Soldaten ignorierte er. Überraschend problemlos passierte er die zwei weiteren Tore, erst beim vorletzten blieb ihm das Herz stehen.

»He, warum führst du Wein aus der Burg? Lass ihn gefälligst hier«, sagte ein junger Soldat. Er war an die zwanzig, breitschultrig und muskulös und trat auf, als würde die ganze Welt ihm gehören.

»Die Fässer sind leer«, sagte Damian. »Ich habe den Auftrag, sie aufzufüllen.«

»Leere Fässer, haha!« Der Soldat stellte sich breitbeinig vor den Wagen. An seiner Seite hingen zwei Waffen. Ein schweres glänzendes Schwert und ein kleinerer Dolch. Beide hatte der junge Mann auf Hochglanz poliert.

»Für wie dämlich hältst du uns?«, fragte er. Ohne Vorwarnung sprang er auf die Ladefläche und stieß eines der Fässer mit der Fußspitze an. Dabei wandte er so viel Kraft auf, dass das Fass vom Wagen rollte und neben den Füßen seines Kollegen zerschellte. Voller Entsetzen starrte Damian auf die einzelnen Dauben und den verbogenen Metallring.

»Sag, hast du den Verstand verloren!«, brüllte der Wachmann. Er hüpfte auf einem Bein und rieb sich das Schienbein. Sichtlich zerknirscht kletterte der Muskelprotz vom Wagen. »Das war ein Versehen«, sagte er.

»Wisst Ihr, was so ein Eichenfass kostet?«, fragte Damian. Sein Herz schlug ihm bis zum Hals, aber er musste so tun, als hätte er eben einen riesigen Verlust erlitten.

»Nein, aber es kann nicht teuer sein. Oder?«

»Um mir dieses Fass bezahlen zu können, müsst Ihr ein halbes Jahr arbeiten«, Damian übertrieb maßlos, aber er wollte die beiden einschüchtern. Leider ohne Erfolg.

»Der Unfall war ein Versehen«, sagte der Mann mit den breiten Schultern. »Ich frage mich, was du im anderen Fass transportierst.«

»Nichts«, sagte Damian schnell.

»Mach dem Mann nicht auch noch das andere Fass kaputt«, knurrte der zweite Wachmann.

»Der Kaufmann lügt! Wie will er Wein in einem Fass führen, das Löcher hat?«

Der dickere Soldat kratzte sich am Hals. »Was gehen uns die Fässer an?«

Mit einem Satz sprang der Muskelmann auf den Wagen und stieß mit dem Zeigefinger auf eines der Löcher im Fass.

»Wäre doch jammerschade, wenn der Wein da herausrinnen würde. Ich mach meinen Schaden von vorher wieder gut und stopfe dir das Fass, Krämer.«

Noch bevor Damian sich wehren konnte, holte der Wachmann ein Stück Holz aus seinem Wams und hielt es gegen das Luftloch im Fass. Er griff nach seinem Messer schnitzte den runden Teil eines Astes gekonnt zurecht und stopfte ihn in das Loch. Mit dem Griff seines Messers klopfte er den Stoppel in das Fass.

Das alles ging so schnell, dass Damian keine Zeit blieb zu reagieren. Warum führte der Mann einen Ast in seinem Wams mit sich? Sein Kumpan schien ähnlich zu denken.

»He, Thomas, seit wann bist du unter die Fassbinder gegangen?«

»Ich hatte da so eine Ahnung«, er grinste breit und griff sich prahlerisch zwischen die Beine. Hatte eine Frau ihn um diesen Dienst gebeten? Damian blieb keine Zeit, darüber nachzudenken. Er musste weiter und so rasch wie möglich die Burg verlassen, um Johannes aus seinem Gefängnis zu befreien. Wie lange konnte man ohne Frischluft in dem Fass überleben?

Schnell kletterte er auf seinen Wagen.

»Du kannst es wohl nicht erwarten wegzukommen!«, rief ihm der Wachmann hinterher und lachte so laut, dass Damian die Geräusche immer noch im Ohr hatte, als er beim letzten Tor ankam. Hier verlangten zwei junge Bäuerinnen Einlass, doch die Wachmänner wollten ihn ihnen nicht gewähren. Unruhig rutschte Damian auf seiner Holzbank hin und her.

»Ich kenn Euch nicht, Weiber. Wie soll ich wissen, ob ihr Bäuerinnen und keine Dirnen seid, oder Spioninnen, die für den Herzog Kundschaft einziehen sollen?«

»Schaut Euch unsere Ware an!«, forderte die Jüngere der beiden. »Rüben und Trauben. Das ist alles, was wir mit uns führen.«

Die Wachmänner beratschlagten sich, während Damian am liebsten an ihren vorbeigefahren wäre. Insgeheim hielt er die Luft an und zählte mit. Bereits bei der Zahl 50 stieß er die Luft lautstark aus.

»Könnt Ihr die Angelegenheit mit den beiden Damen etwas schneller erledigen?«, fragte er. »Ich habe es sehr eilig, da ich in Kürze in Krems erwartet werde.«

Gelangweilt drehte einer der Wachmänner seinen Kopf zu ihm. Er sah nicht besonders hell aus, was erklärte, warum er die Bäuerinnen nicht in die Burg ziehen ließ.

»Wer seid Ihr?«

»Ein Kaufmann aus Genua, ich habe die Gastfreundschaft der Burgherrin genossen, und ich kann Euch versichern, dass sie nicht darüber erfreut sein wird, wenn ich ihr erzähle, dass ihr mich am Verlassen der Burg gehindert habt.«

»Gehindert? Niemand hindert Euch«, sagte der Wachmann langsam. Gemächlich, so als hätte er alle Zeit der Welt, trat er auf die Seite. Kaum war genug Platz vorhanden, preschte Damian an ihm vorbei. Der Mann rief ihm irgendetwas nach, was Damian aber nicht mehr verstehen konnte, er musste weg von hier, rasch. Beim nächsten Gebüsch bog er ab und lenkte den Wagen ins Dickicht. Er hielt an, sprang nach hinten und riss den Deckel vom Fass. Regungslos kauerten Johannes und Mara darin.

»Johannes!« Er rüttelte den Jungen, der sich immer noch nicht bewegte. Dafür kletterte Mara tollpatschig aus dem Fass.

Damian packte den Jungen an der Schulter und am Oberarm und zog ihn unsanft aus dem engen Fass.

»Aua«, empörte sich Johannes.

»Gott sei Dank!« Damian bekreuzigte sich und richtete seinen Blick dankbar in den Himmel, das hatte er seit Jahren nicht mehr getan. »Du lebst.«

»Mir tut alles weh«, jammerte Johannes.

»Natürlich tut dir alles weh, das ist ganz normal. Aber du lebst.« Überschwänglich drückte Damian den Jungen an seine Brust und umarmte ihn so fest, dass Johannes stöhnte.

»Und jetzt müssen wir so schnell wie möglich zu deiner Mutter. Sobald man auf der Burg deine Flucht bemerkt, wird man nach dir suchen.«

Johannes streckte sich und kletterte mit steifen Gliedern

neben Damian auf die Kutschbank. Mara legte sich hinter ihm in den Wagen.

Dank Enzos Ausdauer und Kraft kamen sie zügig voran. Als sie die Brücke bei Mautern erreichten, lichtete sich der Nebel. Im strahlenden Licht der schräg stehenden Herbstsonne glänzten die Blätter in einem saftigen Gelb und strahlenden Rot. Es war, als feierte die Natur Johannes' Befreiung. Damian zahlte die Maut für die Brückenquerung und ratterte mit seinem Wagen über die Holzbrücke. Er fuhr durch die gepflasterten Straßen von Stein, passierte die prachtvoll verzierten Bürgerhäuser und verließ die Stadt wieder am Ortsende. In Krems knurrte Johannes' Magen so laut, dass Damian bei einem Bäcker anhielt und bei dem Laden, der zur Straße hin offen stand, zwei saftige Schmalzgebäcke kaufte. Gestärkt ging es weiter Richtung Weinberge.

Leona trug einen geflochtenen Korb aus Weidenruten auf ihrem Rücken. Mit einem scharfen, kleinen Messer schnitt sie reife Reben von den Stöcken und warf sie nach hinten in den Korb. Die Sonne stand nun hoch, und es war ungewöhnlich warm für die Jahreszeit. Sie schwitzte unter ihrer Haube und schaute immer wieder Richtung Donau in der Hoffnung, dass irgendwann ein Wagen den schmalen, steilen Weg herauffinden würde. Aber es tat sich nichts. Es war die Winzerin, der die Staubspur als Erste auffiel, die die Räder von Damians Wagen aufwirbelten.

»Da kommt jemand den Berg rauf«, sagte sie.

Sofort richtete Leona ihren Blick ins Tal. Vor Schreck und Freude ließ sie das Messer fallen. Leona hob es wieder auf und steckte es weg. Sie wischte sich die Hände an der Schürze ab, die sie zum Schutz ihres Kleides umgebunden hatte, und lief zur kleinen Hütte. Sie hielt sich schützend die Hand über die Augen und blinzelte in die Ferne.

War Damian allein? Oder saß noch eine weitere Person auf dem Wagen? Sie konnte es nicht ausmachen. Die Sonne blendete sie zu sehr. Ungeduldig streifte sie den Weidenkorb von den Schultern und stellte ihn in den Schatten eines Haselnussstrauchs. Sie lief dem Wagen entgegen. Als sie die Kuppe des Weinberges erreicht hatte, konnte sie deutlich zwei Personen im Wagen erkennen. Eine groß gewachsene und ein Kind. Ihr Kind, Johannes. Ihr Herz machte einen Sprung. Tränen liefen über ihre Wangen, sie rannte los. Stetig den schmalen, steinigen Weg hügelabwärts. Mit jedem Schritt wurde sie schneller und legte an Tempo zu. Die Tränen flossen unaufhörlich. Die Bilder verschwammen vor ihren Augen. Sie hatte nur ein Ziel: ihren Sohn.

Auch Damian schien Enzo zu einer zügigeren Gangart zu drängen. Der Wagen näherte sich schneller. Als er nur noch einige Schritte entfernt war, hielt Damian sein Pferd an. Johannes sprang vom Wagen und stürzte Leona entgegen. Völlig außer Atem ging sie in die Knie. Sie umarmte Johannes, lachte und weinte gleichzeitig und schnappte dazwischen nach Luft.

Leona überschüttete Johannes mit Küssen, unfähig, etwas zu sagen. Ihr fehlten die Worte vor Glück.

Es war Johannes, der sich schließlich aus ihrer Umarmung löste und zu sprechen begann. »Sieh nur, Mama. Ich habe jemanden mitgebracht: Mara.«

Als er den Namen ihrer Weggefährtin aussprach, zuckte Leni zusammen. Verwirrt blinzelte sie ihren Sohn an. »Wen hast du mitgebracht?«, fragte sie tonlos.

»Mara. Denkst du, Tante Mara ist böse, wenn ich meinen Hund so nenne wie sie?«

Hinter Johannes sprang ein Welpe auf ihn zu. Er landete direkt in seinen Armen und warf ihn dabei um. Johannes lachte ausgelassen und rappelte sich wieder auf. Es dauerte einen Moment, bis Leona die Situation begriff.

»Deine Tante wäre mit Sicherheit stolz, dass du deinen Hund nach ihr benennst.«

»Wo ist Tante Mara?« Johannes schaute zur Winzerhütte. Seine fröhliche Ausgelassenheit fand ein jähes Ende, als er den traurigen Blick seiner Mutter wahrnahm.

»Sie ist nicht mitgekommen«, wich Leona aus.

»Tante Mara ist allein im Wald geblieben?«, fragte Johannes. »Aber sie ist verletzt. Mein Va…«, er brach ab und sprach das Wort nicht aus. »Man hat sie schlimm verwundet.«

Leona presste die Lippen zusammen. Was war in den letzten Tagen passiert? Was hatte Hadmar dem Jungen angetan? Warum nannte er ihn seinen … Leona wollte das Wort in diesem Zusammenhang nicht einmal andenken.

»Wir haben noch sehr viel Zeit, über die Vorfälle der letzten Tage zu reden«, mischte sich Damian ein. Er schlug eine fröhliche Stimmlage an. »Aber wir sollten diesen Ort verlassen. Er ist zu nah an der Burg Aggstein und mitten im Herrschaftsgebiet der Kuenringer. Besser, wir fahren die Donau Richtung Osten entlang.«

»Wir nehmen ein Schiff?« Mit einem Mal war Johannes' Sorge vertrieben.

»So geht es am schnellsten«, meinte Damian. »Wien soll eine aufstrebende junge Stadt sein. Wir könnten dort unser Glück versuchen, bevor wir zurück nach Genua gehen.«

»Wir?«, fragte Leona.

»Hast du denn deine Aufgabe nicht erledigt?«, fragte Damian enttäuscht. »Du solltest doch über eine gemeinsame Zukunft nachdenken.«

»Das habe ich«, gestand Leona.

»Und, wie lautet deine Antwort?«

»Was werden deine Eltern dazu sagen, wenn du mit einer Frau zurückkehrst, die ein Kind von einem anderen hat?«

»Das ist keine Antwort, sondern eine Frage.«

»Aber sie beschäftigt mich, und deine Meinung ist wichtig für meine Entscheidung.«

»Meine Mutter wird vor Freude in die Hände klatschen, weil ich mich endlich für die Richtige entschieden habe.«

Blut schoss in Leonas Wangen, ihr wurde heiß. Leise wiederholte sie Damians Worte: »Die Richtige?«

»Also, was sagst du nun, werdet ihr mich begleiten? Du und Johannes?«

»Ich will gerne mit dir nach Genua gehen.«

Geschickt kletterte Damian vom Wagen und schloss Leona in den Arm.

»Was heißt: Ich auch, in deiner Sprache?«, fragte Johannes.

»Anche io!«

Voller Begeisterung wiederholte der Junge die Worte.

Genua 1243

Die Glocken von San Lorenzo weckten Alessandra Brantoni. Sie war tatsächlich im Schatten des Olivenbaums eingeschlafen, und das mitten am helllichten Tag. Sofort warf sie einen Blick in die Wiege, die neben ihr stand. Die beiden Mädchen, die kurz nach dem Osterfest das Licht der Welt erblickt hatten, schlummerten friedlich nebeneinander. Es waren ihre ersten Enkeltöchter. In der Familie Brantoni hatte es bisher ausschließlich männlichen Nachwuchs gegeben. Beide hatten das blonde Haar ihrer hübschen Mutter und die bernsteinfarbenen Augen ihres Vaters geerbt. Alessandra konnte sich nicht sattsehen an den beiden. Eine Biene näherte sich summend der Wiege, sofort sprang Alessandra auf und vertrieb den unliebsamen Gast energisch mit der Hand. Eines der beiden Mädchen, Carolina, zog die winzige Nase kraus. Am liebsten hätte Alessandra sie herausgehoben und auf die weichen, zarten Wangen geküsst. Aber sie ließ es bleiben. Es war gut, dass die beiden schliefen. Über eine Stunde hatte sie abwechselnd zuerst die eine und dann die andere geschaukelt, bis sie endlich mit dem Quengeln aufgehört hatten und eingeschlafen waren.

Wie spät war es eigentlich? Sollten Damian und seine Frau nicht schon lange vom Markt zurück sein? Leona war nicht nur die erste Schwiegertochter, die der Familie Mädchen geschenkt hatte, sondern auch die erste Frau, die sich fürs Geschäft interessierte, und das mit großem Erfolg. Jeden Tag ersann sie neue Ideen, wie man die Gewürzmischungen, die sie gemeinsam mit ihren Schwägerinnen Maria und Francesca kreierte, noch besser verkaufen konnte. Mittlerweile trugen die kreativen Kräutermischungen der Frauen zu einem beträchtlichen Teil des Umsatzes im Familienunternehmen bei. Die Nachfrage nach den originellen Geschmackskreationen stieg ständig, und die Frauen kamen mit der Produktion kaum nach.

Alessandra rückte weiter in den Schatten, da die Sonne sie blendete. Sie hielt die Hand über die Augen und blinzelte zum Haus. Mit Damians Rückkehr war es eng geworden. Er und Pietro überlegten, ob sie eigene Häuser bauen sollten. Das Grundstück war groß genug. Den Garten würde die Familie sich weiterhin teilen, und die Kinder könnten gemeinsam spielen. Es war erstaunlich, wie schnell Leonas Sohn, Johannes, sich mit seinen Cousins angefreundet hatte. Seit ein paar Wochen besuchte er die neu gegründete Scuola d'abbaco. Ein Ort, an dem angehende Kaufleute unter anderem den Umgang mit dem Abakus, einem Rechenbrett mit kleinen Steinen, erlernten. Der Junge blühte jeden Tag mehr auf. Ganz selten aber überfiel ihn eine Traurigkeit, aus der ihn auch seine Cousins nicht herausholen konnten. Zum

Glück vergingen diese Phasen sehr rasch. Außer Damian wusste niemand in der Familie, was es mit Johannes' Vater auf sich hatte. Alle ahnten, dass es ein dunkles Geheimnis gab, aber solange Leona und Johannes nicht darüber reden wollten, würde niemand unangenehme Fragen stellen. Auch Damian schwieg geflissentlich. Alessandra vertraute darauf, dass irgendwann der Zeitpunkt kommen würde und sie alle mehr erfuhren.

Ein einziges Mal hatte Leona eine Bemerkung über ihre Vergangenheit fallen lassen. Es war an dem Abend gewesen, als ein befreundeter Kaufmann aus dem Norden zu Besuch gewesen war und von einer Auseinandersetzung zwischen einem Herzog des Kaisers und dessen Ministerialen erzählt hatte. Angeblich waren die Untertanen gegen den Herzog ins Feld gezogen. Es war zu einer klaren Niederlage der Aufständischen gekommen. Alessandra musste bei der Erinnerung an den seltsamen Namen der Ministerialen schmunzeln. Er klang wie Zungenbrecher: Kuenringer. Leona war an diesem Abend sehr aufgeregt gewesen und hatte den Kaufmann nach dem Schicksal mehrerer Personen gefragt. Alessandra hatte sich all die fremdländischen Namen nicht merken können. Aber es war um eine Frau gegangen, Margot oder so ähnlich, und deren Mann, die beide ums Leben gekommen waren. Außerdem hatte Leona sich nach den Brüdern erkundigt, die den Konflikt angezettelt hatten. Die Männer hatten große Teile ihres Einflussgebiets eingebüßt und hohe Strafzahlungen tätigen müssen. Später an diesem Abend, als alle Gäste gegangen waren, hatte Alessandra ihre Schwiegertochter dabei beobachtet, wie sie vor den kleinen

Hausaltar in der Eingangshalle getreten war und ein Dankesgebet gesprochen hatte. Seither waren die Namen der Menschen aus dem Norden nicht mehr gefallen, und Alessandra hatte den Eindruck, dass Leona mit ihrer Vergangenheit abgeschlossen und ihren Frieden gemacht hatte. Leona Brantoni und ihr Sohn Johannes waren nun Teil ihrer Familie. Zufrieden schloss Alessandra die Augen. Das Leben hatte sie gelehrt, dass die Zeiten wieder stürmischer werden würden. Aber im Moment war es gut, so wie es war.

Nachwort

Das Waldviertel ist eine Region in Niederösterreich, die sich nordwestlich von Krems erstreckt. Im Süden prägen die Donau und Weingärten das Gebiet, im Norden finden sich dichte Wälder und Granitblöcke. Es gibt aber auch zahlreiche Flüsse und eindrucksvolle Moorlandschaften.

Da meine Mutter aus der Nähe von Zwettl stammt, verbrachte ich als Kind regelmäßig meine Sommerferien in der Gegend rund um den Ottensteiner Stausee. Wenn man heute ein Ruderboot beim Bootshaus neben der Staumauer mietet, gelangt man bequem zur Halbinsel, auf der sich neben einem Campingplatz die Ruine der Burg Lichtenfels befindet.

Schon als Kind habe ich mich gefragt, wer wohl die Menschen waren, die einst hier gelebt haben. Jetzt, fast fünfzig Jahre später, habe ich mich endlich darangemacht, Antworten auf meine Fragen zu finden. Ich habe eine Geschichte über die einstigen Besitzer geschrieben. Leider sind die erhaltenen schriftlichen Quellen über die Anfänge des 13. Jahrhunderts in Österreich sehr spärlich. Was für eine

Autorin nicht schlimm ist, denn diese Lücken beflügeln die Fantasie.

Blättert man die wenigen Unterlagen, die es noch gibt, durch, fällt auf, dass die Familie Rauheneck fast über Nacht von der Bildfläche verschwunden ist. Selbstverständlich kann das mehrere Gründe haben. Einer davon ist ein feindlicher Überfall. Die Brüder Hadmar und Heinrich Kuenring gingen in die Geschichte als Raubritter ein und wurden auch die »Hunde von Kuenring« genannt. Die Gebrüder Grimm haben die beiden in ihrem Märchen »Rosengärtchen« verewigt.

Eine der wichtigsten Quellen zur niederösterreichischen Geschichte befindet sich im Stift Zwettl. Es handelt sich um das Stifterbuch des Klosters, das wegen seines Einbands, der von einem »Saubären« (Eber) stammt, auch Bärenhaut genannt wird. Abt Ebro hat seine Aufzeichnungen darin verewigt. Ein Ausflug ins Stift lohnt sich auf alle Fälle.

Wie immer möchte ich mich an dieser Stelle bei einer Reihe von Menschen bedanken, die mitgeholfen haben, dass dieses Buch entstehen konnte.

Bei meiner Agentin Franka Zastrow, die die Geschichte an Ullstein vermittelt hat, und bei Anna Lena Grünhäuser vom Verlag, die viele gute Ideen zur Entwicklung des Textes beigetragen hat. Danke an meine Lektorin Ingola Lammers, die für ein stimmiges Ende gesorgt hat.

Einen dicken Kuss an meine Familie, allen voran an meine Tochter Ida, die wieder einmal als Testleserin fungiert hat, und an meine Freunde, die mein Jammern ertragen, wenn ich davon überzeugt bin, dass diese Geschichte nie und nimmer rechtzeitig fertig werden kann …

Das größte Dankeschön geht an die Buchhändler*innen und Bibliothekar*innen, die dafür sorgen, dass meine Bücher zu Ihnen, liebe Leserinnen und Leser, finden.

Ich hoffe, dass ich Sie mit meiner Geschichte unterhalten konnte.

Herzlichst, Beate Maly